S. MONDON

LA

Grande Charte

DE SAINT-GAUDENS

(Haute-Garonne)

TEXTE GASCON DU XIIe SIÈCLE

AVEC TRADUCTION ET NOTES

PARIS

Paul GEUTHNER

68, Rue Mazarine

SAINT-GAUDENS	TOULOUSE
ABADIE, ÉDITEUR	J. MARQUESTE, ÉDITEUR
2, Rue Thiers	34, Rue Saint-Rome

1910

LA

GRANDE CHARTE DE SAINT-GAUDENS

(HAUTE-GARONNE)

TEXTE GASCON DU XIIᵉ SIÉCLE AVEC TRADUCTION ET NOTES

S. MONDON

LA

Grande Charte

DE SAINT-GAUDENS

(Haute-Garonne)

TEXTE GASCON DU XIIᵉ SIÈCLE

AVEC TRADUCTION ET NOTES

PARIS

Paul GEUTHNER

68, Rue Mazarine

SAINT-GAUDENS
ABADIE, ÉDITEUR
2, Rue Thiers

TOULOUSE
J. MARQUESTE, ÉDITEUR
34, Rue Saint-Rome

1910

INTRODUCTION

I

Les Documents

Tous les auteurs qui, depuis la renaissance historique, si inten-
sive, à laquelle nous assistons, se sont occupés du Nébouzan,
— tous ont manifesté l'intention de mettre sous les yeux de leurs
lecteurs la Grande Charte confirmée, en 1203, par Bernard, comte
de Comminges, à Saint-Gaudens, en faveur des habitants de cette
ville. L'un de ces historiens — Castillon (d'Aspet) — a inséré,
dans son *Histoire des Populations Pyrénéennes*, un extrait très-
fautif de ce document, qu'il a fait suivre de cette observation : « On
peut voir à la fin de l'ouvrage la dissertation que nous avons faite,
sous le rapport littéraire et linguistique, ainsi que le commentaire
dont nous la faisons suivre (la Grande Charte) sous le point de vue
législatif, c'est-à-dire, politique et civil ». (Tome I. p. 411.)

Ne cherchez ni cette dissertation « littéraire et linguistique », ni
ce commentaire « politique et civil ». Vous ne *pourriez les y
voir* — pour nous servir des expressions mêmes de l'auteur, qui
a dû reculer devant l'incompréhensibilité du texte qu'il avait
publié.

Le continuateur de Castillon (d'Aspet) — c'est, croyons-nous,
le terme très exact — Cénac-Moncaut, dans son *Histoire des Peuples et des États Pyrénéens*, après avoir donné deux renseignements, en partie inexacts, sur les dispositions contenues dans la
Grande Charte, met un renvoi ainsi conçu : « Voyez la Charte de
cette ville, fin du tome IV » (tome II, p. 368), et on ne la trouve ni

au tome indiqué, ni aux précédents ; il n'a pas même cru devoir reproduire l'extrait qui avait été donné par Castillon (d'Aspet).

Le plus récent des historiens du Nébouzan, J. Bourdette, dans sa *Notice du Nébouzan* publiée en 1899-1902 par la *Revue de Comminges* — tirage à part de 1903, p. 47 — nous a fait connaître que M. A. Couget, « l'un des érudits dont la ville de Saint-Gaudens a le droit de s'honorer, » s'était préparé à donner un « texte pur de la Charte, avec les annotations dont il se proposait de l'enrichir. » Mais notre concitoyen, mort en 1908, a certainement cru devoir abandonner ce travail, car la copie faite par lui ou pour lui, en 1883 — copie qui nous a été communiquée, pendant l'impression du présent ouvrage, — est si fautive, qu'elle ne peut servir à une traduction. Et M. Bourdette, pas plus que Cénac-Moncaut, n'a utilisé l'extrait de la Grande Charte publié par Castillon.

C'est que, en vérité, cet extrait est inutilisable. Mais pourquoi n'a-t-on pas cherché ailleurs ? Le document existe, en effet, dans les archives de notre ville ; mais il est dans un état déplorable : il y a des trous causés par le feu ; il y a des déchirures ; il y a des taches d'encre ; il y a effacement de mots ; il y a... il y a une coupure aux ciseaux, d'une dimension considérable sur un côté...

C'est, probablement, cette coupure qui a rebuté les personnes s'intéressant à la publication et à l'étude de ce document. On ne rechercha pas si, dans d'autres archives, on trouverait une copie de la Grande Charte. Un jour, cependant, l'éditeur de la *Revue de Comminges*, M. Abadie — qui s'intéressait extraordinairement à la publication du monument de nos coutumes — apprit qu'un duplicata de la Charte de 1203 se trouvait aux archives départementales des Basses-Pyrénées. Aussitôt qu'il connut « la bonne nouvelle », il entra en correspondance avec l'archiviste de Pau, qui était à cette époque-là M. Flourac, dont la mort prématurée nous a privés de la publication de quelques documents sur le Nébouzan, entr'autres de cette Grande Charte. Car M. Flourac se rendit aux sollicitations de M. Baptiste Abadie et entreprit la transcription du document tant désiré, en utilisant la copie qui se trouve dans le registre B 1380 : *Réformation du domaine*, du folio 80 au folio 95, dans les archives des Basses-Pyrénées. Il envoya même cette transcription... Mais il la réclama presque aussitôt, saisi probablement d'un scrupule professionnel. S'était-il aperçu que la copie de Pau était fautive ?... Nous savons seulement qu'il demanda communication du parchemin déposé dans notre Maison Commune. Il fut facile de lui donner satisfaction .. Mais la mort vint frapper l'ouvrier sur son œuvre et détruisit peut-être l'œuvre elle-même...

Nous voulions, nous aussi, connaitre cette Grande Charte. Nous nous hasardâmes timidement à jeter un œil discret sur ce vénérable parchemin, que des barbares avaient crevé et sali. Il nous parut que le déchiffrement n'en était pas très difficile. Nous l'entreprimes ; puis nous allâmes à Pau, afin de combler les lacunes qui existaient sur notre parchemin. C'est alors que nous nous rendîmes compte des scrupules qui avaient dû s'emparer de M. Flourac, quand il voulut revoir la copie qu'il avait faite pour la *Revue de Comminges*. Il avait dû s'apercevoir qu'il avait travaillé sur une mauvaise copie et sur une œuvre remaniée, rajeunie, ayant perdu de son caractère par le fait d'un notaire mal inspiré ou d'un scribe insuffisant. On avait hâtivement confectionné la « grosse. »

Après ce collationnement sur la copie de Pau, nous avons repris le parchemin de Saint-Gaudens ; nous l'avons comparé, vérifié, revu, — enfin, nous avons fait ce qui était nécessaire pour obtenir un texte correctement transcrit. Et quand nous avons cru être arrivé au résultat désiré, nous avons entrepris la traduction. Alors, nous nous sommes heurté — c'est le mot — à un texte où les erreurs du copiste augmentent les obscurités du langage, à un texte sans ponctuation — ou, plutôt, avec une ponctuation déconcertante, — avec des points, des doubles points, des majuscules où il n'en fallait pas, des minuscules où des majuscules eussent été nécessaires, à un texte où les mots d'une langue presque entièrement disparue ont été fréquemment déformés par synalèphe. Et il a fallu recourir aux travaux des savants romanistes (Du Cange, Raynouard, Lespy, Luchaire, etc., etc.), comparer avec notre Charte celles des villes et provinces voisines — hélas ! singulièrement transcrites parfois — pour avoir la signification de ces vocables perdus dans la masse chaotique de huit siècles.

Nous ne nous sommes pas arrêté là. Il y avait quelque chose de plus complet à faire. Nous l'avons tenté, car, dans cette *Revue*, nous avons trouvé un Dénombrement produit par le syndic et les consuls de Saint-Gaudens en 1542. Il est en dialecte gascon. Nous l'avons traduit et nous le publions à la suite de la Grande Charte de 1203, avec un autre Dénombrement fourni, en 1665, par un homme bien documenté, si nous en jugeons par le document même qu'il a laissé. Et ainsi, nous avons reconstitué, croyons-nous, les coutumes, franchises, immunités et privilèges de Saint-Gaudens, depuis le XIIe siècle, jusqu'au XVIIIe siècle. Nous allons tenter de démontrer, de prouver une affirmation dont la justesse ne ressort pas, à première vue, de la simple énumération de nos documents.

Qu'est, en effet, à ce point de vue, la Charte de 1203, que nous publions ? Le code des coutumes, immunités, etc. qui *existaient* antérieurement à cette date. Nous avons la preuve de cette antériorité dans les quelques lignes qui forment le préambule de la Charte. « Chacun *sait* — y est-il dit — que Bernard, comte de Comenge, .. voulut savoir quelles [coutumes] *ses ancêtres* et lui avaient eues avec la ville de Saint-Gaudens », et dans le texte : « Sabuda paraula *es* que Bernard, lo Comte de Comenge... volg » saber que [costumas] sos linadges e ed auian agudas ab la viela » de Sent-Gaudens ». Ici, la traduction ne donne lieu à aucune obscurité, à aucun doute. Donc, en 1203, ces coutumes *existaient*. Si le contraire était vrai, nous aurions, comme dans les autres chartes de Bigorre et Béarn, par exemple, au préambule : « Sabuda (ou : » coneguda) paraula *sia* », — « Que chacun *sache* », — ce qui indique clairement un fait nouveau, inexistant avant l'instrument qu'on produit. Non pas que toutes les prescriptions contenues dans cet instrument fussent toujours nouvelles ; ce n'est pas ce que nous avons voulu dire ; mais cela indique une codification de prescriptions qui acquéraient une confirmation précise par l'acceptation du seigneur, lequel avait agréé celles qui lui convenaient, rejeté les autres et introduit des dispositions nouvelles qu'il imposait. Dans la Charte de 1203, rien de cela : c'est la transcription pure et simple des coutumes qui existaient antérieurement à cette date.

1203 ! mais c'est encore le xiiᵉ siècle ! En histoire, le chiffre a quelquefois une importance relative. Du reste, il s'agit bien de ce siècle dans le préambule de la Charte, car le comte Bernard, qui avait succédé à son père en 1175-1180, voulut savoir quelles coutumes avaient eues *ses ancêtres* et lui (*sos linadges e ed*) avec la ville de Saint-Gaudens ». Et on les lui présente ; et il les accepte ; et elles continuent à régir la communauté.

Et dans le xivᵉ siècle, si mouvementé, quand tout l'ordre politique, violemment secoué, craque de toutes parts pour se transformer, Saint-Gaudens garde ses franchises, précieusement, immuablement. La preuve ? Elle est dans le fait suivant: En 1345, la communauté est tenue, non sans crise, de soumettre ses franchises à une nouvelle confirmation Quelles présente-t-on ? Celles de 1203. Sont-elles acceptées ? Entièrement. On se contente d'y ajouter quelques taxes sans importance Donc, au xivᵉ siècle, nous retrouvons les coutumes du xiiᵉ et du xiiiᵉ siècles. Et nous savons, en consultant l'histoire, que Gaston-Phœbus se montra toujours très respectueux observateur des coutumes qu'il avait acceptées : il eut, semble-t-il, pour le Nébouzan, une affection que rien ne démentit jusqu'à sa mort, en 1391.

Le xv⁰ siècle s'ouvre. Les rois de France s'ingèrent de plus en plus dans les affaires de nos pays. Touchent ils aux coutumes de Saint-Gaudens ? Nullement, car, en 1542, le syndic et les consuls produisent un Dénombrement où l'on retrouve les principales franchises de la Charte de 1203. Et nous sommes, cependant, en plein xv⁰ siècle ! Seules, les règles de justice sont modifiées ; le servage a disparu ; le duel judiciaire n'est plus admis ; le droit d'*ost* exercé par le seigneur a été si profondément atteint par la formation des armées permanentes, que l'on n'en parle plus. Mais toutes les coutumes municipales sont là, intactes dans leur principe général.

Et le Dénombrement de 1665, que contient-il ? La confirmation des droits de la communauté tels qu'ils se trouvent dans le Dénombrement de 1542. Ils sont exposés par un syndic qui appuie ses assertions sur des actes officiels indiqués ou produits par lui. Quelle est la date la plus éloignée des actes qu'il vise, après, toutefois, celle de la Grande Charte ? Le xiv⁰ siècle, et, surtout, le commencement du xvi⁰. Donc, au milieu du xvii⁰ siècle, en 1665, les franchises communales de Saint-Gaudens restaient telles que Bernard, comte de Comenge, « lo filh de la filha Nanfos », les avait connues. Cependant, une nouvelle modification est apportée aux règles de justice : on retire aux consuls de Saint-Gaudens, en vertu de l'Ordonnance de Moulins de 1566, le droit qu'ils avaient de connaître des affaires judiciaires jusqu'à cent sous. Or, quand on leur enlève ce privilège, il y avait juste cent ans que cette Ordonnance avait paru, ce qui démontre bien que, de 1542 à 1665, aucun changement n'avait été apporté aux coutumes existantes.

Louis XIV modifia-t-il cet état de choses ? Nullement. Comme Gaston-Phœbus, il respecta ces coutumes.

Nous sommes au xviii⁰ siècle... Nous ne poursuivons pas notre démonstration.

Mais il faut revenir au principal document, à celui qui constitue le monument le plus antique de nos franchises communales, à la Grande Charte de 1203. Nous devons dire, d'abord, qu'elle présente quelques dispositions qui la distinguent particulièrement des autres documents de ce genre appartenant au xii⁰ siècle ou à une époque postérieure. Elle contient certainement des dispositions singulières, qui éclairent d'un jour, parfois nouveau, les mœurs de nos pères. Certes, il eût été intéressant de comparer les « lois » qu'elle contient avec celles exposées dans d'autres documents de la même nature que nous possédons et qui concernent les populations échelonnées du Labourd au Roussillon, le long des Pyrénées, y compris Bordeaux, Auch et

Toulouse. Mais nous avons dû renoncer à établir cette comparaison, dont l'envergure excédait beaucoup trop l'étude de notre Charte.

Nous devons dire maintenant quel texte nous avons suivi et pourquoi nous l'avons suivi.

Ainsi que nous l'avons signalé plus haut, nous avions deux copies de la Grande Charte à notre disposition : l'une de 1345, sur feuille de parchemin ayant 1 m. 83 de hauteur sur 0.75 de largeur, et appartenant aux archives de la commune de Saint-Gaudens ; l'autre de 1542, gardée aux archives des Basses-Pyrénées et faite pour Bernard de Boelhio, réformateur du Domaine en cette année-là ; elle est contenue dans un registre numéroté : B 1380, et intitulé : « *Réformation du Domaine. Nébouzan,* 1542 » ; elle y occupe 15 folios, de 80 à 95.

La première de ces copies est le *vidimus* même de 1345, écrit en lettres gothiques, admirablement tracées et dont la forme se rapproche plus des spécimens de l'écriture du xIII^e siècle donnés par A. Chassant dans sa *Paléographie des Chartes*, que de ceux qui appartiennent au xIV^e siècle et sont représentés dans le même ouvrage ; tandis que la copie de B. 1380 est faite en cursive du xVI^e siècle, plus tourmentée, plus fioriturée que celle des siècles que nous venons d'indiquer ; de plus, cette cursive est peu soignée et les feuilles sur lesquelles elle a été couchée sont en papier à gros grain que les sénéchaussées employaient à cette époque et vendaient aux notaires ; en outre, l'encre elle-même était de qualité inférieure ; enfin, le scribe avait hâtivement « grossoyé ».

Il résulte de ce qui précède que le parchemin de Saint-Gaudens est beaucoup plus lisible que la copie de Pau. Ceci ne serait pas une considération suffisante pour préférer un texte à l'autre, mais il y a quelque différence entre les deux. Celui de la copie de Pau diffère sur quelques points — l'orthographe, surtout — de celui de Saint-Gaudens ; il a été maquillé, en 1542, par le notaire ou par son scribe, ou peut-être par les deux à la fois. Non pas que la forme orthographique soit mieux observée dans l'un que dans l'autre document, où le même mot est écrit de manière différente sur la même ligne ; mais la langue est plus ancienne sur le parchemin de Saint-Gaudens que sur B. 1380 de Pau. Nous avons observé, en outre, que les fautes de copie sont plus nombreuses et plus graves sur ce dernier document que sur le premier, parce que l'on n'avait pas toujours su lire celui-ci — ou un autre, ce qui semble plus probable — et parce que l'on dictait certainement au scribe, dont l'attention n'était peu-être pas toujours très-soutenue par l'audition de ces mots qu'il ne comprenait pas ; d'où les erreurs que nous signalons. Non pas que le texte du parchemin de Saint-Gaudens n'en contienne pas aussi, et cela, pour les mêmes motifs ; mais on peut, presque toujours, les rectifier, quand le sens n'est pas trop obscurci par les inversions, les tmèses, les aphérèses, les apocopes, les synalèphes, ou les signes abréviatifs omis.

Il reste à indiquer l'état d'entretien des deux copies. Le parchemin de Saint-Gaudens a trois déchirures, dont une sur les 6e et 7e lignes ; l'autre, sur les 139e, 140e et 141e lignes ; la troisième enfin, faite au ciseau, forme, des lignes 84 à 116, un carré presque régulier, de 0 m. 30 de côté ; enfin, plusieurs effacements de mots, qu'a entraînés l'usure, et des taches d'huile qui, sans rendre illisibles tous les mots qu'elles affectent, ont, néanmoins, atteint quelques-uns d'entr'eux au point d'en laisser la lecture douteuse. La copie de B 1380 est, au contraire, en fort bon état, malgré la mauvaise qualité de l'encre et quelques effacements de mots près des marges.

Nous avons préféré suivre le texte du parchemin de Saint-Gaudens, parce que celui-ci est le plus ancien et que l'on y a respecté, à notre avis, le texte de 1203, chose qui n'a pas été faite dans la copie de Pau, où le scribe a employé fréquemment le dialecte béarnais. Nous l'avons reproduit littéralement, sans rien y changer, même la ponctuation. Cependant nous avons complété les mots écrits en abrégé ; en outre, nous avons fait des alinéas, qui n'existent pas sur notre document, ni sur celui de Pau. Nous les avons numérotés, afin de rendre le texte plus clair et plus facile à compulser.

Nous avons reproduit fidèlement le texte, même avec ce que nous considérons comme des fautes de copie, sans tenir compte toutefois de ces fautes dans notre traduction. Nous avons en outre transcrit ce même texte en rétablissant les mots déformés par les copistes et en employant les règles actuelles de ponctuation. Les obscurités du texte seront ainsi atténuées.

Les lacunes, nous les avons comblées à l'aide de la copie de Pau, B 1380, en observant de placer entre crochets ces parties ajoutées. Nous les avons reproduites textuellement.

Enfin, nous n'avons pas négligé d'indiquer, en notes, les variantes qui existent entre les deux textes.

Nous n'avons pas parlé d'une copie de cette même Charte, faite en 1544 et signée par le Juge réformateur : De Boelhio (voir le spécimen photographique que nous donnons du protocole qui termine cette copie). Il n'en reste que quatre feuillets, soit: 8 pages. Elle se trouve aux archives de notre ville, dans la série AA (sans numéro), sur parchemin de 0,31 de hauteur et 0,22 de largeur. Elle porte, sur le coin droit de la première feuille, à la partie supérieure (écriture du xviii° siècle) la mention suivante : « *Fragment des Coutumes de la Ville de Saint-Gaudens dont il y a un extrait au livre des privilèges de lad. Ville* » ; — puis. sur une des marges écrit en travers, dans le sens de la hauteur, (d'une autre écriture de la fin du xviii° siècle) : « *21. Un parchemin sans commencement contenant les Coutumes de cette ville, et par une note il y est dit qu'il y en a un extrait au livre des privilèges de lad. Ville.* »

Cette dernière note et le chiffre 21 qui est au-dessus indiquent qu'un inventaire avait été fait des pièces de nos archives, dont il ne reste plus grand chose. Quant au Livre des privilèges, dont il est fait mention sur le fragment que nous signalons, il n'existe plus dans nos archives.

Le fragment AA commence à : « *diners nal senhor. El deu la fer arreder...* » (voir l'article LXIV *in fine* dans notre texte). La première feuille est trouée en trois endroits sur les plis, piquée, tachée. Les autres feuilles, quoique ayant une large mouillure, sont en bon état et lisibles. Comme dans la copie de Pau B. 1380, l'écriture est très-tourmentée. Nous donnons la version de ce fragment, concurremment avec celle de B 1380, à partir de notre art. LXV.

Telles sont les seules copies que nous connaissions de la Charte de 1203. Nous devons signaler toutefois deux autres chartes de coutumes qui sont la reproduction presque littérale de la nôtre. Nous faisons allusion à celle de Valcabrère (près de Saint-Bertrand-de-Comminges) et à celle de Villeneuve-de-Rivière (près de Saint-Gaudens). La première a paru en appendice dans l'*Étude sur la Basilique de Saint-Just et les Antiquités de Valcabrère* par le baron d'Agos. Mais le texte publié est si fautif que nous n'avons presque pas pu l'utiliser. Celle de Villeneuve-de-Rivière, dont nous avons en notre possession une copie manuscrite très fautive et dont il existe une autre copie, médiocre et écourtée, aux archives départementales de la Haute-Garonne (sous le n° E. 891), n'a pu nous servir non plus. Nos ressources, pour comparer le texte de notre Charte, ont donc été réduites à la copie de Pau de 1542 (B. 1380), et au fragment AA. de 1544, qui se trouve dans les archives de notre ville.

Droit coutumier, Privilèges, etc.,

d'après la Charte et les Dénombrements.

Dans la Charte de 1203, comme dans la plupart des documents de ce genre, les matières sont insérées sans ordre, au hasard. Cela tient, certainement, à ce que notre Charte est une compilation d'*établissements* — suivant le terme de l'époque — de règlements, de lois, rédigés au fur et à mesure des besoins, portant, par conséquent, des dates différentes, traitant de toutes matières, modifiant en tout ou en partie des décisions antérieures, etc. Un jour, tous ces actes furent réunis en un seul corps de doctrine, sans s'occuper de l'ordonnancement des matières, sans tenir compte d'aucune modification, en s'attachant, peut-être, à la chronologie des actes. La compilation était ainsi réduite à une œuvre pure et simple de scribe, et on respectait, par suite, la tradition qui imposait, en ces âges profondément traditionalistes, la transcription littérale de tout document reproduit.

Cette hypothèse sur la façon dont fut élaborée notre Charte en 1203 — car ce n'est qu'une hypothèse — nous a été suggérée par ce qui se passait à Toulouse, avant que le roi de France imposât à cette ville la codification de ses coutumes à la fin du xiiie siècle. Le comte ou les consuls faisaient leurs établissements suivant les besoins journaliers de la cité — tels que Catel les donne dans son *Histoire des Comtes de Toulouse* — traitant d'un ou de plusieurs sujets à la fois, car il arrive que, dans le même acte, la police des mœurs est mêlée à une question de fief ou que des taxes de péage suivent ou précèdent des édits somptuaires. Supposons que les consuls de Toulouse aient décidé de réunir tous ces actes en un seul titre, en suivant seulement l'ordre des dates, par exemple, sans indiquer celles-ci, ils auraient eu — toute proportion mise de côté — la compilation désordonnée que présente la Charte de Saint-Gaudens.

Car nous prétendons que ce document n'a pas été entièrement rédigé, en 1203, par un notaire écrivant — ainsi que le signale M. F. Pasquier dans son édition des *Coutumes du Fossal* — sous l'impulsion des parties intéressées, couchant par écrit un article, dès que l'accord était fait sur un point, la suite ou la fin étant réservée ; passant à un autre sujet, qu'on rédigeait immédiatement, si l'accord existait ; reprenant l'article réservé, le modifiant même et formant un nouvel article inscrit à la suite du sujet quelconque qu'on venait de codifier, et cela, sans même se préoccuper de sa concordance avec la partie précédemment rédigée. « Quand toutes les questions en cause avaient été traitées, — ajoute M. Pasquier — on terminait l'acte, auquel les parties donnaient leur approbation et que le notaire rendait authentique. L'arrangement des articles dans un ordre logique ou l'introduction de modifications n'étaient plus possibles sur la minute, dont les expéditions devaient être la fidèle reproduction ».

L'observation de M. Pasquier est tout à fait juste pour les actes privés et pour bon nombre d'actes publics. Mais nous ne pensons pas qu'elle s'applique à la Grande Charte de Saint-Gaudens, composée, à notre avis, d'une série d'actes rédigés antérieurement à 1203 ou à cette dernière date. Car nous pourrions, à la rigueur, classer ces actes suivant un ordre d'ancienneté déduit de la langue employée dans leur rédaction. Mais nous ne saurions leur fixer une date précise, sauf peut-être là où il s'agit de l'établissement de la Paix de Dieu en Comminges. Ce serait, du reste, un travail sans intérêt. Nous préférons grouper, par ordre des matières, les articles de nos coutumes, articles taillés — qu'on nous permette le mot — par nous, dans le bloc compact que présente la graphie de l'instrument de 1203.

Les divisions que nous avons adoptées pour le groupement des diverses matières qui composent la Grande Charte sont les suivantes :

    I. La ville et son territoire ;
    II. Organisation politique, religieuse et administrative ;
    III. Organisation judiciaire et procédure ;
    IV. Régime des personnes ;
    V. Régime de la propriété ;
    VI. Droit criminel ; police ;
    VII. Commerce et industrie ;
    VIII. Budget.

Nous puiserons des données complémentaires dans les Dénombrements de 1542 et de 1665, que nous publions, parce qu'ils contiennent des renseignements intéressants sur la vie de notre vieille cité, très-particulariste, — si particulariste que, bien qu'ayant emprunté, dans les premiers temps de son existence, beaucoup d'usages à Toulouse, elle ne suivit pas l'évolution politique et administrative qui, dès le xie siècle, entraina cette ville vers la centralisation outrancière de la cour de France. Elle resta foncièrement commingeoise, profondément gasconne ; et elle conserva, jusqu'en 1789, au milieu de tourmentes et de détresses, une inébranlable fierté, une autonomie intangible et une hégémonie de bon aloi, symbolisée par sa devise : *Nebosani civitatum princeps.*

§ I. — La ville et son territoire

(LVII, LVIII. — De *iiij* à *xj*. — De 22 à 25) [1]

Le territoire de la ville de Saint-Gaudens est encore aujourd'hui celui qui est délimité à l'art. LVII de la Charte de 1203 ; c'est-à-dire : à l'est, par Landorthe et Estancarbon ; au sud, par Miramont et Valentine ; à l'ouest, par Villeneuve-de-Rivière ; au nord, par Pommarède, Saux et Lieoux. Au xiie siècle, les habitants avaient le droit d'exploiter les bois des *honors* de Landorthe, (aujourd'hui une commune), de Montaut (que la ville de Saint-Gaudens a vendu à un particulier, à la fin du xixe siècle) et de Linhac (*honor* incorporée à la commune de Villeneuve). La ville de Saint-Gaudens acquit, plus tard, le bois de la Punta (à la bifurcation des routes de Boulogne et d'Aurignac, au sud de Lieoux). Les îles de Saint-Jean et d'Auné, qui ont été formées par la Garonne sur des terrains appartenant à la ville, lui sont restées. Mais le fief de Montjayme est incorporé, aujourd'hui, à la commune de Miramont.

Sur la ville proprement dite, la Charte de 1203 ne donne aucun renseignement particulier. On sait par elle qu'il y avait un Chapitre, parce qu'il est fait mention des « *senhors de la claustra* » ; et qu'elle était fortifiée, parce que deux portes y sont dénommées, celle conduisant en Bigorre et en Espagne (à l'ouest) et celle menant à Toulouse (à l'est). Nous savons cependant que, depuis 1168 au plus tard, il y avait dans la ville un hôpital de Saint-Jean de Jérusalem important. Il n'en est pas fait mention dans la Charte ou dans les Dénombrements postérieurs, pas plus que des F. F. Prêcheurs et de leur collège remontant à 1290.

---

1. Les chiffres romains en majuscules se rapportent aux articles de la Charte de 1203 ; ceux en italique, au Dénombrement de 1542 ; les chiffres arabes visent les articles du Dénombrement de 1665.

Ces Dénombrements nous .renseignent davantage sur Saint-Gaudens au xvie et au xviie siècles. Nous n'avons pas l'intention de faire, ici, l'histoire de notre ville. Nous nous contenterons de dire que, en 1542, il y avait quatre tours dans la ville, mais l'acte ne mentionne que trois portes, dont la dénomination, donnée à l'art. *xxxiiij*, est sujette à révision ; à cette date aussi, la ville avait une maison commune, ce dont ne fait pas mention la Charte de 1203. En 1665, il y avait 5 portes, appelées : du Barry bigourdan, de Goumeds, de Simonet, du Moulat et de la Trinité.

La Charte de 1203, qui fixe le jour de la tenue du marché à Saint-Gaudens, n'indique pas s'il y avait une ou plusieurs places pour les marchands. Les Dénombrements de 1542 et de 1665 en mentionnent deux : celle de la Peyre, dont on ne se rappelle plus l'emplacement (peut-être, au milieu du Barry bigourdan, derrière la maison dite du Lanternier, près de l'Hôpital de Saint-Jean, qui devint maison d'école), et celle du Marcadal, devant l'église paroissiale (art. 19 et 21 du Dénombrement de 1665).

§ II. — Organisation politique, religieuse et administrative

(XXXIV, XLV, L, LXIX. — *xij, xiij, xviij*, — 3, 9, 21.)

Nous n'avons pas de renseignements nombreux sur l'organisation politique du pays à l'époque féodale. La Charte de 1203 est un instrument trop spécial pour contenir sur ce sujet des indications. Nous pourrions recourir à d'autres documents ; mais cela nous entraînerait à faire l'histoire du Comminges, ce que nous ne voulons pas entreprendre ici.

Tout en nous tenant dans les limites que comporte notre sujet, nous pouvons dire que les comtes de Comminges ne paraissent pas avoir résidé, sauf à des intervalles plus ou moins rapprochés, dans la ville de Saint-Gaudens. Bernard V (ou IV, voir note 55 du texte de la Charte), — qui nous intéresse particulièrement en ce point, — prit le gouvernement du comté, du vivant de son père, vers 1175 ; or, ce n'est qu'en 1203 qu'il s'intéressa aux coutumes de Saint-Gaudens. C'est que ces comtes, qui se laissaient déjà absorber par les intérêts qu'ils avaient en Languedoc, étaient, depuis longtemps, inféodés aux comtes de Toulouse, lesquels disposaient d'une puissance territoriale très grande.

Donc, de 1175 à 1203, le comte Bernard ne semble pas être venu à Saint-Gaudens ; et, cependant, aux termes de l'art. LXX de la Grande Charte, les appels contre les jugements rendus par les juges jurats devaient être soumis au seigneur, « dès qu'il viendra dans la ville », ce qui laisse supposer qu'il y venait à des intervalles moins longs que celui que nous avons signalé ci-dessus. Il est vrai que ces comtes étaient fréquemment employés à des guerres plus ou moins lointaines et, aussi, que notre pays était pauvre. Ils laissaient donc l'administration de la ville à leur *bayle* et aux *prosomes*, auxquels ils accordaient, par suite, une liberté et une autorité si absolues, que l'appel des jugements devait être une exception.

Néanmoins, leur autorité propre sur les gens et sur les choses n'était peut-être pas aussi grande qu'on pourrait le supposer. A Saint-Gaudens, ce sont les juges jurats qui déterminent les redevances à imposer pour couvrir des dépenses de guerre ; ce sont les *prosomes* qui doivent payer au seigneur les redevances dues par les marchands de la ville, accepter ou refuser le bayle, le sous-bayle. En 1175 (?), Dodon, le père de Bernard V, donne, en se faisant hospitalier à Montsaunès, plusieurs *casals* situés l'un à Saint-Gaudens, l'autre à Salies, l'autre au « pla de Saun » et l'autre à Samatan, ainsi que des « pignora » que lui devait la ville de Muret, etc. Or, cet acte porte la mention suivante, dont nous ne voulons pas tirer des conclusions trop rigoureuses, mais qui est bien instructive : cette donation est faite avec le consentement de son fils Bernard « e ab abes de totz los prosomes de Sen Gaudens e a lor sabud » (avec avis et à la connaissance des prosomes de Saint-Gaudens). (Fonds de Malte. Saint-Gaudens, liasse 1, n° 31. Archives de la Haute-Garonne.)

En 1143, le comte de Comminges voulut construire une forteresse à Saint-Béat (*Histoire de Languedoc*, édit. Privat. t. v. col. 1772 ; t. vii, p. 146). Mais Pierre de Saint-Béat le lui interdit, et la forteresse ne fut pas élevée. En 1257, un conflit s'éleva, au sujet de la possession de Lestelle, entre le comte et l'abbé de Bonnefont ; le comte fut obligé de subir le paréage avec l'abbé un dimanche de juin. (Archives du Gers. Bonnefont, n° 4485 provisoire.) Nous n'insistons pas davantage.

Nul ne pouvait habiter la ville et les habitants ne pouvaient ouvrir de boutique sans l'autorisation du seigneur.

Au point de vue religieux, la Charte de 1203 ne mentionne que les chanoines de l'évêché de Comminges, et seulement à l'occasion de la dîme du sel. Quant à l'évêque, il n'y est fait allusion qu'une fois, à propos de la Paix de Dieu... Et à ce sujet, nous ferons remarquer que des membres du Chapitre, ou du clergé paroissial, ne sont pas appelés par Bernard V comme témoins en

1203 et qu'un seul chanoine fut convoqué lors de la confirmation des coutumes par Gaston-Phœbus en 1345.

Quant à l'administration, elle était composée des prosomes, des juges jurats — émanation des prosomes — et du bayle — représentant du seigneur.

Combien étaient ces *prosomes* ? L'acte de 1203 ne contient sur ce sujet que des indications très vagues. L'art. LXIX fait allusion à 16 prosomes, si on admet la rectification que nous proposons dans la note 178 du texte. En nous reportant aux noms des témoins inscrits à la fin de la Charte de 1203, parmi lesquels durent figurer normalement les prosomes, nous ne pouvons y puiser aucune indication, parce que les noms de ces témoins ne sont suivis d'aucun titre. Il y avait 23 témoins ; mais nous pouvons supposer que les 13 premiers n'étaient pas habitants de la ville. Ce n'est peut-être pas une raison suffisante pour les exclure du corps des prosomes de Saint-Gaudens, en 1203 ; mais les probabilités nous paraissent être en faveur de notre supposition. Quant aux 10 autres, nous n'avons aucun motif d'exclusion à faire valoir contre eux ; nous ferons remarquer, toutefois, qu'il devait y avoir nécessairement parmi les témoins, conformément aux usages de l'époque, quelqu'un du *poble*. Quoi qu'il en soit, nous ne pouvons tirer de la Charte aucun renseignement précis sur le nombre des *prosomes* chargés de l'administration de la ville, au XIIe siècle. Pour 1345, elle ne nous donne pas de renseignements plus complets. En effet, 5 témoins seulement y figurent avec le titre de consuls, sur plus de cent qui y sont nommés. Nous ne nous arrêterons pas plus longtemps sur ce point. Nous constaterons seulement que les *prosomes* élisaient, chaque année, six juges jurats choisis parmi eux.

En 1542, les *prosomes* — qui ont pris la dénomination de *conseillers* — sont au nombre de 24, (6 par quartier) ; mais ils n'élisent que 4 juges jurats (qui sont appelés : *Consuls*), au lieu de 6, au XIIe siècle. Les mêmes dispositions sont en usage en 1665.

Au XVIe et au XVIIe siècles, la durée du mandat des conseillers et des consuls reste fixée à une année. Les 24 conseillers sortants, auxquels les consuls adjoignent 24 autres conseillers choisis par eux, élisent 24 nouveaux conseillers, qui, après leur installation, nomment les 4 consuls chargés de la justice. Nous parlerons plus longuement de ceux-ci dans le paragraphe relatif à l'organisation judiciaire.

Les *prosomes* jouissaient, en 1542, du privilège de ne pouvoir être incarcérés dans les prisons de la ville, à moins que ce fut pour crime. En dehors de ce cas, l'officier municipal inculpé ou condamné était conduit, par trois de ses collègues, dans une maison qui lui était assignée.

Enfin, il y avait, dès 1542, un Consistoire des marchands présidé par les consuls.

Quelles étaient les fonctions des *prosomes* proprement dits au XII° siècle ? La Charte de 1203, qui est principalement un « livre de justice et de pleyt » — selon les expressions employées au moyen-âge — ne nous renseigne que sur l'autorité qui leur est attribuée dans les questions de redevances (art. XIV), de guerre et de police. En 1542 et 1665, ce sont les consuls qui ont la « justice haute, moyenne et basse ». Aussi ont-ils pris un *assesseur* — quelque licencié es droits, sans doute — pour les conseiller en ces matières. Un greffier était adjoint au tribunal consulaire.

Quant au bayle, la Charte de 1203 n'en fait mention que pour dire qu'il doit être accepté par les prosomes et se gouverner selon leurs conseils. Il semble n'avoir que des attributions de justice ; mais, en droit et en fait, il représentait le comte de Comminges et exerçait tous les pouvoirs de celui-ci, dont il surveillait, en même temps, tous les intérêts matériels. Il pouvait avoir, si les prosomes y acquiesçaient, un sous-bayle.

En 1542 et en 1665, le bayle devait avoir, obligatoirement, ce lieutenant, qui était soumis à l'acceptation des consuls comme le bayle lui-même.

Un personnel d'agents subalternes, — un forestier, dans la Charte de 1203 ; des tâte-vins (ou *chinchayres*), des experts pour l'estimation des dommages, des messeguiers (ou *messagues*) pour la garde des moissons, des valets de ville (ou *hucaires*) pour les encans, — est accordé aux officiers municipaux.

Enfin, un notaire était spécialement désigné, au XVI° et au XVII° siècles, pour rédiger les actes émanant de ces officiers.

§ III. — Organisation judiciaire et procédure

(I, II, IV, XXXII, XXXV, XLI, XLV, LI, LIX, LX, LXI, LXVII, LXVIII, LXIX, LXX. — *xij, xv, xxij, xxxvij*. — 45, 28)

Ainsi que nous l'avons déjà sommairement indiqué, la justice était rendue dans notre ville, au XII° siècle : (a) par les *prosomes* proprement dits ; (b) par six *juges jurats*, choisis parmi les prosomes ; (c) par le *bayle* ; (d) par le *senhor*. Mais celui-ci n'était pas appelé à trancher les différents, que son bayle, croyons-nous, connaissait et réglait par délégation ; le seigneur (quoique les termes de la Charte soient peu précis à ce sujet) représentait seulement le dernier échelon dans l'organisation judiciaire : celui de l'appel contre les jugements rendus par les juges jurats.

Les *prosomes* proprement dits étaient chargés de tout ce qui concernait la constitution des cautions, les enquêtes préalables on cas de procès porté devant la juridiction seigneuriale, la police de la ville (constatations de l'adultère, disputes sans blessures, vols avec remise des voleurs à la juridiction seigneuriale, s'ils le décidaient, recherches des choses volées faite concurremment avec le bayle et deux témoins, injures) ; enfin, ils avaient la garde des coutumes et l'acceptation ou le refus du bayle et du sous bayle. La procédure à suivre devant eux dans les affaire de justice et de police n'est pas indiquée. Ils étaient responsables devant le bayle de toutes les redevances dues au seigneur.

Les juges jurats connaissaient des faits suivants : impositions pour dépenses de guerre, accusation de trahison, procès où le seigneur était partie, prestation du serment par le bayle et le sous-bayle, plaintes du chef de famille pour prêts ou emprunts aux fils non émancipés, représailles, cautions non fournies. Leurs décisions devaient être observées par le seigneur, qui les faisait aussi observer. Ils prêtaient serment aux prosomes qui les avaient désignés comme juges jurats. Leur judicature ne durait qu'une année et ils ne pouvaient être réélus, l'année suivante. Ils ne devaient recevoir aucun salaire pour les procès.

Tous les autres faits visés dans la Charte, civils ou criminels, relevaient de la justice seigneuriale, c'est-à-dire du bayle, dont la décision était sans appel (art. XXXV). Nous les énumérerons au § VI. Toutefois, on pouvait faire appel au seigneur des jugements rendus par les juges jurats ; alors, le seigneur lui-même prononçait la nouvelle sentence avec 6 prosomes autres que les premiers juges. Et si un habitant de la ville intentait un procès au seigneur, — en matière civile, très-probablement — l'affaire était jugée par les prosomes.

Comment les affaires arrivaient-elles « en mang » du seigneur ou des jurats ? La Charte ne donne aucun détail particulier à ce sujet. Nous savons seulement que l'action judiciaire ne s'exerçait, quelle que fut la juridiction, que sur plainte préalable et que la caution était la base de cette action. La caution fait l'objet de nombreuses dispositions. La Charte n'énumère que les délais à accorder, si c'était nécessaire, quand les procès étaient engagés. Il suffit de se reporter à l'art. LXVIII pour connaitre cette procédure, qui était celle suivie en bien d'autres lieux.

Les Dénombrements de 1542 et de 1665, qui ne sont pas des documents de droit coutumier comme la Charte de 1203, indiquent seulement la compétence des consuls, qui exerçaient la justice civile, criminelle ou de police, avec un ou deux *assesseurs* et un *greffier*. Le tribunal des consuls pouvait donc être composé de 6 membres, en 1665, comme il l'était en 1203. La compétence en matière civile ne dépassait pas cent sous ; il est probable qu'on n'appliquait plus, en matière criminelle ou de police, le droit coutumier du xiiᵉ siècle, car le Dénombrement de 1665 fait déjà allusion au juge royal, qui n'était pas le bayle, devenu un simple agent fiscal, mais le sénéchal ou son délégué, avec lequel les consuls devaient appliquer les « ordonnances », Ceux-ci s'occupaient aussi du transfert des condamnés, « après appel interjeté en la Cour du Parlement ». L'appareil de justice s'est compliqué ; et les consuls, munis d'un sceau particulier, portent la robe et le chaperon.

§ IV. — Régime des personnes

(II, III, XVII, XVIII, XXIX, XXX, XXXI, XXXII, XXXIII, XXXVII, XXXVIII,

XLI, XLII, XLIII, LII, LIII, LIV, LXXVI. — *xxxiij.)*

La Charte de 1203 ne contient aucun renseignement sur l'état civil (naissances, mariages, décès), ni sur les testaments. Nous savons seulement par celle-ci que la puissance paternelle était absolue et que l'émancipation des enfants avait lieu par le mariage.

Les conditions sociales, à cette époque, sont indiquées ainsi, à l'art. XVIII : *cauers, borzes* et *bilas*, (chevaliers, bourgeois et vilains). Ces derniers sont aussi appelés : *pages* (paysans), à l'art. LXXVII. La Charte ne fait aucune distinction entre eux dans les dispositions de droit qu'elle contient ; ils sont toujours désignés par une seule et même appellation : *home* ou *hom* (home, vassal sujet). Toutefois, nous remarquons, aux art. XLVII et XLVIII, une dénomination : *son home*, qui indique un état de servage que nous traitons dans la note XIV des « Eclaircissements ». Nous devons aussi signaler, à ce même sujet, l'art. III, où il est prescrit à tout *home* de Saint-Gaudens de se rendre à l'armée *ab ung home armad* (avec un serviteur armé).

On ne pouvait engager d'action judiciaire — nous l'avons dit déjà — sans avoir, au préalable, constitué des cautions (*fizansas*), lesquelles devenaient des garants que l'on poursuivait au lieu et place du délinquant, en cas de fuite de celui-ci, et que l'on rendait responsables des peines prononcées contre ce délinquant, si celui-ci était condamné.

L'*home* n'est reconnu comme habitant de Saint-Gaudens qu'après avoir accompli, dans l'intérieur de la ville, pendant un an et un jour, le guet et les rondes ; il peut abandonner la ville quand il veut, à condition de vendre sa terre ; il peut venir de nouveau l'habiter, même s'il l'avait quittée pour dettes, et l'on sait combien était dure la loi contre les débiteurs, en ces temps d'extraordinaire confiance entre gens de la même communauté ; on leur accordait alors un an pour se libérer envers leurs créanciers.

L'*home* jouit personnellement dans la ville, dans tout le Comminges, de la protection du seigneur et de celle de ses concitoyens ; il peut faire jouir par lui-même de cette sauvegarde tout étranger que des affaires appellent dans la ville, à moins que celui-ci soit un malfaiteur ou qu'il ait été banni. La même protection s'étend aux choses apportées par le protégé.

L'*home* peut engager le duel.

Il peut saisir, même d'autorité privée, personnes et biens.

Il peut exercer contre les étrangers qui l'ont lésé *cavalcada* (chevauchée) et représailles (*marca*).

Il peut venger le meurtre d'un de ses parents où il veut, comme il veut.

Il a puissance absolue dans sa maison, sur sa famille.

Il est exempt de leude dans tout le Comminges...

En résumé, il est maître de sa personne et de ses biens, dès qu'il est émancipé. Sa liberté est entière ; sa responsabilité également ; et par la protection — la *guiza* — qui l'entoure et qu'il assure aux autres, cet *home* est une personnalité morale d'une grandeur et d'une douceur infinies.

Et à ce sujet, le Dénombrement de 1542 donne un renseignement très intéressant, à l'art. *xxxiij* : « Aucun exécuteur de lettres... ne peut procéder à la prise de corps contre quelqu'un étant dans une maison de la ville ou dans la juridiction de cette ville, ces maisons étant privilégiées contre de tels actes ». Voilà un droit d'asile qui n'est que la continuation de la *guiza* élargie à un point que n'a pas connu le droit coutumier de la France du Nord. Mais la *guiza* de notre Charte, très-étendue, à peine limitée, a un caractère foncièrement méridional de fière générosité ; et alors que chaque habitant de la ville pouvait exercer par lui-même ce droit de protection, on agrandissait encore cette *guiza* en constituant un quartier de la ville — celui de Goumeds — en *salvetat* [1].

---

[1]. Notum sit... quod : ego, Arnaldus de Brocenaco, comendator domus hospitalis Sancti Gaudencii, ordinis sancti Johannis iherosolomitani... vendo Ramundo tibi, Arnaldo de Aulon et ordinio... quamdam bordam cum area sua, cum terra in qua est et cum omnibus juribus et pertinenciis suis, quam ego et fratres predicti hospitalis...

§ V. — Régime de la Propriété

Le premier article que nous trouvons, sur ce régime, dans la
Charte de 1203, est l'art. XXIX. Il est dit que si un étranger
prend à un habitant sa terre, son argent ou quoi que ce soit,
celui-ci a le droit de recourir à la *cavalcada* (chevauchée) contre
cet étranger ; puis, il est traité des pertes subies par la famille
de l'habitant ; de la tutelle des enfants et de leurs biens, dont les
garants sont déclarés responsables jusqu'à la majorité des enfants ;
du prêt, par le père, au fils non marié, d'une terre ou d'un cheptel
quelconque ; des tentatives de dépossession d'un bien occupé
par qui que ce soit ; de la saisie des gages mobiliers ou
immobiliers...

Quant aux fours et moulins banaux, ils pouvaient être utilisés
par les habitants de la ville sans payer de redevances, à moins
qu'ils fussent établis sur une terre soumise au droit de cens
depuis longtemps. Les bois, les eaux, pouvaient être librement
exploités par ces mêmes habitants qui jouissaient aussi du
droit de dépaissance dans les bois non en défens et sur les
terres non cultivées. Une réserve était faite, à ce sujet, sur les
honors (fiefs) non incorporées dans les *dex* (limites) de la ville
(art. LVIII.)

Mais comment la propriété était-elle constituée ? La Charte ne
précise rien à ce sujet. D'après d'autres documents émanant de
l'Hôpital de Saint-Jean de Jérusalem, et des abbayes, le comte de
Comminges pouvait donner à d'autres des terres occupées, au
moment de la donation, par des chevaliers, bourgeois ou vilains ;
mais ces donations, quand elles étaient faites à des établissements
religieux, devenaient irrévocables et revêtaient un caractère de
véritable propriété, dans le sens actuel du mot. C'est que
l'excommunication — arme très redoutée — s'exerçait contre
quiconque voulait reprendre ces biens. Tandis que les ventes
ou donations faites à des particuliers par le seigneur restaient
révocables ; un dédommagement était presque toujours accordé
aux dépossédés.

habemus et tenemus et possidemus in villa Sancti Gaudencii. *in salvitate de Goumeds...*
per. L. sol. morl. bonorum... Actum est idlis martii... anno ab incàrnatione Domini.
m°. CC° LXX°. quarto. (Archives de la Haute-Garonne. Fonds de Malte. Saint-Gaudens
liasse I, n° 87.)

Sous Gaston-Phœbus, les donations ne sont plus gratuites : les consuls payent 230 livres la possession des *honors* de Montaut, Montjayme et La Barthe-du Soumès, où la ville n'avait qu'un droit d'usufruit, en 1203. Ce qui n'empêcha't pas son père, Gaston II, d'écrire, le 17 février 1330, aux consuls de Saint-Gaudens, « avec les plus tendres démonstrations d'affection et de confiance, pour qu'ils accordassent à André Gaston — son parent ? — un arpent de fonds à l'effet d'y faire un pred. » (Instruction pour les consuls contre les Jésuites de Saint-Gaudens, du 30 août 1740 (?), appartenant à M. Abadie.) C'est que les *padoens* qui figurent à l'art. LVII de la Charte de 1203 appartenaient *pleno jure* à la communauté de Saint-Gaudens, de sorte que les consuls pouvaient à leur gré, ainsi que cela avait été reconnu dans une transaction du 28 janvier 1335, les affermer, les vendre ou bailler en fiefs (*locare et ad novum feudum dare et concedere.*)

Mais, en 1542, la ville paye déjà sur les terroirs qui lui avaient été attribués dans la Grande Charte, une « garantie annuelle de 12 sous jacquez », (20 livres, à l'art. 24 du Dénombrement de 1665) ; cependant les consuls disposent toujours du droit de donner à fief et à nouveau fief « toutes les terres étant dans leur juridiction ». On peut bâtir tours et fours dans sa maison ; on peut chasser dans tout le terroir de Saint-Gaudens sans autorisation préalable et avec les oiseaux de rapine, si l'on veut. Il est vrai qu'au XVIe siècle la propriété était constituée sur des bases plus fixes que celles qui existaient au moyen-âge ; on pouvait acheter et vendre à son gré et sans craindre la dépossession.

§ VI. — Droit criminel ; Police

(De IV à XVI, XXXIX. — *xxxij.* — 17)

Nous touchons ici à un point intéressant les mœurs, au XIIe siècle, dans nos régions. Nous suivrons, dans l'énumération des crimes et délits, l'ordre des articles de la Charte.

Adultère. — Des prescriptions spéciales sont édictées sur la manière dont on devra procéder pour constater le délit : il faut deux témoins *que no sian forsadors, ni prenedors,* dit la Charte ; le délinquant mâle doit avoir, au moment de la constatation, les braies baissées. La Charte ne dit pas, comme cela est spécifié dans bien d'autres Coutumes, que cette constatation pouvait se faire dans l'intérieur d'une maison ; il semblerait, cependant, qu'il en pouvait être ainsi, puisque le cas est prévu où les délinquants pourraient s'enfuir jusqu'à la rue ou au chemin public, qui étaient sous la sauvegarde du seigneur et où, par conséquent, on ne pouvait être saisi. Mais si les témoins avaient pu prendre, avant que les délinquants eussent atteint le dehors, une partie des vêtements appartenant à ceux-ci (qu'ils avaient quittés apparemment), la preuve était faite. Et on traduisait les délinquants en justice. Pas de peine portant course à travers la ville en postures obscènes ; pas d'exhibition dans les rues, sans vêtements, comme cela se faisait alors un peu partout. Il est vrai que la Charte de 1203, art. XIII, n'indique pas la peine infligée ; elle se contente de prescrire au seigneur de faire juger les inculpés ; mais, à notre avis, la peine de la course ou de l'exhibition serait mentionnée, si elle eût été appliquée à Saint-Gaudens.

Homicide. — Celui qui avait commis un homicide dans la juridiction de la ville devait être remis « à la merci » du seigneur. Était-il pendu, empalé ou décapité ?.. La Charte n'en parle pas : mais l'expression : *à la merci* est grosse d'hypothèses, étant données les mœurs de l'époque. Cependant, l'accord qui pouvait être passé avec le seigneur, à l'occasion de cet homicide, laisse supposer également que, avec de l'argent ou autre chose, on éteignait l'action judiciaire. Ainsi, pour un étranger tué par un homme de Saint-Gaudens, celui-ci devait payer 20 deniers. Mais si un étranger tuait un habitant de Saint-Gaudens, les parents de celui-ci ou ses amis pouvaient exercer le droit de vengeance contre l'étranger, sous la protection et avec l'aide du seigneur. Quant à l'habitant de Saint-Gaudens qui tuait un de ses parents, il était traité comme l'étranger ayant tué un habitant de la ville, et il était banni.

Blessures. — Elles étaient de deux sortes : graves (*leiales*) ou simples. Celui qui avait fait à quelqu'un une blessure grave pouvait être puni de 60 sous d'amende et devait à la victime réparation du mal causé. Réparation par duel ? Peut-être ; mais rien de précis n'est donné à ce sujet dans la Charte. Si c'était une blessure simple, faite toutefois avec une arme, la peine était également de 60 sous, mais sans réparation. S'il ne s'agissait que de contusions ou de coups, le délinquant ne relevait pas de la justice du seigneur.

Vols. — Les voleurs étaient jugés par les prosomes. Le seigneur n'intervenait que si les prosomes (en raison de la gravité et des circonstances du vol, probablement), avaient décidé d'envoyer les voleurs devant sa juridiction. Dans le cas où les prosomes retenaient l'affaire devant eux, les voleurs pouvaient se racheter par un gage, dont la valeur était déterminée par les juges. Mais si les voleurs avaient été arrêtés par ordre du seigneur, ils étaient traduits devant la juridiction de celui-ci. Au sujet des arrestations, un détail significatif est donné à l'art. X : celui qui avait blessé ou tué un voleur, pendant l'exécution de l'arrestation, n'était pas poursuivi pour ce fait.

La recherche des objets volés devait se faire, si la victime le demandait, par le bayle assisté de deux témoins.

Outrages. — Si on était appelé : *traître*, on pouvait ou recourir au duel gagé entre les mains du seigneur, ou s'en remettre à sa justice. Si l'accusation contenue dans cet outrage était reconnue fondée, on devait s'accorder avec le seigneur, dans le cas où l'on eût recouru au duel, ou payer une amende de 20 deniers, si on s'était adressé à la justice du seigneur.

Si quelqu'un était traité de voleur et s'il opposait immédiatement un démenti à l'accusation contenue dans l'outrage, l'affaire s'arrêtait-là ; mais s'il ne démentait pas l'accusation ainsi lancée contre lui et portait plainte devant le seigneur, celui-ci devait prononcer un jugement.

Disputes avec voies de fait. — Les art. VIII et XVI, qui traitent de ces disputes, mentionnent seulement que les parties étaient jugées par le seigneur.

(Le Dénombrement de 1542 ne s'occupe que de l'incarcération ; les consuls ont le droit de ne pas mettre en prison un homme de la ville, sauf pour cause criminelle. Celui de 1665 ne vise que l'entretien des prisonniers.)

§ VII. — Commerce, Industrie

(De XIX à XXVII, XLI, XLII, XLIII, XLIV, LXXI LXXII
— *xix, xxv, xxvij, xxxij.* — 21, 32)

Il est évident que nous ne pouvons donner, avec les seuls éléments contenus dans la Charte, des renseignements sur l'importance du commerce et de l'industrie à Saint-Gaudens, au XIIe siècle. Il faudrait des statistiques pour cela ; mais, à cette époque — peut-être heureuse, sinon fortunée — les statistiques étaient le moindre souci du seigneur et des commerçants. On n'avait alors, dans nos régions — froides et stériles, disait le dénombrant de 1665 — que quelques sentiers pour chevaux ou mulets, gardés, de loin en loin, à l'aide de quelques tours crénelées ou de quelques lieux fortifiés, où l'on relayait et où l'on gitait. Et on allait ainsi, roussin portant charge, à Foix et en Catalogne, à Toulouse et à Cahors, à Auch et à Bordeaux, et à Saragosse, et à Compostelle aussi, en « sent-jacquayres », qui, gourde et chapelet pendants, échangeaient des marchandises sur la route, comme le font encore quelques colporteurs de nos vallées.

Mais si nous ne pouvons fournir des renseignements sur l'importance du commerce et de l'industrie dans notre localité au XIIᵉ siècle, nous pouvons du moins indiquer, grâce aux leudaires de 1203 et de 1345, la diversité des marchandises recherchées.

Nous commencerons par l'industrie, — nous devrions dire : par les corps d'états. La Charte de 1203 ne mentionne pas expressément les fabricants de draps ; mais elle frappe d'une redevance annuelle de 12 deniers les marchands de draps, les *détaillants*. Et comme l'on pratiquait, sans doute, le régime protectionniste, les étrangers [n'étaient pas admis dans la ville pour exercer ce négoce, sauf toutefois pendant une quinzaine de jours, au moment de la foire.

Les mêmes dispositions s'appliquaient au commerce de la laine.

La Charte signale ensuite les taverniers. Ceux-ci devaient être agréés par les prosomes. Ils payaient une redevance annuelle, qui nous semble lourde. Il est vrai que des vignobles existaient, à cette époque-là, dans nos régions. Ils s'étendaient jusques près de Tarbes. Or, il n'y a plus, dans la plus grande partie de l'ancien Comminges, que des vignes à hautins. Néanmoins, il faut admettre que pour supporter un impôt de 6 hectolitres de vin par an, — environ — les taverniers devaient être peu nombreux ; ou bien les buveurs étaient en nombre élevé. En tous cas, le commerce de la vaisselle vinaire, laquelle n'appartenait pas à l'industrie locale, était l'objet d'un fort impôt, en 1345 (art. LXXVIII.) Or, nous savons que, en ces âges où l'économie politique était fort peu étudiée, on frappait principalement d'impôts les corps d'états les plus florissants et les matières ou objets les plus recherchés. Ce moyen de se procurer des ressources ne semble pas avoir subi des modifications bien appréciables jusqu'à nos jours...

Après les taverniers viennent les cordonniers. Étaient-ils nombreux ? Il faut croire que non, puisque chacun d'eux était tenu de donner une paire de souliers par an au bayle. Nous admettons que celui-ci, qui ne devait pas rouler carrosse, dépensait force chaussure pour administrer les intérêts du seigneur dans le territoire, assez étendu, de la ville ; mais, quoique nous soyons convaincu du mauvais état des rues et chemins, nous pensons que le bayle n'usait pas plus d'une paire de souliers, tous les trois mois. Donc, il aurait dépensé trois paires de souliers, par an, ce dont nous pouvons déduire qu'il n'y avait alors à Saint-Gaudens que quatre ou cinq cordonniers.

Viennent ensuite les bouchers, qui sont astreints à l'abatage des animaux et à la vente des viandes dans un endroit désigné ; ils doivent donner, comme redevance, la poitrine de tous les bœufs et vaches débités et les lombes de tous les porcs ou truies tués. Nous pensons que le nombre de ces bouchers devait être peu élevé.

Et nous arrivons aux maréchaux-ferrants. Ils devaient, pour une maille — presque rien — par pied de bête, ferrer chevaux et gros bétail du seigneur et des prosomes. Ils fournissaient très probablement la matière première, car on leur accorde un double privilège : celui d'acheter le fer avant les revendeurs et celui de fixer eux-mêmes le prix des ferrures destinées aux animaux des habitants de la ville ou des étrangers.

La Charte de 1203 ne désigne pas d'autres corps d'états ; mais nous croyons pouvoir, en compulsant les leudaires de cette Charte et les indications contenues dans le préambule de 1345, indiquer une autre industrie, peut-être pas considérable : nous voulons parler de la mégisserie. En effet, la fouine, le renard, la loutre, la martre, le cerf, la biche, figurent dans les leudaires de 1203 et de 1345, concurremment avec le cuir de bœuf et de vache. A l'exception du cerf et de la biche, dont la chair était peut-être consommée, on ne devait certainement utiliser de la fouine, du renard, de la loutre et de la martre, que la peau ou fourrure. Or, parmi les témoins de la confirmation de la Charte, en 1345, nous trouvons, outre le nom de famille : Pelletier, des ouvriers pelletiers ou tanneurs.

Nous passons au commerce général.

Un marché était tenu dans la ville, le jeudi de chaque semaine, et une foire par an, si on s'en rapporte, pour celle-ci, aux termes de l'art. XIX. La date de cette foire, au XIIe et au XIVe siècles, n'est pas indiquée ; et nous ne pouvons pas la fixer d'après le Dénombrement de 1542, parce que le nombre des foires, à cette date, était de trois par an.

Trois articles de la Grande Charte sont consacrés à la protection des marchands et des marchandises, et, aussi, des acheteurs. En ce qui concerne les marchés, cette protection commençait le mercredi vers midi ; elle finissait dans la nuit du jeudi, sauf toutefois pour les vendeurs. Elle se continuait, pour eux, jusqu'à ce qu'ils eussent rapporté dans le lieu qu'ils habitaient ou dans tout autre lieu où ils se rendaient — non éloigné, sans doute —

les marchandises non vendues, et même jusqu'à ce qu'ils fussent payés de celles qu'ils avaient livrées à crédit.

Quique la Charte ne traite des revendeurs qu'à propos du fer, nous pouvons croire que la règle de ne pas acheter de marchandises avant midi, les jours de marché, leur était imposée. Nous la retrouvons dans les Dénombrements de 1542 et 1665 ; elle existe encore aujourd'hui.

On n'était pas soumis à l'obligation de se servir des poids et mesures du seigneur, lesquels étaient établis au marché. On tolérait que ceux dont on se servait chez soi fussent plus grands ou plus lourds que ceux du seigneur, mais non plus petits ou plus faibles.

La leude frappait, aux foires et marchés, le cheval, la jument, le mulet, la mule, l'âne, l'ânesse, le taureau, le bœuf, la vache, le verrat, le cochon ou la truie, la fouine, le renard, la loutre, la martre, le mouton, la brebis, le cerf, la biche, le froment, le sarrazin (blé noir), les *lassadas* (flossoyes, couvertures de lit), les bois pour lances, les ustensiles de ménage en bois, les fagots de branchages, le sel, les matières premières nécessaires à la mégisserie, la vaisselle vinaire .. Le seigneur prélevait aussi des droits sur les bêtes abattues pour la boucherie, sur le vin, à moins qu'il eût été récolté par les habitants de la ville, sur les boutiques de vente au détail de draps et laines, sur les boulangères, car dans le leudaire de 1345 il n'est parlé que de la « femme faisant du pain », sur les aubergistes et cordonniers, enfin, sur les paquets (*trosseds*) que portaient voyageurs ou marchands.

En 1542, le commerce du vin semble avoir acquis du développement : il y a des tâte-vins (*chinchayres*) chargés de vérifier la bonne qualité du vin mis en vente : ils reçoivent pour cela un quart de pichet de vin chacun par demi-char. Et les consuls continuent à frapper de droits élevés le vin vendu au détail par les taverniers et les autres marchands. L'aide (*la jude*) est déjà établie. L'habitant de la ville a droit de préemption sur l'étranger. Il y a des marchandises taxées par les consuls (d'où vint probablement la création du Consistoire de la Bourse, au XVIe siècle). Les choses comestibles sont soumises à l'inspection.

Pour les foires, le droit de sauvegarde est maintenu : trois jours avant et trois jours après, on ne peut exécuter un jugement contre qui que ce soit, à moins qu'il s'agisse d'une condamnation portant peine corporelle.

En 1551, il faut construire une nouvelle halle pour les marchands, celle de la Peyre ne suffisant pas. On réserve celle-ci pour le commerce des grains et on affecte la nouvelle aux marchands de draps et aux étals de bouchers.

Le commerce des draps (cadis, razes, etc.) avait été l'objet des sollicitudes des seigneurs souverains du xv⁰ siècle ; déjà, à cette époque, on apposait un sceau en plomb sur ces draps, afin d'éviter la contrefaçon, car ils jouissaient d'une renommée que Froidour constatait encore au xvii⁰ siècle.

§ VIII. — Budget

(*ij, iij, xj, xxv, xxxvj, xliij, xliiij* — 27, 28, 33, 34)

Quelles pouvaient être, au xii⁰ siècle, les ressources budgétaires du seigneur ? Si nous nous en tenons aux renseignements contenus dans la Grande Charte, nous ne trouvons que le produit des condamnations et des leudes ; mais en puisant dans d'autres documents, nous relevons quelques ressources, telles que le produit des inféodations, des ventes de fiefs, des dîmes et des cens. Nous y ajoutons les corvées, car elles étaient certainement exigées, au moins pour l'entretien des voies de communication.

A quel total pouvait arriver l'ensemble des amendes et taxes ? On se rend compte que le montant de ces recettes devait-être très variable et qu'il n'est pas possible de l'évaluer, même approximativement.

Les dépenses ?... Elles ne devaient pas être bien élevées. Peut être le bayle était-il payé par le seigneur, et c'est tout. Certainement, le seigneur avait à sa charge l'entretien des fours et moulins banaux, celui des murailles et des fossés (*barats coundaus*) qui formaient l'enceinte, ainsi que des tours pour la garde des chemins ; mais le service de garde et la corvée ordinaire étaient là pour réduire à peu de chose les frais généraux.

En ce qui concerne le budget communal, il faut, pour en avoir une idée, nous reporter au Dénombrement de 1542, et encore n'est-ce qu'un embryon de budget. Mais Saint-Gaudens a acquis une importance politique — et, par suite, économique — qu'il n'avait ni sous Bernard V, ni sous Gaston-Phœbus. Il est devenu « capitale du Nébouzan, siège présidial de Monseigneur le sénéchal du Nébouzan » et c'est là que se réunissent les États du pays,

En 1542, les impositions, dans la ville, étaient réparties sur cent feux ; on payait au seigneur 133 écus petits et 6 sous bons, qui était la part contributive fixée par les États, 12 sous jacquez pour l'usufruit des terroirs et le tiers du rendement de l'aide. La ville avait pour elle le produit des ventes et de l'inféodation des choses immobilières faites par les consuls, une part des droits perçus sur les vins et sur la boucherie, etc., du produit des taxes sur les animaux et objets apportés aux marchés et foires ; elle recevait le montant de l'affermage des bénéfices lui appartenant, l'impôt sur les forains venant commercer dans la ville. Et comme dépenses, en dehors de celles de souveraineté, nous ne trouvons que le prix de la « livrée des consuls » — une robe et un chaperon rouge et noir, chaque année. Les consuls étaient chargés de l'entretien des chemins, mais ils faisaient réparer ceux-ci par les propriétaires des biens en bordure sur ces voies de communication.

Dès 1543, les habitants de Saint-Gaudens sont exempts de tailles, impositions, gabelles, etc., provisoirement.

Nous avons pour l'année 1688, « le compte remis devant le Sénéchal de Nebozan, son Lieutenant et cour », par les consuls de Saint-Gaudens.

Les recettes ordinaires — les seules qui nous importent, ici — ont été, en cette année-là :

3600 livres pour « l'afferme du grand impôt du vin, jude et leudère » ;
500 — « l'afferme du droit de chez (chais), ensemble du droit des bans (bancs) de boucherie » ;
712 — « l'afferme des estalages » ;
100 — « l'afferme des droits des lods et vantes » ;
17 — « l'afferme des droits de messeguerie » ;
70 livres pour « l'afferme d'un foulon » ;
2000 — « l'afferme du poix » (poids et mesures) ;
3 — « partie des fiefs que la communauté de Valentine fait pour l'entrée des bois de Montaut ».

(Suivent les recettes extraordinaires.)

Les dépenses ordinaires ont été de :

5 livres pour « la célébration de la messe du Saint-esprit » ;
16 — « la messe de passion » ;
13 — « l'achat du luminaire fait annuellement par les marguiliers de Notre-Dame » ;
128 — « le prédicateur et pour le bois qui lui est donné » ;
25 — « tendre l'horloge et le tenir en estat » ;
4 — « tenir les toits des deux places en estat » ;
4 — « la garde des pourceaux par le porcher » ;
117 — « les gages annuels de 4 sargens » ;
6 — « la sage-femme » ;

8	—	« les gages annuels de deux assesseurs » ;
30	—	« les consuls à cause des foires » ;
36	—	« les flambeaux qui se distribuent la veille de Noël » ;
3	—	« l'achapt des bois pour le feu la veille de S. Jean » ;
2	—	« l'achapt d'une rame de papier pour servir aux affaires de la communauté » ;
12	—	« les gages du porteur ordinaire de la communauté » ;
100	—	« l'achapt des robes bourgeoises que la communauté donne aux consuls » ;
6	—	« l'expédition des actes d'affermes » ;
12	—	« les gages du greffier » ;
22	—	« les fiefs que la communauté fait en corps à Sa Majesté » ;
10	—	« la dresse du présent compte avec son double pour les compte randans » ;
12	—	« la drese de 2 rolles pour la taille et les impositions » ;
2	—	« le verbal des chemins » ;
40	—	« la réparation des robes des consuls, en ce compris la façon » ;
63	—	« la valeur des habits de 4 sargens » ;
4	—	« droit d'assistance et pour la peine que prend Nicolas Garros le jour de St Cirice » :
15 livres pour		« le pris du papier timbré employé par les comptables pendant l'année » ;
12	—	« aumônes pieuses et distribuées à divers pauvres nécessiteux ».

(Suivent les dépenses extraordinaires.)

Le montant de toutes les recettes de 1688 s'élevait à 9973 livres 14 sous ; celui des dépenses, à 8977 livres 7 sous.

III

Note sur le langage de la Charte [1]

La Grande Charte de Saint-Gaudens, remontant à 1203, malgré les quelques inexactitudes que peut contenir la copie du *vidimus*

1. Cette note a été rédigée par M. C. Mondon-Vidailhet, professeur à l'École des Langues orientales.

de 1345, erreurs qui sont certainement beaucoup moins nombreuses qu'on ne serait tenté de le croire, n'en constitue pas moins l'un des plus anciens documents de la langue gasconne qui nous restent. L'original était presque d'un siècle antérieur au Dante, le créateur, on peut le dire, de la langue italienne littéraire. Il est facile de reconnaître, dans le *vidimus* que nous possédons, les formes usitées au XIIᵉ siècle, dont il nous reste un document daté de 1179, d'autant plus intéressant qu'il appartient, comme celui-ci, à l'ancien Comminges. Il s'agit de l'acte constitutif d'une donation faite à la Commanderie de Montsaunès. Bien que la copie du *vidimus* ait été faite plus d'un siècle et demi plus tard, les formes n'en diffèrent presque pas.

Alors même que des modifications appréciables auraient pu s'être introduites dans le langage pendant cet intervalle, qui compte généralement peu dans l'évolution linguistique, on peut admettre, sans hésiter, que la copie de la Charte a dû être faite avec un soin relatif, car on ne saurait attendre une exactitude absolue des copistes du moyen-âge, souvent plus préoccupés des fioritures calligraphiques que de la reproduction littérale du texte, et influencés par le roman littéraire usité dans le Midi de la France. Malgré cette influence inévitable du roman littéraire dans le monde des clercs, elle garde les caractères distinctifs de la langue gasconne en général et du dialecte commingeois en particulier.

Le *b* pour le *v* : *bengua, biela, proba*, etc.

Le *j* fort : *judge, jugge, linadge*, etc.

Le *n* nasal de nos dialectes de Comminges : *mang, blng, endemang losong* (le sien), etc.

Le *r* initial précédé de : a, qui est l'un des traits caractéristiques du gascon : *arren, arrauba, arlenguda*, — *arrecepian* (qu'ils reçoivent), etc. Cet a se prononçait qu'il fut écrit ou non, car nous trouvons à la fois : *razos* et *arrazos*.

Le *l* final changé en *t* : *aquet* (aquel) ; ou en *d*, ce qui n'est qu'une différence orthographique : *aqued*, etc., ou en *g* (tch) : *Aspeg* (Aspet), *pleg* (pleit), etc., dont on trouve d'autres exemples dans l'acte de Montsaunès cité plus haut : *mon nebog, asolbeg*, qui sont du Haut-Comminges.

Le *h* substitué au *f* : *hilh* (filh) ; mais, très-rare, le *f* remplaçant le *h* et très certainement prononcé avec l'aspiration.

Le suffixe *al* devenant *au* : *nadau* (nadal), *destrau* (destral), etc., qu'il ne faut pas confondre avec la finale *al* de certains mots, comme *val*, qui devient en Gascogne : *bat* — *Balcabrera* (Valcabrère), — *caval* (cheval), qui est en gascon : *cauad*, comme : *col* devient : *cot* (*cou* et aussi *colline*) ; le *l* précédant une voyelle dans l'intérieur des mots : *apera* (appeler), *bera* (belle), etc.. bien que le copiste emploie quelquefois la forme languedocienne : *apela*.

L'orthographe du gascon est l'orthographe romane, à très peu de nuances près ; nous ne trouvons guère qu'une exception qui soit fréquente : l'emploi de *x* avec le son : *cs* ou *ts*, au lieu de la prononciation *ch* du roman en général ; par ex. : *doncx, bancx*, qui se prononçaient certainement : *donks* et *banks*. Cette orthographe peut donner le change sur la prononciation réelle de certains mots. Nous avons signalé : *apela*, au lieu de : *apera*, qui était la prononciation réelle, puisque nous le trouvons plus souvent employé dans la Charte elle-même. Nous pouvons ajouter une certitude, — que l'o, dans l'intérieur des mots et souvent à la fin, se prononçait : *ou* ; par ex. : *layros*, qui se prononçait évidemment : *layrous*, puisque nous trouvons cette orthographe dans la Charte, et aussi : *maysou*, à côté de : *mayso* et de *mayson* ; *costumes* et *coustumas*. De même, le *r* de l'infinitif devait être, comme en français, purement orthographique, c'est-à-dire : destiné à caractériser l'accent placé sur la dernière syllabe : *aimer*. En effet, nous trouvons à quelques lignes de distance, sinon dans la même ligne : *meter* et *mete*, *nol deu bate* et *bater*, *bene* et *bener*, etc. Il en a été de même dans tous nos idiomes méridionaux et il en est encore ainsi dans le catalan, où : *anar* (aller) se prononce : *anâ*, comme chez nous : *amar*, *amâ*. Les Catalans ajoutent cette *r* par une assimilation abusive, comme dans nos anciens documents, à des désinences verbales qui ne la comportent pas, comme : *creurer* (croire) au lieu de : *creure*, où l'accent tonique porte sur la première syllabe. Les citations du gascon que nous venons de faire : *bater, bener*, etc. sont dans le même cas.

L'orthographe n'a pas de caractère fixe. La fixité orthographique est chose de notre temps ; certaines langues romanes — le portugais, par exemple — ne l'ont pas encore acquise. On a poussé, en France, le culte de l'orthographe à un degré d'exagération presque ridicule, car il arrive souvent qu'elle ne s'explique ni par l'étymologie, ni par le bon sens. Les anciens en prenaient à leur aise. On ne s'étonnera donc pas de trouver écrites à la même ligne les variétés orthographiques : *tenga* et *lengua*, *benga* et *bengua*, *solber* et *solver*, *et* et *ed*, *aquel* et *aqued*, *proal* et *proad*, *can*, *cant* et *quant* (quand). Rien que pour un mot, on trouve : *judiar*, *judjar*, *iudiar*, *judge*, *jugge*, *judje*, *iugiament*, et même *apelar* et *apela*, etc. Ces dernières citations peuvent donner une idée des libertés que prenaient les copistes et de la difficulté que l'on éprouverait à fixer la prononciation réelle, si notre langage actuel ne venait apporter son témoignage.

A en juger par les textes, le *f* serait très employé ; il avait certainement, à quelques exceptions près, le son de notre *h* aspirée, car, dans les textes gascons, *f* et *h* se confondent : *fayssos* et *hayssos*, et ces deux formes se prononçaient presque certainement : *hayssous*, car c'est sous l'influence du français que le *f* s'est surtout introduit dans la langue gasconne. Quelquefois même, le *h* du français est traduit en gascon par *f*. En voici un curieux exemple : *heaume* s'écrivant : *feume* dans des textes gascons. Le même phénomène s'est produit en castillan, où *Mahoma* (Mahomet) fut souvent écrit : *Mafoma*. En revanche, l'aspiration a parfois disparu sous d'autres influences, comme dans *arraga* (fraise) pour : *hraga*, *layra* (flairer, aboyer) pour : *hlayra*, *lassada* (couverture) pour *hlassada*, *flassada*. On disait : *hlou* (fleur), d'où : *eslourit* (fleuri) dont l'aspiration a disparu. Les documents gascons relatifs au pays basque traduisent par *f* l'aspiration labourdine *h*; ex. : *Herizmendi* est écrit : *Ferizmendi; Harriague* est écrit : *Farriague*, etc. Dans l'ancien aragonais, le *f* devait avoir la prononciation aspirée du gascon, puisque, pour rendre les noms où cette lettre doit être prononcée comme le *f* français, il écrit : *ff*. On peut donc considérer le *f* du gascon comme correspondant à l'*h* aspirée.

Ces réserves faites, nous pouvons constater que la langue de la Charte est presque identique à celle de nos hautes vallées du Comminges. On croirait par moments lire du larboustois — que l'acte de Montsaunès reproduit plus exactement, il est vrai — et encore faut-il tenir compte de ce fait indiscutable que ces dialectes ont subi plus d'altérations, au cours des cinquante dernières années, qu'ils n'en avaient peut-être subi auparavant au cours de plusieurs siècles, ce qui tient à la facilité et à la multiplicité des communications établies dans ces derniers temps. Ajoutons, puisque nous venons de parler de l'orthographe, qu'il ne s'ensuit pas de ce qu'on écrivait : *costuma*, que la prononciation de ce mot fut identique à sa physionomie ; dans la Charte elle-même, nous trouvons : *coustuma*. Quant à l'*a* bref final des mots, on peut tenir pour certain qu'il se prononçait *a, e* ou *o*, selon les régions. Il est remarquable que l'acte de Montsaunès, qui date de 1179 et qui est considéré comme le plus ancien document gascon, porte : *auie, que aie, fazie, las comanies*, comme on dit dans nos hautes vallées, au lieu de : *auia, que aia, fazia, las comanias*, etc., ce qui est une nouvelle preuve de la variété du son réel représenté par *a* final. On est resté longtemps sous l'influence de l'orthographe latine et on ne s'en est jamais complètement dégagé. Au XVIe siècle, nos pédants ont fait du français écrit un galimatias à demi latinisé. Il est prouvé aujourd'hui que ce fatras de lettres prétendues étymologiques ne se prononçaient pas. On prononçait : *écolié* et non :

escholiers, etc.. De même, dans le catalan et le roumain, l'*a* final bref se prononce comme l'*e* final français, et même avec un son *eu* plus accentué.

L'une des difficultés de la lecture de la Charte, et non la moindre, provient de l'abus des synalèphes, aphérèses, apocopes, etc , dont le texte est émaillé, comme d'ailleurs le sont tous les textes romans de cette époque. Nous nous contenterons de citer comme exemples ; *lunh* pour *l'unh*, *nol deu bate* pour *no'l deu bate* ; *noya* pour *no y a* (il n'y a pas) ; *trolz* pour *tro elz* ; *alz* pour *a elz* ; *sil pair* pour *si el pair* ; *sis vol* pour *si se vol* ; *ces clam* pour *se es clam* ; *basen soll* pour *ba s'en soll* ; *foralz* pour *fora 'lz* (*fora elz*), etc.

Nous trouvons dans la Charte un exemple de l'orthographe adoptée plus tard dans le Béarn : *sces* (cens, forme, lat. : *censum*). Une des aphérèses les plus curieuses est : *Nantfos* ou *Nanfos*, car le nom est écrit de deux façons dans la Charte, pour : *en Anfos* ou *en Antfos* (*l* d'Alphonse devenue *t*). *En* était une particule nobiliaire correspondant au *don* castillan et italien. Elle est encore employée en Catalogne et sur certains points du Languedoc et de la Provence ; les Catalans prononcent: *an*, tout en écrivant: *en*.

A noter en passant un *ay*, avec le sens de : *il y a*, qui se trouve dans le castillan *hay*, avec le même sens.

Les observations grammaticales que nous pourrions présenter auraient un intérêt bien plus grand, si nous avions la certitude de nous trouver en présence de la langue réellement vulgaire parlée au xii⁰ siècle dans notre pays, car c'est à cette période que se rapporte la Charte écrite en 1203. Malheureusement, tous les doutes sont permis, sinon sur l'ensemble, au moins sur les détails. L'article, par exemple, semble emprunté au roman littéraire. Les articles archaïques gascons *sou, sa, za*, que nous révèlent les plus anciens documents, n'existent plus que dans les noms propres : *Sacouma, Sourieu, Sacauba*, etc. Nous n'avons point à rechercher ici la date de leur disparition. A côté de : *lo*, nous trouvons : *el : lo padoent, el padoent ; lo senhor, el senhor ; lo bayle, el bayle*; au pluriel, *los padoentz* ou *els padoentz, los senhors* et *els bayles*. Il est bien évident que si l'une de ces formes était locale, l'autre ne l'était pas. Sans doute, *lo, lou*, se trouve dans de nombreux dialectes gascons, mais *el, els*, est beaucoup plus rare et répugne au génie de la langue gasconne, qui dit : *el, els*, en son lieu et place. Nous admettrions aisément l'influence du roman littéraire d'autant plus que, dans la Charte, nous trouvons le pronom *et* pour *el, elz* pour *els, aquet* et *aqued* pour *aquel*, et jamais la forme languedocienne. Remarquons aussi en passant que l'article indéfini *unh* est toujours précédé de l'article élidé : *lunh* pour *l'unh*.

Le pluriel des noms masculins terminés par une nasale était ce

qu'il est aujourd'hui: *bezing*, *moling*, font au pluriel: *bezis* et *molis*. Nous ne trouvons qu'un exemple du pluriel féminin en *es* de nos hautes vallées: *augues* (*aygues ?*), tandis que la finale *as* abonde: *egguas* (larboustois: *yegguas* (juments), *bragas*, *costumas*, etc. Notre attention a été appelée par deux suffixes dont le premier est bien gascon: *layronis*, délit de vol, et *homicizian*, homicide.

Nous ne trouvons qu'un seul exemple où l'on puisse reconnaitre le nominatif roman en *s*, dont l'usage est recommandé par tous les grammairiens du XIIIᵉ et du XIVᵉ siècles: *Sil Comes vol mete*. « Si le Comte veut mettre »; ce qui prouve que l'usage de cette forme littéraire n'était pas bien répandu. Nous trouvons, en revanche, les trois formes de détermination (génitif) usitées dans les langues romanes, et cela, dans la même ligne: *lo filh a la filha Nantfos*, le fils de la fille d'Alphonse, à côté de: *lo senhor de la maysou*.

Les pronoms personnels nous offrent: *el, elz*, à côté de: *el, elz*, généralement apocopés: *nol* pour *no'l*; *del* pour *de'l*; *silz* pour *si elz*; *sis* pour *se elz*, etc. Aux cas obliques, nous trouvons: *don-lo*, qui nous semble emprunté au roman littéraire; en tous cas rien qui rappelle nos formes *balho-u, balho-m'oc, balho-l'oc*, etc., qui doivent cependant être très anciens. Parmi les autres pronoms, nous n'en trouvons guère qui s'éloignent de nos dialectes actuels: *aquet*, ou: *aqued, aqueste, aquesta; lor; tot, tots, totas; degun, degus, degunas* (quelqu'un); *asso*, ceci, etc. *Nulh* est employé dans le sens d'aucun: *Se nulh home*, si aucun homme. Nous employons cependant aujourd'hui un véritable gasconisme: *se cap d'ome nou benguio*, « si aucun homme ne venait », litt. « si tête d'homme ne venait ». Nous n'en trouvons pas trace dans la Charte.

Notre particule tenant lieu du pronom: *que*, si caractéristique, des dialectes du Comminges, se rencontre assez rarement; nous trouvons cependant dans la Charte: *ques pot bener en sa maysou*, « il peut vendre dans sa maison »; *el senhor quel deu guizar*, « le seigneur doit le sauvegarder »; *que sen deu essir*, « il doit en sortir », où le *que* répond bien à son rôle actuel.

En tous cas, nous retrouvons à chaque instant la forme essentiellement gasconne du pronom personnel régime, *ac* ou *ag*: *lo senhor no lac deu demanar*, « le seigneur ne doit pas le lui réclamer »; *no lac fazia dressar*, « ne lui fasse pas droit »; *deu ag fer ab conselh dels prosomes*, « il doit le faire avec le conseil des prud'hommes », etc.

Nous ne pouvons tirer de la Charte de grands renseignements sur les formes verbales, celles qui y sont employées étant forcément très réduites, comme dans tous les documents de ce genre, qui ne comportent guère que l'imparfait, le conditionnel, le subjonctif ou le futur, et encore à la 3ᵉ personne. Nous nous contenterons de relever, pour le verbe « auer », avoir, l'imparfait, *auian*, ils avaient ; futur, *aura*, il **aura** ; conditionnel, *auria*, il aurait ; subjonctif, *lac aia*, qu'il lui ait ; *que agues*, qu'il eut, toutes formes usitées de nos jours dans nos vallées.

La Charte est encore plus pauvre pour le verbe *être*, qui tient tantôt du roman littéraire *esser*, tandis qu'il se présente tout aussi souvent sous la forme populaire *este*, qui est usitée de nos jours. C'est une nouvelle constatation du plus ou moins d'influence du langage littéraire du Midi dans la transcription des copistes, au gré de leur fantaisie. C'est ainsi que nous lisons, d'un côté : *deu esser ; de* l'autre ; — *e terme en que degues este pagad era passad*, « et (si) le terme (l'époque) où il eut du être payé était écoulé ». Comme éléments de la conjugaison, nous ne trouvons que : *es*, il est ; *era*, il était ; *no fos*, ne fut pas. C'est bien peu. Il eut été intéressant de retrouver la trace de notre parfait : *huri*, je fus, *que huri, hures, huc*, etc. [1] ou de notre forme encore plus originale : *que esteri, esteres, estec*, etc.

Comme conjugaison des verbes en général, nous trouvons : *e sil pai dilz*, et si le père dit ; *s'en prengua*, qu'il en prenne ; *deuia*, il devait ; *deuen seguir*, ils doivent suivre ; *sil domana*, s'il lui réclame ; *que om auciga*, qu'on tue ; *que que si abengua*, quoi qu'il advienne.

Notons le verbe : *tier*, dont l'emploi, dans le vieux gascon, correspond à celui du castillan : *tener*, avoir, à côté de l'auxiliaire ; *haber*.

Les participes passés ont la forme actuelle : *leual, leualz, cauzit, cauzits, despodestit ; batut, tengut,* ou *leuad, tengud*, etc., le *t* et le *d* s'employant l'un pour l'autre dans la même ligne. Signalons, dans les formes irrégulières : *solt* (solutus) et le participe passé : *tot* pour *tolt* (vieux fr., *tolli* et *tollu* ; catalan, *toll*.) Le latin a pour le participe passé du verbe *tollere* : *sublatum*, qui s'éloigne bien plus de la forme régulière : *tollutus*, que : *toll*. Seulement, le latin n'a pas cette forme régulière, tandis que le *tot* ou *toll* est la seule forme gasconne du même verbe (cf. Du Cange : *Tolta*).

Comme participe présent, nous ne trouvons guère que *no abeng*, n'ayant pas.

Signalons à travers les mots invariables quelques formes qui ont disparu de nos patois du Comminges, comme : *tro, entro*, « jusqu'à », qui se sont adoucis en : *tio, entio*, ex., *entio deman*, « jus-

---

1. Il est curieux de constater la même forme dans le wallon : *je furi*, je fus ; et même, notre *aueri*, j'eus, dans : *j'ori*. Seulement, le wallon a, à la 3ᵉ pers. : *i furi, i on*, peu semblables à : *huc, auec*, de notre dialecte.

qu'à demain » ; *sober*, « sur » ; *sob*, « sous » ; *ab*, « avec », (devenu :
abbe ou *ambe*, plus fréquemment : *d'abbe* ou *d'ambe*) ; « assez,
mais, mais encore », — le vieux français ; *ainz*, qui se retrouve
dans le roumain. *Ni* a le sens de : ou. Comme conjonction « et »,
nous trouvons *y*, comme en castillan, et *e*, plus usité.

En revanche, nous trouvons : *arren*, rien ; *enta*, du côté de, vers,
qui existe dans le vieil aragonais et qui doit subsister dans les
patois d'Aragon ; *defora*, *deffora*, dehors (*f=h*). A propos de :
arren, rien, il eut été intéressant de retrouver la forme si curieuse :
arrès, personne, que nous avons conservée.

Signalons enfin quelques gasconismes : *menar enant*, poursuivre ; *qual que se bulha*, (aujourd'hui, *quau se boulhe*) quiconque,
qui que ce soit ; et des acceptions aujourd'hui disparues, comme
le verbe : *mourir* avec le sens de *tuer* : *si nulh home a mort o
plagad*, si quelqu'un a tué ou blessé, acception qui existe dans
l'espagnol : *lo murio*, il le tua. Notons aussi la curieuse expression : *y feg arrola de camin*, et s'il poursuit sa route, qui donne un
singulier accroc à l'étymologie *rupta* de nos romanistes.

A remarquer aussi la formule juridique : *deu e pot auer*, il doit
et peut avoir, qui aurait aujourd'hui un aspect peu logique.

Remarquons encore en passant que, dans la Charte, l'imparfait
est souvent employé là où nous employons le présent : *silz homes
de Sent-Gaudens auian pleyt*, si les hommes de Saint-Gaudens ont
un procès. Mais cela existe dans la plupart des documents de
l'époque, même du Nord de la France.

Afin de mettre nos lecteurs en mesure d'apprécier les considé-
rations que nous venons d'exposer, nous citerons des passages en
vieux gascon local : 1º de l'acte de donation à Montsaunès de
1179, le plus ancien document original et daté appartenant au
gascon ; 2º un acte de 1248, daté de Saint-Gaudens et relatif à une
autre donation à la même Commanderie. La Charte de Saint
Gaudens se plaçait entre ces deux dates. Il sera facile de
s'apercevoir que, à de légères différences dialectales près, le
langage est le même. Nous donnons ces deux pièces d'après la
transcription de M. A. Luchaire, sans en garantir l'exactitude.

Acte de 1179. Sciendum quod Gilem de Codz empena totz los
dreitz que en la dezma de la Puiola auie els que auier i deuie, de
la font deirer la borda entro a Montsalnes, an Gilem de la Gairiga,
qui comanair era al die, e als alters frais de la mason de Montsalnes, per. viiii sol., d'aqera Martror, en . v. ans. E de l' artigal
que aie la dezma. E, si la mason de Montsalnes fazie artigal el
dezmari, ne nuls om per lor, que dels . v. ans non deuen dar
dezma. En Gilem de Codz asolta la primizie ia semper d'aqest

dezmari, tant quant sober lu sia, a la mason de Montsalnes. Bonsom d'Aroqafort, en Aner, sos fils, en Arnald Gilem, en Gidbert, el de Nasels, en Bertran, son fidanzas e bezens d'aqesta paraula. En Arnald de la Casa, en Gilem de Sengermer, bezentz; en A. de Martras, en Bernad d'Osas.

Notum sit omnibus hominibus quod Bernad de Codz deg a Deu e a la mason de Montsalnes la terra que entre amas las Comanies de Montsalnes auie a Espona-mort. En Gilem de la Gairiga, qui era Comanair al die, despena aquesta terra per III sol. E, sober azo, asolheg Bernad de Codz totz los padoentz e totz los erbagges, els boscs e las aiguas a Deu e a la mason de Montsalnes, an Gilem de la Gairiga, qui era Comanair al die, e als alters abitadors de la mason, an Arnal de Martras, e an Arramonamel d'Ardeia, e an Bernad d'Osas, e a totz los alters qui ladones en la mason, e als qui en deant i seran. Aqest donum e aqesta solta fe Bernad de Codz, tot assi cum la carta ag didz e ag mostra, esteirs engan, per si e pel sos, a Deu e a la mason de Montsalnes. E per azo, los senhors de Montsalnes arceberenlo en la mason per frai; e tot azo que a las Paredz demanaua ni clamaua, asolbeh a Deu e a la mason de Montsalnes. E fe agi asolber tot an Girald e an Ugon, sos frais, e a totz sos fils. (*Suit le protocole final de datation en latin.*)

Acte de 1248. Conoguda causa sia alz presents **o** alz abiedors que Donez del Soler, ab sa propria bolontad e ab **sa** bona memoria, da a Diu e a madauna Sancta Maria, per **sa** anima e per derezesou de sos pecailhs, e ab autrei e ab uolontad de na Blanca de Joms, sa molher, espleita a l'ospital de Sent Johan, per si e pelz sos, a l'ospital e alz abitados qui son ni seran per totz temps szo es a saber: espleita per totza quihs boxs que an ni auer deuen de la Garona, obs de tota aquera fusta que aian obs de lor moling. Sober tot aszo, da lavant diit Donez a lospital de Sent Johan tota aquera peira qui es el Camp ni en la ariba, obis de lor paishera peira, local Camp es diit dAribauta. Tot aquest don, cum sober escriut es, a daid lavant diit Donez ab autrei e ab uolontad de totas sas filhas, lasqualz son ditas: na Blanca, e na Sapaura, e na Bruna, e na Cristiana. De tot aszo qui aici es sober escriut son bezens e testimonis: frair Guilhem Ramon del Soler, en Benezet dEspeidh, en A. de Miramon, e Guilhem Garisia del Soler, losqualz Donez del Soler, a son derer cunde, apera e bolge per espones. ... Datum apud Sanctum Gaudentium.

Ajoutons à ces deux documents la strophe bien connue de Raimbaut de Vaqueiras, la première poésie que nous connaissions en

langue gasconne. Elle est de la fin du xɪɪᵉ siècle. Nous la reproduisons d'après M. P. Meyer, tout en faisant remarquer que le
dernier vers est sujet à révision :

> Dauna, io mi reat a bos,
> Coar es la mes bon' e bera ;
> C'anc fos e gaillard 'e pros
> Ab que nom fosselz lan fera.
> Nout abetz beras haisos,
> Ab color fresqu'e naṿera ;
> Bos m'abetz e sibs agos,
> Nom sofraisera hiera.

« Dame, je me rends à vous, car vous êtes la meilleure et la plus
belle, même si j'étais un gaillard et un preux avec qui vous ne
fussiez pas si cruelle. Vous avez de très belles façons, une cou-
leur fraîche et vive (nouvelle). Vous m'avez et, si je vous avais, je
ne me tourmenterais guère ».

On voit par ces citations que le langage de la Charte de Saint-
Gaudens est bien celui du xɪɪᵉ siècle, malgré sa transcription
postérieure de plus d'un siècle. On peut aussi se rendre compte de
ce fait que, même en tenant compte de nombreuses influences
du roman littéraire, la différence entre ce langage et le langage
actuel des hautes vallées du Comminges, surtout du Larboust, du
Louron et de la vallée d'Aran, n'est pas très grande. La morphologie diffère peu, malgré les huit siècles qui les séparent ; mais,
si de la morphologie, on passe à la syntaxe, on se trouve en présence d'une construction beaucoup plus synthétique. Les élipses,
les inversions sont très fréquentes ; il y a une construction générale qui, même lorsque la lecture du texte est relativement facile,
déconcerte parfois le traducteur. surtout à cause d'une ponctuation défectueuse, ou incomplète, ou même totalement absente.

Tout cela cependant sent sa vraie Gascogne ; ces documents ont
même gardé une âpre saveur du terroir commingeois, plus prononcée encore dans l'acte de Montsaunés que dans la Charte de
Saint-Gaudens, bien qu'il soit antérieur — peut-être — car, aux
articles près, il reproduit exactement le langage de nos hautes
vallées. Il faut tenir compte à la fois, comme nous l'avons dit, et
des variétés dialectales et de la fantaisie du copiste. Rien n'est
plus gascon que le redoublement du pronom qui accuse la personnalité, redoublement que nos compatriotes font passer dans
leur français : je me suis mangé ; je veux bien me le croire ; que

m'ac soy minjal ; que m'ac bouy plan crede. Nous en trouvons à chaque instant des exemples dans notre Charte : *Se sarten* (se s'arten), « s'il retient » ; *se sen* (s'en) *deu acordar*, « il doit s'en mettre d'accord » ; *se sen* (s'en) *desment*, « s'il en donne démenti » ; *sis* (si se) *vol ses daun deffener*, « s'il veut se défendre sans dommages », etc.. Les élipses de pronoms sujets, qui ajoutent à la tournure synthétique de la phrase, et certaines inversions n'effraient point nos paysans. Nous en avons entendu un demander, chez un de nos fripiers : *un pantaloun enta un maynadye de lano de sies ans*. Tout cela échappait à la dictée et à la copie, surtout à une époque où l'on était beaucoup moins préoccupé de la clarté de la phrase, qu'on ne l'est de nos jours, même dans le monde de la procédure.

Ajoutons enfin que la ressemblance entre le langage de ce temps et celui de nos jours apparaîtrait encore plus grande, si nous n'avions pas affaire, ici, à un document juridique. Il suffit pour en être convaincu de jeter les yeux sur le couplet de Raimbaut de Vaqueiras. On sait quelle peine on a à comprendre certains actes judiciaires en langue française datant de deux ou trois cents ans au plus. Il en est de plus récents qui ne sont guère beaucoup plus clairs. La traduction des documents juridiques se complique, eu outre, de tout un appareil de formules qui ont souvent disparu avec la législation à laquelle ils se rapportent et qui défféraient sensiblement selon les régions, comme l'esprit et les tendances des Chartes elles-mêmes. Rien que dans notre pays de Comminges, on pourrait trouver entre les Chartes de telle ou telle ville de très grandes différences. Si la Charte de Valcabrère, par exemple, reproduit presqu'exactement celle de Saint-Gaudens, la Charte de Saint-Bertrand s'en éloigne davantage. Vers le nord du Comminges ces Chartes portent l'empreinte des Coutumes de Toulouse. Il résulte de tout cela une grande indécision sur le sens exact des mots.

Il faut donc tenir compte de bien des difficultés qui ont rendu la tâche du traducteur assez ingrate. Il a fallu souvent chercher un sens à des phrases qui semblaient ne pas en avoir, grâce à des inversions qui nous paraîtraient aujourd'hui fort audacieuses, et à des formules qui, comme nous le disions, ont totalement disparu du droit moderne.

...vicecomiti ac domino exhibere et bostensa ac etiam per secula
... nicolie domini nri ihu xpi Amen. Sabuda peraula es q̃ ...
... amar agradus ab la viela de ... guardans. Et aisi las costumas
... franses digais lo clamaut q̃ es ... q̃ se clama e ab aceut don lo
subi seiuz euangelio que no ... auer franses per aquet ... et
uier per ... den los ... lo senhor ... el senhor ... pincas ...
... sanhor meus est ... some armad ... cranisen ...
pren mill ... al ... mandadi ... Virgas ... leiay boyssadus ...
... fuger ... o no via ...
lo den ... per aquellz dels ... de la viela. ... si feit ...
... doutz los termunus de la viela ... la den ad aquest ...
la viela ... en ... ab lo sanhor per ... dels ...
... ... de ... guardus fazia plaga in mort ... senhor ...
... que ... ... quel ... los iustizie ... si est ... que ...
... plagad in mort en la ... quel senhor ... Et liui...

LA GRANDE CHARTE

TEXTE ORIGINAL ET TRADUCTION

TEXTE

Nouerint Uniuersi presentes pariter et futuri . .
Quod cum Venerabiles et discreti viri . . domini Johannes Adorreti . . Oliuerius de Sancto medardo [1]
domicellus . . Petrus centulli . . Guillelmus yspani . .
Et [2] Guillelmus debenauento . Consules et Judices
ville sancti Gaudencii . . Anni presentis . . pro se et
nomine eorum consulatus et uniuersitatis . hominum
dicte ville sancti Gaudencii . Et quam plures [3] alii
habitatores eiusdem ville . videlicet magister Sancius
de peyreguerio . . petrus de Sancto medardo domicellus . peregrinus de Sancto Scuerio [4] . . Arnaldus de
benauento . . Johannes de lubia . . Johannes forgua . .
Aymericus de Sancto pastore domicellus . . dominicus
de pardelhano . . Andreas Gastonis . . Magister bono
homo pelliparii notarius . . Consiliarii dicte ville et
Consulum prœdictorum . . Magister peregrinus de
Aura notarius . . Johannes de Camarada maior
dierum , . Johannes guistos [5] . . magister Raymundus de claraco notarius . . Johannes de boriagueto [6] . .
laurencius de solerio . . magister Raymundus pelliparii notarius . . Guillelmus de Aulone maior dierum.
Arnaldus petri de Cauiaco [7] . . Sancius lati junior . .
Raymundus de Arnespo . . Bernardus barrarii [8] . .
Bertrandus de proaeda [9] . . Johan[nes de gar]roo [10]
ssabaterius . . Arnaldus . bonafide . . petrus de mala
vicina . . **Johannes de Aulone . petrus Cascarii** [11] . .

TRADUCTION

Sachent tous, présents et à venir, ce qui suit :

Les vénérables et discrets hommes messires Jean d'Adorret, Olivier de Saint-Médard, damoiseau, Pierre de Centulle, Guillaume d'Espagne et Guillaume de Benavent, consuls et juges de la ville de Saint-Gaudens en la présente année, [agissant] pour eux et au nom du consulat et de l'universalité des hommes de la dite ville de Saint-Gaudens, et plusieurs autres habitants de la même ville, savoir : maître Sans de Peyreguère, Pierre de Saint-Médard, damoiseau, Peregrin de Saint-Sever, Arnaud de Benavent, Jean de Lubia, Jean Forgue, Aymeric de Saint-Pasteur, damoiseau, Dominique de Pardelhan, André de Gaston, maître Bonhomme de Pelletier, notaire, conseillers de la dite ville et des consuls susnommés, maître Peregrin de Aure, notaire, Jean de Camarade aîné, Jean Guistos, maître Raymond de Clarac, notaire, Jean de Borjaguet, Laurens de Solers, maître Raymond de Pelletier, notaire, Guillaume d'Aulon aîné, Arnaud de Pierre de Caujac, Sans de Lat jeune, Raymond de Arnesp, Bernard de Barrère, Bernard de Pomarède [I] Jean de Garros, [II] cordonnier, Arnaud de Bonnefoy, Pierre de Malvezie, Jean de Aulon, Pierre de Casca-

Raymundus de galierio . . Raymundus de fonte . .
Bernardus de Ruppe . . Johannes boerii . . Vitalis
de . . . . o [12] . . petrus johannes anerii . . Vitalis de
Campis . . Sancius alheron . . Guillelmus . . . . . .
. . . [13] junior . . Guillelmus de les . . petrus fabri
pelliparius . . Bartholomeus de lozis [14] . . Arnaldus
de Castello [15] . . michael de hozanis [16] . . Sancius de
Casalibus . . petrus de Roseriis . . petrus de linhaco . .
Bernardus de naneto [17] . . magister Guillelmus
Raymundi [18] de prato notarius . . petrus fabri .
Aym[ericus] de sancto iusto . . magister petrus de
manillo notarius . . Augerius de malauicina . . petrus
de sancto prancatio [19] . . Bernardus poc . . magister
petrus Caudererii, notarius . . Arnaldus de prato . Et
non nulli alii singulares . habitatores dicte ville
Sancti gaudencii vocati personaliter et citati extitissentes . Coram egregio et magniffico domino Gastone
comite fuxi . vice comite bearnii . marsani . terre
nebozani . lautricensis . dominoque Sancti gaudencii
et Auloni et eorum Ressorti . . Et venerabili et
discreto viro domino jacobo vinati licentiato in legibus
Judice Ripparie et in partibus vasconie domini
nostri francorum Regis Comissarioque deputato . per
nobilem et potentem virum dominum Agotum de
bautio militem Branculii et placiani dominum . Gubernatorem et Senescallum . tholose et albiensis . dicti
domini francorum Regis ad faciendun prestari juramentum fidelitatis . preffato domino comiti fuxi per
consules et populares dicte ville Sancti gaudencii . et
terre dicti vicecomitatus nebozani . si et prout in dictis
comissis literis a dicto . domino Senescallo emanatis .
in se continentibus et insertis quibusdam literis

rier (?), Raymond de Galié, Raymond de Font, Bernard de Laroche, Jean de Bouéry, Vital de. . . . . . . , Pierre Jean d'Aner, Vital de Campis, Sans Alheron, Guillaume . . . . . . jeune, Guillaume de Les, Pierre de Fabre, pelletier, Barthélemy de Lozes, Arnaud de Castillon, Michel de Hosains, Sans de Cazaux, Pierre des Rosiers (?), Pierre de Linhac, Bernard de Nanete (dame Annette ?), maître Guillaume de Raymond de Prat, notaire, Pierre de Fabre, Aymeric de Saint-Just, maître Pierre de Manille, notaire, Augier de Malvezie, Pierre de Saint-Plancart, Bernard Poc, maître Pierre de Cauderer, notaire, Arnaud de Prat, et quelques autres habitants distingués de ladite ville appelés personnellement et convoqués, présents devant l'illustre et magnifique seigneur Gaston, comte de Foix, vicomte de Béarn, Marsan, Terre de Nébouzan, de Lautrec et seigneur de Saint-Gaudens et d'Aulon et des lieux y ressortissant, et [devant] vénérable et discret homme messire Jacques de Vinat, licencié en lois, juge de Rivière et commissaire député dans les parties de Gascogne [relevant] de notre sire le Roi des Français, par noble et puissant homme messire Agout de Baux, seigneur de Brancoul et de Plasian, gouverneur et sénéchal de Toulouse et d'Albigeois pour ledit notre sire le Roi des Français, dans le but de faire prêter audit seigneur comte de Foix serment de fidélité par les consuls et le peuple de la ville de Saint-Gaudens et Terre de ladite vicomté de Nébouzan, ainsi qu'il est dit dans les lettres expédiées par ledit monsieur le sénéchal, contenant d'autres lettres y inscrites et insérées, émanant

regiis . pleni*us* et lati*us* continet*ur* quarum tenor
dignoscitur esse talis . .

Agotus de baucio . Branculii et placiani [21] dominus .
Guber*n*ator et Senescallus thol*ose* et albien*sis* domini
nostri franchorum Regis . discreto viro judici Rip-
p*a*r*ie vel* eius locum tenenti . Salutem et dilectionem . .

Literas patentes Regias sigillo nouo Regio Inpendenti sigillatas ut prima facie apparebat. Nos recepisse
noueritis sub hiis verbis . .

Ph. [22] per la grace de dieu Roy de France . au .
Sen*al* de thol*ose* e de Carcassone ou a luer luy
ten*ant* . salut. Come nous aions volu e ordene e pour
certaines causes que nostre amé e fiel . cosin . Gaston
comte de foys ayt e tiengne toute la terre e autres biens
que nostre cosine jehanne dartoys [23] comtesse de
foys seuleyt tenir e augir [24] aueq*ue*s totz le homagges
e autres nobleces que elle tenoit. Nous vous mandons
e cometons e a chascun de vous que toutz ceulz qui
estoient en homagge de la dite Comtesse contragnietz
a venir en homagge e fealte de nostre dit cosin ou
de nostre amee e feal cosine alienor de Comenges
comtesse de foys tuterresse du dit Gaston nostre cosin
e apres en la sue quand il sera aegietz . e les . e
les . [25] desmetetz de la fealte e omagge de la dite
Jehanne de part Nous si mestons *(sic)* est de ce fayre
vos donnons plain pouoir . mandons e comandons a
totz nous justiciers e su[bietz] [26] que en ce faizant vos
obess*ent* e entendent diligent ment . . Donne a chastieu
therry le . xxv . jorn de julhet lan de grace . m . ccc.

de l'autorité royale, où l'on trouve de plus amples détails. Leur teneur est reconnue être la suivante :

Agout de Baux, chevalier de Brancoul et de Plasian, gouverneur et sénéchal de Toulouse et de l'Albigeois pour notre sire le Roi des Français, à discrète personne le juge de Rivière ou à son lieutenant, salut et dilection.

Sachez que nous avons reçu des lettres patentes du Roi scellées, comme il apparaissait sur la première face, du nouveau sceau royal pendant. Voici leur teneur : Philippe, par la grâce de Dieu, Roi de France, aux sénéchaux de Toulouse et de Carcassonne ou à leurs lieutenants, Salut. Nous avons voulu et ordonné et pour certaines causes, que notre amé et féal cousin, Gaston, comte de Foix, aye et tienne toute la terre et autres biens que notre cousine Jeanne d'Artois, comtesse de Foix, avait coutume de tenir et gérer avec tous les hommages et autres priviléges qu'elle tenait. Nous vous mandons et commettons, et à chacun de vous, que tous ceux qui étaient en hommage de ladite comtesse contraigniez de venir en hommage et feauté de notre dit cousin ou de notre amée et féale cousine Aliénor de Comenges, comtesse de Foix, tutrice dudit Gaston, notre cousin, et après, en la sienne [féauté], quand il aura l'âge ; et que vous les déliiez de la féauté et hommage de la dite Jeanne de par Nous, si besoin est [III]. De ce faire, Nous vous donnons plein pouvoir. Mandons et commandons à tous nos justiciers et sujets que, quand vous exécuterez cela, ils vous obéissent et vous secondent [IV] diligemment. Donné à Château-Thierry,

xliiij. sotz nostre saiel nouuel . per lo Roy Ionit [27] . .

Quarum igitur auctoritate vobis comittimus et mandamus quat*enus* [28] . contenta in dictis literis regiis compleatis et exequam*ini* [29] diligen*ter* de puncto ad punctum jux*ta* ipsarum seriem et tenorem . super quibus et ea tangentibus vobis [30] committimus vices nostras donec eas ad nos duxerimus Reuocandas omnibusq*ue* Regiis et nobis in hac parte subditis mandam*us* ut in premissis et ea tangentibus vobis pareant efficaciter et intendant . . Cum occupati pluribus arduis negociis Regiis [31] ad p*redicta inten*dere nequeamus . . Datum tholose die . xviij . decembris anno *dom*ini millesimo . C C C° . [quadragesimo] quarto [32] . . A. pon [33] . collat*io* facta cum originali . B. Salas . Registrata p*ro sigillo . .

Et ad mandatum dictorum domini comitis et comissarii congregati fuissent coram ipsis in eclesia collegiata [34] ville sancti gaudencii et etiam mandatum fuisset cisdem consulibus et popularibus dicte ville sancti gaud*en*cii per dictum dominum judicem et comissarium auctoritate dictarum lite*r*arum ut eidem domino comiti et vicecomiti ac *dom*ino juramentum fidelitatis prestassent si et p*rout in dictis literis continetur . Et ipsi consules et jurati et singulares juramentum p*redictum prestare recusassent domino comiti supradicto [asse*rentes] [35] et dicen*tes* se fore astricti de juramento fidelitatis erga dictam egregiam dominam . Johannam de Atrabato [36] comitissam fuxi adhuc viventem et ex causa predicta non teneri prestationem dicti juramenti nisi de dicta domina

le 25 juillet de l'an de grâce 1344, sous notre nouveau sceau. Par le roi : Lonit (VI).

« Donc, en vertu de ces lettres, nous vous commettons et mandons d'accomplir et d'exécuter avec diligence tout ce qui y est contenu, de point en point, dans leur suite et teneur ; sur lesquelles et en ce qui s'y rattache, nous vous commettons nos pouvoirs jusqu'à ce que nous jugions utile de vous les retirer et d'en reprendre la direction ; et nous mandons à tous les officiers royaux et à nos [sujets] de vous obéir efficacement et de vous seconder dans l'exécution des susdits mandements et dans ce qui peut s'y rattacher. Comme nous sommes pris, pour le Roi, par maintes affaires ardues, nous ne pouvons donner nos soins à celles susdites. Donné à Toulouse, le 18 décembre de l'an du Seigneur 1344. A. Pon, collationné sur l'original. B. Salas, enregistré pour le sceau ».

Et sur l'ordre dudit seigneur comte et du sieur commissaire que fussent assemblés devant eux, dans l'église collégiale, [les consuls et le peuple] de la ville de Saint-Gaudens et, aussi, que l'ordre fut donné aux mêmes consuls et au peuple de la dite ville de Saint-Gaudens par ledit sieur juge et commissaire, en vertu desdites lettres, de prêter serment de fidélité au même sire comte et vicomte et seigneur [de Saint-Gaudens] (VII), ainsi que cela est contenu dans lesdites lettres ; et (que si) les consuls, jurés et particuliers refusaient de prêter le susdit serment au susdit seigneur comte, alléguant être liés par serment de fidélité envers la dite Haute Dame, Jeanne d'Artois, comtesse de Foix, encore vivante et, pour ce motif, n'être point tenus, envers le susdit comte, à la prestation dudit

johanna procederet [37] voluntate . . Et ab inde arrestati
fuissent et consulatus dicte ville ad manum Regiam
et comitalem positum de mandato dicti domini judicis
et comissarii donec dictum juramentum fidelitatis
dicto domino comiti et vicecomiti ac domino prestassent. Et ipsi consules et judices . nec non et dicti
jurati . et alii singulares prenominati . . Et nichilhominus . petrus de Arauno . . Raymundus bona fide .
johannes de coreto . . Bernardus centulli pelliparius . .
Bernardus martini . , dominicus de costio . . Bernardus de lianis . . laurentius de montescico . . durandus
amati . . Johannes de faueto [38] . . Guillelmus
martini . . Nicholaus de berduno . . Johannes de
donossio . . petrus de mola . . johannes Galini . .
Guillelmus arnaldi de Ricohomine . . magister
fortius [39] de Vineis notarius . . Raymundus yspani . .
Dominus Bernardus de Bugueto canonicus in eclesia
collegiata ville sancti gaudencii . . martinus [valin-
ta] [40] . . martinus de fabrica . . Petrus de casalibus . .
arnaldus yspani . . vitalis de affis . . magister Bernardus de prato notarius . . vitalis de laboy dictus
pora . . magister petrus de miramonte notarius . .
johannes de Lana . . johannes luppi . . Bernardus
centulii [41] . . petrus boerii . . Guillelmus de bidossio . .
Raymundus de gaiano barberius . . Bernardus
de sancto justo sartor . . sancius ancrii auris . .
Bertrandus fabri . . Guillelmus [margossa] [42] . . Et
petrus guit [43] . . eiusdem ville sancti gaudencii singulares et habitatores . . conpulsi ut premittitur [44] et
gravati per dictum dominum judicem et comissarium .
dictum juramentum fidelitatis dicto domino comiti et
vicecomiti ac domino prestare habuissent et prestassent

serment, à moins que l'ordre n'émanàt de la volonté
de ladite dame Jeanne ; et que, en conséquence, les
consuls eux-mêmes et aussi les juges et jurés et
autres particuliers susnommés fussent arrêtés et le
consulat placé sous le pouvoir royal et comtal par
mandement dudit sieur juge et commissaire, jusqu'à
ce que les susdits prêtassent audit sire comte et
vicomte et seigneur ledit serment de fidélité. Et les
consuls et les juges et lesdits jurés et autres particuliers prénommés et aussi Pierre de Araune, Raymond
de Bonnefoy, Jean de Couret, Bernard de Centulle,
pelletier, Bernard de Martin, Dominique de Coste,
Bernard de Lianis, Laurent de Montesquieu, Durand
d'Amat, Jean de Favet, Guillaume de Martin, Nicolas
de Verdun, Jean de Donos, Pierre de Mola, Jean de
Galin, Guillaume d'Arnaud de Richehomme, maître
Fort Desvignes, notaire, Raymond d'Espagne, le sieur
Bernard de Buguet, chanoine en l'église collégiale de
la ville de Saint-Gaudens, Martin Valinta, Martin de
Fabrica, Pierre de Cazaux, Arnaud d'Espagne, Vital
de Affis, maître Bernard de Prat, notaire, Vital de
Laboy, dit : Pora, maître Pierre de Miramont,
notaire, Jean de la Lanc. Jean de Loup, Bernard
de Centulle, Pierre de Bouéry, Guillaume de Bidos,
Raymond de Gaiane, barbier, Bernard de Saint-
Just, tailleur, Sans d'Aner, forgeron (?), Bertrand de
Fabre, Guillaume Margossa et Pierre Guit, particuliers
et habitants de la même ville de Saint-Gaudens,
contraints et forcés, comme il est dit ci-dessus, par le
dit sieur juge et commissaire, pour qu'ils eussent à
prêter et prêtassent serment de fidélité au dit sire

ibidem . . cum certis pro*t*estationibus . ante presta-
*t*ionem dicti juramenti et in ipsa et post per dictos
co*n*sules . juratos . et singulares supra nomi*n*atos
factis . Si et p*r*out in p*r*ocessu ⁽⁴⁵⁾ et instrumentis ex
inde retentis super p*r*emissis per manus magistrorum
johannis bertrandi . . et Ray*m*undi de aulone notariorum plenius et latius continet*ur* ⁽⁴⁶⁾ . . Anno et die
infrascriptis in mei notarii et testium infrascriptorum ⁽⁴⁷⁾ p*r*esentia ⁽⁴⁸⁾ preffati consules et judices pro
se et nomine eorum consulatus et uniuersitatis
hominum eiusdem ville et singularium presentium et
futu*r*orum . . Instan*ter* et humiliter Requisiuerunt et
supplicaue*r*unt eidem domino comiti et vicecomiti ac
do*m*ino tanquam eorum domino . . ut eis et dicte
uniuersitati . . jurasset esse bonus dominus et
fidelis . et consuetudines . franchesias et libertates
scriptas et non scriptas diutius per dicto*s* consules et
eorum p*r*edecessores et uniuersitatem sa*n*cti gaudencii obs*er*uatas et usitatas : tenere et obs*er*uare . . Et
dictus dominus comes et vicecomes ac dominus . .
attendens supplicata per dictos consules pro se et
[nominibus] ⁽⁴⁹⁾ quibus supra . fore juri ⁽⁵⁰⁾ consona et
etiam rationi . . [gratis] ⁽⁵¹⁾ libe*r*ali*ter* . et benigne et
suo deliberato consilio ut dixit . juravit ad sancta
quatuor dei euangelia . eius manu dextra . corporaliter
[et sponte] ⁽⁵²⁾ tacta . per se et suos successores esse
dictis consulibus popularibus et habitatoribus p*r*esen-
tibus et futuris dicte ville sancti gaudencii . bonus
dominus et fidelis et omnes franchesias consuetudines
et libertates . scriptas et non scriptas per dic*t*os
consules et eorum p*r*edecessores et populares eiusdem
ville diutius obs*er*uatas obtentas et usitatas de puncto

comte et vicomte et seigneur [de Saint-Gaudens] là
même, avec certaines protestations faites avant,
pendant et après la prestation dudit serment par
lesdits consuls, jurés et particuliers sus nommés,
ainsi qu'il est contenu plus amplement dans la procédure et instruments retenus à ce sujet sur les minutes
établies par maîtres Jean Bertrand et Raymond de
Aulon, notaires; en l'an et jour écrits plus bas, en
présence de moi, notaire, et des témoins sous
mentionnés, lesdits consuls et juges, pour eux et au
nom de leur consulat et de l'universalité des hommes
de la même ville et des particuliers présents et futurs,
requirent et supplièrent instamment et humblement
le même sire comte et vicomte et seigneur, comme
étant leur seigneur, de jurer d'être pour eux et
pour ladite communauté bon seigneur et féal, et
de conserver et observer les coutumes, franchises
et libertés écrites et non écrites, observées depuis
longtemps et en usage parmi lesdits consuls et leurs
prédécesseurs et la communauté de Saint-Gaudens.
Et ledit sire comte et vicomte et seigneur, considérant
que la requête desdits consuls pour eux et au nom
de ceux ci-dessus [désignés] était conforme au droit et
à la raison, gratuitement, libéralement et bénigne-
ment et de propos délibéré, ainsi qu'il l'a dit, a juré
sur les Quatre Evangiles de Dieu, touchés de sa main
droite réellement et de son plein gré, pour lui et ses
successeurs, d'être bon seigneur et féal aux dits
consuls, peuple et habitants présents et futurs de la
ville de Saint-Gaudens et d'observer de point en point
et inviolablement toutes les franchises, coutumes et
libertés écrites et non écrites, observées, conservées

ad punctum et inviolabiliter obseruare . et si et prout
in quadam magna carta pargamini (53) . ibidem eidem
domino comiti et vicecomiti ac domino exhibita et
hostensa ac etiam per lecta et pro per lecta habita per
dictum dominum comitem et eius consilium ibi presentem plenius continetur cuius quidem (54) carte tenor
dignoscitur esse talis.

In nomine domini Ihesu xpi . amen.

Sabuda paraula es que . . B . (55) lo comte de Comenge
lo cal fo filh de la filha. Nanfos (56) sabeng (57) ab los
prosomes de sent gaudens de las costumas que volg
saber que sos linadges e ed auian agudas ab la viela
de sent gaudens . . E ausi las costumas que son
atals . .

Dreyt e ley (58)

enz (59) en (60) la biela (61) a si e a (62) sos clamans per
lau (63) dels prosomes (64) de la biela de Sent Gaudens . .

I. E can lo senhor ni son bayle demanaran fizansas
digau lo clamant qui es e de que (65) se clama e ab
atant (66) don lo fizansas lo qui se clama el autre de
cuy (67) se clama don lo fizansas exament a son poder

et appliquées par lesdits consuls et leurs prédécesseurs et les habitants de la même ville, ainsi qu'elles sont contenues dans une grande charte en parchemin là même montrée au même sire comte et vicomte et seigneur ; et, placée sous ses yeux, elle fut lue entièrement et reconnue par ledit seigneur comte et son conseil, là présent, pour avoir été lue. Il a été reconnu que la teneur de cette charte est la suivante :

Au nom de N.-S. Jésus-Christ. Amen.

Constatation de l'existence des coutumes avant 1203

C'est une parole connue (vii) que Bernard, le comte de Comenge, qui fut le fils de la fille d'Alfonse, s'accorda (viii) avec les prud'hommes de Saint-Gaudens sur les coutumes. Il voulut savoir lesquelles ses ancêtres et lui avaient eues avec la ville de Saint-Gaudens. Et il entendit les coutumes, qui sont ainsi :

Droit et loi

existant dans la ville pour elle et pour ses plaignants par autorité des prud'hommes de la ville de Saint-Gaudens (ix).

Cautions en cas de plainte ou procès

I. Et quand le seigneur ou son bayle (x) exigeront des cautions, que le plaignant leur dise qui il est et de quoi il se plaint ; et que ensuite le plaignant donne les cautions ; et que celui dont il se plaint donne les cautions également, selon son pouvoir. Si [l'un ou

si auer no las pod . valents per conoysensa dels prosomes jur sober sents euangelis que no pod auer
fizansas per aquet pleyt el senhor fassa lo judiar soler
si mezis [68] .

II. Los prosomes el [69] poble de sent gaudens deuen
seguir lo senhor en ost per Comenge ab si meseys
e si ed noy [70] pod bier per lor deu los trameter lo
senhor daspeg ol [71] senhor de punctis [72] ol senhor de
pegulhang . i . dia anar . e autre tornar E totz deuen
les menar [73] tro al senhor e tornar tro sent gaudens
a lor poder.

III. Totz hom de sent gaudens deu can lo senhor
mena ost ab . i . home [74] armad quey trameta a conoissensa dels bezis e si hom sen armang [75] e que noy
trameta . deu aiudar a las messios quels homes de la
biela faran per cosselh dels jurats.

IV. E sil senhor pren nulh home molherad ab
molher maridada . ni ab autra Ni molher maridada ab
home deu los prener ab . ij . testimonis leials de la
biela e aquets que no sian forsadors ni prenedors e

l'autre] ne peut les avoir valables au jugement des prud'hommes, qu'il jure sur les Saints Evangiles qu'il ne peut obtenir cautions pour ce procès. Le seigneur fera juger celui-ci sur sa personne (XII).

Droit d'ost

II. Les prud'hommes et le peuple de Saint-Gaudens doivent suivre le seigneur en expédition dans le Comminges et avec lui-même ; et s'il n'y peut venir [en personne], pour lors doit les conduire le seigneur d'Aspet, ou le seigneur de Pointis, ou le seigneur de Péguilhan, un jour aller et un autre revenir. (XII) Et tous doivent les mener sous leurs ordres jusqu'au seigneur et les ramener de même jusqu'à Saint-Gaudens.

L'homme assujetti à l'ost doit être accompagné d'un serviteur armé

III. Tout homme de Saint-Gaudens doit, quand le seigneur mène l'ost, [s'y rendre] (XIII) avec un homme armé, qu'il y conduira à la connaissance de ses concitoyens ; et s'il reste chez lui (XIV) et n'envoie pas l'homme armé, il doit aider aux dépenses que les hommes de la ville feront par ordre des jurats (XV).

Adultère. Sa constatation

IV. Et si le seigneur prend un homme marié avec une femme mariée ou avec une autre, ou une femme mariée avec un homme, il doit les prendre avec deux témoins loyaux (XVI) de la ville ; et que ceux-ci ne soient [eux-mêmes] ni violateurs ni ravisseurs ; et ils

deuen los prener ab las Bragas quels beian bayssadas
e si pod fuger tro acarrera o tro via [76] nol deu prener
da qui auant si de la arrauba que best non a artenguda
el senhor ni hom per luy nol deu bate ni mal menar de
sa preson en fora anz lo deu solber per cosselh dels
proshomes de la viela [77].

V. Omidici si feyt es dents los terminis [78] de la
viela aquest qui feyt la sen deu acordar ab lo senhor
assa merce per cosselh des prohomes . .

VI. E si nulhs hom fe plaga leial . dents los terminis de la viela dressar la deu ad aquest acuy [79] fayta
la aia per conoissensa dels prosomes de la viela se [80]
deu sen acordar ab lo senhor entro . LX . sol . .

VII. E si lunhs hom armas trazia dentz los terminis de la viela iradamens en baralha . fin ne deu far
ab lo senhor per lau dels prosomes entro . LX . sol . .

VIII. E si lunhs hom de sent gaudens armas portaua e uenia en baralha si gamet o colp non fer non
es tengut del senhor . .

doivent les prendre avec les braies visiblement baissées. [Et si un des délinquants] (xvii) peut s'enfuir jusqu'à la rue ou jusqu'au chemin, on ne doit plus le saisir désormais, si l'on ne s'est emparé de son vêtement (xviii) ; le seigneur, et personne pour lui, ne doit le battre ni malmener, après sa capture au dehors (xix), mais il doit le faire délivrer par autorité des prud'hommes de la ville (xx).

Meurtre

V. Si un homicide est commis sur le territoire de la ville, celui qui l'aura commis doit s'en (xxi) accorder avec le seigneur, à sa merci, par autorité des prud'hommes.

Blessures

VI. Si quelqu'un fait plaie légale (xxii) dans le territoire de la ville, il en doit, à celui à qui il l'aura faite, réparation à l'estimation des prud'hommes de la ville; il doit composer avec le seigneur jusqu'à 60 sous.

Querelle où l'on a usé d'armes

VII. Et si un homme se servait d'armes dans le territoire de la ville, violemment, dans une querelle, il doit en passer accord avec le seigneur, par autorité des prud'hommes, jusqu'à 60 sous.

Querelles avec armes, mais sans avoir fait usage de ces armes

VIII. Et si un homme de Saint-Gaudens portait des armes et venait en querelle, s'il ne contusionne ni ne frappe [avec ces armes], il ne relève pas du seigneur (xxiii).

IX. E si forals terminis lunh hom de sent gaudens fazia plaja ni mort el senhor na clam deu lo fer estar en. dreyt al clamant e del qui bencud sia al senhor . XX . d ..

X. Los layros deu fer judiar lo senhor als prohomes de la viela e si etz lauzan que sian justiziatz quel senhor los justizie e si etz lauzan ques derreman (81) quel senhor los fassa derrezemer e la maytad de la derrenson deu ester del senhor .. E lautra maytad del qui pres laura . e sil lay cant hom lo prenera era (82) plagad ni mort en la comession quel senhor nol deman ..

XI. E si lunhs hom de fora a mort ni plaguat lunh home de sent gaudens qual que veniansa . sen prengua ed ni sos parens . ni sos amicx . lo senhor no els ac (83) deu demanar ans los ne deu amparar e aiudar ..

XII. E si a . lunhs home de sent gaudens aucizia om de sos parents . que agues dedentz la viela ni deffora lo senhor nol deu metre en la viela aqued homicizian pos (84) hom dit lag aya . e qual que venianza se

Plaie ou meurtre hors du territoire de la ville

IX. Et si en dehors des confins de la ville, un homme de Saint-Gaudens blessait grièvement ou tuait quelqu'un et que le seigneur en eût plainte, celui-ci doit faire ester en droit le plaignant ; et de celui qui sera condamné, le seigneur a 20 deniers.

Jugement des voleurs. Ils peuvent se racheter
Leur arrestation

X. Le seigneur doit faire juger les voleurs par les prud'hommes de la ville ; et si ceux-ci décident qu'ils soient châtiés, que le seigneur les châtie ; et s'ils décident qu'ils se rachètent, que le seigneur les fasse se racheter, et la moitié de la rançon doit être au seigneur et l'autre moitié à celui qui aura pris le voleur. Et si le voleur était blessé ou tué, quand celui-ci le prendra, que le seigneur ne punisse pas ce dernier (xxiv).

Vengeance, en cas de meurtre ou de blessure

XI. Et si un homme du dehors a tué ou blessé un homme de Saint-Gaudens, quelque vengeance qu'en prenne celui-ci, ou ses parents, ou ses amis, le seigneur ne les doit pas poursuivre, mais il doit les protéger et aider.

Meurtre de parents d'un habitant de Saint-Gaudens

XII. Et si on tuait à un homme de Saint-Gaudens un de ses parents qu'il aurait dans la ville ou au dehors, le seigneur ne doit pas admettre le meurtrier dans la ville après qu'il aura été informé [de ce

fassa lo senhor no lag deu demanar antz len deu amparar e aiudar . .

XIII. Sil senhor pren lunh home de sent gaudens
ab molher maridada ni en layronis ni en nulh occazion
nol deu menar enant [85] si fizansas de dreyt ne troba
valentz . e si no troba fizansas deu lo tier en la viela . e
nol ne deu trezer . e deu lo fer judiar soler si meseis [86] . .

XIV. Si lunh hom de sent gaudens apera lautre de
traysio el ditz de que . e lautre len desment e no lac
estac . lo senhor li deu fer estar *(per connoyssensa)* [87]
si clam na per lau dels judges de la viela . e sii aben
jugiament que trazirs armangua [88] deu sacordar ab
lo senhor per lau dels prosomes de la viela. E sil qui
aperat es nol ne desment es clama . del qui aperat
laura . lo bayle en deu auer fizansas e deu lac fer estar
per conoissensa dels prosomes de la viela . el senhor i
ay. XX, d. si aproason no abeng . .

XV. Si lunhs hom de sent gaudens apela lautre
layron e lautre len desment . son dreit sen aleuat [89] e

meurtre] ; et quelque vengeance qu'il (l'habitant) en tire, le seigneur ne doit pas le poursuivre, mais le protéger et l'aider. (V. aussi art. XXVIII *infrà*.)

L'adultère, le voleur ou autre délinquant est libre sous caution

XIII. Si le seigneur prend un homme de Saint-Gaudens avec une femme mariée ou commettant un vol ou un délit quelconque, il ne doit pas l'emmener d'où il l'a pris (xxv), si le délinquant trouve des cautions de droit valables ; et s'il ne trouve pas de cautions, le seigneur doit le garder dans la ville et ne doit pas l'en faire sortir. Et il doit le faire juger sur sa personne (xxvi).

Accusation de trahison

XIV. Et si un homme de Saint-Gaudens accuse un autre de trahison et dit en quoi, et l'autre le dément sur cela et n'en exige pas de gage (xxvii), le seigneur doit le faire ester (xxviii), s'il y a reçu plainte, par sentence des juges de la ville. Et s'il y a jugement que la trahison existe (xxix), [le condamné] doit s'accorder avec le seigneur par sentence des prud'hommes de la ville. Et si celui qui est accusé ne dément pas celui qui l'aura accusé et porte plainte contre lui, le bayle doit en avoir des cautions et il doit le faire ester par connaissance des prud'hommes de la ville. Le seigneur reçoit 20 deniers, si l'acquittement ne survient pas.

Accusation de vol

XV. Si un homme de Saint-Gaudens traite un autre de voleur et celui-ci lui donne démenti, le droit de

si nol ne desment e sen clama deu lo fer estar lo senhor
per conoissensa dels prosomes ..

XVI. Si lunhs hom de sent gaudens . bat lautre el
qui batud es sen vol clamar e lunhs hom len perpara
dreit prener lena (90) sis vol . sino non es tengut . de la
ley . al senhor per perparament de las fizansas el senhor
deu len fer judiar son dreit.

XVII. E si lunhs hom de sent gaudens auia
penherat lunh cauer (91) ni autre home qui de la viela
no fos dedentz (92) ni defora sii auenia plagua . ni
mort ni preson ad aquest qui feit ag auria lo senhor no
la (93) deu domanar (94) a luy ni a son [adju]tory antz len
deu amparar e baler (95) e per asso no tiem ni conoissem
lunh home qui de la viela sia en[tro] . i . an e . i . dia
ig aia estad e feit gueyta e cerca (96) en beziau o ost o
caualgada . .

XVIII. E si cauers ni borzes ni bilas de sent gaudens
[estancan] batalha en mang del senhor las armas del
bencud (97) son del senhor . e la maytad de la [arramide]

ce dernier est épuisé ; et s'il ne donne pas démenti et porte plainte, le seigneur doit le faire ester [en droit], à la connaissance des prud'hommes.

Voies de fait

XVI. Si un homme de Saint-Gaudens bat un autre [homme de la ville] et celui qui est battu veut s'en plaindre, si cet homme (l'agresseur) offre d'ester en droit (xxx), il (la victime) peut l'accepter, s'il veut. S'il ne veut pas, il n'est pas soumis envers le seigneur à la règle concernant l'offre des cautions. Et le seigneur doit lui faire juger son droit sur cette affaire.

Saisie suivie de blessure, mort ou capture

XVII. Et si un homme de Saint-Gaudens avait saisi, soit en dedans, soit en dehors [des murs], un chevalier ou tout autre homme qui ne fut pas de la ville, s'il advenait à celui-ci plaie ou mort ou capture, le seigneur ne doit punir (xxxi) ni lui (l'homme de Saint-Gaudens), ni ses auxiliaires qui auront fait cela ; mais il doit les protéger et les aider. Et qu'on ne retienne ni ne poursuive pour cela un homme qui soit de la ville depuis un an et un jour, y ait demeuré et fait guet et ronde en la communauté, ou expédition ou chevauchée.

Duel lié devant le seigneur. Peines

XVIII. Et si des chevaliers, ou des bourgeois, ou des vilains de Saint-Gaudens lient bataille en main du seigneur, les armes du vaincu appartiennent au seigneur, ainsi que la moitié du gage, s'il y en a ; et il y a amende : contre le chevalier, 60 sous, contre

si ni a [98] e ay ley en cauer [99] . . lx . sol . en borzes .
x . sol . en pages . v . sol . aquesta ley al senhor del
bencud . .

XIX. Los prosomes de sent gaudens [deben] al
senhor . xij . d . en cada obrador on draps de lana
tengua hom ni bena hom lana [atalh] e per asso dels
lo senhor en don [100] que nulhs hom estranh noy bena
draps atalh nij tengua obrador mays solament atant
con [101] la feira dura . viij . dias deuant e . viij . dias
derrer . si arren noy ben noy deu auer arren lo
senhor . .

XX. Los tauernes auzats [102] de sent gaudens deuen
dar al senhor . vj . leudcras [103] de bing a nadau . e .
vj . a pascas . e . vj . a pentacosta . si bing ben on
deu fer fing [104] ab lo bayle els tauernes no deuen dar
los dreits [105] de bing que aportar fazan de berenhas
entro martror [106] . .

XXI. Totz los sabaters de sent gaudens deuen dar
los milhors sabatos que ayan pel dia de sent gaudens
al bayle . o . ij . de qualques se bolha lo bayle . .

le bourgeois, 10 sous, contre le paysan, 5 sous. Le seigneur reçoit cette amende du vaincu. (V. aux éclaircissèments la note VII.)

Magasins où l'on vend des draps au détail

XIX. Les prud'hommes de Saint-Gaudens doivent au seigneur 12 deniers pour chaque boutique où l'on tient des draps de laine et où l'on vend de la laine au détail. Et pour cette redevance payée par eux, le seigneur accorde qu'aucun étranger ne vende des draps au détail dans la ville, ni y tienne boutique sauf pendant la durée de la foire, huit jours avant, huit jours après. Et si on ne vend rien [dans la boutique] pendant la foire, le seigneur ne doit pas recevoir de [redevance].

Vente du vin chez les taverniers

XX. Les taverniers agréés de Saint-Gaudens doivent donner au seigneur six mesures (xxxii) de vin à la Noël, six à Pâques et six à la Pentecôte. S'ils vendent le vin [hors des tavernes], ils doivent faire un arrangement avec le bayle à ce sujet. Les taverniers ne doivent pas payer les droits sur le vin qu'ils feront apporter depuis les vendanges jusqu'à la Toussaint.

Souliers donnés au bayle par les cordonniers

XXI. Tous les cordonniers de Saint-Gaudens doivent donner au bayle, pour le jour de la fête de Saint Gaudens, les meilleurs souliers qu'ils auront ou deux de ceux que le bayle voudra.

XXII. Lo senhor a leuda en cauad e en arrocing e en eggua e en mul e en mula cada . iiij . d . en totz los que si benan e en aseng . j . d . e en [sau]ma. aje*ne* . (107) e en bou . j . d . e en bou (108) ab colhos . iij . en baca . iij . en porc de . v . dias ensus . iij . en Berrat . j . d . En flassada (109) [tres] . En fayna (110) . iij . En bolp . iij . En loyra (111) iij. En maran (112) . iij . cerp (113) . iij . [d .] cerbia . i ij . cuer de bou . iij. de baca . iij . De las saumada de las astas deu auer lo senhor . iiij . d . o una asta berta de aqued de cuy las astas son . En sarrazing si hom len passa . per bener ni si ben . xij . E en cauad qin quil ne pas per bener . xij . d . a la porta la cargua de salers . de fust . j . saler la cargua de enap . j .enap . la cargua darramias (114) . j . arramia . Et a de totz los bous e de las bacas que hom aucigua . ni bena al mazed los pieces e de tots los porcs e de las . troyas . que om aucigua . ni anporta ni bena . als banx deu auer lo senhor los loms (115) e sils loms podanal mazerer (116) deu len dar . iij . . els loms lo pagua leyta (117) del senhor . .

XXIII. A la porta enta tholoza al senhor en cada trossed domes de generes . vij . d . e a . viij . en cada trossed de marcaders estranis . Et en caualgador ab [tr]adessa a . vj . d . Et si no*n* porta y feg arrota de caming . vj . d . E al senhor en (*cada*) (118) trossed quin

Droits de passage et de place sur les marchandises

XXII. Le seigneur a leude sur chaque cheval, roussin, jument, mulet et mule, 4 deniers pour tous ceux qui se vendront ; pour un âne, 1 denier, et pour une ânesse destinée à la reproduction et un bœuf, 1 d. ; un taureau, 3 d. ; une vache, 3 d. ; un porc de plus de 5 jours, 3 d. ; un verrat, 1 d. ; une couverture, 3 d. ; une fouine, 3 d. ; un renard, 3 d. ; une loutre, 3 d. ; un bélier, 3 d. ; un cerf, 3 d. ; une biche, 3 d. ; un cuir de bœuf, 3 d. ; de vache, 3 d. Des charges de hastes, le seigneur doit avoir 4 d. ou une haste verte de celui à qui appartiennent les hastes. Sur le sarrazin (blé noir), si un homme le transporte pour le vendre et s'il le vend, 12 d. Et pour un cheval, qui que ce soit qui le mène pour la vente, 12 d. à la porte ; sur la charge d'écuelles de bois, 1 écuelle ; sur la charge de hanaps, 1 hanap ; sur la charge de fagots, 1 fagot. Il a de tous les bœufs et vaches que l'on tuera ou vendra à la boucherie les poitrines. Et de tous les porcs et des truies que l'on tuera, ou emportera, ou vendra à l'étal, le seigneur doit avoir les lombes ; et si les lombes sont débitées chez le boucher, celui-ci doit en donner 3 deniers, les lombes étant frappées de la leude du seigneur (xxxiii).

Péages à l'entrée dans la ville

XXIII. A la porte, vers Toulouse, le seigneur aura sur chaque trousseau d'hommes (de générès ?) (xxxiv) 7 d. et 8 sur chaque trousseau de marchands étrangers. Sur un cavalier avec charge (xxxv), il a 6 d. ; et s'il n'en porte pas et poursuit sa route, 6 d. Et le sei-

gess . per la porta begordana quin [119] baenta spanha
e enta begorra . j . d . ab los senhors de linhac.

XXIV. Lo senhor a en cada sester de blad quin
mesurad sia ab lo son sester . una copa . E si arten la
copa lo qui ben ay lo senhor . xx . d . e la copa . .

XXV. En la saumada de sal . al senhor . iij . copas
ab los senhors de la claustra et del [c]ozet [120] deu ne
prener ab lo cant de la copa . E de las sauneras [121] al
dyiaus una palma.

XXVI. Lunhs hom de sent gaudens no deu dar
leuda . al pont de miramon.

XXVII. leuda [122] [si nulhs] hom la torna en pleit e
vencud nes . xx . d . j . [123] al senhor . e la leuda . E
nulhs [124] de Sent Gaudens no deu dar leuda a
degunas de las portas de la viela ni en tot comenge
ni en camin quin sia .

XXVIII. Lo senhor no deu mete en la viela de sent
gaudens lunh home qui tort aia a lunh home de la

gneur a, sur un ballot qui sort par la porte Bigourdane, qui conduit en Espagne et en Bigorre, 1 d., avec les seigneurs de Linhac.

Droit sur le mesurage du blé

XXIV. Le seigneur perçoit sur chaque setier de blé qui sera mesuré avec son setier, une coupe; et si celui qui vend ne donne pas la coupe, le seigneur aura 20 d. et la coupe.

Droits sur le sel

XXV. Sur la charge de sel, le seigneur a 3 coupes, avec les seigneurs du cloître (XXXVI) ; et, du boisseau, il doit en prendre avec le bord de la coupe ; et des saulnières, il perçoit le jeudi, une poignée [de sel] (XXXVII).

Leude au pont de Miramont

XXVI. Et nul homme de Saint-Gaudens ne doit donner leude au pont de Miramont.

De la leude. Les habitants de la ville en sont exempts

XXVII. LEUDE. Si quelqu'un fait un procès au sujet de la leude et est condamné, le seigneur a 20 deniers jacquez et la leude (XXXVIII). Et nul homme de Saint-Gaudens ne doit payer de leude à aucune des portes de la ville, ni dans tout le Comminges, ni sur aucun chemin que ce soit (dans le Comminges).

Non admission dans la ville des gens ayant porté dommage à un habitant

XXVIII. Le seigneur ne doit admettre dans la ville de Saint-Gaudens aucun homme qui ait [fait] dommage à un homme de la ville, dès qu'on le lui

viela pos [125] hom dit lac aia si ab cosselh no daqued a
quy [126] lo tort aura . . [127]

XXIX. E si a lunh hom de sent gaudens tolt [128]
degus hom de fora sa terra . ni son aver . ni arren del
son pos dit ac aia al senhor . sil senhor no lac
fasia dressar e ed ne caualgaua . ni mal ne fazia
quel senhor no lac deu demanar . a luy ni a son
aiutori . antz len deu amparar que que si [129] abengues. .

XXX. E si filhs de lunh home de sent gaudens
ni nulha sa maynada . auian toort al senhor ni a lunh
home can [130] lo senhor de la mayson . nauzira lo clam
quel despar sis vol . el senhor nol deu arren demanar .
E [sil] ampara metan fizansas al senhor e deu passar
per lau dels prosomes de la viela.

XXXI. E si lunhs hom de sent gaudens pert arren .
en sa mason . destrengan [131] sa maynada . sis vol .
ses daun de deffener [132] en fora ses [quel senhor ley ny
arren] als noya . de neguna part . e quen crub lo son . .

aura dit, sinon avec le consentement de celui à qui le dommage aura été fait (V. aussi art. XII *supra*).

Droit de recouvrer par chevauchée les biens dont on a été dépossédé

XXIX. Si un homme du dehors prend à un homme de Saint-Gaudens sa terre, son argent ou quoi que ce soit lui appartenant, après que celui-ci en aura informé le seigneur, si le seigneur ne lui faisait pas rendre droit et lui (l'homme de Saint-Gaudens) faisait chevauchée et portait dommage, le seigneur ne doit pas le punir pour cela, ni lui ni qui l'aura aidé, mais il doit le soutenir, quoi qu'il advienne [XXXIX].

Responsabilité du chef de maison

XXX, Et si les fils d'un homme de Saint-Gaudens ou quelqu'un de sa mesnie avait porté dommage au seigneur ou à autre personne, quand le chef de la maison en entendra la plainte, qu'il ne protège plus [les siens], s'il veut. Le seigneur ne doit rien exiger de lui. Et si cet homme prend parti pour les siens, qu'il donne des cautions au seigneur et qu'il passe par le jugement des prud'hommes de la ville.

Responsabilité de la mesnie

XXXI. Et si quelqu'un de Saint-Gaudens perd quelque chose en sa maison, qu'il contraigne sa mesnie, s'il veut, sans préjudice de se défendre au dehors [XL] et sans que le seigneur ait ni amende, ni rien autre, d'aucune part. Et que le maître recouvre ce qui lui revient.

XXXII. E sils homes de sent gaudens auian pleit ab lo senhor per lau de los prosomes de la viela sen deu passar e sen deu deseixir . .

XXXIII. E si lunhs hom de sent gaudens volia exir . de la viela que bena sa terra el senhor quel deu guizar . per tota sa terra leialment ses engan (133) . si aquest home vol son guizoagge . .

XXXIV. E sil comes (134) vol metre bayle en la viela de sent gaudens deu le metre ab cosselh dels prosomes de la viela . e aqued quy metra deu lo mostrar als prosomes que ad aqueste bayle responan per luy de totas sas dreyturas . E aqued bayle deu [e pot] auer autre bayle sob si e non deu auer plus . e aquet bayle (135) deu jurar sober sents euangelis que per cosselh dels prosomes (136) daquetz judges jurats que cauxitz (137) seran . se captengua . E deu fer sagrament a bona fe . can aques qui alhetz seran per judges lo [fassan] . .

XXXV. Et si lunhs hom de sent gaudens auia (138) pleit pauc ni gran e accordat sen era ab degun dels (139) bayles de la viela aquet (140) al senhor mes no lag deuian ni hom per luy . qualque fin feita sen aia ab degun de los bayles . . (141).

Procès avec le seigneur

XXXII. Si les hommes de Saint-Gaudens avaient procès avec le seigneur, on doit passer par le jugement des prud'hommes de la ville, et [le seigneur] doit s'en dessaisir (XLI).

Habitant qui quitte la ville

XXXIII. Et si un homme de Saint-Gaudens voulait abandonner la ville, qu'il vende sa terre. Le seigneur doit le sauvegarder sur toute sa terre loyalement, sans tromperie, si cet homme a recours à sa sauvegarde.

Etablissement d'un bayle et d'un sous-bayle

XXXIV. Et si le comte veut établir un bayle dans la ville de Saint-Gaudens, il doit l'établir avec l'assentiment des prud'hommes de la ville ; et celui qu'il établira en son lieu et avec tous ses pouvoirs, il doit le présenter aux prud'hommes, qui répondent devant ce bayle de toutes les redevances dues au seigneur. Et ce bayle doit et peut avoir un autre bayle au-dessous de lui, mais il ne peut en avoir davantage. Et ce bayle doit jurer sur les Saints Evangiles qu'il se conduira suivant le conseil des prud'hommes qui seront choisis comme jurats ; et il doit faire ce serment de bonne foi, lorsque ceux qui seront élus pour juges le feront.

Accord devant le bayle met fin aux procès

XXXV. Et si un homme de Saint-Gaudens avait procès petit ou grand et s'était accordé à ce sujet avec un des bayles de la ville, il ne doit plus rien au seigneur, ni quelqu'un pour lui, quel que soit l'accord conclu avec l'un des bayles.

XXXVI. Si lunhs hom de sent gaudens auia feyta fizansa a lunh son bezin ni al senhor e terme en que degues estre pagad era passad . si donx pe[nherat non habia ants auant] el deuedor moria no deu esser tengut de la fizansa . .

XXXVII. Si lunhs hom de sent gaudens era pres per guerra del senhor . solber lo deu lo senhor . can patz . ni fin fassa de la guerra . .

XXXVIII. Totz hom de sent gaudens [pot guizar hom que] ab luy bengua en la viela e guizat laia el guid sera le dia que bengua e lautre dia . entro med . dia e pod guizar son [amig] qui bengua a son malaueg ni a sa mort . E pod guizar home que obs [haya per arresonador o per testimoni si pleyt a . Et pot] guizar home de (142) marca . si defora la vielal pren en guid . si donx (143) debedat nol era per nome . De totas aquestas causas pod guizar totz hom de sent gaudens tot autre home si [donx tal no es que home non haya mort o pres].

Le dépassement de l'échéance d'une dette et la mort du débiteur dégagent la caution

XXXVI. Et si un homme de Saint-Gaudens s'était porté caution d'un concitoyen ou du seigneur [pour une dette] et que le terme où le payement eût dû être effectué était passé, si toutefois on ne l'avait pas saisi avant la mort du débiteur, il est délié de la caution.

Prisonnier de guerre

XXXVII. Si un homme de Saint-Gaudens était fait prisonnier pendant une guerre [faite] par le seigneur, le seigneur doit le racheter quand il aura conclu la paix ou terminé la guerre (XLII).

Droit de sauvegarde des habitants

XXXVIII. Tout homme de Saint-Gaudens peut sauvegarder un homme qui viendra avec lui dans la ville ; et l'ayant ainsi sauvegardé, la sauvegarde vaudra du jour de l'arrivée au lendemain jusqu'à midi. Il peut sauvegarder son ami qui viendra pour sa maladie ou pour ses obsèques. Et il peut sauvegarder un homme dont il aura besoin pour avocat ou pour témoin, s'il a un procès ; il peut sauvegarder un homme [sous le coup] de représailles, s'il le prend en sauvegarde en dehors de la ville, à moins qu'on le lui ait défendu en nommant la personne. Pour toutes ces causes, un homme de Saint-Gaudens peut servir de sauvegarde à tout autre homme, à moins que celui-ci n'ait tué ou volé.

XXXIX. [Si a lung home de sent gaudens] a hom panat arren del son e cercar ac vol deu ag fer ab cosselh dels prosomes ab lo bayle e ab . ij. testimonis per tot on se bulha bezialment . .

XL. [Totz hom de sent gaudens si leycha son afer [144] ni sos enfans per esponaria a lunh home ce es clam daqueras tiensas] qui aqui arcepian [145] no sen deuen destrenher los esponers per lunh demanador quils doman trols enfantz sian de [etad] .

XLI. [Tot hom de sent gaudens a guid del senhor et de tot hom de la viela de que ques bena que enbazit non] deu ester . . [146].

XLII. Totz auers que marcaders aport o autre hom ni amene a las feyras ni als marchads deu estar [segur del senhor et de totz los homes de sent gaudens tro tornat layan en les bielas Et si le tienen saub et seyno li deu] esser de seissa [147] guiza tro que pagat ne sian e tornat en sa viela . .

Oonstatation du vol

XXXIX. Si quelqu'un a volé à un homme de Saint-Gaudens quelque chose lui appartenant et celui-ci veut le faire rechercher, il doit le faire par décision des prud'hommes, avec le bayle et avec deux témoins, partout où il voudra dans la communauté.

Tutelle des biens et des enfants

XL. Tout homme de Saint-Gaudens, s'il laisse ses biens et ses enfants en tutelle à un autre homme, s'il y a plainte sur ces tenances, les garants qui les ont reçues ne doivent pas s'en dessaisir en faveur d'un poursuivant qui les réclame, jusqu'à ce que les enfants soient en âge (XLIII).

Sauvegarde aux marchands de la ville

XLI. Tout homme de Saint-Gaudens a sauvegarde du seigneur et de tout homme de la ville sur tout ce qu'il vend ; il ne doit pas en être dépouillé.

Sauvegarde à l'occasion des foires et marchés

XLII. Tout ce que les marchands apportent ou que tout homme amène aux foires ou aux marchés doit avoir garantie du seigneur et de tous les hommes de Saint-Gaudens jusqu'à ce qu'ils l'aient remporté dans leurs villes et qu'ils le tiennent sain et sauf (*sans dommages*). On doit leur donner la même sauvegarde jusqu'à ce qu'ils soient payés et rentrés chez eux.

XLIII. Totz los homes c las femnas qui al marchad
[bieran del dimercles de meydia enssus tro al diyaus
a la neyt son segurs del senhor Et de totz los homes
de] la viela si fizansa o deuedor no es . o mal fascdor .

XLIV. Lo marchad deu tier lo senhor entz ladita
viela de sent gaudens . .

XLV. E [sil senhor demana arren a lungs hom de
sent gaudens e lac proba per testimonis lo que probara
se deu esdiser per] sagrament

XLVI. De tota demana de preson dome molherad .
e de molher maridada en fora . qui deu esser proad si
[pres es aysi cum sober scriut es Et si nol proba noya
esdic ny alz daquera demana]

XLVII. [Et si a lung cauer ni] a lunh hom de
cumenge penhera degus hom de sent gaudens son
home dens los terminis de la viela lo ses que aqued

Sauvegarde des acheteurs étrangers

XLIII. Tous les hommes et les femmes qui viendront au marché sont garantis par le seigneur et par tous les hommes de la ville, depuis le mercredi avant midi jusqu'au jeudi à la nuit, s'ils ne sont cautions, ou débiteurs, ou malfaiteurs.

Tenue du marché à Saint-Gaudens

XLIV. Le seigneur doit tenir le marché dedans la ville de Saint-Gaudens.

Preuve par témoins et serment

XLV. Et si le seigneur réclame quelque chose à un homme de Saint-Gaudens et lui en donne la preuve par témoins, ce qu'il prouvera [ainsi] doit se justifier par serment.

Demande d'arrestation d'homme et de femme mariés

XVLI. Pour toute requête d'arrestation d'homme marié et de femme mariée au dehors, la preuve doit être faite, si l'arrestation est déjà opérée, ainsi qu'il est écrit ci-dessus (Art XLV). Et s'il [le requérant] ne fait pas la preuve, [l'inculpé] n'aura à produire ni justification, ni rien autre au sujet de cette demande (xliv).

Saisie d'un « homme » appartenant à un Commingeois

XLVII. Et si, à un étranger ou à un homme de Comminges, un homme de Saint-Gaudens saisit son homme de corps dans le territoire de la ville, il peut

home [el deu fer lo pod penherar Et ldeu lo tier tro
manat lac haya per sa paraula et pus manat lac haya
sil ne vient] deu lo prener dedens e deffora e
pod ne cruba lo song . . (149)

XLVIII. Si lunh home de sent gaudens penheraua
lunh home ni [son home foralz terminis per nul tort
quel senhor del home lagues deu ne levar tot lo son
apoder del home Et non es] tengut del senhor . .

XLIX. Si lunh home de sent gaudens anaua en
autra terra e trobaua [lunh son bezin qui per deute
que degues de la viela (150) sen fos fora tornar ly pod
segur de ung an des denedors] (151).

L. [Sil coms ny] abesque metian patz en cumenge
deuen i estar los prosomes de sent gaudens las costumas saubas . .

LI. [Totas las empresios quelz judges juratz de la
viela de sent gaudens faran del affar de la viela deu
tier lo senhor] e las deu fer tier . .

saisir le cens que cet homme doit faire ; et il doit retenir [cet homme de corps] jusqu'à ce qu'il ait fait savoir cela [à son maître] par déclaration verbale faite en présence de témoins ; et si celui-ci ne vient pas, après qu'il le lui a fait savoir, il doit garder [cet homme de corps] dedans [la ville] et au dehors ; et il peut recouvrer sur lui ce qui lui est dû.

Saisie du maître ou de son homme

XLVIII. Si un homme de Saint-Gaudens saisissait un homme ou l'homme de corps de celui-ci hors du territoire [de la ville], pour quelque dommage que le seigneur de cet homme lui aurait fait, il doit prendre tout ce qui lui revient sur ce que cet homme détient. Et il n'est pas tenu envers le seigneur [xlv].

Débiteur qui a quitté la ville et qu'on y fait rentrer

XLIX. Si un homme de Saint-Gaudens allait en une autre terre et y trouvait l'un de ses concitoyens, qui, à cause de dettes qu'il avait s'en était allé hors de la ville, il peut l'y ramener, garanti, pendant un an, des créanciers.

Etablissement de la paix de Dieu en Comminges

L. Si le comte et l'évêque mettaient la paix [de Dieu] [xlvi] dans le Comminges, les prud'hommes de Saint-Gaudens doivent y accéder, les coutumes étant sauves [xlvii].

Décisions des juges jurats

LI. Toutes les décisions que les juges jurats de la ville de Saint-Gaudens prendront sur les affaires de la ville, le seigneur doit les observer et les faire observer.

LII. Si lunh hom de sent gaudens auia son filh qui quil prestasz [152] nil maleuas meissens [153] cosselh [de son pair sil pair no habia dit deuant los juges juratz que om lo (*crezera*) [154] crezessa si donx molherat no] era nol ne fara ja ren [155] si nos vol . ni no sen destrenhera pel senhor . .

LIII. E sil pair presta al filh auer ni terra ni limet cabal qualque ora [lo pair crubar sac bolha hac crubara tot cabal et guesaing per tota sa bolontat fer] si donx a molher dad . no lac auia .

LIV. E sil pair ditz a son filh ques jesca de son poder que sen deu [156] essir e si essir non vol per luy lo‾senhor . len ag [deu fer essir si clam na].

LV. [Totz los forns elz molis son francz del senhor] que non deu arren domanar [157] e si en *terra* [158] on om fe sees al senhor a forn ni moling ni ja lunh temps ni fe om lo senhor noy deu perde son [sees sil i a].

Prêts ou emprunts faits sans le consentement du père par le fils non émancipé

LII. Si un homme de Saint-Gaudens avait son fils qui eût prêté ou emprunté, mais sans l'assentiment de son père, si le père n'avait pas dit devant les juges jurés qu'on lui fit crédit, si toutefois le fils n'était pas marié (XLVIII), le père n'est tenu désormais à rien, s'il ne veut pas [répondre du prêt ou de l'emprunt], et il n'y sera pas contraint par le seigneur (XLIX).

Prêts par le père au fils

LIII. Et si le père prête au fils de l'argent, ou de la terre, ou lui constitue un cheptel (L), à quel moment que le père le voudra, il recouvrera tout, capital et acquets, selon sa pleine volonté, si, toutefois, il (le fils) n'en avait pas fait don à son épouse (LI).

Fils mis hors du domaine paternel

LIV. Et si le père dit à son fils de sortir de son domaine, celui-ci doit en sortir ; et s'il ne veut pas en sortir de son gré, le seigneur doit l'en faire sortir, s'il en a plainte.

Franchise des fours et moulins

LV. Tous les fours et les moulins sont francs [de droits] envers le seigneur, qui ne doit rien exiger. Mais si dans une terre où l'on paye le cens au seigneur, il y a quelque four ou moulin soumis au cens depuis longtemps, le seigneur ne doit pas perdre celui-ci, s'il l'y a.

LVI. [Las augues elz boscz del senhor deuen spleytar los homes de sent] gaudens .

LVII. Lo padoent dels Brulhs . El padoent del Beneg. El padoent del Aubar . En de carrera vielha . En de boissi . En de bentolan . El de las [crots, el de Fontanheras e de Sauzech el de prat Bayang el de castanher. El de canabaguet] el de las frons totz aquestz padoentz son datz al poble de sent gaudens . . (159)

LVIII. Los homes de sent-gaudens an spleita de paisser los [bestiars e derba segar ab faus e de lenha ab destrau e ab talhant quen pot home] fer en la honor de landorta (160) et en la honor de mont aut . Et en la honor de linhac ab . j . d . quen deu dar qui ni fassa ab destrau . e meza[lha de talhant si ly atenc lo foraster abans que sia fora habia (161) mays pos sia fora] a . bia nol deu penhorar . .

LIX. Si lunhs hom de sent gaudens . pren lunh home dens los dex de la viela nol deu meter en

Jouissance des eaux et des bois

LVI. Les hommes de Saint-Gaudens ont le droit d'exploiter les eaux et les bois du seigneur.

Terres seigneuriales données au peuple de Saint-Gaudens

LVII. Le ténement des Brulhs, le ténement du Beneg, le ténement de l'Aubar, celui de Carrera-Vielha, celui de Boissi, celui de Bentolan, celui des Crots, celui de Fontanheras et de Sauzech, celui de Prat-Bayang, celui de Castanher, celui de Canabaguet, celui des Frons, tous ces ténements sont donnés au peuple de Saint-Gaudens. (V. Appendice. *Degrez et limites.)*

Exploitation des bois dans les fiefs environnants

LVIII. Les hommes de Saint-Gaudens ont la faculté de faire paître leurs bestiaux, de couper l'herbe à la faux, le bois à la cognée ou au taillant, autant qu'un homme peut en faire, dans les fiefs de Landorthe, de Montaut, de Linhac, moyennant 1 denier que doit donner celui qui coupe à la cognée, ou une maille celui qui se sert du taillant. Si le forestier surprend quelqu'un [en contravention], il doit lui dresser procès-verbal avant qu'il soit sur le chemin; mais après que le délinquant est hors [du bois], sur le chemin, il ne doit pas verbaliser contre lui (LII).

Arrestations d'autorité privée

LIX. Si un homme de Saint-Gaudens arrête un homme dans la juridiction de la ville il ne doit pas le mettre (LIII) en maison jusqu'à ce qu'il ait informé

mayson tro dyt ag [haya al senhor o al bayle . E del
que bencut deu ne haber vingt diners lo senhor (162).

LX. de marcha]en fora . (163) E si marcha i conquer
(164) ay lo senhor . xx . d . E si guareis la marcha .
vasen solt quel senhor noy a arren .

LXI. E si lunh hom de sent [gaudens pren lunh
home dens los dex de la viela per marcha ni per als el
meit en] mayson si dit no a al senhor . lx . sol . j .
al senhor . e deu lo fer trezer al judiament dels jugges
jurats de la viela . mais pos dit ag ai[a al senhor o al
bayle qual que respona ed lo fazan o no sy ly met non
es tengut de] la ley . E si marcha auer portador ni
meador dens los terminis de la viela dome en fora
mete ac dens mason sis vol mays lo dia deu [dizer la
marcha als juratz E deu sen capderar (165) per conseilh
de lor .]

LXII. [Et si a lunh home de] sent gaudens forsaua
om sas tiensas que ed tene e que las amparas per suas
quan presas las sagues el ne perpara dreit lo forsador .
si [sen clama aquest quy despodestit nes lo senhor lo

le seigneur ou le bayle. Et de celui qui [sera] condamné, le seigneur doit avoir 20 deniers.

De la représaille au dehors (LIV)

LX. Et si [l'homme de Saint-Gaudens] exerce la représaille au dehors par force et violence (LV), le seigneur a 20 deniers. Et s'il donne des gages pour cette représaille, qu'il agisse librement ; le seigneur n'a droit à rien.

Arrestation d'autorité privée suivie de séquestration

LXI. Et si un homme de Saint-Gaudens arrête un homme dans la juridiction de la ville pour représailles ou pour tout autre motif et le met en maison, s'il n'a pas informé le seigneur, le seigneur a 60 sous jacquez et il doit le faire traduire en jugement devant les juges jurats de la ville. Mais s'il en a informé le seigneur ou le bayle, quoi qu'ils lui répondent, qu'ils agissent ou non, s'il l'y met (en maison), il n'est pas soumis à l'amende. Et s'il saisit celui qui porte ou qui accompagne dans le territoire de la ville les biens d'un étranger, qu'il les mette en maison, s'il veut ; mais le même jour, il doit dénoncer la saisie aux jurats ; et il doit se conduire d'après leurs conseils.

Tentative de dépossession de terres

LXII. Et si à un homme de Saint-Gaudens quelqu'un prenait par force ses terres (LVI), qu'il occupe, et que celui qui s'en est emparé violemment les retienne comme siennes, après qu'il les a prises, et offre

deu fer crubár son poder ses quel dreyt] p*er*parad de
lautre no es valent ans nal senhor . xx . d .

LXIII. E si a nulh [166] home de sent gaudens requer
hom sas tiensas e ed ne p*er*para dreit [et sobre el
dreyt preparat lag torbc [167] ni lag forsse om [168]
sexanta soldi i a el senhor sobre [169] el forssador .]

LXIV. [E si nulhs] hom de sent gaudens penhora
degun de sos bezis el bezing lo bedau al penhs nol ne
deu forsar lo qui penhera [170] quar [171] si ag fc [172] e
lautre sen clama . xx . d . nal senhor . e deu lo fer
[arreder lo penhs c dressar lo tort que] . feit [173] li
aia . .

LXV. E si lunh home de sent Gaudens a penherad
lunh penhs a [174] son bezing . e pos lo penhs aia portat
o menat [lag ten ny lac forssa] aqued aquy laura
penherad . lx . sol . i al senhor el forsador el penhs
deu crubar [175] [e tier lo qui] penhorad laura tant tro
que pagat sia . .

d'ester en droit, si le dépossédé porte plainte, le seigneur doit lui faire recouvrer son droit de propriété, sans que l'offre d'ester en droit faite par l'usurpateur soit valable ; mais le seigneur a sur celui-ci 20 deniers.

De eodem

LXIII. Et si à un homme de Saint-Gaudens quelqu'un réclame ses terres et le possesseur offre d'ester en droit et, cette offre étant faite, on le trouble ou on lui fait violence [dans ces terres], le seigneur a 60 sous sur celui qui a fait violence.

Saisie opérée par un habitant sur un autre habitant

LXIV. Et si un homme de Saint-Gaudens met saisie sur les biens d'un de ses concitoyens, celui-ci s'opposant à la saisie, celui qui saisit ne doit pas procéder par violence, car s'il le fait et que l'autre porte plainte, le seigneur en a 20 deniers et doit lui faire rendre les choses saisies et réparer le tort qu'il aura fait.

Reprise de gage saisi [pour dette] (LVII)

LXV. Et si un homme de Saint-Gaudens a saisi un gage donné en garantie à son concitoyen et, après l'avoir emporté ou amené, celui à qui il l'aura saisi le reprend par force, ce dernier donnera au seigneur, pour avoir agi par violence, 60 sous. Celui qui aura fait la saisie doit recouvrer et garder le gage jusqu'à ce qu'il soit payé.

LXVI. Sil senhor pren poder en lunh afer dome de sent gaudens no sen deu lhom apoderar . pos lo bayle lag aia feit asaber . tro fizansas naia mesas quar si ag fazia . lx . sol . ial (176) senhor . .

LXVII. Sil senhor demana fizansas a lunh home de sent gaudens deu le dizer de quel ne demana . e sil dia nol ne da deu lo dar . xx . d . el endemang . fizanzas . pero si nol ne daua . Estancar lo deu tro que fizansas lo don e ab fizansas quel deu ester solt . e deu passar per lau dels juggos . .

LXVIII. Tot hom de sent gaudens si a pleit ab lo senhor . nj ab lunh so bezing e son en mang del senhor . a dia per plaideiar . viij . dias . E per garent sil domana . viij . dias . E per testimonis dar . viiij . dias . e per falsar . (177) viij . dias . e per sagrament fer . viij . dias . E per [pena leuar quatorze] dias la luna esduzent . .

LXIX. Los prosomes de la viela de sent gaudens an aytal costuma ab lo senhor . que . vi . judges juratz i

Revendication du seigneur sur un bien

LXVI. Si le seigneur revendique la possession (LVIII) sur un bien tenu par un homme de Saint-Gaudens, cet homme ne doit pas en disposer (LIX), après que le bayle le lui a fait savoir, jusqu'à ce qu'il ait fourni cautions. Car s'il le faisait, le seigneur a 60 sous.

Cautions au seigneur

LXVII. Si le seigneur demande des cautions à un homme de Saint-Gaudens, il doit lui dire pourquoi il les demande. Et si cet homme ne les donne pas le jour même, il doit payer 20 deniers et donner les cautions, le lendemain. Mais s'il ne les donnait pas, [le seigneur] doit le retenir en gage jusqu'à ce qu'il ait fourni les cautions ; et quand il les aura données, il doit être libre et il doit être traduit devant les juges.

Délais dans les procès avec le seigneur ou un concitoyen

LXVIII. Tout homme de Saint-Gaudens qui a procès avec le seigneur ou avec un de ses concitoyens et [l'affaire] est aux mains du seigneur a 8 jours de délai pour plaider ; 8 jours pour fournir des garants, s'il demande ce délai ; 8 jours pour fournir des témoignages ; 8 jours pour s'inscrire en faux contre les témoignages ; 8 jours pour faire le serment et 14 jours pour subir sa peine, après le coucher de la lune (LX).

Institution et fonctionnement des juges jurats

LXIX. Les prud'hommes de la ville de Saint-Gaudens ont telle coutume avec le seigneur qu'il doit

deu [haber totz[temps e aquedz . vi . que metan En
lor sagrament quan lo faran que de pleg que en lor mang
bengua no prengan loguer etz ni hom per lor en lunh
genh . ni en neguna maneira . e que juggen per dreit
segon lor feu e segon las costumas de la viela de los
razos que auziran . E pos arrazos auran auzidas que
de pleit qui en lor mang bengua no doen cosselh a
deguna de las partz . en deguna maneyra . E aquels
judges que gescan del judiament al cap del an . e
ens en lan . viij . dias que naian autres . vi . creatz
e alhetz ab dels (178) autres prohomes de la viela . de
sent gaudens a bona fe ses que edz noy deuen estre
daqued autre an sil jugges alheytz nols i aperauan . per
cosselh . E per ceis combent deuen se cambiar cada
an a la festa de sent johan ab lo sagrament que fassan . .

LXX. E s'il iugiament quels jugges juratz de sent
gaudens aguesan iugiatz los claman al senhor del
pleit deu dizer per quel clama el senhor deu ne auer
fizansas e deu lo fer conoisser e iudiar . la primera
betz que en la viela bengua ad autres . vi . dels prosomes de la viela . E si aquetz . vi . tien lo jugiament
per bong lo senhor deu auer . xx . d . daqued que
clamadz laura . .

y avoir de tout temps six juges jurats dans la ville ; et ces six juges mettront dans leur serment, quand ils le prêteront, que pour les procès qui leur seront soumis, ils ne prendront salaire, ni eux, ni homme pour eux, par fraude, ni d'autre manière. Et qu'ils jugent en droit, selon leur conscience et selon les coutumes de la ville, les raisons qu'ils entendront. Et après qu'ils auront entendu les raisons exposées dans le procès qui viendra en leurs mains, ils ne doivent conseil à aucune des parties en aucune façon. Et que ces juges cessent leur judicature au bout d'une année ; et que, huit jours avant l'expiration de l'année, ils en aient créé et choisi (LXI) de bonne foi, avec le concours de dix (LXII) autres prud'hommes de la ville de Saint-Gaudens, six nouveaux, car les mêmes ne peuvent plus exercer avant une autre année, à moins que les juges en fonctions ne les appellent à siéger à titre de conseil. Et pour l'exécution de cette même convention, ils doivent être changés, chaque année, à la fête de Saint-Jean ; et qu'ils prêtent serment.

Appel des jugements rendus par les juges jurats

LXX. Et si on fait appel au seigneur du jugement que les juges jurats de Saint-Gaudens auront rendu, le plaignant du procès doit dire pourquoi il se plaint. Le seigneur doit en avoir cautions et, la première fois qu'il viendra dans la ville, il doit faire instruire et juger l'affaire par six autres des prud'hommes de la ville. Et si ces six [prud'hommes] tiennent le jugement pour bon, le seigneur doit avoir 20 deniers de celui qui aura fait appel.

LXXI. Los mazeres de sent gaudens deuen escoriar los bous e las baccas . e las ouelhas . els moutos
als bancs stablitz . e no deuen fer alhou mazed . si
donx porc salat o troia no era que ed sagues noirid .
ques [179] pot bener en sa mayson . .

LXXII. Los faurs ferrados an atal costuma ab lo
senhor e ab los prohomes de la viela que per mezalha
deuen ferrar cada pe de lors bestias . e ad autrui
deuen bener com poscan . el fer deu bier al marcad . e
noy deu comprar arrecarder que i sia entro meg dia
quar si ac fazian e sen clamauan los ferradors lo ferr
deuen crubar ab aytant cant coste . e ay . xx. d . lo
senhor .

LXXIII. Los tauernes els sabates son en la
leuda . . [180]

LXXIV. Lunh hom de sent gaudens no es tengut
del senhor de mesura ni de pees si clam non al senhor
els prosomes el poble de sent gaudens . si bolen bener lor
blad ab lor mesura que sia ta gran cum la del marcad .

Bouchers et boucheries

LXXI. Les bouchers de Saint-Gaudens doivent équarrir les bœufs, et les vaches, et les brebis et les moutons aux bancs établis, et ils ne doivent tenir marché de boucherie ailleurs, à moins qu'il ne s'agisse de porc ou de truie qu'ils auraient nourris et salés eux-mêmes. Ceci peut se vendre dans la maison. (Voir art. XXII et la note xxxiii de la traduction.)

Maréchaux-ferrants et vente du fer

LXXII. Les maréchaux-ferrants ont telle coutume avec le seigneur et avec les prud'hommes de la ville : qu'ils doivent ferrer les bêtes de ceux-ci moyennant une maille pour chaque pied. Pour les autres habitants et étrangers, ils doivent vendre les ferrures au prix qu'ils pourront avoir. Le fer doit arriver au marché, et les revendeurs ne doivent pas en acheter avant midi, car s'ils le faisaient et que les maréchaux-ferrants s'en plaignissent, ceux-ci doivent prendre le fer au prix coûtant ; et le seigneur a 20 deniers.

Taverniers et cordonniers soumis à la leude

LXXIII. Les taverniers et les cordonniers sont soumis à la leude (LXIII).

Poids et mesures. Blé prêté et recouvré avec la même mesure

LXXIV. Aucun homme de Saint-Gaudens n'est tenu de faire usage des mesures et poids du seigneur, si le seigneur n'en a pas plainte. Si les prud'hommes et le peuple de Saint-Gaudens veulent vendre leur blé avec

o maior lo sester o la emia [181] ol quart . E sin compra que compre ab mesura dreyta . E si prestar vol de son blad . ab tal mesuras vol preste e aquera meseissa [182] quel crube.

LXXV. E si lunh hom de sent gaudens era proat de mesura pauca que dreyturera [183] no fos deu jurar sobre sentz que ed engan noy sabia . E sil sagrament gauza fer ay deseissida ab . lx . sol . .

LXXVI. Totz los homes de sent gaudens deuen bener lor ving ab qual mesuras volhan e ab aquera mesura on faran ucar que benan lor ving tant cant se volhan de lor tonet . .

LXXVII. E si lunhs pages de Comenge sen entra en sent gaudens per estar deuen le les prosomes aiudar si obs les . E si so senhor lo demana deu esser clamant [184] al senhor e als prosomes. E sil vol estar a dreit deu lac prener . E si nol vol estar a dreit que sen an forals terminis . e ia no sen gart del senhor . ni dels

leur mesure, qu'elle soit aussi grande que celle du
marché, ou davantage, le setier, le demi ou le quart.
Et que celui qui achète, achète avec la mesure juste.
Et si on veut prêter de son blé, qu'on se serve de
telle mesure qu'on voudra ; mais on devra se servir
de la même mesure quand on recouvrera son prêt.

Fausses mesures

LXXV. Et si un homme de Saint-Gaudens était
convaincu d'usage de petite mesure qui ne fut pas
juste, il doit jurer sur les Saints qu'il ne savait pas
qu'elle était fausse. Et s'il ose faire le serment, il y a
dessaisissement moyennant 60 sous.

Vente du vin récolté par les habitants

LXXVI. Tous les hommes de Saint-Gaudens
doivent vendre leur vin avec la mesure qu'ils voudront ;
et ils le feront publier à son de trompe avec cette
mesure : qu'ils vendent le tonneau de leur vin aussi
cher qu'ils voudront.

Paysan voulant résider dans la ville, réclamé par son maître

LXXVII. Et si un paysan du Comminges entre dans
la ville de Saint-Gaudens pour y demeurer (LXIV), les
prud'hommes doivent lui donner aide, s'il en a besoin.
Et s'il est réclamé par son maître, celui-ci doit
adresser sa plainte au seigneur et aux prud'hommes
[de la ville]. Et si [le paysan] veut ester en droit, à cette
occasion, on doit accepter sa demande ; et s'il ne veut
pas ester en droit, qu'il s'en aille hors du territoire de

prosomes e si lunh combent fen a lor senhor entz en la viela . que aqued lo tengan . E si nulhs hom de sent gaudens ni auia [185] per ceis combent quel pren-gua de forals terminis de la viela . e quel torn dedens en la viela sis vol per sa voluntad fer . .

* *

Tot ayso que aysi es escriut autreia e adorgua . bonament e dolsament . en . B . de Comenge lo filh de la filha nantfos als prosomes e al poble de sent gaudens . E autreian per testimonis en . S . de la bartha . En bidau de mont agut . . Ramonat daspeg . . Roger de mont aut . En gaud . de noer . . En ar . G . de barbasan . . Joh. G . de paumes . . En ramonat de Castelhon . . En ponts de fran casal . . En auger de barbasang . . El prior de Rocafort . . En espauen de taurinhan . . En auger de larca . En A . auger . . En Buomon . . En A . G . En galing barrau . . En bomacip gras . . [186] En A . de sent iust . . En brun pena baira . . [187] En . j . adorret . En . p . saui . En arrichome . .

Anno ab incarnatione domini millesimo . CC⁰ . tertio facta carta mense junii die jovis . xij⁰ . introitus [188] julii luna . xxvj⁰ . epacta xxv . Regnante phil*i*po Rege franc*orum* . Ray*mundo* comite tholos*e* . Ray-mund*o* ar*n*aldo . episcopo *conuenarum* . [189] Lauren-cio de barta qui ca*r*tam [189] istam scripsit . .

la ville, et qu'il ne se réclame plus désormais ni du seigneur, ni des prud'hommes. Et si, étant dans la ville, son maitre et lui (LXV) passent un contrat devant le seigneur, qu'ils tiennent celui-là. Mais si un homme de Saint-Gaudens était partie dans ce même contrat (XLVI), qu'il le conclue hors du territoire de la ville et qu'il le rapporte dans l'intérieur de la ville, s'il le veut, pour en faire selon sa volonté.

Octroi de la charte. Témoins et date

Tout ce qui est écrit ci-dessus, Bernard de Comminges, le fils de la fille d'Alphonse, l'octroie et accorde bènignement et gracieusement, aux prud'hommes et au peuple de Saint-Gaudens. Et nous accordons pour témoin · S. de La Barthe, Vidal de Montagut, Ramonat d'Aspet, Roger de Montaut, Gaudens (?) de Noé, Arnaud-Guilhem de Barbazan, Jean-G. de Paumès, Ramonat de Castillon, Pons de Francasal, Auger de Barbazan, le prieur de Roquefort, Espivant de Taurignan, Auger de Larcan, A. Auger, Buomon, A. G., Galin Barrau (ou : Barral), Bomacip Gras, A. de Saint-Just, Brun Penabère, J. Adorret, P. Savi, Arrichome (ou : Richomme).

L'an de l'Incarnation du Seigneur mil deux cent trois, cette charte fut faite, le mois de juin, le jour de jeudi, douzième avant l'entrée de juillet, vingt-sixième jour de la lune, épacte vingt-cinq, régnant Philippe, roi de France, Raymond, comte de Toulouse, Raymond-Arnaud, évêque de Comminges. Laurent de Barthe écrivit cette charte (LXVII).

LXXVIII. [190] Lo coms a . j . d . en cada buou . qins ben en la viela de sent gaudens . E en cada bacca . iij . [191] E en cada porc . iij . En bolp . iij . En ped de martrig . [192] e de faina . [193] e de cerp . e de cerbia sengles mesalhas . En cuer de bueu . iij . .

Item ha en cascunh dels sabates pel dia de sent gaudens . sengles parelhs de sabatas . .

E a en totz los obradors on om ben draps de lana cada . xij d .

E al senhor duas betz lan en cascuna femna que fassa pang a bene cada . xij . d . so es a saber a la sent gaudens . E a entrad de caresme .

Item al senhor en cada saumada de bing que hom j . aporte de foras . sis ben en la viela . j . leudera de meseis . bing . .

Et ha en tots los tornes [194] que bayxera y aporten a bene . j . baxet de cada carga cal que eg se bolha . .

Item ha en cauad si si [ben quatre diners] .

Item ha en cauad quin passa . per bener . xij . d .

Item ha en asen . sis ben . j . d .

Item ha en sauma . iij .

Item en cada trosseg quen passa al senhor . vij . d .

Item en cada trosseg de perissaria . xij . d .

LXXVIII. Le comte a un denier sur chaque bœuf qui se vend dans la ville de Saint-Gaudens, et sur chaque vache, trois ; sur chaque porc, trois ; sur un renard, trois ; sur une peau de martre, et de fouine, et de cerf, et de biche, une maille ; sur le cuir de bœuf, trois.

Item, il a sur chacun des cordonniers, pour le jour de Saint-Gaudens, une paire de souliers.

Et il a sur toutes les boutiques où on vend des draps de laine, douze deniers sur chacun.

Et le seigneur a, deux fois l'an, sur chaque femme qui fait du pain à vendre, douze deniers sur chacune, à savoir : à la fête de Saint-Gaudens et à l'entrée du Carême.

Item, le seigneur a, sur chaque charge de vin qu'un homme apporte du dehors, s'il se vend dans la ville, une mesure du même vin.

Et il a sur tous les tourneurs qui apportent dans la ville des futailles (LXVIII) pour les vendre, un fût pour chaque chargement et il prend celui qu'il veut.

Item, il a sur un cheval, si on le vend, quatre deniers.

Item, il a sur un cheval qu'on mène à vendre, douze deniers.

Item, il a sur un âne, si on le vend, un denier.

Item, il a sur une ânesse, trois deniers.

Item, sur chaque paquet qui passe, le seigneur a huit deniers.

Item, sur chaque paquet de mégisserie, douze deniers.

Item en cada flassada quin si ben . [tres] .

[Item en] borrou . ij d. .

Item a la porta begordan al senhor la maitad en la leuda . e cada bestia da . j . d .

Item en cada salmada de sal al senhor duas copas de lezda . els Canonges an la tersa . .

Item en cada sester de blad qui si ben al senhor una copa . .

Item en totz los tauernes de la viela al senhor . vj . leuderas de bing . a pasca . E . vj . a pentacosta . e . vj . a nadal . . (195)

De quo quidem (196) juramento Et omnibus et singulis supradictis . preffati consules et judices pro se et nomine eorum consulatus et universitatis hominum eiusdem ville presentium et futurorum . Requisiverunt Retineri et fieri [publica instru]menta . unius et eiusdem tenoris duo vel plura per me Arnaldum de Viridario et magistrum Raymundum de Aulone notarios infrascriptos . .

Actum fuit hoc apud sanctum gaudencium in dicta Eclesia Collegiata sancti gaudencii die tertia mensis junij . Anno domini millesimo trescentesimo . Quadragesimo quinto . Regnante illustrissimo domino philippo franchorum Rege . Dicto domino Gastone Comite fuxi dominante . Et hugone convenarum episcopo existente . .

Huius rei sunt testes . Dominus Johannes de leuis dominus de mirapice senescallie carcassone . Dominus

Item, sur chaque couverture qui se vend, trois deniers.

Item, sur le mulet, un denier.

Item, à la porte Bigourdane, le seigneur a la moitié de la leude et on paye pour chaque bête un denier.

Item, sur chaque saumée de sel, le seigneur a deux coupes de leude, les chanoines ont la troisième.

Item, sur chaque setier de blé qui se vend, le seigneur a une coupe.

Item, sur tous les taverniers de la ville, le seigneur a six mesures de vin à Pâques et six à Pentecôte et six à Noël.

Date et témoins du Vidimus

De ce serment et de tout ce que dessus, lesdits consuls et juges, pour eux et au nom du consulat et de la communauté des hommes présents et futurs de la même ville, requirent de faire dresser et retenir deux ou plusieurs instruments publics d'une seule et même teneur, par moi, Arnaud du Verger (?), et maître Raymond de Aulon, notaires soussignés.

Ceci fut fait à Saint-Gaudens dans la dite Eglise Collégiale de Saint-Gaudens, le troisième jour du mois de juin, en l'année du Seigneur mil trois cent quarante cinq, régnant le très illustre seigneur Philippe, roi des Français, ledit sire Gaston de Foix étant seigneur du lieu et Hugues étant évêque de Comminges (LXIX).

De cet acte sont témoins messire Jean de Lévis, seigneur de Mirepoix, sénéchal de Carcassonne,

Jacobus Vinatus judex Ripparioe domini nostri fran-
chor*um* regis . . Dominus Guille*l*mus de hosanis
licenciatus in legibus . Guie*l*lmus de fexis [197] domicellus . . Et ego A*r*nald*u*s de Viridario auct*o*r*i*t*a*te
Regia publicus notarius qui Requisitus ut premittitur
de p*r*emissis una cum dićto magistro R*a*y*m*u*ndo de
Aulone . nota*r*io . supradicto . . hoc presens Recepi
et Scripsi publicum Instrumentum seu publica Instrumenta unius et eiusdem tenoris unum vel plura . .
Et facta collatione cum dicto magistro R*a*y*mundo
de Aulone de premissis [198] . . Et de cancellatur*i*s
seu punctaturis factis superius .

primo ubi dicitur . . per Connoyssensa . [199]

secu*n*do ubi dicitur . . cada [200]

te*r*tio de salmatera . .[201]

ubi dicitur . . deu c pot auer autre bayle sob si E
non i deu auer plus e aquet bayle deu [202]

Quar*to . de cancellatura seu punctatura . crezera .
[203]
Quinto de punctatura ubi dicitur . La . [204]

Signo m*e*o q*u*o utor in instr*ume*n*t*is signaui.

messire Jacques Vinat, licencié en lois, Juge de Rivière pour notre seigneur, le roi des Français, messire Guillaume de Hosains, licencié en lois, Guillaume de Hèches, damoiseau. Et moi, Arnaud du Verger, notaire public, par autorité royale, requis ainsi qu'il est dit ci-dessus, de tout ce qui précède ensemble avec ledit maître Raymond de Aulon, notaire susdit, j'ai reçu et écrit le présent acte public ou les présents actes publics d'une seule et même teneur en un seul ou plusieurs exemplaires. Et après avoir collationné avec maître Raymond de Aulon tout ce qui précède et les cancellations et exponctuations faites ci-dessous, savoir :

1° Là où il est dit : *et par connaissance.* (A été supprimé dans notre traduction.)

2° Là où il est dit : *chaque.* (A été supprimé dans notre traduction.)

3° *De saumée.* (Nous avons mis dans la traduction : *saulnières.*)

La où il est dit : *doit et peut avoir un autre bayle au-dessous de lui, mais il ne peut en avoir davantage. Et ce bayle doit...*

4° De la correction : *fera crédit.* (Nous avons fait la rectification dans la traduction.)

5° De la correction où il est dit : *La.* (Nous n'avons pas trouvé cette correction.)

J'ai signé du seing dont j'use dans les actes.

Afin d'atténuer autant que possible les obscurités que présente le texte original, nous transcrivons celui-ci, dans les pages qui suivent, en rétablissant les mots déformés par le scribe et en appliquant les règles actuelles de ponctuation.

Noverint universi, presentes pariter et futuri, quod : cùm venerabiles et discreti viri, *(V. les noms au texte original)* consules et judices ville Sancti Gaudencii, anni presentis, pro se et nomine eorum, consulatus et universitatis hominum dicte ville Sancti Gaudencii, et quam plures alii habitatores ejusdem ville, videlicet : *(V. les noms au texte original)* et non nulli alii singulares habitatores dicte ville Sancti Gaudencii vocati personaliter et citati, extitissentes coram egregio et magniffico domino Gastone. comite Fuxi, viceomite Bearnii, Marsani, terre Nebozani, Lautricensis, dominoque Sancti Gaudencii et Auloni et eorum ressorti, et venerabili et discreto viro domino Jacobo Vinati, licentiato in legibus, judice Ripparie et in partibus Vasconie domini nostri Francorum regis, comissarioque deputato per nobilem et potentem virum dominum Agotum de Bautio, militem Branculii et Placiani, dominum gubernatorem et senescallum Tholose et Albiensis dicti domini Francorum regis, ad faciendum prestari juramentum fidelitatis preffato domino comiti Fuxi per Consules et populares dicte ville Sancti Gaudencii et terre dicti vicecomitatus Nebozani, si et prout in dictis comissis literis a dicto domino senescallo emanatis, in se continentibus et insertis quibusdam literis regiis, plenius et latius continetur, quarum tenor dignoscitur esse talis :

Agotus de Baucio, Branculii et Placiani dominus, gubernator et senescallus Tholose et Albiensis domini nostri Franchorum regis, discreto viro judici Ripparie vel ejus locum tenenti, salutem et dilectionem.

Literas patentes regias, sigillo nouo regio inpendenti sigillatas ut prima facie apparebat, nos recepisse noueritis sub hiis verbis :

Philippe, per la grâce de Dieu, roy de France, au sénéchal de Tholose e de Carcassone ou a luer luy *(leur lieu)* tenant, salut. Come nous aions volu e ordene, e pour certaines causes, que nostre amé e fiel cosin Gaston, comte de Foys, ayt e tiengne toute la terre e autres biens que -nostre cosine Jehanne d'Artoys, comtesse de Foys, seuleyt tenir e augir avecques totz le homagges e autres nobleces que elle tenoit, nous vous mandons e cometons, e a chascun de vous, que toutz ceulz qui estoient en homagge de la dite comtesse contragnietz à venir en homagge e féalté de nostre dit cosin ou de nostre amée e feal cosine Aliénor de Comenges, comtesse de Foys, tuterresse du dit Gaston, nostre cosin, e apres en la sue, quant il sera aegietz, e les desmetetz de la féalté e omagge de la dite Jehanne de part Nous, si mestons *(mestiers)* est. De ce fayre, vos donnons plain pouoir. Mandons e comandons à totz nous *(nos)* justiciers e subjetz que, en ce faizant, vos obessent *(obéissent)* e entendent diligentment. Donné à Chastieu therry, le xxv jorn de julhet, l'an de grâce mccccxliiij, sotz nostre sajel nouvel. Per lo roy : Lonit.

Quarum igitur auctoritate, vobis comittimus et mandamus quatenus contenta in dictis literis regiis compleatis et exequamini diligenter, de puncto ad punctum, juxta ipsarum seriem et tenorem ; super quibus et ea tangentibbs, vobis committimus vices nostras donec eas ad nos duxerimus reuocandas ; omnibus que regiis et nobis in hac parte subditis, mandamus ut, in premissis et ea tangentibus, vobis pareant efficaciter et intendant. Cùm occupati pluribus arduis negociis regiis, ad predicta intendere nequeamus. Datum Tholose, die xviij decembris, anno domini millesimo ccc° quadragesimo quarto. A. Pon, collatio facta cum originali ; B. Salas, registrata pro sigillo.

Et ad mandatum dictorum domini comitis et comissarii congregati fuissent coram ipsis in eclesià collegiatà ville Sancti Gaudencii et etiam mandatum fuisset eisdem consulibus et popularibus dicte ville Sancti Gaudencii per dictum dominum judicem et comissarium, auctoritate dictarum literarum, ut eidem domino comiti et vicecomiti ac domino juramentum fidelitatis prestassent, si et prout in dictis literis continetur. Et ipsi consules, et jurati, et singulares, juramentum predictum prestare recusassent domino comiti supradicto, asserentes et dicentes se fore astricti de juramento fidelitatis erga dictam egregiam dominam Johannam de Atrabato, comitissam Fuxi, adhuc viventem, et ex causà predictà, non teneri prestationem dicti juramenti, nisi de dictà dominà Johannà procederet voluntate, et ab inde arrestati fuissent et consulatus dicte ville ad manum regiam et comitalem positum de mandato dicti domini judicis et comissarii, donec dictum juramentum fidelitatis dicto domino comiti et vicecomiti ac domino prestassent. Et ipsi consules et judices nec non et dicti jurati et alii singulares prenominati et nichilhominus, (*V. les noms au texte original*) conpulsi ut permittitur et gravati per dictum dominum judicem et comissarium, dictum juramentum fidelitatis dicto domino comiti et vicecomiti ac domino prestare habuissent et prestassent ibidem, cum certis protestationibus ante prestationem dicti juramenti et in ipsa et post per dictos consules, juratos et singulares, suprà nominatos factis, si et prout in processu et instrumentis ex inde retentis super premissis per manus magistrorum Johannis Bertrandi et Raymundi de Aulone, notariorum, plenius et latius continetur. Anno et die infrascriptis, in mei notarii et testium infrascriptorum presentia, preffati consules et judices, pro se et nomine eorum consulatus et universitatis hominum ejusdem ville et singularium presentium et futurorum, instanter et humiliter requisiverunt et supplicaverunt eidem domino comiti et vicecomiti ac domino, tanquam eorum domino, ut eis et dicte universitati jurasset esse bonus dominus et fidelis, et consuetudines, franchesias et libertates scriptas et non scriptas, diutius per dictos consules et eorum predecessores et universitatem Sancti Gaudencii observatas et usitatas, tenere et observare. Et dictus dominus comes et vicecomes ac dominus, attendens supplicata per dictos consules pro se et nominibus quibus suprà fore juri consona et etiam rationi, gratis, liberaliter et benigne et suo deliberato consilio, ut dixit, juravit ad sancta quatuor Dei evangelia, ejus manu dextrà corporaliter et sponte tacta, per se et suos successores esse dictis consulibus, popularibus et habitatoribus presentibus et futuris dicte ville Sancti Gaudencii, bonus dominus et fidelis, et omnes franchesias, consuetudines et libertates, scriptas et non scriptas, per dictos consules et eorum predecessores et populares ejusdem ville diutius observatas, obtentas et usitatas, de puncto ad punctum et inviolabiliter observare, et si et prout in quadam magna carta pargamini ibidem eidem domino comiti et vicecomiti ac domino exhibita et hostensa, ac etiam per lecta et pro per lecta habita per dictum dominum comitem et ejus consilium ibi presentem plenius continetur, cujus quidem carte tenor dignoscitur esse talis :

In nomine domini Ihesu Christi. Amen.

Sabuda paraula es que B. lo comte de Comenge, lo cal fo filh de la filha n Anfos, s abeng ab los prosomes de Sent Gaudens de las costumas, que volg saber que sos linadges e ed auian agudas ab la viela de Sen^t Gaudens. E ausi las costumas que son atals :

Dreyt e ley enz en la biela a si e a sos clamans per lau dels prosomes de la biela de Sent Gaudens.

1. E can lo senhor ni son bayle demanaran fizansas, digau lo clamant qui es e de que se clama ; e ab atant, don lo fizansas, lo qui se clama ; e l autre de cuy se clama don lo fizansas exament a son poder ; si auer no las pod valents per conoysensa dels prosomes, jur sober sen euangelis

que no pod auer fizansas per aquet pleyt ; el senhor fassa lo judjar soler (*sober*) si mezis.

2. Los prosomes e l poble de Sent-Gaudens deuen seguir lo senhor en ost per Comenge ab si mezeis ; e si ed no y pod bier, per lor deu los trameter lo senhor d Aspeg o l senhor de Punctis o l senhor de Pegulhang, un dia anar e autre tornar. E totz deuen les menar tro al senhor e tornar tro Sent Gaudens, a lor poder.

3. Totz hom de Sent Gaudens deu, can lo senhor mena ost, ab un home armad, que y trameta a conoissensa dels bezis ; e si hom s en armang e que no y trameta, deu ajudar a las messios qu els homes de la biela faran per cosselh dels jurats.

4. E si l senhor pren nulh home molherad ab molher maridada, ni ab autra, ni molher maridada ab home, deu los prener ab dus testimonis leials de la biela ; e aquets, que nos sian forsadors, ni prenedors ; e deuen los prener ab la bragas qu els beian bayssadas ; e si pod fuger tro a carrera o tro via, no l deu prener d aqui auant, si de la arrauba que best non a art enguda ; el senhor ni hom per luy no l deu bate ni mal menar de sa preson en fora, anz lo deu solber per cosselh dels proshomes de la viela.

5. Omicidi si feyt es dents los terminis de la viela, aquest qui feyt l a s en deu acordar ab lo senhor, a ssa merce, per cosselh des prohomes.

6. E si nulhs hom fe plaga leial dents los terminis de la viela, dressar la deu ad aquest a cuy fayta la aia, per conoissensa dels prosomes de la viela : se deu s en accordar ab lo senhor entro lx sol.

7. E si l unhs hom armas trazia dents los terminis de la viela, iradamens, en baralha, fin ne deu far ab lo senhor, per lau dels prosomes, entro lx sol.

8. E si l unhs hom de Sent Gaudens armas portaua e venia en baralha, si gamet o colp non fer, non es tengut del senhor.

9. E si, fora ls terminis, l unh hom de Sent Gaudens fazia plaja, ni mort, e l senhor n a clam, deu lo fer estar en dreyt, al clamant ; e d el qui bencud sia, a l senhor xx diners.

10. Los layros deu fer judjar, lo senhor, als prohomes de la viela ; e si etz lauzan que sian justiziatz, qu el senhor los justizie ; e si etz lauzan que s derreman, qu el senhor los fassa derrezemer ; e la maytad de la derrenson deu ester del senhor, e l autra maytad d el qui pres laura ; e si l lay,

cant hom lo prenera, era plagad, ni mort, en la comession, qu el senhor no l deman.

11. E si l unhs hom de fora a mort, ni plaguat, l unh home de Sent Gaudens, qualque venjansa s en prengua ed, ni sos parens, ni sos amicx, lo senhor no els ac deu demanar, ans los deu amparar e ajudar.

12. E si a l unhs home de Sent Gaudens aucizia om de sos parents que agues dedentz la viela, ni deffora, lo senhor no l deu metre en la viela aqued homicizian, pos hom dit l ag aya ; e qualque venjanza se fassa, lo senhor no l ag deu demanar, antz l en deu amparar e ajudar.

13. Si l senhor pren l unh homme de Sent Gaudens ab molher maridada, ni en layronis, ni en nulh occazion, no l deu menar enant, si fizansas de dreyt ne troba valentz ; e si no troba fizansas, deu lo tier en la viela, no l ne deu trezer e deu lo fer judjar soler (*sober*) si meseis.

14. Si l unh hom de Sent Gaudens apera l autre de traysio e l ditz de que, e l autre l en desment e no l ac estaca, lo senhor li deu fer estar, si clam na, per lau dels judges de la viela ; e si i aben jugiameut que trazir sarmangua, deu sacordar ab lo senhor per lau dels prosomes de la viela. E si l qui aperat es nol ne desment e s clama d el qui aperat laura, lo bayle en deu auer fizansas e deu l ac fer estar per conoissensa dels prosomes de la viela ; el senhor a xx diners, si aproason no abeng.

15. Si l unhs hom de Sent Gaudens apela l autre layron e l autre l en desment, son dreit s en a leuat ; e si no l ne desment e s en clama, deu lo fer estar, lo senhor, per conoissensa dels prosomes.

16. Si l unhs hom de Sent Gaudens bat l'autre e l qui balud es s en vol clamar e l unhs hom l en perpara dreit, prener l en a, si s vol ; si no, non es tengut de la ley al senhor per perparament de las fizansas ; e l senhor deu l en fer judjar son dreit.

17. E si l unhs hom de Sent Gaudens avia penherat l unh caver, ni autre home qui de la viela no fos, dedents, ni de fora, si i avenia plagua, ni mort, ni preson, ad aquest qui feyt ag auria, lo senhor no la deu domanar a luy, ni a son adjutory, antz l en deu amparaz e baler ; e per asso, no tiem ni conoissem, l unh home qui de la viela sia entro un an e un dia ig aia estad e feit gueyta e cerca en beziau, o ost, o cavalgada.

18. E si cavers, ni borzes, ni bilas de Sent Gaudens estancan batalha en mang del senhor, las armas del bencud son del senhor e la maytad de

la arramide, si n i a ; e ay ley : en caver, lx sol., en borzes, x sol., en pages, v sol. ; aquesta ley a l senhor del bencud.

19. Los prosomes de Sent Gaudens deben al senhor xij diners en cada obrador on draps de lana tengua hom, ni bena hom, lana a talh ; e per asso d els, lo senhor en don que nulhs hom estranh no y bena draps a talh, ni i tengua obrador, mays solament atant con (com) la feira dura, viij dias deuant e viij dias derrer ; si arren no y ben, no y deu auer arren lo senhor.

20. Los tavernes auzats de Sent Gaudens deuen dar al senhor vj leu· deras de bing a Nadau, e vj a Pascas, e vj a Pentacosta ; si bing ben, on deu fer fing ab lo bayle ; els tavernes no deuen dar los dreits de bing que aportar fazan de berenhas entro martror.

21. Totz los sabaters de Sent Gaudens deuen dar los milhors sabatos que ayan pe l dia de Sent Gaudens al bayle, o dus de qualques se bolha lo bayle.

22. Lo senhor a leuda en cauad, e en arrocing, e en eggua, e en mul, e en mula, cada : iij diners, en totz los que si benan ; e en aseng, un d. ; e en sauma a jene, e en bou, un d. ; e en bou ab colhos, iij ; en baca, iij ; en porc de v dias en sus, iij ; en berrat, un d. ; en flassada, tres ; en fayna, iij, en bolp, iij ; en loyra, iij ; en maran, iij ; cerp (cerb), iij d. ; cerbia, iij ; cuer de bou, iij ; de baca, iij ; de la ssaumada de las astas deu auer, lo senhor, iij d. o una asta berta de aqued de cuy las astas son ; en sarrazing, si hom l en passa per bener, ni si ben, xij ; e en cauad qi n qu'il ne pas per bener, xij d. a la porta ; la cargua de salers de fust, un saler ; la cargua de enap, un enap ; la cargua d arramias, una arramia ; et a de totz los bous e de las bacas que hom aucigua, n i bena al mazed, los pieces ; e de totz los porcs e de las troyas que om aucigua, ni anporta, ni bena als banx, deu auer, lo senhor, los loms ; e si loms podan al mazerer, deu l en dar iij d., los loms lo pagua leyta del senhor.

23. A la porta enta Tholoza, a l senhor, en cada trossed d omes de generes, vij d., e a viij, en cada trossed de marcaders estranis. E en cavalgador ab tradessa a vj d. E si non porta y feg arrota de caming, vj d. E a, l senhor, en trossed qui n gess per la porta begordana qui n ba enta Spanha e enta Begorra, un d., ab los senhors de Linhac.

24. Lo senhor a en cada sester de blad qui n mesurad sia ab lo son

sester, una copa. E si arten la copa, lo qui ben, ay, lo senhor, xx d. e la copa.

25. En la saumada de sal, a, 1 senhor, iij copas ab los senhors de la Claustra ; e del cozet, deu ne prener ab lo cant de la copa ; e de las sauneras, a, 1 dyjaus, una palma.

26. Lunhs hom de Sent Gaudens no deu dar leuda al pont de Miramon.

27. Leuda. Si nulhs hom la torna en pleit e vencud n es, xx d. j. a l senhor e la leuda. E nulhs de Sent Gaudens no deu dar leuda a degunas de las portas de la viela, ni en tot Comenge, ni en camin qui n sia.

28. Lo senhor no deu mete en la viela de Sent Gaudens l unh home de la viela, pos hom dit l ac aia, sino [1] ab cosselh d aqued a quy lo tort aura.

29. Et si a l unh hom de Sent Gaudens tolt degus hom de fora sa terra, ni son aver, ni arren del son, pos dit ac aia al senhor, si l senhor no l ac fasia dressar e ed ne cavalgava, ni mal ne fazia, qu el senhor no l ac deu demanar a luy, ni a son ajutori, antz l en deu amparar, que que si abengues.

30. E si filhs de lunh home de Sent Gaudens, ni nulha sa maynada, avian toort al senhor, ni a l unh home, can lo senhor de la mayson n auzira lo clam, qu el despar, si s vol ; el senhor no l deu arren demanar. E s il ampara, meta n fizansas al senhor ; e deu passar per lau dels prosomes de la viela.

31. E si l unhs hom de Sent Gaudens pert arren en sa mason, destrenga n sa maynada, si s vol, ses daun de deffener en fora, ses qu el senhor ley, ny arren als, no y a de neguna part ; e que n crub lo son.

32. E si ls homes de Sent Gaudens avian pleit ab lo senhor, per lau de los prosomes de la viela s en deu passar ; e sen deu deseixir.

33. E si l unhs hom de Sent Gaudens volia exir de la viela, que bena sa terra. El senhor qu el deu guizar per tota sa terra leialment, ses engan, si aquest home vol son guizoagge.

34. E s il comes vol metre bayle en la viela de Sent Gaudens, deu le metre ab cosselh dels prosomes de la viela ; e aqued qu y metra deu lo mostrar als prosons que ad aqueste bayle responan per luy de totas sas

1, Le texte original porte : *si ab cosselh no* ; nous faisons disparaître cette tmèse.

dreyturas. E aqued bayle deu e pot auer autre bayle sob si e non deu auér plus. E aquet bayle deu jurar sober sents euangelis que per cosselh dels prosomes d aquetz judges jurats que cauxitz seran se captengua. E deu fer sagrament a bona fe, can aques qui alhetz seran per judges lo fassan.

35. E si l unhs hom de Sent Gaudens avia pleit pauc, ni gran, e accordat s en era ab degun dels bayles de la viela, aquet al senhor mes no l ag deuia n, ni hom per luy, qualque fin feita s en aia ab degun de los bayles.

36. Si l unhs hom de Sent Gaudens auia feyta fizansa a lunh son bezin, ni al senhor, e terme en que degues estre pagad era passad, si donx penherat non habia ants auant el deuedor moria, no deu esser tengut de la fizansa.

37. Si l unhs hom de Sent Gaudens era pres per guerra del senhor, solber lo deu, lo senhor, can patz, ni fin, fassa de la guerra.

38. Totz hom de Sent Gandens pot guizar hom que ab luy bengua en la viela ; e guizat l aia, el guid sera le dia que bengua e l autre dia, entro med dia ; e pod guizar son amig qui bengua a son malaueg, ni a sa mort. E pot guizar home que obs haya per arresonador o per testimoni, si pleyt a. E pot guizar home de marca, si de fora la viela l pren en guid, si donx debedat no l era per nome. De totas aquestas causas pod guizar totz hom de Sent Gaudens tot autre home, si donx tal no es que hom non baya mort o pres.

39. Si a l ung home de Sent Gaudens a home panat arren del son e cercar ac vol, deu ag fer, ab cosselh dels prosomes, ab lo bayle e ab dus testimonis per tot on se bulha bezialment.

40. Totz hom de Sent Gaudens, si leycha son afer, ni sos enfans, per esponaria a l unh home, ce es clam d aqueras tiensas, qui aqui arcepian no s en deuen destrenher, los esponers, per lunh demanador qui ls doman, tro ls enfantz sian de etad.

41. Tot hom de Sent Gaudens a guid del senhor e de tot hom de la viela de que que s bena ; que enbazit non deu ester.

42 Tots auers que marcaders aport, o autre hom, ni amene a las feyras, ni als marchads, deu estar segur del senhor et de totz los homes de Sent Gaudens, tro tornat l ayan en les bielas. E si le tienen saub et seyno, li deu esser de seissa guiza tro que pagat ne sia n e tornat en sa biela.

43. Totz los homos e las femnas qui al marchad bieran, del dimercles de meydia en ssus tro al diyaus a la neyt son segurs del senhor e de totz los homes de la viela, si fizansa o deuedor no es, o mal fasedor.

44. Lo marchad deu tier lo senhor entz ladita viela de Sent Gaudens.

45. E si l senhor demana arren a l ungs hom de Sent Gaudens e lac proba per testimonis, lo que probara se deu esdiser per sagrament.

46. De tota demana de preson d ome molherad e de molher maridada en fora, qui deu esser proad, si pres es, aysi cum sober scriut es. Et si no l proba, no y a esdic, ny alz, daquera demana.

47. E si a l ung cauer, ni a l unh hom de Comenge, penhera degus hom de Sent Gaudens son home dens las terminis de la viela, lo ses que aqued home el deu fer lo pod penherar. Et l deu lo tier, tro manat l ac haya per sa paraula ; et pus manat lac haya, sil ne vient, deu lo prener dedens e deffora, e pod ne cruba lo song.

48. Si l unh home de Sent Gaudens penheraua l unh home, ni son home fora lz terminis per nnl tort qu el senhor del home lagues, deu ne levar tot lo son apoder del home. E non es tengut del senhor.

49. Si l unh home de Sent Gaudens anaua en autra terra e trobaua l unh son bezin qui, per deute que degues, de la viela s en fos fora, tornar l y pod, segur de ung an des denedors.

50. Si l coms, ny abesque, metian patz en Cumenge, deuen i estar los prosomes de Sent Gaudens, las costumas saubas.

51. Totas las empresios qu elz judges jurats de la viela de Sent Gaudens faran del affar de la viela deu tier, lo senhor, e las deu fer tier.

52. Si l unh hom de Sent Gaudens auia son filh qui qui l prestasz ni l maleuas, meis sens cosselh de son pair, si l pair no habia dit deuant los juges juratz que om lo crezessa, si donx molherat no era, no l ne fara ja ren, si no s vol, ni no s en destrenhera pe l senhor.

53. E si l pair presta al filh auer, ni terra, ni li met cabal, qualque ora lo pair crubar s ac bolha, hac crubara tot, cabal et guesaing, per tota sa bolontat fer, si donx a molher dad no l ac auia.

54. E si l pair ditz a son filh que s jesca de son poder, que s en deu essir ; e si essir non vol per luy, lo senhor l en ag deu fer essir, si clam n a.

55. Totz los forns e lz molis son francz del senhor ; que non deu arren domanar ; e si en terra on om fe sees al senhor a forn, ni moling, n i ia lunh temps n i fe om, lo senhor no y deu perde son sees, si l i a.

56. Las augues (*ayyues*) e lz boscz del senhor deuen spleytar los homes de Sent Gaudens.

57. Lo padoent dels Brullis, el padoent del Beneg, el padoent del Aubar, en de Carrera vielha, en de Boissi, en de Bentolan, el de las Crots, el de Fontaheras e de Sauzech, el de Prat-Bayang, el de Castan-her, el de las Frons, totz aquestz padoentz son datz al poble de Sent Gaudens.

58. Los homes de Sent Gaudens an spleita de paisser los bestiars, e d erba segar ab faus, e de lenha ab destrau e ab talhant, que n pot home fer, en la honor de Landorta, e en la honor de Mont aut, et en la honor de Linhac, ab un diner que n deu dar qui n i fassa ab destrau, e mezalha, de talhant. Si l y atenc lo foraster abans que sia fora ha bia, mays pos sia fora a bia, no l deu penhorar [1].

59. Si l unhs hom de Sent Gaudens pren l unh home dens los dex de la viela, no l deu meter en mayson, tro dyt ac haya al senhor o al bayle. E d el que bencut, deu ne haber vingt diners, lo senhor.

60. De marcha en fora. E si marcha i conquer, ay lo senhor xx d. E si guareis la marcha, va s en solt, qu el senhor no y a arren.

61. E si l unh hom de Sent Gaudens pren l unh home dens los dex de la viela per marcha, ni per als, e l meit en mayson, si dit no a al senhor, lx sol. j. a l senhor, e deu lo fer trezer al judjament dels jugges jurats de la viela ; mais pos dit ag aia al senhor o al bayle, qual que respona ed, lo faza n o no, sy l y met, non es tengut de la ley. E si marcha auer portador, ni meador, dens los terminis de la viela d ome en fora, mete ac dens mason, si s vol, mays, lo dia, deu dizer la marcha als juratz e deu s en capderar per conselh de lor.

62. Et si a l unh home de Sent Gaudens forsaua om sas tiensas, que ed tene, e que las amparas per suas, quan presas las s agues e l ne perpara dreit, lo forsador, si s en clam aquest quy despodestit n es, lo senhor lo deu fer crubar son poder, ses qu el dreyt perparad de l autre no es valent ; ans n a l senhor xx d.

---

1. Il doit manquer quelques mots dans ce dernier paragraphe avant ou après : *Si l y atenc.*

63. E si a nulh home de Sent Gaudens requer hom sas tiensas e ed ne perpara dreit et sobre el dreyt preparat l ag torbe, ni l ag forsse om, sexanta soldi i a el senhor sobre el forssador.

64. E si nulhs hom de Sent Gaudens penhora degun de sos bezis, el bezing lo bedau al penhs, no l ne deu forsar, lo qui penhera, quar si ag fe e l autre s en clama, xx d. n a l senhcr, e deu lo fer arreder lo penhs e dressar lo tort que feit li aia.

65. E si l unh home de Sent Gaudens a penherad l unh penhs a son bezing, e pos lo penhs aia portat o menat, l ag ten ny l ac forssa aqued a quy l aura penherat, xl sol. i a l senhor el (al) forsador ; el penhs deu crubar e tier lo qui penhorad l aura, tant tro que pagat sia.

66. Si l senhor pren poder en l unh afer d ome de Sent Gaudens, no s en deu l hom apoderar, pos lo bayle l ag aia feit asaber, tro fizansas n aia mesas, quar si ag fazia, lx sol. i a l senhor.

67. S il senhor demana fizansas a l unh home de Sent Gaudens, deu le dizer de que l ne demana ; e si l dia no l ne da, deu lo dar xx d., e l endemang, fizansas ; pero si no l ne daua, estancar lo deu tro que fizansas lo don ; e ab fizansas, qu el deu ester solt ; e deu passar per lau dels jugges.

68. Tot hom de Sent Gaudens, si a pleit ab lo senhor, ni ab l unh son bezing, e son en mang del senhor, a dia per plaidejar, viij dias ; e per garent, si l domana, viij dias ; e per testimonis dar, viij dias ; e per falsar, viij dias ; e per sagrament fer, viij dias ; e per pena leuar, quatorze dias, la luna esduzent.

69. Los prosomes de la viela de Sent Gaudens an aytal costuma ab lo senhor : qne vj judges juratz i deu haber totz temps ; e aquedz vj, que metan en lor sagrament, quan lo faran, que de pleg que en lor mang bengua, no prengan loguer, etz ni hom per lor, en l unh genh, ni en neguna maneira ; e que juggen per dreit, segon lor feu e segon las costumas de la viela, de los razos que auziran. E pos arrazos auran auzidas, que de pleit qui en lor mang bengua, no doen cosselh a deguna de las partz, en deguna maneyra. E aquels judges, que gescan del judjament al cap del an, e, en l an, viij dias que n aian autres vj creatz e alhetz ab dels (dets) autres pròhomes de la viela de Sent Gaudens a bona fe, ses que edz no y deuen estre d aqued autre an, si l jugges alhetz no ls i aperauan per cosselh. E per ceis combent, deuen se cambiar, cada an, a la festa de sent Johan, ab lo sagrament que fassan.

70. E si l jugiament qu els jugges juratz de Sent Gaudens aguessan jugiatz, los claman al senhor del pleit deu dizer per que l clama ; el senhor deu ne auer fizansas e deu lo fer conoisser e judjar, la primera betz que en la viela bengua, ad autres vj dels prosomes de la viela. E si aquetz vj tien lo jugiament per bong, lo senhor deu auer xx d. d aqued que clamadz l aura.

71. Los mazerers de Sent Gaudens deuen escoriar los bous, e las baccas, e las ouelhas, e ls moutos, als bancs stablitz ; e no deuen fer alhou mazed, si donx porc salat o troja no era que ed s agues noirid, que s pot bener en sa mayson.

72. Los faurs ferrados an atal costuma ab lo senhor e ab los prohomes de la viela, que per mezalha deuen ferrar cada pe de lors bestias ; e ad autrui, deuen bener com poscan. El fer deu bier al marcad ; e no y deu comprar arrecarder que i sia entro meg dia, quar si ac fazia n, e s en clamauan los ferradors, lo ferr deuen crubar ab aytant cant coste ; e a y xx. d., lo senhor.

73. Los tavernes e ls sabates son en la leuda.

74. L unh hom de Sent Gaudens no es tengut del senhor de mesura, ni de pees, si clam non a l senhor. Els prosomes e l poble de Sent Gaudens, si bolen bener lor blad ab lor mesura, que sia ta gran cum la del marcad. o maior, lo sester o la emia o l quart. E si n compra, que compre ab mesura dreyta. E si prestar vol de son blad, ab tal mesura vol preste, e aquera meseissa qu el crube.

75. E si l unh hom de Sent Gaudens era proat de mesura pauca que dreyturera no fos, deu jurar sobre sentz que ed engan no y sabia. E si l sagrament gauza fer, a y deseissida ab lx sol.

76. Totz los homes de Sent Gaudens deuen bener lor ving ab qual mesuras volhan ; e ab aquera mesura, on fara ucar ; que benan lor ving tant cant se volhan de lor tonet.

77. E si l unhs pages de Comenge s en entra en Sent Gaudens per estar, deuen le, les prosomes, aiudar, si obs l es. E si so senhor lo demana, deu esser clamant al senhor e als prosomes. E si l vol estar a dreit, deu l ac prener. E si no l vol estar a dreit, que s en an fora ls terminis, e ja no s en gart del senhor, ni dels prosomes. E si l unh combent fen a lor senhor, entz en la viela, que aqued lo tengan. E si nulhs hom de Sent Gaudens ni auia per ceis combent, que l prengua de fora ls

terminis de la viela e que : torn dedens, en la viela, si s vol, per sa voluntad fer.

Tot ayso que aysi es escriut autreia e adorgua bonament e dolsament
en B. de Comenge, lo filh de la filha n Antfos, als prosomes e al poble de
Sent Gaudens. E autreia n per testimonis (*V. les noms au texte original*).

Anno ab incarnatione Domini millesimo cc° tertio, facta carta, mense
junii, die jovis, xij° introïtus julii, luna xxvj°, epacta xxv, regnante
Philipo, rege Francorum, Raymundo, comite Tholose, Raymundo-
Arnaldo, episcopo Convenarum, Laurencio de Barta, qui cartam istam
scripsit.

78. Lo coms a un d. en cada buou qin s ben en la viela de Sent
Gaudens ; e en cada bacca, iij ; e en cada porc, iij ; en bolp, iij ; en ped
de martrig e de faina e de cerp (cerb) e de cerbia, sengles mesalhas ; en
cuer de bueu, iij ;

Item, ha en cascunh dels sabates pe l dia de Sent Gaudens, sengles
parelhs de sabatas ; e a en totz los obradors on om ben draps de lana,
cada, xij d. ; e a l senhor, duas betz l an, en cascuna femna que fassa
pang a bene, cada, xij d., so es a saber : a la Sent Gaudens e a entrad
de Caresme ;

Item, a l senhor en cada saumada de bing que hom i aporte de foras,
si s ben en la viela, una leudera de meseis bing ; e ha, en tots los tornes
que bayxera y aporten a bene, un baxet de cada carga, cal que eg se
bolha ;

Item, ha en cauad quin passa per bener xij d. ;

Item, ha en asen, si s ben, un d. ;

Item, ha en sauma, iij ;

Item, en cada trosseg que n passa, a l senhor vij d. ;

Item, en cada trosseg de perissaria, xij d. ;

Item, en cada flassada quin si ben, tres.

Item, en borrou, ij d. ;

Item, a la porta begordan, a l senhor la maitad en la leuda ; e cada
bestia da un d. ;

Item, en cada salmada de sal, a l senhor duas copas de lezda e ls
canonges an la tersa ;

Item, en cada sester de blad qui si ben, a l senhor una copa ;

Item, en totz los tavernes de la viela, a l senhor vj leuderas de bing a
Pasca, e vj a Pentacosta, e vj a Nadal.

De quo quidem juramento et omnibus et singulis supradictis, preffati

Consules et judices, pro se et nomine eorum, consulatus et universitatis hominum ejusdem ville presentium et futurorum, requesiverunt retineri et fieri publica instrumenta unius et ejusdem tenoris duo vel plura per me, Arnaldum de Viridario, et magistrum Raymundum de Aulone, notarios infrascriptos.

Actum fuit hoc apud Sanctum Gaudencium, in dicta Eclesia Collegiata Sancti Gaudencii, die tertia mensis junii, anno Domini millesimo tres centesimo quadragesimo quinto, regnante illustrissimo domino Philipo, Franchorum rege, dicto domino Gastone, comite Fuxi, dominante, et Hugone, Convenarum episcopo, existente.

Hujus rei sunt testes : (*V. les noms au texte original*).

Et ego, Arnaldus de Viridario, auctoritate regia publicus notarius, qui, requisitus ut premittitur, de premissis una, cum dicto magistro Raymundo de Aulone, notario supradicto, hoc presens recepi et scripsi publicum instrumentum, seu publica instrumenta, unius et ejusdem tenoris, unum vel plura. Et factâ collatione cum dicto magistro Raymundo de Aulone, de premissis, et de cancellaturis, seu punctaturis, factis superius, (*V. ces corrections au texte original*) signo meo quo utor in instrumentis signavi.

NOTES

DU TEXTE & DE LA TRADUCTION

NOTES DU TEXTE [1]

NOTA. *Nous désignerons dans ces notes : par A, la copie du XIVe siècle qui est aux Archives de Saint-Gaudens ; par B la copie du registre B. 1380 qui est à Pau ; par C, la copie de M. Couget faite en 1883 ; par AA, les quelques pages restant de la copie du XVIe siècle qui est aux Archives de Saint-Gaudens.*

(1) Sur B, on avait écrit d'abord : *sancto medardo* ; ce dernier mot fut remplacé par : *ardardo* ; enfin, celui-ci fut effacé ; il ne reste que : *sancto.*

(2) On peut lire aussi sur *A* : *pet(rus)* ; sur *B* : *Et.*

(3) *B* : *complures.*

(4) *B* : *sancto senino.*

(5) On peut lire aussi sur A : *guiscos.*

(6) *B* : *Borgueto* ou *Burgueio.*

(7) *B* : *comato.*

(8) *B* : *Barraui.*

(9) *B* : *prada* ; *C* : *Pomareda.*

(10) Une coupure en rond existe en cet endroit sur *A*. Elle part de la première lettre *n* de *johannes* et finit à l'*r* de *roo*. *B* : *de garrio* ; *C* : *de Campo*. Nous remarquons que ce dernier nom est encore inscrit plus loin sur *C* (V. note 12) à la coupure de *A* dont nous venons de parler. Par suite, nous prenons le nom porté sur *B* avec la finale *oo* usitée dans notre idiome et inscrite dans *A*, à moins que le dernier *o* ne soit une *s* dont la boucle supérieure serait effacée. Le nom serait alors : *garros* ; il est encore porté dans nos régions.

(11) *B* : *Casatello*. Cette variante n'est pas à retenir, parce que le copiste de *B* a sauté la ligne de *A* commençant par : *rii* (de *Cascarii*) et finissant par *cas* (de *Castello*). Il a incorporé la finale : *tello* de ce dernier nom aux syllabes : *Casca*, — qu'il a lues : *Cassa*, — du nom :

1. Au moment où ces notes allaient être composées à l'imprimerie, nous recevions communication d'une copie de la Grande Charte faite par ou pour M. Couget en 1883 d'après une indication portée au crayon sur la couverture. Aucun renseignement n'est donné sur le document qui a servi à faire cette copie, laquelle n'a pas été prise assurément sur l'exemplaire de Saint-Gaudens et n'est pas non plus la transcription littérale de celui de Pau. Nous signalerons, quand cela sera utile, la leçon donnée dans cette copie.

Cascarii, dont la prononciation est peut-être : *cassarii*. C. porte : *cristarii*.

(12) *A* est troué en cet endroit ; il ne reste que l'o final. *B*. ne contient pas le nom, parce que le copiste a sauté une ligne de la Grande Charte (V. note 11). C. porte : *de Campo* (V. note 10).

(13) Coupure dans *A*. en cet endroit. Elle comprend le nom patronymique en entier. *C* porte : *Guillelmus junior*, sans indiquer de lacune.

(14) C : *Loris*.

(15) V. note 11 *suprà*. C. *Capello*.

(16) *C* : *hovanis*.

(17) *C* : *naveto*.

(18) *B* : *bernardus*.

(19) Dans le « Censuale beneficiorum diœcesis Convenarum. Anno 1387 », le lieu actuellement appelé Saint-Plancard (arrondissement de Saint-Gaudens) porte le nom de : *Sanctus Pancratius*. Il faisait partie de l'*Archiprêtré de Nebozan*.

(20) Gaston III de Foix, X de Béarn, dit : *Phœbus*, né en 1331, mort en 1391. Il succéda à son père, en 1343, sous la tutelle de sa mère *(Art de vérifier les dates)*. Faget de Baure *(Essais historiques sur le Béarn)* fixe, par erreur, à 1344, la mort du père de Gaston-Phœbus[1].

(21) Le mot *Branculii* est d'une lecture douteuse sur *B* ; on y lit *Branni* ou *Branni* avec signe abréviatif embrassant les trois dernières lettres. De plus *B*. donne *Augustum* au lieu de *Agotum*. Le nom de ce sénéchal est, dans l'*Histoire du Languedoc*, par dom Vaissette, (éd. Privat, tome IX, p. 544 note 2 et p. 545 note 4) Agout de Baux, sire de Brancoul et de Plasian, nommé *gubernator et senescallus*, le 3 mars 1341 (note 3), il partit en expédition en novembre 1342, redevint sénéchal après avril 1343 et disparut au combat d'Auberoche, le 21 octobre 1345. Du Mège *(Histoire des institutions religieuses de Toulouse)* le nomme Agout de Baux, sire de Plassen et le désigne comme sénéchal de Toulouse de 1342 à 1344 (et aussi, P. Dognon, *Institut. politiques du Languedoc*, pp. 346 note 4, 346 bis, 347 note 1, 349, 354 note 1.) (Il y eut en Provence une famille de Baux qui fournit plusieurs sénéchaux. V. Bouche. *Essai sur l'histoire de Provence*, tome II.)

(22) Philippe VI de Valois (1328-1350).

(23) Jeanne d'Artois, de la Maison de France, épousa, en 1301, Gaston Ier de Foix (VIII de Béarn). La date de sa mort est inconnue.

(24) Dom Vaissette, dans l'*Histoire du Languedoc* (éd. Privat, tome X. Preuves cc. 938 à 940), Bourdette dans la *Notice du Nébouzan* (p. 84) citent cette lettre. Ils mettent : *avoir* au lieu de *augir* (lat. : *augere*), terme parfois employé dans les actes royaux.

(25) Répétition due au copiste probablement.

(26) *A* : une tâche d'huile couvre, au point de la rendre illisible, cette partie du mot. Elle est rétablie à l'aide de *B*.

(27) *B* : *Lomerz*.

(28) *B* : *quod*.

---

[1] Ce renvoi manque dans le texte. Il doit être placé p. 4, ligne 17 après : Gastone.

(29) *B : exequtionj.*

(30) *A : bobis.*

(31) Le sénéchal de Toulouse fait allusion, probablement, aux menaces des Anglais, qui ravageaient, à cette époque (1344) la Guyenne sous les ordres du comte Derby (Dom Devienne : *Histoire de Bordeaux,* tome I, p. 50, éd. Lacaze).

(32) Sur *A,* on ne peut lire les signes ou les lettres précédant : *quarto.* En marge, on a écrit, très-ultérieurement : *quadrag°. B : xliiij.*

(33) *B : Poy.*

(34) Il doit manquer ici les mots : *consules* et *populares.*

(35) Le mot est très effacé sur *A.* Il est pris sur *B.*

(36) *B : Atribito.*

(37) *B : procedere.*

(38) *B : saueto.*

(39) *B : Fortinus.*

(40) Sur *A,* la lecture de ce nom, très-effacé, est douteuse.

(41) *B : certaldi* (?)

(42) Presqu'entièrement effacé sur *A.*

(43) *B : Quit.*

(44) *B : promittetur.* Sur *A* les signes abréviatifs sont très effacés.

(45) Sur *A, in* est lié à : *pœssu* et, dans ce dernier mot, *p* est muni du signe abréviatif au bas du jambage ; *œ* ne forme qu'une lettre. *B : in processu.*

(46) *B : continente* (?)

(47) *B. : testimoni,* au lieu de : *testium infrascriptorum.*

(48) *B : presentis.*

(49) Le mot est très effacé sur *A.* Il y a peut-être : *nomine.*

(50) *B : jure.*

(51) Presque illisible sur *A.*

(52) Sur *A,* l'encre a presque totalement disparu en ce point. La leçon est prise sur *B.*

(53) *B : pergameni.*

(54) *B : quidam.*

(55) Bernard V, comte de Comminges, fils de Dodon, dit : Bernard IV. Ce dernier avait épousé N. de Toulouse *(appelée : Laurence, par le P. Anselme),* née d'Alfonse-Jourdain, comte de Toulouse, et de Faydide d'Uzès ; il entra dans l'Ordre de Saint-Jean de Jérusalem à Montsaunès (et non dans l'abbaye des Feuillants à Rieumes, comme le disent les Bénédictins dans l'*Art de vérifier les dates),* vers 1175 (et non 1180, comme il est dit dans ce même ouvrage. V. Archives de la Haute-Garonne. Cartul. de Montsaunès, liasse F. n° 1, pièce 1. et même fonds, Saint-Gaudens, liasse I, n° 31). La *Revue de Comminges* (tome III, 1887, 3e et 4e trim., pp. 119 et suiv.), et de Jaurgain, *La Vasconie,* tome II, pp. 309 et 315, donnent les ordinaux III et IV aux comtes Bernard désignés ci-dessus IV et V.

(56) Alfonse-Jourdain. (Voir *supra,* note 55.)

(57) Pour : *se abeng* (Voir Charte de Valcabrère du Bon d'Agos et *For de Baretous,* art. 1er (Mazure et Hatoulet. *Anciens Fors,* p. 243.)

(58) Nous avons établi des paragraphes, afin de dégager le texte,

qui, dans le document de Saint-Gaudens, aussi bien que dans la copie de Pau, est d'une seule teneur, sans alinéas. Cependant, la Charte de Saint-Gaudens, malgré les points et doubles points dont est émaillé le texte, contient des majuscules plus ou moins grandes qui permettent presque toujours de déterminer à peu près exactement le paragraphe.

(59) Du Cange, au mot : *Ens* = *Existant*. Bartsch, *Chrestomathie provençale*, au mot : *Ans* = *Auparavant*.

(60) Le mot : *en* n'est pas dans *B*.

(61) Sur le document de Saint-Gaudens, le *b* et le *v* sont parfaitement distincts. Par conséquent, si le mot *biela* est ici écrit avec un *b* alors que, un peu plus haut, il y a un *v*, c'est simplement l'affaire du copiste. Du reste, dans la « Note sur le langage de la Grande Charte » qui accompagne ce travail, le cas a été signalé.

(62) Les mots *e a* sont liés dans *A*.

(63) Voir aux Éclaircissements (note III) ce que nous disons sur le mot : *Lau*.

(64) Ce mot est écrit, dans *A*, ainsi qu'il suit : *pomes* (avec *p* barré au bas de son jambage). Nous devrions, par suite, si nous suivions strictement les règles de la paléographie, mettre : *proomes*, ainsi qu'on écrivait en Catalogne et Aragon, Mais, dans notre document, quand le copiste écrit le mot en entier, il orthographie : *prosomes*, comme dans le premier paragraphe du texte gascon, ou *prohomes* (art. V).

(65) Dans *A*, ces deux pronoms relatifs *qui* et *que* sont représentés seulement par la lettre *q* munie de signes abréviatifs différents : celui que nous transcrivons : *qui* est surmonté du signal : *i* ; l'autre transcrit par nous : *que* porte, au-dessus de la lettre *q*, une barre horizontale. Cependant l'un et l'autre de ces pronoms sont transcrits : *que* sur *B*.

(66) On trouve cette locution sous la forme : *ab aitant* = *pourtant, cependant*, dans le « Breviari d'Amor » (Glossaire) ; *amb aitant* = *maintenant, alors*, dans les « Mystères Provençaux » publiés par Jeanroy et Teulié (Glossaire) ; *ab tant* = *cependant*, et : *atant* = *ensuite, après cela*, dans le « Dictionnaire Provençal » d'Honnorat ; *atant* = *tant, autant*, dans le « Recueil des anciens textes gascons » de Luchaire (Glossaire). Dans notre texte, *ab atant* = *atant*, du Dictionnaire d'Honnorat, sans aucun doute.

(67) *B* : *el autre quy se clama,...* version évidemment fautive.

(68) *B* : *sobre si medis* (Voir la note XI de la traduction).

(69) Pour : *e lo*.

(70) Pour : *no y*. Dans *B* on lit : *non*.

(71) Pour : *o lo*.

(72) *B* : *Poentis*.

(73) *B* : *E totz deben menar*.

(74) Les différences orthographiques que l'on peut observer dans cet article, en ce qui concerne le mot *hom*, *home*, sont simplement d'ordre grammatical : *hom*, sujet ; *home*, complément direct et indirect. Toutefois, dans la Charte, où les règles grammaticales sont plus ou moins suivies, *hom* représente fréquemment le pronom indéfini *on*. (V. *Leys damors*, tome II, p. 163).

(75) C'est le verbe : *remaner, armaner = rester*. (Voir, art. 35 du Fot de Mortaas (éd. Mazure et Hatoulet) et, à ce mot, Luchaire. « Recueil des anciens textes », glossaire. Lespy, « Dictionnaire Béarnais », Raynouard, « Lexique roman »).

(76) *B : entro la carrera o autra . via.*

(77) *A* porte : *solbr* avec signe abréviatif sur *r*. Dans *B* on peut lire : *sálbar*, (V. note xx de la traduction).

(78) Voir aux Éclaircissements la note viii concernant les *terminis* et *dex*.

(79) *B : ad aquest quy*, ce qui est évidemment fautif.

(80) *B : y deu.* Dans *A*, l's de *se* est un peu effacée. Du reste, l'une ou l'autre version ne modifie pas le sens de l'article.

(81) *B : de reseman.* Il faut lire, dans *A* : *derreseman*, au lieu de : *derreman* et le *de* ne doit pas être séparé de *reseman*, comme dans *B*. (Voir : *derresemer*, à la ligne suivante et *derrenson*, substantif dérivé de *derresemèr*, (*derezezon*, dans l'acte de 1248 que nous publions dans la « Note sur le langage de la Charte »). C'est le verbe : *Resemer, reserner = Racheter*, muni d'un *de* qui ne modifie pas l'acception, forme peu rare dans nos dialectes, (*escambiar, descambiar = échanger*).

(82) *B :* Le mot *era* manque.

(83) *B : nols ay.*

(84) *B : per.*

(85) *B : menar abant.*

(86) *B : Sober si mexis* (Voir notes 68 et xi).

(87) Les mots *per connoyssensa* sont pointillés sur *A*. La fin de la Charte contient des corrections, parmi lesquelles le notaire indique que les mots ci-dessus doivent être supprimés. Ils ne figurent pas du reste dans *B*. Il est tenu compte de cette correction dans la traduction.

(88) *B : de no trazirs armangua.*

(89) *B : a leuat* (séparés).

(90) *B : len a* (séparés).

(91) *B : stranier.*

(92) *B : de dedens.*

(93) *A* et *B* portent *la* ; la Charte de Valcabrère (*op cit*). *lac*, qui est la leçon ordinaire de notre Charte. Nous ne croyons pas utile de changer le mot de notre texte, puisqu'il se rapporte, comme le ferait *lac*, aux termes *plaga, mort* et *preson*.

(94) *Domanar = *Exigere pœnas (ab aliquo, de aliquo ou alicui). *Dictionnaire Latin-Français* de Quicherat, au mot : *Exigere*. (V. note xxxi de la traduction).

(95) *B : boler.*

(96) *B : certa* (?)

(97) *B : del becud.*

(98) *B : si n'y a.*

(99) *B : en scaber.*

(100) *B : en den.*

(101) *B : atant cum.*

(102) Voir sur le mot *ausals = *Installés avec approbation des autorités, la note xxxii de la traduction.

(103) *B : ludezas.*

(104) *B : en deu fez fin.*

(105) *B : daz ludezas.*

(106) *B : mazzzos.*

(107) On lit sur *A : aje* avec signe abréviatif entre *j* et *e = a jene* en deux mots. *B : ayene.* — A partir de *flassada* jusqu'à *cuez de baca, A* porte : *aj* sans signe abréviatif. Il faut très probablement lire : *iij,* comme l'indique *B.*

(108) *B : si en ben.*

(109) *B : feussada. iij.*

(110) *B : fagine. iij.*

(111) *B : leyia. iij.*

(112) *B : matin. iiij.*

(113) Il faut : *cerbi = cerf (cerp* signifie : *serpent).*

(114) *B : de arzamias.*

(115) *B : leuz.*

(116) *B : podanol el mazezez.* La Charte de Valcabrère porte : *no podaba aue lo mazelez...* (art. 18).

(118) Ce mot, pointillé dans *A,* doit être supprimé, conformément aux corrections inscrites par le notaire à la fin de la Charte (voir : *secundo,* à ces corrections). *B* ne contient pas ce mot.

(119) *B : quan.*

(120) *B : coset.* Le mot est très difficile à lire.

(121) Dans les corrections placées par le notaire à la fin de la Charte, on lit : *tertio, de salmateria. B : sauniera.*

(122) Ce mot est, évidemment, le titre d'un paragraphe général sur la leude. *B* le porte avec une majuscule et le fait suivre d'un trait vertical séparatif, comme si on voulait, ainsi que nous le disons, marquer un paragraphe distinct du précédent.

(123) Il s'agit du denier jacquez. *B* porte seulement le *d.* (V. note xxxviii de la traduction.)

(124) *B : Lunhs.*

(125) *B : per.*

(126) *B : no daquet aucy.*

(127) *si ab cosselh* no, tmèse qui était employée fréquemment aussi bien en pays d'Oïl que en pays d'Oc. (*se de vostre prod nun* (vers 221); N' *i ad eschipre qui s' cleint se par loi nun* (vers 1522.) *Chanson de Roland,* éd. L. Gautier). Les statuts de Saint-Bertrand-de-Comminges (art. 21) portent : « Item voluit et concessit non licere domino civitatis prædictæ vel alieni alteri homini, mittere... aliquem hominem infra dictam villam, qui... damnum aliquod dederit alicui habitatori dictæ villæ..., nisi id faceret *de voluntate et concessu* illius cui dampnum esset datum... per illum hominem introductum... »

(128) *A* : porte *tot ; B : tort.*

(129) *B : que que abengue.*

(130) *B : quan.*

(131) *B : destrigan.* (V. Coutumes de Montpellier (1203) art. vi *des-trenhez = cogere ;* art. lxxiv *destregs sian = coguntur.)*

(132) *A* et *B* portent: *deffez,* avec signe abréviatif sur la dernière syllabe.

(133) *B : sens enguan.*

(134) *B : auturs* (?) *A.* porte : *coms* avec signe abréviatif sur *m.*

(135) *A* : porte en interligne depuis *deu e pol* jusqu'à *aquet bayle.* Cette surcharge est indiquée à la fin de la Charte par le notaire (§ tertio).

(136) La Charte de Valcabrère, art. 29 (V. *Saint-Just de Valcabrère* par le baron d'Agos) porte : *per cosselh dels prosomes et daquetz judges jurats...* Cette conjonction, qui modifie sensiblement le sens, nous semble inutile.

(137) *B : alhetz,* qui a la même signification que *cauxitz* de *A.*

(138) *B : habian.*

(139) *B : dels.*

(140) *B : que i.*

(141) *B : de sos bayles.*

(142) *B : e.*

(143) *B : den ou deu.*

(144) La Charte de Valcabrère porte *aver.*

(145) *B : arcebian.* Charte de Valcabrère : *arreseban.* Charte de Villeneuve-de-Rivière : *recebera.* (A rapprocher du mot : *atceberen-lo* du texte de 1179, que nous publions à la « Note sur le langage de la Charte »).

(146) *B : esser.*

(147) Copie de Valcabrère : *certa.*

(148) Dans *A.* et dans *B* rien, — ni ponctuation, ni lettre majuscule, — n'indique le passage à un autre sujet. Les copistes ont certainement été amenés à cela par le mot : *demana* sans s'occuper de savoir s'il s'agissait toujours du même fait[1].

(149) *B : lo sien.*

(150) *B : degues en la viela.*

(151) La lecture de ce mot, qui ne se trouve sur aucun de nos dictionnaires et qui est intéressant à ce titre et aussi par sa formation, a été vérifiée plusieurs fois et par diverses personnes sur *B.*

(152) *A : pstass* (sic) avec signe abréviatif au-dessus de : *p.*

(153) *A,* quoique très usé en cet endroit, laisse apparaître distinctement : *meissens cosselh. B* porte : *mens de conseilh,* ce qui est contraire à l'esprit du texte de l'art. LII. La Charte de Villeneuve-de-Rivière (Arch. dép. Haute-Garonne. E. 891), qui contient une disposition analogue à celle de notre Charte, porte : *sens son conseil et auctoritat del payre.* V. aussi l'ordonnance insérée dans la note XLIX de la traduction).

(154) *B et A* portent : *crezera.* Mais sur le premier, il est suivi d'un signe que nous avons signalé à la note 122 *supra.* Sur *A.* le pointillé placé au-dessous de ce mot, indique une correction à faire par suppression du mot. (Voir *in fine* ces corrections du notaire).

(155) *B : juren.*

(156) *B : ne sen deu.*

(157) *B : donar.*

(158) *A : entra* avec signe abréviatif après le *t* au-dessous de l'*r;*

---

1. Le renvoi 148 doit être placé à l'art. : XLVI.

Charte de Valcabrère art. 46 : *en tran* pour : *enterant, entertant. B : entian.*

(159) V. pour ces ténements les « Degrez et limites du terroir de Saint-Gaudens, » aux Appendices.

(160) *B : la andorta.* (C'est le village de Landorthe, près de Saint-Gaudens.)

(161) Il faut lire *a bia*, comme cela est écrit après le crochet dans *A. B.* répète : *habia* là où *A.* (après le crochet) porte : *a bia.* Il faudrait à notre avis ajouter, ici, comme corollaire de la disposition finale : *el deu penhorar.* Nous avons ajouté ces mots à la traduction

(162) Nous croyons que les dispositions concernant l'arrestation. dans les *dex* de la ville cessent ici et qu'il y a lieu de faire de *la marcha en fora* un article spécial, quoique dans *B* ces derniers mots suivent sans aucun signe de séparation le mot : *senhor.*

(163) La coupure aux ciseaux faite dans *A.* a laissé la dernière lettre du mot qui précédait : *enfora.* Cette lettre est une *n* (et non pas : *a*, de *marcha*). Manque-t-il dans *B* un ou plusieurs mots entre *marcha* et *en fora ?*...Ne nous trouverions-nous pas en présence d'un titre de paragraphe spécial, comme cela s'est présenté pour la *leuda*, à l'art. XXVII ?... C'est ce que nous avons admis. Et quoique *B* ait incorporé les mots : *de marcha en fora* au paragraphe concernant le *bencut,* nous en faisons le titre d'un article qui se rapportera à la *marcha en fora.* L'article ne commencera pas par la formule ordinaire : *Et si lunhs home,* ni par une majuscule ; mais nous aurons ainsi un texte aussi clair que possible, étant donné le manque d'éléments de comparaison que nous constatons de nouveau.

(164) *B : ung quoquer.* Le copiste a pris : *i* pour un chiffre ; quant à : *quoquer.* nous ne savons quel sens il peut avoir ; mais : *ung quoquer* est certainement une mauvaise transcription.

(165) Pour : *Capdelar.* Ce mot a déjà subi dans *B* la transformation de *l* en *r*, que l'on remarque dans : *Apelar, apela,* devenu : *Aperar, apera* = Appeler.

(166) *B : lung.*

(167) *B : tot om.* Nous avons suivi la version de la Charte de Valcabrère dans la partie entre crochets, celle de *B* nous paraissant plus fautive que cette dernière, qui porte : *tors,* au lieu de *torbe* mis par nous.

(168) La Charte de Valcabrère ne contient pas ce mot.

(169) *B : soneal?* Le mot est très difficile à lire. Nous avons pris celui qui est écrit dans la Charte de Valcabrère.

(170) Nous avons pris ce mot sur *B.* Il est très effacé sur *A.*

(171) *B : que.*

(172) Les mots : *ay fe* manquent dans *B.*

(173) L'*f* du mot manque sur *A.* Il a été atteint par la coupure aux ciseaux.

(174) Pris sur *B.*

(175) *B : coubar.* AA : *crubar.*

(176) *B* et *AA : sol ung al senhor.* Nous pensons qu'il faut lire sur *A : sol . j . al senhor,* ce qui explique le *ung* de *B* et de *AA,* qui a

été pris par le copiste de ces documents pour un nombre, alors qu'il s'agit, très probablement, de *sous jacques* . *(sol j.).*

(177) B : *faysar.* AA. : *faissar.*

(178) Lisez : *dets = Dix.* (V. note LXVI de la traduction.)

(179) B : *que nes.* AA. : *ques.*

(180) Le copiste de *B*, après avoir écrit : *landa*, a surchargé *a* et *n* pour en faire *e* et *u = leuda*, qui est, incontestablement, la bonne leçon. AA. : *leuda.*

(181) B : *emina.*

(182) B et AA : *madecha.*

(183) B : *dreyta reau.* AA : *dreytr dera* (en 2 mots.)

(184) AA : *clamat.*

(185) B : *habia.* AA. *abia.*

(186) B : *gins.*

(187) B : et AA : *bartha.* •

(188) Dans *A.* et dans *B.* ce mot est représenté par le sigle ordinaire.

(189) B : au lieu de *Ro aro* porte : *Reverando episcopo.* AA. : *Randoando*, en un seul mot, avec signe abréviatif sur le premier groupe : *ando.* Quant à : *carlan, B* porte : *carlam.*

(190) Dans *A*, ce texte suit immédiatement, sans alinéa, le texte précédent. Ce leudaire, modificatif et complémentaire de celui de 1203, (art. XX, XXI. XXII, XXIII, XXIV et XXV *suprà*), est de 1345, ou du moins approuvé à cette date.

(191) Nous ne répéterons pas ici ce que nous avons dit (note 107 *suprà*), au sujet de : *aj*, traduit sur *B* par *tres.* Il en est de même sur *AA.* Nous doutons cependant de l'exactitude de cette transcription faite en 1542 ; nous croirions plutôt que : *aj* signifie: *a . j . d .* (voir la taxe du bœuf), le *d .* abréviatif de : *diner* ayant été négligé par le copiste. Néanmoins, nous continuerons à mettre : *trois*, dans la traduction, comme le portent B et AA.

(192) B et AA : *martrig.* A : *matrig.* Nous avons rectifié *A.*

(193) B : *fauva.* AA : *faina.*

(194) AA : *trones.*

(195) Les différences entre le leudaire de 1203 (art. XXII et *seq.)* et celui de 1345 (art. LXXVIII) sont peu importantes. Il n'y a dans ce dernier que 6 taxes nouvelles ; 3 taxes anciennes sont modifiées.

(196) B : *quid.*

(197) C : *Fuxis.*

(198) B porte, après ce mot, la mention et la signature suivantes :

Enregistrat per autre man a my fealle

MAURELLI.

Nous donnons un fac-simile photographique de la finale de la copie AA de 1544, dont il reste 8 pages dans les archives de notre commune. Cet instrument est signé par le juge et par le commissaire réformateur : de Boelh, et par le copiste, probablement, Nicolo.

(199) Voir art. XIV.

(200) Voir art. XXIII.

(201) Voir art. XXV, probablement. Nous avons mis : *Sauneras.*

(202) Voir art. XXXIV. Sur *A*, ces mots sont, en effet, écrits en sur-

charge dans l'interligne supérieur. Cette correction du notaire devrait être marquée : 4°. Elle ne porte aucun nombre ordinal.

(203) Voir art. LII.

(204) Cette correction se trouve peut-être dans une des parties déchirées de la Charte. Nous n'avons pu la relever.

NOTES DE LA TRADUCTION

(I) Ainsi que l'indique la note 9 du texte, *B* porte : *Prade*, et *C* : *Pomarède*. C'est le nom qui se rapproche le plus de la leçon de *A*. Nous l'adoptons, parce qu'il appartient à une vieille famille de Saint-Gaudens.

(II) V. note 10 du texte.

(III) Dans l'*Hist. du Languedoc,* de dom Vaissette (Éd. Privat, tome X. Preuves. Col. 938), Bourdette, *Notice du Nébouzan,* (p. 84), on lit : *mestiers,* au lieu de : *mestons,* qui est un contre-sens, puisque le roi de France a déjà prescrit le déliement de féauté. Il faut donc : *mestiers.* Nous adoptons également la ponctuation indiquée dans l'*Histoire du Languedoc,* quoique : *si besoin est,* puisse, à la rigueur, se rapporter à : *de ce faire.*

(IV) La Curne de Sainte Palaye *(Dictionnaire hist. de l'ancien Langage Français),* au mot : *entendre* cite une formule presque littéralement semblable à celle employée ici. Il traduit: *entendre* par : *avoir soin.* Voir Du Cange (Glossarium) au mot : *Intendere.* 2.

(V) Cette lettre est transcrite dans deux documents portant les indications suivantes : (a) *Hommage rendu à Éléonore de Comminges, comtesse de Foix, et à son fils, Gaston, par les nobles et les consuls du comté de Foix.* Elle est insérée dans l'*Histoire du Languedoc* (tome X, Col. 938. Preuves. Éd. Privat), où elle figure comme provenant des Arch. de la Bastide-de-Sérou (Ariège). La lettre royale est envoyée par Agout de Baux au même Juge de Rivière pour les « nobles et les consuls du comté de Foix ». Elle est datée du 28 décembre 1344. (b) « *Hommage de soumission des habitants de la ville de Saint-Gaudens à Gaston, vicomte du Nébouzan et comte de Foix en 1344* ». Elle est insérée fautivement dans l'*Histoire des Populations Pyrénéennes,* par Castillon d'Aspet (tome II, p. 324), et elle n'est pas extraite de la Grande Charte de Saint-Gaudens, mais d'un document spécial dont nous ne connaissons pas la source, lequel commence par la formule : *Noverint universi.*

Si on se reporte au document inséré dans l'*Histoire du Languedoc,* on constate que le Juge de Rivière, dont la juridiction était dans le Comminges, rencontra dans le comté de Foix, pour la prestation du serment de fidélité à Gaston et à sa tutrice, des résistances dont il paraissait craindre le renouvellement de la part des consuls et du peuple de Saint-Gaudens, quelques mois après, ce qui eut lieu effectivement.

Dans un document inséré dans l'*Histoire du Languedoc* (édit. Privat. tome X. Preuves, Col. 953 *in fine*) le nom du secrétaire de Chancellerie royale est : *Lorriz,* et non *Lonit,* en 1344, à Château Thierry.

(vi) Nous avons voulu, dans la traduction de ces mots : *dominus… ac dominus* s'appliquant à la même personne, donner au premier la signification d'un titre de politesse et réserver au second le caractère d'un titre de souveraineté. A notre avis, on doit comprendre ainsi cette répétition.

(vii) Littéralement, *paraula = parole ;* ce mot a ici le sens de : *tradition orale.*

(viii) Il faut lire ; *Se abeng,* comme nous le disons à la note 57. (V. *Lexique* de Raynouard, au mot : *Avenir,* t. v. p. 488, col. 1, n° 5, avec le sens actif de : *accorder, accommoder).* En Catalan (verbe réfl.): *Se avenir = convenir, se concerter.* C'est bien le sens du mot : *Sabeng* dans notre texte. Mazure et Hatoulet (*Anciens Fors du Béarn,* p. 243. *For de Baretous*) ont traduit : *Se abiencon* par : *s'accordèrent.*

(ix) Les mots : *Dreyt e Ley* signifient aussi : *Redevances et Amendes.* Ce n'est pas leur sens dans le préambule de notre Charte, quoique ce document contienne des leudaires et que des amendes y soient mentionnées.

(x) Nous laissons dans la traduction le mot : *bayle,* parce que le terme : *baillif,* qui est son similaire en langue d'oil, pourrait amener une confusion dans les attributions. (V. aux Eclairciss. note II.)

(xi) Ainsi que nous le signalons dans la note 68 du texte, B porte : *sober si medis,* au lieu de : *solet si mezis,* qui se trouve dans A. Cette dernière version n'a pas de sens, à moins de la compléter par l'adjonction d'une préposition. En effet : *solet* signifie : *avoir coutume ;* mais on ne saurait comprendre cette phrase : « Le seigneur fasse lui juger avoir coutume lui-même ». Le texte serait ainsi torturé. Mais : *sober si mezis* ou *si medis,* — on trouve les deux formes dans plusieurs textes gascons, — répond mieux à la réalité des choses. *Sober si mezis* veut dire : *sur lui-même, sur sa personne,* ce qui est prévu au for de Morlaas (art. 11 éd. Mazure et Hatoulet) et au for d'Orthez (art. 12. Marca. *Hist. du Béarn.* p. 338.)

Les statuts de la Ville de Saint-Bertrand-de-Comminges (art. 1. Inventaire sommaire des Arch. Départ. série E. Suppl. Comm. de Saint-Bertrand-de-Comminges série AA) portent ceci, qui éclairera bien la contexture de l'art. que nous venons de transcrire et de traduire : « ille qui fecerit clamorem… domino det et dare teneatur primò fidejussores, et, præterea, ille a quo clamor actus fuerit pro posse suo, de stando juri de illo negotio, seu pro illis de quibus dictus clamor factus fuit, et judicatum solvi, cognitioni et ordinationi proborum hominum…. Et si aliquis prædictorum dicat se non posse fidejubere modo prædicto, teneatur illud jurare in initio dictæ causæ, et dominus civitatis prædictæ debet facere judicare et cognoscere et terminare dictam causam vel litem *sumptibus ipsorum et periculo honorum ipsorum.* » Ce n'est donc pas aux frais du seigneur, comme pourrait le donner à croire l'art. I de la Charte de Saint-Gaudens, que l'affaire devait être poursuivie, mais bien aux dépens de celui qui ne pouvait avoir de caution, qu'il fut, très probablement, demandeur ou défendeur.

(XII) Cette prescription ne concerne pas la durée de l'ost ; elle signifie simplement que l'ost ne pourrait être menée à une distance de la ville dépassant un jour.

(XIII) Le mot manque dans le texte ; mais c'est le sens de l'article.

(XIV) Littéralement *s'en reste*, ancienne forme de langage (dont le français n'a conservé que : *s'en aller*). Dans nos idiomes méridionaux, cette façon de s'exprimer est toute-à-fait courante, aujourd'hui encore. (V. au sujet de cet article ; Fors de Morlaas, art : 35. Mazure et Hatoulet.

(XV) A Toulouse, en 1202-04, ce sont les Consuls eux-mêmes qui lèvent et mènent l'ost ou même déclarent la guerre (V. Lafaille, *Ann. de Toulouse* t. i. preuves. pp. 53 et suiv. Dom Vaissette. *Hist. du Languedoc,* éd. Privat. t. VI. pp. 196 et suiv.) Dans les pays de Foix et de Béarn, il fallait l'autorisation des Etats (Flourac, *Jean 1er*, p. 20.) Quoiqu'il ne soit fait, ici, mention que des dépenses d'ost, ne fallait-il pas aussi à Saint-Gaudens sinon une autorisation des jurats, du moins un accord entre ceux-ci et le comte pour faire la guerre ?

(XVI) Les statuts de Saint-Bertrand-de-Comminges (*op cit*), ainsi que presque toutes les Coutumes écrites en latin, traitant de ce sujet, portent : *probos et legales homines. Legalis = Qui stare juri idoneus est.* (Du Cange, *in hoc verbo,* et Littré, au mot : *Légal.*)

(XVII) Le mélange du singulier et du pluriel jette de l'obscurité dans le texte. C'est pourquoi nous ajoutons le mot placé entre crochets.

(XVIII) Littéralement : les *hardes qu'il vêt.*

(XIX) *Preson = Capture* ou *prison.*

(XX) Les statuts de Saint-Bertrand-de-Comminges (*op cit*), à l'art 10, reproduisent en latin les dispositions de notre art. 4. Au lieu de : *sil senhor pren,* il y est dit : *Si dominus... velit capere,* et au lieu de *solber* de la fin de notre article (ou *Salbar,* v. note 77 du texte), nous y lisons... « sed potius debet ipsum *dimittere et liberare* cum auctoritate et cum consilio (*per cosselh,* dans notre Charte,) consulum seu proborum hominum dicte civitatis (V. pour *Cosselh* aux Eclaircissements.) Nous remarquons que ni dans cet acte de la Charte de S.-G. ni dans celui des Status de S.-B., on ne fait mention de la peine à infliger à ceux surpris en adultère et qui n'ont pu s'enfuir. Il semble que pour ceux-ci, il faut se reporter à l'art. 13 de la Charte et 19 des statuts.

(XXI) Forme très usitée dans nos dialectes. *Sen deu accordar = s'accorder, s'arranger à l'amiable* (Littré.) (Voir aussi au sujet de cette forme de langage, la note XIV. *suprà*).

(XXII) Plaie dont la gravité est déterminée par la loi. Dans les Fors de Morlas, art. 175, elle est fixée à une longueur ou profondeur de o m. 04. La peine édictée par notre Charte ne doit pas dépasser 60 sous.

(XXIII) Dans les Fors du Béarn (Mazure et Hatoulet, art 162, note I. p. 62), le mot *gamel* aurait la signification de : *coup qui assomme ou estropie*. Le mot: *colp*, de notre Charte, répond à : *coup (donner des coups, frapper)* et n'implique pas, de nos jours où il est encore employé, soit blessure, soit contusion. — Quant à l'expression finale : *être tenu du seigneur*, elle signifie : *être traduit devant sa juridiction*.

(XXIV) Il est évident que le mot: *nol*, dans cette fin de l'art. X : *quel senhor nol deman*, s'applique à : *hom*, — nom le plus rapproché, — et pas à : *lay*, et qu'il faut comprendre, comme nous l'indiquons : *et que le seigneur ne poursuive pas celui qui a opéré l'arrestation.* Ne pas réclamer le voleur, sous prétexte qu'il a été tué ou blessé — ou qu'il s'est tué ou blessé, car le texte est également obscur sur ce point — pendant qu'il accomplissait le vol ou qu'on l'arrêtait, ce serait une disposition étrange. Du reste, nous trouvons dans Catel *(Hist. des Comtes de T.)* deux édits dont nous pouvons rapprocher les prescriptions de celles contenues dans l'art. X de notre Charte. L'an 1152, il est prescrit que celui qui volera dans les jardins, etc. « det pœnam duos solidos ; quorum solidorum habeat medietatem dominus honoris et aliam medietatem ille qui capit talatorem » (p. 218). L'an 1181, on édicte à propos de méfaits envers le seigneur ou autre personne que « si aliquis homo vel fæmina illum hominem vel illam fæminam post malefactum caperal, vel vulneraret, vel interfeciret, vel aliquod membrum, vel res suas sibi auferret, vel aliquod damnum sibi inferret, *non teneantur domino Comiti....* » (p. 215).

(XXV) La traduction littérale de : *menar enant* serait : *mener auparavant*. Les statuts de Saint-Bertrand-de-Comminges (art. 19) contiennent des dispositions semblables à celles de notre Charte. Elles sont ainsi conçues : « Si dominus civitatis prædictæ, vel ejus bajulus, capiat aliquem hominem dictæ villæ cum muliere maritate in adulterio, vel in latrocinio, vel in alio crimine, non debet *removere dictum hominem a loco in quo ipsum capit, nec alibi ipsum ducere,* dum tamen cavere possit idonee de standojuri super hiis pro quibus fuerit captus. Si tamen ille captus modo prædicto non possit cavere, vel idoneos fidejussores dare, dominus debet ipsum tenere infra villam vel civitatem prædictam. Sed consules dictæ civitatis debent ipsum judicare et absolvere vel condampnare de crimine de quo fuerit accusatus, vel pro quo captus fuerit, *expensis suis propriis et bonorum ejusdem* ». *(Op. cit).* Il semble qu'il faut comprendre : *de droit.*

(XXVI) V. la note XXV ci-dessous : *expensis suis.*

(XXVII). Le mot *estaca* __ lier par gage (de droit ou de bataille). Ces dernières indications manquant au texte, nous ne pouvons préciser dans la traduction. (V. aux Eclaircissements la note sur la *Traysio,* n° VII.)

(XXVIII) Il s'agit de faire *ester en droit* l'accusateur ou l'accusé, ou peut-être, — ce qui resterait dans les usages de l'époque, — les deux à la fois : mais le pronom personnel *li* = lui, à lui, nous ne l'avons pas trouvé sous cette forme au cas pluriel.

(XXIX) Nous avons adopté la version de *A*, qui nous paraît meilleure que celle de *B*. Au sujet de la signification d'*armangua*, voir Luchaire. *Anc. textes gascons*. Glossaire, au mot : *Remaner*, où *armangos* = *restât*. Il l'a tiré de la Charte municipale de Bagnères-de-Bigorre, élaborée en 1260 (*Op. cit.* p. 32 n° 21.) Davezac-Macaya, qui cite ce même document dans son « *Essai sur le Bigorre* », (tome II, p. 29) en donne une analyse qui ne saurait être prise pour une traduction. Toutefois, nous croyons devoir la signaler. Le texte est le suivant : *E sils juradz auen conseilh que anasen esforciuemenz ab de lautra beziau, p'el dreit sostie d'augun lor bezii, aqued qui armangos que no fos a lur adjutory, si no pode mostra razo, qu'els jurads conogossen que armaredet era, que X. sols lo costas, e que exis de la biela miey an...* Voici l'analyse de ce texte (Davezac-Macaya, *op. cit.* tome II, p. 32) : « S'il eut été arrêté en conseil que la force armée dut être employée contre un bourg voisin pour exiger réparation de quelque tort, tout Bagnérais appelé par les jurats devait prendre les armes *(armangos ?)*; s'il s'y refusait *(armangos ?)*, il aurait à payer une amende de 10 sous et à s'exiler pour 6 mois de la ville... » Nous avons placé le mot : *armangos* après : *prendre les armes* et après *s'il s'y refusait*, parce que nous ne savons auquel des deux faits il se rapporte dans l'esprit de l'analyste. D'après Luchaire, il devrait signifier : *s'il s'y refusait* (litt. *s'il restait.*) C'est ainsi également que Mazure et Hatoulet ont traduit ce mot à l'art. 35 des *Fors de Morlaas*. En ce qui concerne le texte de notre Charte, nous avons adopté la signification donnée à : *armangos*, par Luchaire, (voir aussi *Anciens Fors de Béarn*, Brissaud et Rogé, Toulouse. 1905, pp. 72-73, lignes 8 et 10); et nous avons ainsi obtenu un texte exact, croyons-nous, dont la traduction littérale serait : *que trahir reste*, ce qui équivaut à : *que la trahison existe.* (Le sens serait le même, si on lisait : *trazir se armangua.*) V. Charte de Valcabrère. art. 12, qui porte : *que trahicion armanha.* Le même art. de cette dernière Charte contient une version différente de celle de l'art. XIV de notre Charte. Au lieu de : *et l'autre* NOL *desment*, il y est dit : LEN *desment*, et : *fer* LESSAR (leisar), au lieu de : *fer* ESTAR. (V. *Saint-Just de Valcabrère. D'Agos*). La Charte de Villeneuve conserve en cette partie la version de la Charte de Saint-Gaudens.

(XXX) Nous n'avons trouvé cette expression que dans la « Chanson de la Guerre des Albigeois » (éd. P. Meyer, v. 9373) : *E mas el dreg perpara el dregs es capdalers...* traduit ainsi qu'il suit : *Et dès qu'il offre de faire droit et d'une façon complète...*

(XXXI) Dans les Coutumes de Montpellier de 1204, (art. 18), *demanar* est traduit en latin par : *exigere*. Il s'agit dans ces Coutumes de *exigere pecunias*, tandis que notre Charte vise le : *exigere pœnas* (V. note n° 94 du texte.)

(XXXII) Nous signalerons dans le texte de l'art. XXII deux mots : *aurats* et *leuderas*, qui nous paraissent intéressants à divers points de vue, — principalement au point de vue linguistique. Ils ne se trouvent, en effet, ni l'un ni l'autre, dans les dictionnaires que nous possédons, avec l'acception qu'ils ont ici. Raynouard traduit : *ausar* par : *oser* et par : *hausser*. Du Cange donne un verbe : *ausare* = *nominare*, auquel tient le nôtre par certains côtés. En effet, nous trouvons notre mot : *auzats*, sous la forme orthographique : *auçats* (qui n'intéresse que la prononciation) dans le vers 1281 de l'*Hist. de la Guerre de Navarre*, par G. Anelier (édit. F. Michel).

E quant fo en la terra per senescal *auçats*...

(Et quand il (Eust. de Beaumarchais) fut dans la terre (d'Auvergne) *installé* comme sénéchal...)

Dans notre texte, *auzats*. à propos de : *tauernes*, a la même signification.

Nous mentionnerons, toutefois, le mot : *ausart*, dans la coutume d'Ax-s-Ariège (art 4 et 10) où il est traduit par le verbe latin : *ausus*, et dans les *coutumes de Foix sous Gaston-Phœbus* (éd. Pasquier art. 48), où il peut aussi bien signifier *osé* qu'*autorisé*.

Quant au mot : *leuderas* du texte de notre art. XX, il signifie, en général, *droit de passage ou de vente*. Ce n'est pas évidemment son acception ici, où il signifie : *mesures*, c'est-à-dire : un récipient pour mesurer le vin; celui-ci est encore connu dans le pays sous ce même nom de *leudera ;* sa capacité est de 8 pots = 33 litres 26, environ, ce qui porte à 6 hectolitres de vin environ, par an, l'impôt auquel étaient soumis les taverniers. (V. aussi l'article LXXVIII à la fin de la Charte.)

(XXXIII) La Charte de Valcabrère *(op. cit.)* reproduit à quelques exceptions près, le leudaire ci-dessus. Nous relèverons deux passages très obscurs dans notre texte. Là où notre Charte porte : « E en cauad *qin quil ne pas per bener...* », on lit dans Valcabrère : *qui quil passe per...* Également à la fin de notre art. XXII, là où nous lisons : « *e sils loms no podanal mazerer* », etc., la Charte de Valcabrère porte : « *e sils loms no podaba auer lo mazeler* »,.. Nous avons adopté la version de Valcabrère dans la traduction pour le premier cas, mais non pour le second. Voir l'art. LXXI, en ce qui concerne les porcs ou truies abattus et vendus chez le boucher, parce qu'il les avait nourris lui même, et non achetés. C'est sur ces lombes que le seigneur a droit à 3 d., les lombes étant en tous cas soumis à la leude.

(XXXIV) Il nous a été impossible de trouver ce mot dans les dictionnaires ou glossaires ou autres documents que nous possédons. Nous l'avons trouvé toutefois sous une forme latine. Lagrèze dans son « Histoire du Droit dans les Pyrénées » s'exprime ainsi, à la page 158 : « On sait avec quelle rigueur certaines coutumes traitaient les bâtards, qu'elles flétrissaient par les qualifications les plus outrageantes : fils de chienne, *homines degeneres*, couvée de... » Aucune référence ne suit ces citations. Et quoique *degener* soit un mot latin, nous ne traduisons pas par *hommes dégénérés*, les *omes de generes* de notre texte. Mais ces mots ne voudraient-ils pas désigner des *hommes du commun ?* Ne se rapporteraient-ils pas aux habitants d'un lieu appelé : Generes (il y en a un dans la vallée d'Aure, un autre sur le chemin de la Bigorre, Saint-Pé de Génères, aujourd'hui Saint-

Pé (Hautes-Pyrénées) ? Bien des Chartes contiennent, dans leurs leudaires, des tarifs spéciaux à certaines localités (voir entr' autres celle de Figeac) avec lesquelles on commerçait. Or, le grand chemin de communication entre la France et Saragosse par la Vallée d'Aspe était très fréquenté au Moyen Age par les commerçants du Nébouzan. (V. P. Rogé, op cit. p. 326.)

(xxxv) Nous n'avons pas trouvé le mot : *tradessa* dans nos Dictionnaires et Chartes. Mais le sens s'explique par le contexte. Nous devons signaler, néanmoins, le mot: *trassa = charge* (Luchaire. *Anciens textes gascons*. Glossaire.) ; *trasdossa = grosse charge* (*Études sur Moissac*. Lagrèze-Fossat. tome I, p. 97. Leudes de Moissac, art. 2).

(xxxvi) Le Chapitre de la Collégiale de Saint-Gaudens.

(xxxvii) *Saulnières — marchandes de sel.*

(xxxviii) Le denier jacquez valait 5 deniers de France. (Lagrèze, *Hist. du Droit dans les Pyrénées*, pp. 503 et 509.)

(xxxix) Nous verrons en détail, dans les Éclaircissements, l'expression : *faire chevauchée.*

(xl) On pourrait aussi comprendre : *sans causer de dommage au dehors*. Mais nous nous éloignons ainsi du texte. Du reste, il faut se reporter à l'art. xxxix ci-après relatif aux constatations du vol, d'après lequel le volé a le droit de rechercher dans la communauté ce qui lui appartient. Ce même droit est consacré dans l'art. xxxi.

(xli) Nous avons suivi, dans la traduction, le texte de Valcabrère (*op. cit. supra*) ainsi conçu : « Et sils homs de Batcabrera abien pleyt ab lo senhor per lau des prosomes de la viela deu passat et sen deu lo senhor dessaisir ».

(xlii) L'art. xxxvii peut être traduit ainsi qu'il suit : « Si un homme de Saint-Gaudens était pris pour une guerre faite par le seigneur, le seigneur doit le libérer, quand il aura conclu la paix ou terminé la guerre. » Mais cette *libération*, — car : *Solber* ne pourrait avoir une autre signification dans ce texte — nous paraît une interprétation inadmissible, étant donnée l'époque à laquelle la Charte a été rédigée. (V. l'art. III.

(xliii) Les mots : *Esponaria, Esponer*, ont, croyons-nous, trois acceptions : celles de *tutelle* et de *tuteur*, ou d'*exécuteur testamentaire*, ou de *garant*. Il nous a paru que dans notre texte, il s'agit de la tutelle, et c'est la signification que nous avons adoptée. (V. Eclaircissements. Note 13.) Toutefois, nous devons faire remarquer que : *ce = qui* (et non *si*, comme nous l'avons traduit.) La version de *B* — lequel est un document certainement dicté, — ne nous inspirant qu'une médiocre confiance, nous admettons volontiers que *ce*, ainsi orthographié, ne se prononçait pas : *que*, en 1542, date de la copie de *B*, mais bien : *se*.

(xliv) Voir, pour les articles XLV et XLVI de notre Charte, les statuts de Saint-Bertrand de Comminges (art. 15 et 18) et les Fors de Béarn (art. 161. Mazure et Hatoulet.)

(XLV) Voir aux « Éclaircissements », (note XIV), les renseignements que nous pouvons donner sur l'état de l' « *homme de corps* », dans nos régions, au Moyen-Age [1]. Nous nous contenterons de signaler ici quelques points de notre traduction. A l'art. XLVII, l'habitant de Saint-Gaudens, après avoir saisi le cens, *doit retenir l'homme*, parce qu'il est évident que celui-ci est la garantie de la saisie du cens ; du reste, il est dit à la fin de l'art. : *prener dedens e deffora*, ce qui ne saurait s'appliquer au cens, quoique l'on puisse traduire ce passage autrement que nous ne l'avons fait. — A l'art. XLVIII, nous traduisons *ni par ou* (lunh home *ni* son home), quoique la signification la plus générale de cette conjonction soit : *et* (V. Raynouard. *Lexique*, et Lespy. *Dictionnaire Béarnais).* Car nous devons remarquer l'emploi fréquent de la conjonction *e, et*, dans notre Charte. A l'art. XLVII de celle-ci, *ni* signifie *ou*, dans ce membre de phrase : « Et si a lung cauer *ni* a lung home de Cumenge... « Peut-être, aurions-nous dû traduire *ni par et*, au commencement de l'art. XLVIII ; mais nous n'insistons pas davantage sur ce point.

(XLVI) Il s'agit ici, comme nous l'exposerons dans les « Éclaircissements », note XV, de la paix de Dieu, qui fut l'objet, au XIIe s. surtout, d'instructions pontificales et archiépiscopales particulièrement sévères pour nos régions.

(XLVII) Dans notre texte, le mot : *estar* a souvent la signification de: *ester en droit*. La situation juridique indiquée par ce mot était plus complexe, au Moyen-Age qu'aujourd'hui. Elle comprenait celle d'*ester en justice* et, d'après notre Charte, quelques droits politiques.

(XLVIII) Dans le Languedoc (V. Catel. *Hist. des comtes de Toulouse* et le *Petit thalamus* de Montpellier), le mariage donnait, de droit, l'émancipation aux enfants.

(XLIX) En raison de l'obscurité du texte, nous croyons utile d'insérer ici l'Ordonnance suivante édictée à Toulouse (*Hist. des comtes de Toulouse*, par Catel, p. 222).

« Le 11 du mois de Mars 1200 fut faite cette ordonnance :

Quod aliquis homo vel femina alicui homini istius villæ T. patrem habenti, vel alicui alii in bailia existente pecuniam non prestet, nec aliquod aliud cum pignore, vel sine pignore nec cum fidejussore, nec cum sacramento, nec ullo alio modo sine consilio et voluntate patris vel sine consilio bajulorum illius qui in bajula fuerit, si ille qui patrem habet uxorem non habet vel non habuit. Quod si aliquis vel aliqua vel alieni patrem habenti sine consilio et voluntate patris, vel alicui in bajulia sine consilio et voluntate bajulorum sub cujus bajulia fuerit pecuniam vel aliquod aliud præstiterit cum pignore vel sine pignore, nec cum fidejussore, nec cum sacramento, vel aliquo modo, si ille qui patrem habet, uxorem non habet vel non habuit, ille homo qui patrem habet nec pater eius, nec eorum res, nec ille qui in bajula fuerit, nec res eius, non teneatur ullo tempore creditori illi sine creditrici nec eorum ordinio: nec teneatur fidejussor creditori, sine creditrici nec eorum ordinio, nec debitor fideijussori, nec teneatur de pignore si

---

missum habuerit, nec de sacramento teneatur si factum habuerit ; si verò aliquis vel aliqua alicui de T. patrem habenti existenti in alia patria causa necessitatis aliquid prestiterit, teneatur inde cognitione consulum T. ille qui patrem habuerit ».

(L) Du Cange (Glossaire) donne au mot : *Cabale*, l'acception de : *Capitale, summa capitalis*, en citant le Règlement fait par les consuls de Toulouse, en novembre 1197, sur les dettes et actions pour dettes. (V. ce règlement dans Catel. *Hist. des comtes de Toulouse*, pp. 237 et séq. et *Hist. du Languedoc*, éd. Privat, tome VIII, cc. 446 à 448). Ce mot, sous la forme *cabal* ou *cabau*, aurait, d'après cet auteur, la même signification dans les Coutumes de Bordeaux, art. 49, 50, 56, et de Bayonne, titre 3, art. 21, 22. 23. Il cite également Goudelin, qui a employé ce mot dans le sens de : « Fonds d'un marchand, toute sorte de denrée ou marchandise ; *bendre soun cabal* = vendre sa marchandise, sa boutique ». Dans les *Joyas del gay saber*, p. 94 vers 11, on trouve : « Tout le cabal et gasaing n'es anat », parce que les bergers ont laissé manger le troupeau par les loups. Le traducteur a mis : « Tout le cheptel et gain s'en est allé ». Enfin, Du Cange cite les art. 114 et 117 des Coutumes de Bergerac, où le mot : *cabale* aurait l'acception de *cheptel*. Plus près de notre région, dans le Béarn, *cabal* signifiait : *complet, parfait — franc, loyal*, (Lespy. *Dict. Béarnais*), tandis que Luchaire (*Recueil d'anciens textes gascons*) donne le sens de : *riche, puissant*. Nous avons employé les mots : *cheptel* et *capital*, qui nous paraissent être le sens exact du mot : *cabal* dans le premier et dans le second cas où il est employé à l'art. LIII de notre Charte.

(LI) Le mot : *molher* a, dans nos dialectes, la signification de : *Femme mariée*. La dernière disposition de l'art. LIII concerne certainement le fils, ainsi que nous l'indiquons après le pronom : *il*.

(LII) Le mot : *penherar* = *saisir gens ou choses*. Nous ne pensons pas qu'il ait cette acception à l'art. LVIII. Le mot est encore employé, en nos pays, par les gardes forestiers ou champêtres, dans les délits de bois, eaux, etc., ou à l'occasion de la police dans les villages. Alors, *penherar*, c'est : *dresser procès-verbal contre le délinquant, avec saisie ou non du corps du délit*. — En ce qui concerne le chemin, il faut se rappeler qu'il y avait, d'après la Charte, « sauvegarde » sur les voies publiques, à Saint-Gaudens.

(LIII) Il faut probablement entendre cette expression : *en maison* dans le sens qu'indique l'Ordonnance faite à Toulouse, en 1152, sur les représailles : « ... Si aliquis faciat marcham, ducat eam *in domum suam* ;... ille qui marcham facit, eadem die vel altera ducat eam in plateam ad judicium proborum hominum... (V. *Hist. du Languedoc*, éd. Privat, tome V, col. 1164).

(LIV) Ainsi que nous le disons dans la note 163 du texte, nous considérons les mots : *de marcha en fora* comme étant une rubrique. Par suite, nous les mettons en titre d'article et nous ne les traduisons pas au commencement de l'article.

(LV) Le mot : *conquer*, — que nous avons traduit : *agir par force et violence,* suivant les expressions employées dans les statuts de Saint-Bertrand-de-Comminges. art. 9, — peut aussi signifier : *porter plainte* (au sujet de la *marcha*). Se reporter au mot latin : *Conqueri,* si fréquemment usité dans les Chartes de coutumes.

(LVI) Le Lexique de Raynouard et les divers dictionnaires ou glossaires que nous avons pu consulter ne donnent pas le mot : *tiensa.* Seul, le « Dictionnaire Béarnais », de Lespy, porte les mots : *tience, thience, thiensse* avec la signification de : *contenance.* Dans une donation à la commanderie de Saint-Antoine de Pont d'Arratz, faite le 14 août 1204 (Voir « Bullet. de la Soc. arch. du Gers », 1er tr. 1908), le mot : *tiensa* est employé, plusieurs fois, avec l'acception de : *tenances, tenures.*

(LVII) Nous avons ajouté à la rubrique les mots : *pour dette,* parce qu'il est dit, à sa fin de l'article, que *le gage doit être gardé jusqu'à payement,* ce qui ne saurait s'entendre que d'une dette.

(LVIII) On trouve cette même expression à l'art. 8 des statuts de Saint-Bertrand-de-Comminges : « Si dominus vel bajulus ponant aliquod bannum vel poderagium, seu *capiant poder* (sic) in aliquibus bonis vel rebus alicujus hominis civitatis predictæ... » *(Op. cit.)*

(LIX) Dans son Lexique, Raynouard donne au mot : *apoderar* — qu'il ne cite que sous la forme active, — le sens de : *surpasser, subjuguer, soumettre.* (tome IV. p. 584. col. 1. n° 13) Il le fait suivre (n° 15) d'un verbe également actif, *apoderir =* *maîtriser, dompter.* Lespy (*Dictionnaire Béarnais*) ne donne que ce dernier sous la forme réfléchie avec la signification de : *s'emparer, arrêter.* Dans la « Chanson de la guerre des Albigeois » (édit. P. Meyer), une même signification est donnée à ces deux verbes : « se rendre maître, faire grand effort. » *Apoderar =* *dominer* (vers 1365 et 3136) *s'emparer* (vers 1656), dans la « Chanson de la Guerre de Navarre » (édit. F. Michel). Nous trouvons le même verbe dans les « Poésies religieuses » du ms. de Wolfenbuettel (Rev. des Lang. Romanes, 2e trim. 1887) sous les deux formes active (vers 2499) et réfléchie (vers 2502) avec la signification de « efforcer, s'efforcer », donnée par l'éditeur.

(LX) Voir pour ces délais de procédure la note XVI des « Eclaircissements ».

(LXI) La « création » (*creat*) conférait l'investiture de la fonction pour laquelle on avait été « choisi » (*alhet*).

(LXII) Si le rédacteur avait voulu dire : *avec les autres prud'hommes,* il aurait écrit : *ab els autres,* (ou : *ab dautres*). Or, en cette matière, nos Chartes de coutumes sont très précises généralement. Il faut donc admettre une erreur de copie, répétée dans *B.* La Charte de Villeneuve-de-Rivière (Arch. dép. Haute-Garonne, E. 891) donne une bonne version : *dets = dix,* qui établit la correction de notre texte et précise l'élection des juges.

(LXIII) Voir note 180 du texte. *Landa =* lande, terrain plat, ce que n'a certainement pas visé le rédacteur de la Charte.

(LXIV) Il n'y a pas de doute pour nous que : *estar* signifie, ici, *demeurer*, au lieu de *ester en droit*, qui est sa signification dans la Charte, même quand il est employé seul, ce qui est le cas ordinaire. C'est pour préciser la nouvelle acception, que le rédacteur a cru devoir, croyons-nous, ajouter *a dret*, contrairement à son habitude, à *estar* dans la partie de l'article où ce dernier mot a véritablement cette signification.

(LXV) Nous avons ici dans le texte un changement de nombre inattendu, car le rédacteur, si ce n'est pas le copiste, est passée du singulier au pluriel sans aucune sorte d'indication nouvelle. C'est pourquoi nous faisons intervenir le maître dans le contrat dont il va être question, ce qui n'aura rien d'excessif, ni d'anormal.

(LXVI) Littéralement : « s'il y *avait pour ce même (ceis) contrat.*

(LXVII) Philippe-Auguste, roi de France (1180-1223) ; Raymond VI, comte de Toulouse (1156-1222) ; Raymond-Arnaud, évèque de Comminges (1188-1205). — Le jeudi se rapporte bien exactement au 12 juin 1203 ; mais l'indication donnée sur le cours de la lune convient au 12 juin 1202, qui n'etait pas un jeudi : le chiffre de l'épacte se réfère également à l'an 1202. En 1203, le chiffre de l'épacte est VI (et non XXV) ; le 12 juin de cette année-là correspond au 28e jour de la lune (et non au 26e). Mais ces derniers éléments sont considérés comme très secondaires par les computistes ; ils ne sauraient infirmer ceux-ci, qui les précèdent : *jeudi, 12 juin 1203.*

(LXVIII) Littéralement : *vaisselle.*

(LXIX) Philippe VI (de Valois), roi de France, (1328-1350), Gaston-Phœbus, comte de Foix, etc. (1331-1391) : Hugues I de Castillon, évèque de Comminges (1335-1351).

ÉCLAIRCISSEMENTS ET PREUVES

ÉCLAIRCISSEMENTS ET PREUVES

I

Dreyt e ley

(Préambule)

C'est le titre même de notre Charte, de laquelle nous avons déjà dit, dans l'introduction, qu'elle était un « livre de Justice et de Plaid » pour notre cité. Or ces deux mots : *dreyt e ley* ont, dans plusieurs documents de droit méridional, — et même dans notre texte, art. xviij. xx. xxxj et lxj, — deux acceptions très-différentes, celles de : *Droit et loi*, ou de : *Redevances et amendes*.

A ne considérer que la fin du plus grand nombre des art. de notre Charte, qui déterminent la fixation de l'amende due au seigneur pour crimes et délits, ainsi que les deux leudaires inscrits dans ce document, on serait tenté de traduire les mots : *Dreyt e ley* par : *Redevances et amendes*. Mais les dispositions contenues dans la Charte, lesquelles constituent un ensemble de lois, ainsi que le mot : *clamans*, employé immédiatement après dans le titre même, obligent de donner à ces mots leur signification de : *Droit et loi*, c'est-à-dire : *loi*, ensemble des prescriptions souveraines qui régissent individus et collectivités ; *droit*, ce qui découle de la loi ou est conforme à la loi.

Les coutumes de Perpignan (vers 1170) commencent par ces mêmes mots : « Los homens de Perpenya no deuen playdeyar, ne esser jutjas, per los usatges de Barchinona, ne per *ley* gotica, mes per les costumes de la vila e per *dret* la on les costumes defallen.... », ce que le texte latin rend ainsi : « Homines Perpiniani debent placitare et judicari per consuetudines ville et per *jura* ibi consuetudines deficiunt, et non per usaticos Barchinone, neque per *legem* Goticam.... »

II

Prosomes

(Art. I. II. IV. V. VII. X. XIV. XV. XIX. XXX. XXXII. XXXIX. L. LXX. LXXII. et LXXVII.)

Judges juratz

(III. XIV. XXXIV. LI. LII. LX. LXI. LXVII. LXIX. LXX.)

Bayle

(XX. XXI. XXXIV. XXXV. LIX. LX. LXVI.)

PROSOMES. — Nous savons, d'une manière générale, que les prosomes étaient désignés parmi les *anciens*, les *notables,* de la Cité.

Dans les *Olim* (t. I. p. 1009), le comte Beugnot rappelle que « les traditions, en vertu desquelles une sorte d'autorité était déléguée aux anciens de la localité, remontaient à une époque fort ancienne ; car les Capitulaires consacrent cette autorité. Louis-le-Débonnaire ordonna aux *missi* de choisir dans chaque comté les personnes qu'il désigne sous le titre de *meliores* et *veraciores*, pour faire les enquêtes, constater la vérité des faits judiciaires et servir d'assesseurs aux comtes, quand ils rendent la justice. Plus tard, on les appela : *prudesomes*, bons hommes, hommes sages, suffisantes personnes... »

Les *prosomes* de notre Charte remplissent toutes les attributions déterminées par Louis-le-Débonnaire. Mais il eut été intéressant de connaître dans quelles catégories de personnes nos *prosomes* étaient pris. Malheureusement, notre Charte ne donne aucun renseignement sur ce sujet ; comme presque toutes les *Coutumes* que nous avons pu consulter, elle révèle, purement et simplement, ce corps d'administrateurs de la cité. Toutefois, nous excepterons celles de Moissac et de Perpignan, — cette dernière surtout, — qui indiquent les catégories de personnes qui fournissent les *prosomes*. Nous ne nous arrêterons pas aux renseignements donnés par la coutume de Perpignan, parce que l'organisation administrative de cette ville, au xii⁰ siècle, différait trop de celle de Saint-Gaudens à la même époque ; mais nous utiliserons celle de Moissac.

L'art. 1ᵉʳ de la Charte de Moissac (première moitié du xii⁰ siècle), où il est dit que la ville est placée sous le patronage des saints Pierre et Paul, se termine ainsi : « E aisso, elh (le seigneur-abbé) feiro ab coselh e ab voluntat e ab autreiamen dels *prosomes*, so es assaber : dels *monges* e dels *cavalies* e dels *borzes*. » Ainsi donc, les trois ordres étaient représentés dans le conseil des *prosomes* de Moissac ; il faut remarquer toutefois que Moissac était une abbaye et que *monges* n'a pas la même signification que : *prestres*, ce dernier nom désignant plus spécialement les membres du clergé séculier.

Quand, en 1203, le comte Bernard fait établir pour lui la Charte des Coutumes de Saint-Gaudens, il confirme celles-ci devant vingt-trois témoins, dont un prieur (celui de Roquefort, Haute-Garonne, prieuré de l'abbaye d'Alet, département de l'Aude), douze nobles (?), dix bourgeois (?). Ce prieur ne faisait certainement pas partie du clergé de Saint-Gaudens, ville dont l'église collégiale relevait de Saint-Bertrand-de-Comminges et comprenait des chanoines et des prêtres séculiers ; quant aux nobles, ils avaient leurs possessions hors de la cité, à en juger par les noms qu'ils portent, mais ils étaient tous Commingeois ; quant aux autres, nous avons trouvé les noms de quelques-uns d'entre eux dans des documents du xii⁰ et du xiii⁰ siècle. (Archives départementales. Montsaunès. *Ordre de Saint-Jean de Jérusalem)* ayant trait spécialement à Saint-Gaudens.

De ces renseignements, il n'est pas possible de tirer une conclusion bien précise sur l'ordre social auquel appartenaient les personnes entrant dans le conseil des *prosomes* de Saint-Gaudens. La Charte ne fait jamais allusion au clergé ; elle ne s'occupe que des *cavers*, *borges*, *pages* ou *vilas*, pour les traiter le plus souvent, sur un pied d'égalité bien caractéristique, car on ne s'y sert guère que du mot : *home* = sujet, vassal, pour les désigner.

Plus près de Saint-Gaudens, à l'Isle-en-Jourdain, une charte est octroyée en 1190; elle porte ceci, qu'il semble utile de relever « Si aliquis miles, vel alius burgensis, vel *alius probus homo* istius ville... *(Nouvelle Revue d'histoire du Droit.* Toulouse, 1881. n° 643.) Quel était cet « autre *prodome* » non chevalier, non bourgeois ?...

Le corps des *prosomes* de Saint-Gaudens se divisait en deux parties : les *prosomes* proprement dits ; les *judges juratz,* prosomes eux-mêmes et désignés pour ces fonctions par leurs collègues. Ces juratz étaient chargés de l'administration de la justice. Les autres *prosomes* avaient dans leurs attributions tout ce qui concernait les cautions, l'ordre public, la responsabilité du père de famille, l'adultère, les représailles, les appels contre les jugements rendus par les juges juratz.

JUDGES JURATZ. — Chaque année, huit jours avant la fête de Saint-Jean — vers le 16 juin — le corps des *prosomes,* y compris les *judges juratz* en exercice, choisissait et créait les juges juratz qui devaient entrer en fonctions, le 24 juin. Dès qu'ils étaient choisis *(alhetz)* par les *prosomes,* ils recevaient de ceux-ci l'investiture *(creatz);* le seigneur ou son bayle ne semblent intervenir ni dans l'élection, ni dans l'investiture, car le bayle — fait bien significatif — devait renouveler, tous les ans, devant les prosomes, le serment relatif à l'exercice des fonctions judiciaires, en même temps que les *judges juratz.* Cependant, cet officier du seigneur n'était pas soumis au renouvellement annuel.

BAYLE. — Quand on compare la situation, à Saint-Gaudens, de cet officier du seigneur à celle qui était faite aux bayles dans d'autres régions limitrophes du Nébouzan, on est surpris de constater la dépendance de cet agent vis-à-vis des *prosomes* et des *judges juratz.* D'abord, le seigneur pouvait ne pas avoir ce délégué, d'une manière permanente, à Saint-Gaudens ; mais, s'il voulait l'y établir, il ne pouvait le faire qu'après agréement, par les *prosomes,* de la personne désignée.

Son rôle est, du reste, bien effacé. La justice appartient au seigneur, aux prosomes et aux juratz. Même, en cas d'appel d'un jugement rendu par les juratz, le bayle ne fait pas partie du nouveau conseil qui doit juger cet appel : c'est le seigneur, *la première fois qu'il viendra dans la ville,* qui doit réunir ce conseil où entreront six prosomes autres que ceux dont la sentence est frappée d'appel. (art. LXX). Cependant, (art. XXXV) on lui reconnaît le droit de mettre fin, par accord préalable, à une plainte quelconque ; il intervient dans l'exercice du droit de représailles et lorsque le seigneur appelle une affaire à lui. En somme il n'est chargé que de certaines cautions, de régler la vente du vin, de rechercher les voleurs... On reconnaîtra qu'il y a loin de ce bayle à celui dont les fonctions sont décrites par A. Molinier dans son « Étude sur l'administration féodale dans le Languedoc, du Xe au XIIIe siècle ».

III

Lau dels prosomes ou dels judges

(Préamb. VII. XIV. XXX. XXXII. LXVII)

La signification exacte du mot : *lau*, tel qu'il figure dans la Charte, nous paraît utile à déterminer, au point de vue juridique.

Nous trouvons ce mot dans un vers de la « Chanson de la Croisade contre les Albigeois », où il est inséré avec toutes les formes grammaticales correspondant à celles de notre Charte. Il s'agit des conditions imposées par le Légat au comte de Toulouse. L'une d'elles est la suivante : *Per lau del rei de Fransa de trastot passaran.* (Ed. P. Meyer, 1875. t. I, vers 1400, p. 65). Raynouard, qui cite ce vers dans son Lexique roman, au mot : *laus, lau* (t. IV. p. 28) traduit : *Par l'avis du roi de France derrière entièrement ils passeront.* La traduction de P. Meyer est différente : *En toutes choses ils se conformeront à la volonté du roi de France.*

Les autres textes que nous pouvons consulter ne nous fournissent pas une phrase dont tous les éléments correspondent littéralement ou presque littéralement aux art. de notre Charte où figure le mot : *lau* ; mais les coutumes d'Albi, de 1220, contiennent, à l'art. 8, un passage dont les dispositions correspondent à celles de l'art. XXXII de notre texte. Le voici : « E dissero mai que s el bisbe avia plach ni contrast ab lunh home... de la vila d'Albi, deu lo far *lausar als prohomes* de la vila. Et si eill *lausar* no l volio, que el lo fezes *lausar* ad altres... » Et plus loin, dans le même art., il est dit que, dans les procès, « deuo aver (el bisbe) per justicia la tersa part... d aquel que seria condempnats per *lauzamen...* Il n'est pas douteux qu'il s'agit dans ce texte de *jugement, de sentence.*

Dans la coutume de Moissac du XIIe siècle, nous trouvons aux art. 6, 7, 13, 14, 19, etc., le mot : *jutjamen* là où certainement les rédacteurs de notre Charte auraient mis : *lau.*

Du Cange, dans son « Glossarium » donne deux fois le mot : *laus* à *laudare* 2 et 4. col. 73 et 74) avec la signification de : 1° *Consilium* (à *Laudare* 2), en citant un texte ainsi conçu : « *Rex Angliæ assignavit in terra sua, ad laudem et consilium regis Franciæ et archiepiscopi Remensis...* » 2° *Consensus* (à : *Laudare 4*). Plus loin, il donne les mots : *Laudimium, Laudamentum*, avec la signification de : *Consensus, facultas ;* et *Laudum 1* et *2*, avec celle de : *Représailles* au 1er et de *sentence d'arbitre* au 2e, ainsi qu'on le trouve, du reste, aux Fors du Béarn de 1522, à la rubrique : *Deus arbitres*, sous la forme suivante : *Los arbitres deben pronuncia lor laud et arbitrage en lo loc ond es estad autrejat*, ainsi que dans une sentence d'arbitrage prononcée en 1284 entre l'abbé de Bonnefond et le Commandeur de Montsaunès au sujet du port de Lestelle sur la Garonne (Arch. départ. de la Haute-Garonne. Montsaunès. Liasse 3 n° 5), où, par deux fois, on lit : *lauda seu arbitrio.*

Enfin, dans les préambules de concessions de Chartes et dans un grand nombre d'actes, le mot : *lausar* a la signification de : *approuver*, comme, par exemple, dans la coutume de Soule, chap. *Deus damnages*, où on lit, à l'art. vii : « Los senhors de Casamayor.... per l'interest de lors vedats, so son opposats ad aquest article ; totz los autres an *laudat*... »

Nous ne signalons que pour mémoire l'expression : *ostaus laus* employée dans le censier du Béarn établi en 1385, que l'on a traduite par : *maisons abandonnées*.

Si maintenant, nous nous reportons aux articles de notre Charte, nous trouvons : art. viij, relatif aux disputes : « fin ne deu far ab lo senhor per *lau* dels prosomes » ; art. xiv, relatif à la trahison : « lo senhor li deu fer estar, si clam n a, per *lau* dels judges », et si le jugement de condamnation advient, le condamné « deu saccordar ab lo senhor per *lau* dels prosomes » ; art. xxx, le père qui répond des dommages causés au seigneur par son fils, « deu passar per *lau* dels prosomes » ; art. xxxij, — déjà cité plus haut, à propos des coutumes d'Albi, — si on a procès avec le seigneur, « s en deu passar per *lau* dels prosomes » ; art. lxij., celui qui a donné les cautions, « deu passar per *lau* dels judges ».

Notre conclusion est que : *lau = sentence arbitrale*, quand il s'agit de la juridiction des *prosomes*, et = *jugement*, quand il s'agit de celle des juges jurats.

IV

Conoissensa, conoysensa dels prosomes

(Art. i. vi. xiv. xv.)

Il n'y a, à notre avis, entre les termes : *Conoissensa* et *lau* qu'une nuance, qui existe encore aujourd'hui entre la connaissanse d'une affaire et son jugement.

Les statuts de Saint-Bertrand de Comminges (1207) contiennent, dans plusieurs art., l'expression : *cognitio et ordinatio*, qui représente à ne pas en douter les mots : *lau e conoissensa* de notre texte. Et à ce sujet, l'art. 1er de ces statuts nous paraît particulièrement intéressant. Nous le donnons d'après l'*Inventaire sommaire des Archives départementales de la Haute-Garonne*. Série E. Commune de Saint-Bertrand-de-Comminges. 1909. : ... ille qui fecerit clamorem seu conquestus fuerit domino vel bajulo, det et dare teneatur primo fidejussores, et præterea, ille a quo clamor factus fuerit, pro posse suo, de stando juri de illo negotio seu pro illis de quibus clamor factus fuerit, et judicatum solvi, *cognitioni et ordinationi* proborum hominum seu consulum *(judges jurats,* de notre Charte) civitatis prædictæ. Et si aliquis prædictorum dicat se non posse fidejubere modo prædicto, teneatur illud jurare in initio dictæ causæ, et dominus civitatis prædictæ debet facere *judicare et cognoscere et terminare* dictam causam... » (V. aussi les art. 3, 4, 6, etc.)

Dans la coutume de Moissac (art. 16, 18, etc.) la formule : *a la connoyssensa dels prosomes*, est employée avec le sens de : *apprécia-
tion*, à ce qu'indique le traducteur, M. Lagrèze-Fossat, avocat *(Etudes
sur Moissac, t. I.)*

V

Cosselh dels prosomes e dels jugges

(Art. III. IV. XXXIV. XXXIX. LXI. LXIX.)

Le mot *cosselh* n'a jamais dans notre Charte le sens d'*assemblée*.
Il indique, lui aussi, une nuance dans le langage juridique du Moyen-
Age. Du Cange, à : *consilium 3* donne la signification suivante :
Favor, consensus, laudimium (V. la note III suprà.) Et *cosselh*
touche de bien près, en effet, à *lau* et à *conoissensa*.

Les statuts de Saint-Bertrand-de-Comminges, élaborés en 1207,
contiennent, à l'art. 10, § 2, à propos de l'adultère, la même expression
que la Charte de Saint-Gaudens, art. IV., relatif lui aussi au même
fait. Voici ces textes. *Saint-Bertrand* : celui qui, surpris avec une
femme, aura pu fuir jusqu'au chemin ou jusqu'à la rue, ne devra pas
être arrêté, « sed potius, (dominus vel bajulus) debet ipsum dimittere et
liberare *cum auctoritate et cum consilio* consulum seu proborum
hominum.... » *Saint-Gaudens* : « anz lo deu solber *per cosselh* dels
prosomes... »

Le mot *cosselh* a donc la signification de *sentence*, comme *lau* et
conoissensa, quand il s'agit des prosomes.

VI

Fizansas

(Art. I. XIII. XIV. XVI. XXX. XXXVI. XLIII. LXVI. LXVII. LXX)

Il ne paraît pas utile de rappeler ici le rôle que jouait la caution autrefois dans les affaires privées et dans les actions en justice. Nous nous
contenterons d'indiquer le fonctionnement des *fizansas* dans nos
régions ; il n'est pas donné par notre Charte ; nous le prendrons dans
les Coutumes de Montauban (Tarn-et-Garonne) de 1194, date qui se
rapproche beaucoup de celle de notre Charte ; de plus, cette région
était, autant que la nôtre, tributaire de Toulouse, au point de vue du
droit coutumier ; nous pouvons donc avancer que les règles qui régis-
saient les cautions à Saint-Gaudens, en 1203, étaient probablement
semblables à celles en usage à Montauban, en 1194. Du reste, pour
s'en convaincre, il suffira de relire les art. I et LXVII, de notre Charte.

Tout homme qui portait plainte au viguier *(au bayle, à Saint-Gau-*

dens) devait donner des cautions au viguier pour le seigneur, s'il le pouvait ; et il devait les donner en même temps qu'il déposait sa plainte. Cependant, s'il ne pouvait les donner, sa plainte devait être néanmoins acceptée, mais il devait jurer qu'il ne pouvait donner de cautions pour cette plainte ; sa plainte, après ce serment, était acceptée et l'affaire poursuivie.

Le viguier faisait ensuite venir devant lui celui ou celle contre qui on avait porté plainte ; il demandait des cautions à celui-ci ou à celle-ci, en lui accordant, pour les fournir, jusqu'au lendemain, s'il était de la ville ; ce délai, pour les étrangers, était fixé par le viguier, après accord avec ceux-ci.

L'habitant de la ville était tenu de retourner, le lendemain, devant le viguier, avec ses cautions, s'il avait pu les constituer ; et s'il ne l'avait pu, il devait jurer qu'il se présenterait devant les juges au jour fixé.

Si l'habitant de la ville n'était pas revenu devant le viguier le lendemain du jour où il avait été appelé pour fournir les cautions ou pour prêter le serment, le viguier devait le faire saisir *(penhorar)* chez lui et le contraindre à donner les cautions ou à prêter le serment.

Et quand cet habitant avait donné cautions ou prêté serment, le viguier devait lui dire qui se plaignait de lui ; et il fixait ensuite la date à laquelle *on plaiderait ;* cette date se comptait du jour où les cautions avaient été ou auraient du être fournies. (V. aussi note XVI *infrà* sur les *Délais de justice et procédure.)*

Nous voudrions appeler l'attention sur l'*état* des cautions tel qu'il résulte du droit coutumier. On peut dire que, dans ce droit, la caution était sans protection. En effet, on trouve dans presque toutes les chartes de Coutumes en vigueur dans le Midi de la France, la défense d'accepter comme habitant du lieu où la charte est établie tout débiteur, *caution* ou malfaiteur. La charte de Saint-Antonin-de-Rouergue, faite en 1144, contient à ce sujet un passage particulièrement intéressant, qui commence le document : « et assecuramus omnes homines ville, qui modo in ea sunt vel in posterum sunt futuri, ... et universos alios homines et feminas quicumque per predictam villam transitum fecerint, quod eis nullam vim ingeramus, neque peccuniam vel aliquid eis de suo auferamus, *nisi aliquod malefactum ibi fecissent, vel debitum ibi deberent, sive fidejussores aliquibus essent* ». Dans les Fors de Béarn (art. 37, éd. Mazure et Hatoulet p. 16), il est dit : « Que thienquen los camiis saubs, et nulh franc hom noy lexen penherar. ni marcar, *si fidance o pagador no es* ». Et cependant qui pouvait être reçu comme caution ? Le For de Morlaas nous donne la réponse dans son art. 130 : « Totz hom deu esser recebut per fidance si pot mustrar cause valentz de la domana e la ley, » texte traduit ainsi : « Tout homme doit être reçu pour caution, s'il peut montrer choses valant la demande et l'amende. » La Charte de Saint-Gaudens s'exprime ainsi à leur sujet (art. XLIII.) : » Totz los homes e las femnas qui al marchad bieran del dimercles enssus tro al diyaus a la neyt son seguts del senhor e de totz los homes de la viela, *si fiansa o deutor no es o malfasedor.* » Et l'on comprend, par suite, la protection dont l'Eglise tenta de les couvrir en 1044, « dans l'Aquitaine premièrement, dans le reste des Gaules ensuite », selon l'expression de Marca

(*Hist. du Béarn.* l. v. ch. xiv. § v), car elle prescrivit d'infliger la mort ou le bannissement, ou l'excommunication, à quiconque « depuis la Vespre de la 4º Ferie ou Mercredi, jusqu'au commencement du jour de la seconde Ferie ou Lundi ensuivant » ferait de son autorité privée saisie sur les cautions. Mais il en fut de cette tentative de protection comme de bien d'autres bonnes propositions contenues dans la « Trève de Dieu ».....

VII

Traysio . Batalha estacada . Arramida

(Art. xiv et xviii)

L'acception de ce mot : *Trahison* était la suivante en 1283, d'après Ph. de Beaumanoir. *Coutumes de Beauvaisis . art.* 826 et 827 : « Traïsons si est quand l'en ne moustre pas semblant de haine et l'en het mortelment ; si que, par la haine, l'en tue ou fet tuer ; ou bat et fet batre dusques a afoleure *(blessure)* celui qu'il het par traïson. Nus murtres n'est sans traïson, mes traïson puet bien estre sans murtre en mout de cas ; car murtres n'est pas sans mort d'homme, mes traïsons est pour batre ou pour afoler en trives ou asseurement (*sauvegarde*) ou en aguet-apense ou pour porter faux-tesmoing pour celi metre à mort, ou pour li deseriter, ou pour li fere banir, ou pour li fere haïr de son seigneur lige, ou pour mout d'autres cas semblables.. »

Les Fors du Béarn, aux art. 155, 157 et 182, (Mazure et Hatoulet, pp. 59 et 69) exposent que l'accusation de trahison pouvait être portée contre quiconque n'observait pas le serment fait, les traités signés, les accords consentis, etc., comme dans le Beauvaisis ; l'on employait, pour porter cette accusation, des formules semblables à celles contenues dans les lois barbares, lesquelles, parait-il, étaient encore en usage dans nos régions au xivᵉ siècle, malgré le concile de Latran (1215) et les Etablissements de Saint-Louis (1266-1270). L'accusateur se présentait avec l'accusé devant le seigneur. Il devait dire : « Tu es proditor. » L'accusé répondait : « Mentiris ; et sum paratus purgare me cum armis. » Sur la réplique du premier : « Et ego dicam tibi », le seigneur devait exiger des otages de chacune des parties. (V. *Textes additionnels aux Anciens Fors de Béarn.* Brissaud et P. Rogé, p. 107.)

Les choses se passaient-elles ainsi à Saint-Gaudens ? L'art. xiv de notre Charte, qui se rapporte à cette accusation, ne contient aucune formule ; mais les termes mêmes du commencement de l'art. donnent à penser qu'on se conformait à cette manière de faire. En effet, il porte ceci : « Si lunh home de Saint-Gaudens apera lautre de traysio, e l ditz de que, e l autre l en desment e no l ac estaca ».... où l'on retrouve le formulaire du Béarn. « Mentiris ; et sum paratus purgare me cum armis. » Toutefois il résulte de nos recherches que le mot : *estacar* (*estacament*, substantif) avait deux acceptions :

l'*estacamentum de directo*, qui était l'engagement de répondre à l'accusation devant des juges, et l'*estacamentum de batalia*, qui était l'engagement d'accepter le duel. Il semble que, dans notre texte, il s'agit simplement de l'*eotacamentum de directo*, puisque le seigneur « *li deu fer estar* », c'est-à-dire : *ester en droit*, suivant la signification presque constante du mot *estar* dans la Charte.

L'art. XVIII vise l'*estacamentum de batalia*. Il fait connaître que le seigneur recevait après le duel les armes du vaincu et la moitié du gage de bataille (*arramida*), s'il y en avait. Car la *batalla arramide*, c'était le duel arrêté, convenu, gagé (V. Raynouard. « Lexique Roman », au mot : *Aramir* ; la « Chanson de la Guerre contre les Albigeois ». P. Meyer, p. LXXVI ; la « Cronica del Rey, don Pedro IV.» éd. A. Bofarull, p. 231 ; « La Vasconie. » De Jaurgain. t. II. pp. 396 et 398.)

Nous croyons devoir signaler, au sujet du duel, une particularité que nous révèle l'art. XVIII : alors que, dans le nord de la France et dans le comté de Barcelone, le duel était réservé aux nobles et bourgeois, il était autorisé à Saint-Gaudens parmi les *pages* ou *vilas*. Avait-il lieu entre égaux seulement ? Très probablement, oui. En tous cas, l'amende imposée par le seigneur, en sus de la prise des armes et du gage, était établie suivant une gradation, qui est un document sur l'état des classes sociales à cette époque : elle varie, en effet, considérablement entre les chevaliers (60 sous) et les bourgeois (10 sous), tandis qu'elle ne varie que de la moitié entre le bourgeois et le vilain, qui paye 5 sous.

VIII

Dex et terminis

(Dex : Art. LIX. LX. ; *Terminis* : Art. V. VI. VII. IX. XLVII, XLVIII. LXI.)

Le mot : *Dex*, qui a disparu de nos idiomes modernes, est fréquemment employé dans les chartes de fondation et de coutumes des villes méridionales. On lui attribue le sens de : *frontières, limites de territoire, banlieue, détroit ou district, domaine communal et rural, juridiction*, etc. Il a même, au XIIIᵉ siècle, la signification d'*amendes rurales*. Et encore de nos jours, à Toulouse, où il est resté sous la forme inexacte de *dixainiers*, au lieu de : *dexeniers*, il s'applique aux répartiteurs d'impôts désignés dans des quartiers de la ville.

Catel, dans l'*Histoire des comtes de Toulouse* dit que, entre les années 1141-1147, le comte Alfonse accorda des franchises « à ceux de Toulouse et à ceux qui sont *de salvitate*, c'est-à-dire : de la sauveté, qui sont encores dans les limites et bornes de la sauveté, que nos coutumes appellent : dans *le dex de Toulouse* ; peut-être parce que les bornes étaient marquées par des croix, comme dit cet ancien titre, lesquelles en chiffres veulent dire dix, ou *dex*, en langage du pays ». Cette étymologie est très contestable ; il semble plutôt, comme le dit

de Laurière, dans son « *Histoire du droit Français* », que cette dénomination se rattache à des traditions agraires et que « le *dex* de Toulouse et de Béarn a la même origine que la *quinte* d'Angers et de
Poitiers, que la *septaine* du Berry. » La signification de ces derniers
noms serait : *Banlieue de cinq milles, de dix milles ;* ou bien
encore : *Étendue d'une juridiction qui renfermait cinq, sept, dix
villages.* (V. *Gloss.* Du Cange. aux mots : *Deci, Dextrorum* et *Quinta.*)

Dans la Coutume de Toulouse, de 1283, et dans celles de quelques
lieux de la Gascogne toulousaine, le mot : *Dex* est employé concurremment avec *Termini.* On lit, en effet : au titre vi, art. 2, de la
Coutume de Toulouse : « *in Tolosa et infrà dex seu terminos* » ;
à l'art. 5 de la Coutume de Sainte Livrade, de 1248 : « *infra dex et
terminos ejusdem castelli* » ; à l'art. 18, qui fixe les limites des terres appartenant au château de Sainte Livrade, on lit : « *dixerunt et
concesserunt et affirmaverunt quod dex et termini* supra dicti castelli
sunt et esse debent usque... » etc. Dans la Coutume de Pradère, de
1280, les mêmes expressions : *infra dex et terminos* sont employées
à l'art. 2, tandis que dans les Coutumes de Thil et Bretx, de 1246, à
l'art. 24 où sont fixées les limites, on lit seulement : « Et *dex* sunt et
tenent tantum quantum tenet territorium de Tilio et de Brez, videlicet
usque.... »

En ce qui concerne le Béarn, cité par de Laurière, nous nous contenterons de signaler la Charte du Pont de Navarrenx (1188, d'après
Mazure et Hatoulet ; 1288, d'après P. Rogé. *Étude sur les Anciens
Fors*), où ce mot est souvent employé : « Conegude cause sie à totz que
Mossen Gaston... volo e establi que a Navarrenxs ayos pont de peyra
e marcat ... e mustra (*assigna*) *dexs* au marcat en aqueste forme, so es
assaver : deu gave entroo l arriu.... aixi cum la crotx talha ; e volo e
establi que, dens los *decxs* deu dit marcat, totz hom sie saup... ; et
volo et establi que dens los *decxs* fara mort... que **pagui**... ley
doble... ; volo e establi que per plaga leyau feyte dens los *decxs* deu
marcat, que pagui... ley au senhor e au plagat... ; volo e establi que
tot homi e tote fempne qui au marcat bieran sian saubs... e qui
desaguiis los fara fore los *decxs* deu marcat, qu'en paguas la ley
acostumade ; e que tot penhere... sian saubs, si doncxs dents los
decxs deu marcat... l'embarch no ere estat feyt... »

Mazure et Hatoulet, dans la traduction des Fors, donnent au mot :
Dex, la signification de : *Limites, enceinte, juridiction,* alors que
Lespy, dans son « Dictionnaire Béarnais » donne celle de : *Limite,
étendue de plaine ou de montagne limitée* et cite les exemples
suivants : « *Cadu a soun dec* = Chacun dans son quartier de montagne, disent les pasteurs d'Aspe ; *A Orthez dens los degs de la
viela* = A Orthez, dans les limites (dans l'étendue) de la ville. »

Plus près de Saint-Gaudens, dans la Bigorre, nous trouvons ce mot
dans une nomenclature assez compliquée. La Coutume de Bagnères
(1171) le mentionne trois fois : la première mention a trait à l'étranger
qui tue un Bagnérais ; les *dex* de la ville lui sont interdits pour
toujours. La deuxième mention concerne le duel. qui doit avoir lieu :
« els dex dentz la biele de Banheres, » La troisième mérite d'être
citée : « *Que posqan (nostres borzes de Banheres) pronar totas
lors heretats, e lors dex, e lors termes, e lors padoentz.* »

P. Dognon donne la définition suivante de ce mot dans les *Institutions politiques du Languedoc* (p. 34, note 3) : « *Limite et zône comprise dans cette limite.* » Cette définition nous paraît incomplète. Le *dex*, à notre avis, est la *zône de terrain comprise entre les murs de la ville et les limites de celle-ci, et sur laquelle s'exerce la juridiction du seigneur et des prosomes de la ville*, point qu'il ne faut pas oublier, quand il s'agit de déterminer la signification du mot : *Dex*, pendant la période féodale.

C'est aussi la définition du mot : *Terminis*.

IX

Caualgada

(Art. XVII. XIX. XXIX)

Un document de 1191, publié en français par Fossa dans son *Mémoire pour l'Ordre des Avocats de Perpignan*, donne sur la chevauchée, — si intimement liée à la *marca*, comme on le verra à la note XI ci-après, — des renseignements que nous croyons utile de reproduire :

« Moi, Pierre, par la grâce de Dieu, roi d'Aragon, comte de Barcelone ; pour moi et mes successeurs, j'accorde et permets fermement par cette Charte, valable à perpétuité, à tous mes hommes de la ville de Perpignan..., que si quelque personne qui ne sera pas de notre dite ville fait quelque tort, offense ou injure à quelque homme ou femme de ladite ville, en les frappant ou de tout autre manière, celui qui aura reçu le dommage ou l'injure s'adressera aux Consuls, au baillif et au viguier qui se trouveront en charge dans notre dite ville ; que sur les représentations des plaignants, les Consuls, avec mon baillif et le viguier, se transporteront de suite, sans retardement, sur les lieux, ou manderont celui qui aura fait le tort, l'offense ou l'injure ; que s'il refuse de venir, ou de restituer, ou de faire la réparation qu'ils croiront juste conformément au droit et à la raison et aux usages et coutumes de ladite ville, nous voulons et de notre autorité royale ordonnons que les consuls, avec nos baillif et viguier et avec tout le peuple de Perpignan, marchent et poursuivent ensemble, *à main armée*, le malfaiteur qui aura fait le tort ou l'injure, jusques dans la ville où il se sera retiré et où il aura ses effets. Il ne pourra être formé aucune plainte, ni poursuite, au sujet des méfaits et meurtres qui y seront commis. Si lorsque lesdits consuls avec nos baillis et viguier feront ces chevauchées, quelque habitant de Perpignan y reste sans une nécessité évidente, il encourra une amende de dix sous barcelonnais, qui seront employés aux réparations des murs de la ville... Les consuls seront dédommagés des frais qu'ils auront faits et du louage des chevaux, s'ils sont montés à cheval, aux dépens de celui qui aura fait le tort ou le dommage ».

On retrouve ces mêmes dispositions dans les coutumes de Laon (1128) et de Crespy-en-Valois (1215).

X

Penhorar et Penhs

(Art. XVII. XXXVI. XLVII. XLVIII. LVIII. LXIV. LXV)

Il s'agit dans notre Charte, de la saisie exercée, de son autorité privée, par le créancier contre le débiteur. Il est inutile de faire ressortir ici l'intérêt que présentent, au point de vue du droit coutumier et des mœurs, les dispositions contenues dans les articles cités en tète de cette note. Nous nous contenterons de signaler la façon dont s'opérait la saisie dans une région limitrophe de la nôtre : le Béarn. Nous puiserons les renseignements dans les Fors même et dans les Statuts de 1347 donnés par Brissaud et P. Rogé (*Textes additionnels aux anciens Fors du Béarn* :)

« La règle était, — disent Mazure et Hatoulet dans une note faisant suite à l'art. 144 des *Fors du Béarn*, — d'enlever les portes les unes après les autres et de les livrer aux créanciers ; mais c'était là l'extrême rigueur ; le créancier pouvait sommer le débiteur soit de tenir ouvertes et attachées les portes, soit de les laisser fermées en dehors ; si ouvertes il les fermait, si fermées il les ouvrait, alors le créancier usait de la loi et les enlevait ».

Les statuts de 1347 contiennent les dispositions suivantes résumées par les éditeurs : « On ne découvrira pas les toits des maisons, pour dettes, engagements ou cause quelconque ; les saisies se pratiqueront selon l'usage, en attachant les portes et en les ôtant de la maison pour les remettre au créancier, quels que soient le nombre et la nature de celles-ci ; le débiteur ne pourra placer à sa maison d'autre porte ou barrière (*barralh*), sous peine de six sous morlaas d'amende, pourvu que le fait soit prouvé par un jurat. »

Nous signalons dans notre Charte (art. LVIII) le cas qui y est spécifié et qui s'est perpétué dans nos régions avec le même mot et sous la même forme. Il s'agit du délinquant contre les règles établies pour l'exploitation des bois. Les gardes forestiers ne pouvaient dresser procès-verbal contre lui, s'il avait quitté le bois et se trouvait sur le chemin public. Dans le cas contraire, ils le « faisaient *pinhore* », formule que Du Cange dans son *Gloss.* cite et explique ainsi (t. V. col. 477 : « Pignus eris = In pignore mittere ». Ce sont des survivances bien curieuses, car nos forestiers se servent encore de ces mêmes expressions dans nos régions.

XI

Marca

(Art. XXIX. XXXI. XXXVIII. LIX. LX. LXI.)

Le droit de représailles à main armée, de *marca*, a une importance considérable au Moyen-Age. C'est pourquoi nous croyons utile de donner ici, sur ce droit, des renseignements qui éclairciront les dispositions, si obscures, contenues dans les art. LIX. LX et LXI. de notre Charte.

En 1152, les consuls de Toulouse font un Établissement portant :

(*a*) Que les habitants de Toulouse, ville et faubourg, qui se trouveront créanciers de gens demeurant hors de la ville pour valeurs livrées en marchandise ou en argent, ne pourront saisir personne dans Toulouse ou dans le faubourg, que le débiteur ou sa caution ;

(*b*) Que tous les hommes du Toulousain seront en sécurité dans la ville ou le faubourg à moins d'être débiteurs, cautions ou malfaiteurs ou d'habiter la maison de gens de cette espèce. Mais si quelqu'un du Toulousain commet un vol ou tout autre méfait à l'égard d'habitants de Toulouse ou du faubourg, il en sera porté plainte au seigneur du château ou du village où sera domicilié le malfaiteur ; et si le seigneur refuse de faire droit, le plaignant saisira, tous les habitants qu'il pourra (*pignoret quos potuit*) du dit château ou village ;

(*c*) Que si quelqu'un habitant hors du Toulousain cause quelque mal à un habitant de la ville ou du faubourg, il en sera porté plainte au comte de Toulouse ou à son viguier, qui en informera le seigneur de la terre par lettre ou par messager. Si le seigneur étranger refuse de faire justice, le plaignant aura le droit d'exercer des représailles à main armée (*faciat marcham*) contre les hommes de sa terre ; [1]

(*d*) Celui qui aura ainsi exercé le droit de marque mènera sa capture dans sa maison, sans pouvoir être inquiété en route, et il offrira d'en donner main levée ; si personne ne se présente dans le délai de deux jours, il conduira sa capture sur la place, au jugement des prud'hommes. Si ceux-ci décident que la capture n'est pas légitime, il fera droit au prisonnier. Faute de présenter la capture au jugement dans le délai de 2 jours, tout droit de marque sera perdu. Ces règles s'appliquent aux captures faites hors de Toulouse et qui doivent y être amenées. Quant à celles qui auraient été faites dans Toulouse, elles seront délivrées en payant justice (amende) au comte et ne donneront plus lieu à exercice du droit. (V. *Hist. du Languedoc*. Ed. Privat. Texte latin : t. V. Col. 1163. Traduction : t. VIII. p. 220.)

Voici quelques exemples de l'application de la *marque* donnés par. E. Labroue dans le « *Livre de vie de Bergerac* ».

« Guillaume, de Mussidan, fait réclamer 2 francs à Guillaume Séni, de Bergerac. Celui-ci ne veut pas ou ne peut pas les payer. Alors Guillaume, de Mussidan, prend *marque* sur la ville de Bergerac. Tant qu'il n'aura pas été payé, il considèrera tous les habitants comme responsables de son débiteur et il exercera ses ravages sur les biens et sur les personnes. En conséquence, il ordonne à trois pillards, qu'il prend à sa solde, de courir sus aux habitants. Les trois pillards se rendent aux environs de Bergerac et saisissent quatre laboureurs sur le plateau de Pombonne, à 2 kil. de la ville. Ceux-ci sont conduits à Mussidan et payent à Guillaume les 2 francs que lui devait Guillaume Seni. Les pillards se font donner 3 francs par ces mêmes laboureurs

---

(1) Les coutumes de Moissac (XIIᵉ siècle.) art. 52 et de Fousseret (1257) art. 30, contiennent les mêmes dispositions que celles des § a, b et c, de l'Etablissement de Toulouse de 1152.

« pour avoir mis à exécution, au risque de leur vie, la marque de Guillaume, de Mussidan. »

Dans une autre circonstance, deux habitants de Mussidan réclament 16 francs à la ville de Bergerac. Ils envoient un pillard de profession avec d'autres compagnons pour s'emparer de quelques uns de ses habitants. Six hommes conduisant six bêtes de somme revenaient de Lardeau (à 5 kil. de Bergerac). Ils sont pris et menés à Mussidan. Ils ne recouvrèrent leur liberté que lorsque la ville eut payé les 16 francs.

Ces faits, qui ne sont pas datés, se passaient probablement entre 1376 et 1382, date de la rédaction du « *Livre Vert* » par les jurats de Bergerac.

M. Clément-Simon a raconté à la Société des Sciences, Lettres et Arts de Pau (*Bulletin* 1872-73) un épisode se rapportant au *droit de représailles*. En 1462, les habitants de la vallée de Roncal, en Espagne, fondirent par surprise sur ceux de la vallée de Baretous, en Béarn. Ces deux vallées sont terre-tenant, suivant l'expression en usage dans nos régions. Les Roncalais enlevèrent 5000 moutons ou chèvres, 15 bœufs ou vaches, qui paissaient sous la garde de gens de Baretous aux ports (cols) de Lix et d'Erlus, en Béarn. Quatre prisonniers furent faits parmi ces gardiens. Pour regagner leur vallée, les Roncalais traversèrent la Soule. Ceux de Baretous les poursuivirent et invoquèrent le secours des Souletains, qui favorisèrent les Roncalais.

« Les Béarnais n'attendaient qu'une occasion pour se venger, pour exercer le *droit de marque ou de représailles*. Ils la trouvèrent au mois d'août. Ils se transportèrent en nombre aux portes de Roncal et s'emparèrent de 4000 têtes de bétail, parmi lesquelles ils prétendaient reconnaître plus de 200 têtes provenant de la razzia dont ils avaient été victimes. A leur tour, ils voulurent traverser la Soule pour se rendre à Baretous. Ils étaient arrivés non loin de Saint Agrace, lorsqu'ils furent arrêtés par les Souletains. Cinquante hommes armés de *balestes*, de lances, de boucliers, les attaquèrent, les dépouillèrent de leur prise, et la remirent ensuite aux gens de Roncal. Les habitants de Baretous, ainsi frustrés de leur vengeance, portèrent plainte à la cour de Lixarre »... La suite, qui ne nous intéresse plus, se déroule devant cette cour.

XII

Guid, Guiza, Guizoagge, Guizar

(Art. XXXIII. XXXVIII. XLI. XLII.)

Récemment, en parcourant les « Extraits des auteurs grecs concernant la géographie et l'histoire des Gaules », nous lûmes à la page 13 du t. VI § 85 le passage suivant écrit par Aristote en ses « Singularités merveilleuses » :

« De l'Italie part, dit-on, et va jusqu'à la Celtique, à la Celtolygie et à l'Ibérie une route dite Héraclée. Qu'un Hellène ou un homme du pays y passe, les voisins prennent garde qu'il ne lui arrive aucun mal, car ceux-là en porteraient la peine chez qui le mal se serait fait. » Et notre souvenir se reporta à ce que dit Marca, à la p. 354 de *l'Histoire du Béarn :* » On doit considérer le soin particulier que nos prédécesseurs prenaient de la seureté des chemins principaux, qui étaient commmis à la protection et sauvegarde spéciales du seigneur, ordonnant une peine plus dure à ceux qui font tort aux passants, que les lois Saliques, ni Lombardes, n'ont ordonné en semblable cas. Suivant cette police, les chemins publics furent commis à la défense du comte de Barcelone par les usages du païs, qui ordonnent que la paix et la trève y seront perpétuellement observées, et que les peines des excès seront payées au double. Aussi, l'un des préceptes que le chanoine de Liège Leuold de Northof donnait à Engelbert, comte de la Marche, était de conserver soigneusement la liberté des chemins publics de sa terre, et de châtier rudement ceux qui la violeraient. »

Cette sûreté, cette protection, cette sauvegarde, c'était le *guizoagge*, que nous avons déja signalé au § ɪᴠ de la IIᵉ partie de l'introduction. Nous allons dire comment il s'exerçait.

Certainement, les chemins fréquentés par les voyageurs et commerçants étaient peu nombreux au Moyen-Age et il suffisait, pour les tenir sûrs, d'échelonner le long de ces voies quelques postes fortifiés, de garder l'entrée d'un port (ou col) de montagne ; dans certaines circonstances de troubles intérieurs, on organisait un service de *cerca*,)patrouille), très-mobile ; en cas de guerre, le droit de *guiza* cessait. Les tributs de péage, qu'on prélevait presque partout sur le territoire, étaient employés au payement des gens tenant les postes ; la corvée fournissait les patrouilles. En outre, les possesseurs du péage devaient la *guiza* aux voyageurs et étaient responsables des violences commises contre ceux-ci. Tels étaient, *grosso modo*, les moyens employés pour assurer la protection sur les chemins.

L'art. 37 des Fors de Béarn (Mazure et Hatoulet, p. 16) contient les dispositions suivantes :

« Le vicomte a trois chemins qu'il doit défendre ; et si dans les dits chemins quelqu'un assaillit (*embadide*) un voyageur, qu'il paye au seigneur 66 sous d'amende et qu'il répare le dommage à celui qui aura été assailli. Qu'il tienne (le seigneur) les chemins sûrs et qu'on n'y laisse point saisir, ni marquer, (*marcar*, correction faite d'après la Glose latine par Brissaud et P. Rogé dans les « *Actes add. aux Anciens Fors* ») un homme franc, à moins qu'il ne soit ou caution ou débiteur. Ces dernières dispositions sont inscrites dans les coutumes de Saint Antonin de Rouergue de 1144 et dans les coutumes de Moissac (xɪɪᵉ s.), augmentées de l'obligation, pour celui qui demande *guid*, de n'avoir pas capturé ou mis en prison quelqu'un de la ville.

A ce sujet, la coutume de Moissac donne quelques détails intéressants :

Si un habitant de la ville ou du bourg veut aller pour ses affaires ou pour celles de la communauté en un lieu que!conque et qu'il s'adresse à un homme pour lui servir de *guid*, afin de voyager en sûreté, celui qui accorde ce *guidonnage* peut rester lui-même en toute sûreté à Moissac ou dans le bourg, toutes les fois qu'il vient ou

qu'il s'en retourne. Un débiteur ne pourra avoir *guid*, que s'il vient
à Moissac ou au bourg pour payer sa dette ; mais si ce débiteur nuit
à quelqu'un et si celui qui a le préjudice prévient le créancier afin
que, à l'avenir, il ne protége pas cet homme dans la ville ou le bourg,
le créancier ainsi prévenu ne doit plus accorder *guid* à ce débiteur
dans Moissac ou le bourg. Si ce débiteur est étranger, il a droit à la
guid jusques aux portes pour payer son créancier ou pour lui parler
de sa dette, même s'il a porté préjudice à un habitant, « et ce *guidonnage* doit avoir lieu de bonne foi et sans tromperie ». (V. aussi
coutumes de Thil et de Bretx (1246) dans Cabié. *Gascogne Toulousaine.*)

A côté de ce *guizoagge* des chemins, il existait un droit d'asile
accordé à certaines villes et à toutes les sauvetés. Les habitants de
ces villes et sauvetés exerçaient comme ils l'entendaient leur droit de
protection, lequel, à Saint-Gaudens, était fort étendu (V. les art. de la
Charte cités en tête de cette note.) Les habitants de cette ville proté-
geaient même après leur mort, car ils assuraient la *guiza* à ceux qui
venaient assister à leur enterrement.

Des détails bien curieux sont donnés par le For de Morlaas
et par la Charte de Saint-Gaudens sur la protection dans les
rues des villes. L'art. 2 du For précité est ainsi conçu :
« Lorsqu'un homme injurie, blesse ou bat quelqu'un dans la ville....,
si l'offensé ne veut pas s'en plaindre au seigneur..., celui qui a fait
l'offense ne doit donner au seigneur aucune amende, *à moins que le
tort n'ait été fait dans la rue, laquelle doit être sûre ;* car alors...
le seigneur doit être cru sur l'offense qui aura été faite, encore que le
seigneur n'ait pas reçu de plainte, et le dommage ne peut être nié au
seigneur sous prétexte de paix entre les parties, *attendu que le fait a
eu lieu dans la rue du seigneur,* (en la carrera deu senhor). »

Et l'art. IV de notre Charte contient la particularité suivante bien
caractéristique : Celui qui est surpris en adultère ne peut être arrêté,
s'il peut s'enfuir *jusqu'à la rue ou jusqu'au chemin* » (tro a carrera o tro via), à moins d'avoir pu saisir ses vêtements *avant qu'il ait
atteint cette rue ou ce chemin...*

Nous terminerons par l'observation suivante : plusieurs auteurs ont
traduit par : *sauf-conduit* le mot : *guizoagge*, dont ils restreignent
ainsi l'acception. Le *sauf-conduit* implique, à notre avis, des prati-
ques fort peu courantes au XIIe siècle. Cependant, nous le trouvons
spécifié dans les coutumes d'Ax sur Ariège, qu'a éditées, avec le soin
qui lui est habituel, M. F. Pasquier, aujourd'hui archiviste de la
Haute-Garonne. Mais il y figure dans des conditions spéciales de
forme et de date. L'art. 12, qui le contient, est ainsi conçu : Mossen
Roger « autreyec que tout habitant e venent habitar al dit loc sia salp
e segur de anar e retournar per touta sa terra ab toutas sas causas,
dejos son guidatge e salp conduit. » Ce texte est de 1391 ; or, le texte
latin qui accompagne ce texte gascon ne mentionne pas le sauf-conduit, et pour cause, probablement : c'est qu'il est de 1241, antérieur,
par conséquent, de 150 ans au texte gascon : de plus, les deux termes
sont bien distincts et il n'y a pas de synonimie à établir entre eux.

XIII

Esponaria, Esponer

(Art. XL)

Voici un terme dont l'emploi s'emble s'être localisé dans la Gascogne toulousaine, car nous ne le trouvons ni dans les lexiques romans de Raynouard et de Rochegude, ni dans le « Dictionnaire béarnais » de Lespy. Il signifie : *Tuteur* et *Exécuteur testamentaire*.

Sa signification est donnée dans du Du Cange. *Glossarium*, sous les deux acceptions indiquées ci-dessus, aux mots *Spondarius* et *Spondarius ad pias causas*. Il faut remarquer toutefois que l'adjonction à *spondarius* des mots : *ad pias causas* n'était pas toujours observée pour désigner l'exécuteur testamentaire. En ce qui concerne l'expression gasconne : *esponer*, elle s'employait seule dans l'une et l'autre signification, ainsi que cela résulte de notre Charte et d'un texte donné par Luchaire, dans les *Anciens textes gascons*. Ce dernier, qui se rapporte à une donation faite, en 1248, par Donez del Soler, de Saint-Gaudens, à l'hôpital de Saint-Jean-de-Jérusalem établi en cette ville, contient à la fin la phrase suivante : « De tot aizo que aici es sober escriut, son bezens e testimonis (*suivent les noms*), los quals Donez del Soler, a son derer cunde, (*à ses derniers moments*), apera e bolge per *espones*. »

Luchaire, dans le glossaire qui accompagne les textes gascons, donne à ce mot la signification de : *garants*. Elle est admissible, mais pas tout-à-fait exacte. Il suffit pour le constater de se rapporter, non seulement à Du Cange, mais encore à un acte, — qui n'est pas isolé, — des consuls de Toulouse inséré par Catel dans son *Histoire des comtes de Toulouse* (p. 230), sous l'année 1207 (1208. n. s.), « Hoc est comune stabilimentum... videlicet quod aliquis *spondarius* alicujus hominis vel feminæ habitantis in hac villa Tolosæ... non possit aliquid emere de illis rebus mobilibus vel immobilibus quæ fuerint illius ex quo ille erat *spondarius*, si ille qui ipsum statuerat *spondarium* illud non ordinaverat. »

En ce qui concerne la tutelle, voici ce qu'on lit à l'art. II du titre III des coutumes de Toulouse (1283) : « Item, est usus seu consuctudo Tolosæ, quod *tutor testamentarius*, qui vulgariter appellatur: *spondarius*, non repellitur ab administratione negociorum Pupillorum »... etc.

XIV

Home et Son home

(Art. XLVII. XVLIII)

Il n'est pas douteux que le mot : *home*, employé dans presque tous les articles de la Charte avec les adjectifs indéfinis : *lunh* ou *tot*, a la signification de : *sujet, vassal*, comme dans tous les documents où ce mot figure en latin ou en roman du nord ou du sud de la France. Nous ne nous y arrêterons pas. Mais dans les art. XLVII et XLVIII de notre Charte, nous trouvons l'expression : *son home*, qui change l'acception du mot : *home*, au point de vue des conditions sociales, des classes.

Ces conditions sociales sont déterminées dans notre Charte par les termes de *cauer, borres* et *pages* ou *bilas*, ce qui indique que l'état social n'était pas, dans la région du Comminges, semblable à celui de la Bigorre et du Béarn, où la classe des nobles et celle des paysans étaient subdivisées : la première, en *cauers* et *domengers* ; la dernière, en *ceysau, questau, esterlo*, etc.

En ceci, comme en quelques autres cas que nous avons signalés, l'organisation sociale ou politique du Commingesfse rapprochait plus de celle de Toulouse et de la Gascogne Toulousaine, que de celle de la Bigorre et du Béarn. Elle ne comprenait, pour les *pages* ou *bilas*, que les deux catégories suivantes : *homo de corpore cum casalagio, homo de corpore sine casalagio*, appelé aussi, simplement : *homo de corpore*, [1] expression équivalant à celle de : *son home* employée dans notre Charte. (V. les *Coutumes de Toulouse*, titre IV, de la 4ᵉ partie ; le *Cartulaire de Saint-Sernin de Toulouse*, par C. Douais, introd. pp. LXXIX et suiv., actes de 840 à 1200 ; le *Cartulaire de Lézat*, *Hist. du Languedoc*, éd. Privat, t. V et *Gallia christiana*, Instrumenta, t. I).

La différence entre les deux catégories ne paraît avoir consisté qu'en ceci : l'*homo de corpore cum casalagio* payait le cens personnel et foncier, tandis que l'*homo de corpore* n'était assujetti qu'au cens personnel, que nous appellerions, aujourd'hui : *impôt de capitation*.

Nous donnons ci-après quelques renseignements sur la situation qui leur était faite dans le Comminges. Ils sont tirés des documents de la commanderie de Saint-Jean de Jérusalem à Montsaunès et du membre de cette commanderie établi à Saint-Gaudens. (Arch. départ. de la Haute-Garonne. *Fonds de Malte*).

Montsaunès. Liasse F. I. Vers 1175. Dodon, comte de Comminges, « dedit (aux Chevaliers de l'Ordre) xij. denarios supra Laurentium (de Salies) quem debebat facere servicium ». Egalement, dans ce lieu, il donna, la même année, aux chevaliers de Montsaunès, Raymond Martin et son frère Guillaume « cum totas suas tenencias (terres). » Vers la même date, Garsias de Montpesad (Haute-Garonne, près de Saint-Martory) avait donné (toujours aux chevaliers de Saint-Jean, nous ne le répèterons pas) Raymond-Arnaud et le casal de Guillaume Durand, de Saint-Martin (canton de Montastruc), lequel casal « debet facere sevicium. vij. denarios. » Au mois d'août 1170, Bafet de Montpesad, parent du précédent, avait donné aussi un né Laurent « et progeniem eius, quæ de eo orta est, vel oritura est. » En 1192, Fortaner de Touille (canton de Salies, Haute-Garonne) donna Plazenza, la tisseuse (*textrix*), et ses filles Marchesia et Blancha et leur frère Pierre-Martin « et totam progeniem ab omnibus ejus orta vel oritura

---

1. En 1180, Philippe-Auguste édicta la disposition suivante, qui ne concernait pas nos régions : « Servos et ancillas quos *homines de corpore* appellamus... ab omni jugo servitutis absolvimus ».

et totum censum et totum dominium quod habebat in eis », pour 5 sous morlaas.

Plus près de Saint-Gaudens, Adémar de Puentis (Pointis-Isnard, canton de Saint-Gaudens,) « absolvit (en 1165) Raimundum (de Fita) (La Fite-Toupière ?) et Wuillelmun, cognatum eius, et omnem progeniem que de eis est exitura, domui Salomonis de Monte Salnense. » Mais il paraît que Raymond (de Fite) et sa famille avaient maille à partir avec Raimond de la Roque (canton de Boulogne) ; car celui-ci, ainsi que son frère Raymond-Bernard et ses sœurs, « donaverunt et absolverunt domui templi totum hoc quod querebant vel querere volebant in Ramundo (de Fita) et in fratibus ejus. » Vers 1183, Guillaume de La Barthette (La Barthe-Isnard, canton de Saint-Gaudens) et sa sœur Floriande, ainsi que leurs enfants, « dederunt illas filias Martini (de la Costera), (les Coustets, quartier de La Barthe-Isnard) Stephania et sorores eius, Dominica et Pros, et frater ejus, Raimundus (de la Costera) et filias suas, Guielma et Blancha, deo et domui Montis Salnensis, et omnia jura que in eis habitant. » Le même Guillaume de la Barthette, ainsi que sa femme Adalard et leurs enfants « dederunt omnia jura que habebant in Bernard. et in Escarret », cette même année.

Nous arrêtons là nos citations concernant les personnes.

Nous n'avons relevé, dans les documents contenus dans les liasses Saint-Gaudens, que des donations ou des ventes de terres, et pas une seule cession d'hommes ou de familles. Du reste, nous ferons remarquer que, dans les deux articles XLVII et XLVIII, l'expression : *son home* s'applique à la possession de celui-ci par un chevalier ou par un habitant du Comminges. Faut-il en déduire que l'habitant de Saint-Gaudens n'avait pas dans sa maison de : *homo de corpore ?* Très-probablement, oui, quoique cet habitant dut se rendre à l'*ost* (art. III) *ab. i. home armad*, ce qui n'implique pas absolument que celui-ci fut *homo de corpore*, et parce que, sans doute, il ne pouvait y avoir de serfs dans la ville, tous les habitants étant francs.

Nous allons compléter, par des actes de donation ou de vente de terres à l'Ordre de Saint-Jean de Jérusalem de Saint-Gaudens, les renseignements donnés ci-dessus, en ayant soin de ne pas dépasser la date de notre Charte. On pourra ainsi se faire une idée d'ensemble sur l'état social dans notre région à cette date.

A la fin du mois d'avril 1168, Isarn de Saint-Gaudens, fils de Brun Guiraud de Saint Gaudens, (famille noble, croyons-nous,) donne « ad feudum hospitali... totos illos molendinos de Bentolano (entre Saint-Gaudens et Valentine), et totas illas terras quas habeo, — nous copions l'acte, — in predicto loco et omnes illas honores quas ego habeo in Bentolanum *sive proprio alodio, sive titulo feudi, sive ratione* (déchirure petite), *sive nomine pignoris, vel quocumque alio modo*... Illud totum ab integrum dono ad feudum, ego, Isarnus de Sancto Gaudencio, hospitali...; et sub tali conditione dono hoc quod, pro toto isto feuo, habitatores ipsius hospitalis presentes et futuri reddant. x. den. morlas obliis hominibus de Liniaco, quoque anno, in festa sancti gaudencii, et mihi, Isarno, ij. d., quoque anno, in eadem festa.... In hoc fevo sunt predicti molendini et quidquid ad illos pertinet, et aquæ et pacerie et riparie et ripatici (*droits de rive*) et supradicte terre et introïtus et exitus et totum quantum, ego, Isarnus, apud Bentolanum habeo et teneo, uti indea habere, retinere, possidere, et totum quantum Brunius Guiraldus (*son père*) ibi habuit vel tenuit.... Præterea, — ajoute-t-on dans l'acte, — Raimundus Petuus[1], magister hospitalis, et Ato de Ulmis[2], pro[fratribus] hospitalis, susceperunt Isarnum de Sancto Gaudencio per confratrem hospitalis (dans la Confrérie de l'Hôpital créée dans l'Ordre près de chaque commanderie) et recollegerunt animam Bruni Guiraldi, patris sui, et matris sue (un déchirure petite) Isarni, in beneficiis hospitalis et in suis orationibus. » (*Liasse 4.*)

Vers 1186, deux actes furent établis pour une même donation des biens de Berald et de Madame Marte de Saint-Gaudens ; on en pourrait déduire que la donation n'était complète qu'autant que le comte de Comminges cédait aussi ses droits sur les terres données. Voici ces actes :

« Notum sit.. etc. qe Berald, lo nebs na Marta de Sent-Gaudenz (une famille noble, apparemment) dec si medes e tot l apertenment qe Berald ni na Marta auiant ne auer deuiant a Sent Gaudens, ni en la dezma de la Tor (Latoue, près de Saint-Gaudens.) Tot ahcest don fe Beraud a Dyeo e a la Maiso del Temple e a n . W. de la Garriga, qe era, al dia, comanai de Mont Salnes, e als fraires qe i son ne qe i serant usque in finem seculi. Aquest do fo feit deuant lo portal del Mas de Sent Gaudenz... (Pas de date. *Liasse*, 1 nº 1).

« Bera paraula que B. lo coms de Comenge, lo nebs del comde de Tolosa (il s'agit de celui qui a octroyé la Grande Charte de Saint-Gaudens), de a Deu e a la Maiso del Temple e a n Auger des Cuin, qe era, al dia, comanai de Montsalnes, e als fraires qe i son ne qe i serant usque in finem seculi, totz los dretz qe auia ne auer deuia per si ne per son linage en la terra Berald e na Marta de Sent Gaudenz. E aqest do fe B., lo coms de Comenge, per amor de Deu, e per la arma de son pair, e per perdo de sos pecaz, e per . c . c . c . c . c . solz de la moneda de morlas, enter solz e soldadas *(omnino soluti et solutæ)*, qe n ac de caritat ; e deu n este bos guarenz e bos amparai de omnibus ominibus. Aqest don fo feit el capitou des Sent Gaudenz en la ma Assiu d Aubino, abesche de Comenge... » (Sans date. *Liasse 1, nº 1.*)

Nous terminerons cette note par un extrait de la grande Charte du Fousseret, château qui se trouvait entre Muret et Saint-Gaudens. La date des coutumes est de 1247, par conséquent, un peu éloignée de celle de notre Charte. On remarquera que *l'homme de corps*, par le seul fait qu'il était admis parmi les habitants du château était *franc*. Une disposition identique est inscrite dans la Coutume de Montoussin (canton du Fousseret) de 1270. La même situation était probablement faite à *l'homme de corps* admis parmi les habitants de Saint-

---

1. S'il s'agit de Raymond du Puy, maître de l'Hôpital de Saint-Jean de Jérusalem (de 1118 à 1160), il faudrait lire à la datation, où le parchemin est très froissé, m.c.l.o.viij au lieu de : m.c lx.vlij. L'indication du roi de France et celle du comte de Toulouse, qui figurent dans l'acte, permettraient d'admettre mclviij, mais non celle de l'évêque qui est cité : Geraud (de La Barthe) ; il siégea seulement à partir de 1160.

2. Commandeur de l'Hôpital, à Saint-Gaudens.

Gaudens ; si le contraire eut existé, notre Charte contiendrait certainement des dispositions concernant l'*homme de corps* appartenant à un habitant de la ville, ainsi que nous l'avons fait remarquer quelques lignes plus haut.

L'art. 33 de la Coutume du Fousseret (art. 39 de la Coutume de Montoussin) est ainsi conçu, en ce qui a trait à l'*homme de corps* : [1]

« Tous hom ou toute femna qu es vengut habitar al castel del Fossaret n y vendria deysi en avant, que pusca venir salb et segur d on que ssia, ab toutes ses causes mobles ; et si terras, ni onos, ny alcunas possessions, ten de cauer ou d autre home de qui no sia *hom de corps*, que aquelas agia et tengua per far touta sa voluntat ; pero si terres ny algunas possessions tiene del senhor de qui es *om de corps*, que aquelas terras ou possessions laise a son senhor. Et s el senhor layssar los y vol, que las y servesce ; e tous hom et toute femna que es vengut ny vendra habitar al sobredit castel del Fossaret et fos intrat en servitut per rason de capten [2] que agues donat, sobredit cauer o d autre home no contrastant lo sobredit capten, pusca far de les causas moblas sa voluntat, se contrast aquel aytal proat no era, per ancienetat de linagge, que fos hom d'algu o no seria faictz homme d algu ab carte d escripture cominal.,. (*La suite concerne les personnes qui ont fertilisé ou acheté des terres*). Et tous aquelz hommes ou aquellas femnas que son venguts al castel del Fossaret per habitar n y vendrian daysi en avant, sian *franc*, sals et segur anan, estant et tornan ab toutas lor causas, aras et per tous temps, so es assaber : les hommes nostres [3], aisi com sobredit es ». Nous traduisons ainsi :

« Tout homme et toute femme qui sera venu habiter le château du Fousseret ou y viendra dorénavant, qu'il puisse venir sauf et sûr, d'où qu'il soit, avec toutes ses choses meubles ; et s'il a des terres, ou des honneurs, ou des possessions d'un chevalier ou d'autre personne de qui il ne soit pas *homme de corps*, qu'il ait et tienne ces choses pour en faire toute sa volonté ; mais s'il a des terres ou autres possessions du seigneur de qui il était *homme de corps*, qu'il laisse ces terres et possessions à son seigneur ; et si le seigneur voulait les lui laisser, qu'il les conserve ; et tout homme et toute femme qui est venu ou viendra habiter ledit château et qui est tombé en servitude pour cause d'avoir donné garantie, le susdit chevalier ou autre ne s'opposant pas à cette garantie, qu'il puisse faire toute sa volonté des choses meubles, s'il n'était pas prouvé qu'il fut *homme de quelqu'un* par ancienneté de lignage ou qu'il ne serait pas fait *homme de quelqu'un* par acte public... Et tous ces hommes et femmes... seront *francs*, saufs et sûrs, allant, restant et revenant avec toutes leurs choses, maintenant et toujours, c'est assavoir : nos habitants.

---

1. Le texte de ces Coutumes tel qu'il a été publié est extraordinairement fautif ; en nous aidant des deux documents nous avons obtenu une version suffisamment certaine pour que nous puissions en faire état.

2. Montoussin ; *de camp.* Pour le mot : *capten = protection, garantie*, v. Du Cange. *Gloss.* au mot : *captenium*, col. 282.

3. Montoussin : *le home de Mossenhor.*

XV

Patz : LA PAIX DE DIEU

(Art. L)

Notre texte porte simplement ceci : *Si l coms ny abesque metian patz en Comenge, deuen y estar los prosomes de Sent Gaudens, las costumas saubas.* De prime abord, l'on croirait qu'il s'agit de la paix ordinaire, de celle que l'on conclut après une guerre ou des troubles ; mais la dualité de souveraineté qui serait résultée de cette intérprétation nous a amené à rejeter celle-ci.

Évidemment en nous reportant à l'art. III de notre Charte, nous aurions pu déduire du fait de l'octroi des dépenses d'*ost* par les juges jurats, que le comte ne pouvait traiter de la paix, après une guerre, qu'avec l'assistance des prosomes de Saint-Gaudens, défenseurs nés des coutumes. Mais l'évêque, qui ne partageait pas avec le comte le droit souverain, pouvait-il déclarer la guerre, ce qui lui eut donné le pouvoir de traiter de la paix ? Certainement, non.

En parcourant attentivement un document publié par Marca, dans l'*Histoire du Béarn* (p. 397. liv. v), sur la Paix de Dieu, notre attention s'arrêta sur la phrase suivante : « Principibus autem et Dominis terrarum *jura sua et consuetudines* non contradicimus!in terris suis. » Or, ce document n'était autre que l'ordre donné par l'archevêque d'Auch, légat du Pape, à tous les évêques et souverains de la Province Auscitaine — dans laquelle se trouvait le diocèse de Comminges — « de garder inviolablement la Paix et la Trève de Dieu » dans la forme qu'il indiquait. Et ainsi, nous pûmes nous expliquer le rôle attribué à l'évêque et aux prosomes dans l'art. L de notre Charte.

Voici ce document, que Marca date de 1103. Il donne des renseignements intéressants, non-seulement sur l'application de la Paix de Dieu, mais sur les mœurs dans nos régions au XIIe siècle, et à ce titre il mérite d'être reproduit *in extenso*.

(E Chartario Lascurrensi). G. [1] Dei gratia Auscitanus Archiepiscopus, Sedis Apostolicæ Legatus, carissimis in Christo fratribus venerabilibus Episcopis, aliisque ecclesiarum prælatis, et dilectis filiis Comitibus, Vicecomitibus, aliisque Baronibus, universo quoque clero et populo per Auscitanam Provinciam constituto, salutem et benedictionem. Cum ex officii nostri debito teneamur universis fidelibus curæ nostræ comissis, salubri dispositione providere, nunc præsertim urgente Apostolici mandati auctoritate, ad quem spectat totius populi profectibus invigilare, opportet nos super bono Pacis et Treuguæ Dei, subditis nostris propensiorem curam impendere. Inde est quod juxta statua Generalis Concilii Rome (fin mars 1102), nuper celebrati, Pacem et Treugam Dei in Provincia nostra ex parte Dei et Domini Papæ, et nostra ab omnibus inconcussè et inviolabiliter

---

1. Il s'agit de Guillaume III, archevêque d'Auch, et non de Guillaume II, comme le dit Marca (p. 394). Voir *Gallia christiana*, tome I, col. 986.)

præcipibus observari. Forma Pacis et Treuguæ Dei talis est. Treugas
à Quarta Feria post occasum solis, usque ad secundam Feriam post
Ortum solis. Et ab Adventu domini usque ad Octavas Epiphaniæ,
et a Septuagesima usque ad Octavas Paschæ ab omnibus inviolabiliter
observari præcimus. Si quis autem Treugam violare tentaverit,
post commonitionem factam, si non satisfacerit, Princeps suus
et Episcopus cum clero et populo cogant eum injuriam passis satis-
facere, ad arbitrium Episcopi et Principis sui, et aliorum vicinorum
Baronum. Quod si Princeps, seu Barones. vel populus, dissimu-
laverint, tam Princeps quam Barones excommunicentur, et tota terra
eorum interdicto subjiciatur, omni privilegio personæ et ecclesiæ
cessante. His vero temporibus et omnibus Festis B. Mariæ, cum
præcedenti die et subsequenti, S. quoque Joannis Baptistæ et Beato-
rum Apostolorum Petri et Pauli ; et a Vigilia Pentecostes usque ad
Octavas et Omnium Sanctorum festo, omnia Pacem et Securitatem
habebunt. Omni vero tempore perpetua Pace et securitate gaudebunt
Canonici, Monachi, Presbyteri, clerici et omnes religiosæ personæ,
conversi, peregrini, mercatores, Rustici euntes et redeuntes et in
agricultura existentes, et animalia quibus arant et quæ semen
portant ad agrum. Dominæ cum sociis suis inermibus, et omnes
feminæ, et omnes res clericorum et religiosorum ubique, et molen-
dina ; *Principibus autem et Dominis terrarum jura sua et
consuetudines non contradicimus in terris suis.* Ecclesiæ Salvita-
tem babeant xxx. passuum circumcirca, monasteria vero lx. Hæc vero
ut firmius observentur, Comites, Vicecomites, Barones, universum
quoque clerum in præsentia Episcoporum, populum in præsentia
clericorum, à septem annis et suprà, jusjurandum præstare præcipi-
mus. Forma juramenti talis est Jurabunt se Pacem et Treuguam Dei
juxta præscriptum tenorem observaturos, et violatores Pacis et Treugæ
Dei persecuturos, et quod de rapina nihil scienter emant. Quod si quis
huic decreto contraire tentaverit in non jurando, vel in non perse-
quendo, seu in conductitias gentes vel raptores tenendo, aut favendo,
vel rapinam emendo, Princeps illius terræ et tota ejus terra nisi debitam
vindictam exsequatur, omni interdicto et excommunicationi subjiciatur
omni privilegio personæ et ecclesiæ cessante. Excommunicati non
tondeantur capita eis, non abluantur, in mappa non comedant, neque
ad altam communionem Christianam recipiantur, præter baptisma
parvulorum et penitentias in fine. Princeps autem, et cuncti fideles
nostris obediente mandatis, qui bonum Pacis Ope et Consilio suo
foverint, et contra violatores Pacis fideliter decertaverint et præsertim
contra conductitias et pestilentes gentes, si in vera penitentia in hoc
Dei servitio decesserint, auctoritate Dei et Domini Papæ et ecclesiæ
universalis, omnium pecatorum suorum Indulgentiam et fructum
mercedis æternæ se non dubitent habituros. Cæteris vero qui contra
eos arma susceperint, et ad Episcoporum sine aliorum prælatorum
consilium, ad eos decertauerint expugnandos, biennium de injuncta
penitentia relaxamus, aut si longiorem ibi moram habuerint, Episcoporum discretioni, quibus hujus rei cura fuerit injuncta committimus,
ut ad eorum arbitrium major eis Indulgentia tribuatur. Illos autem
qui admonitioni Episcoporum in hujusmodi parere contempserint, à

perceptione corporis et sanguinis domini jubemus fieri alienos. Episcopi vero, sive Presbyteri qui talibus fortiter non restiterint, officii sui suspensione multentur, donec Apostolicæ sedis misericordiam obtinuerint. »

Afin d'aider les lecteurs auxquels le latin médiéval ne serait pas familier, nous insérons l'analyse très détaillée que Marca a donnée du document ci-dessus.

« Guillaume, Archevesque d'Aux et Légat du Siège Apostolique, satisfaisant de sa part au désir du Concile, ordonne très étroictement à ses frères les Vénérables Evesques et autres Prélats des Eglises, à ses fils bien aimés les Comtes, Vicomtes et autres Barons, et à tout le Clergé et peuple de la Province Auscitaine, de garder inviolablement la Paix et la Tresve de Dieu, en la forme suivante : Sçavoir depuis la quatriesme férie après le soleil couché jusqu'à la seconde férie après le soleil levé, et depuis l'Advent jusqu'aux Octaves de l'Epiphanie, et depuis la Septuagésime jusqu'aux Octaves de Pasque, en sorte que si quelqu'un enfraint la tresve et refuse de satisfaire aux intéressés après en avoir été deuement interpellé, son Prince et l'Evesque avec le clergé et le peuple, doivent le contraindre à réparer le domage, suivant qu'il sera avisé par son Evesque, par son Prince et par les Barons voisins ; que si le Prince et les Barons ou le peuple apportent de la connivence en cette affaire, ils seront excommuniés et leur terre mise en interdit. Et pendant le temps ci-dessus désigné, toutes choses seront en paix et en seureté, ensemble aux jours des festes de Nostre-Dame. avec le jour précédent et suivant, les jours de S. Jean, de S. Pierre et S. Paul, la veille de la Pentecoste jusque à l'Octave, et le jour de la Toussaincts. Et en tout temps, jouiront d'une paix perpétuele les Chanoines, Moines, Pestres, Clercs et autres personnes religieuses, les Convers, Pélerins, Marchands, Laboureurs. les bestes qui servent à l'agriculture, les Dames avec ceux de leur suite, pourveu qu'ils soient désarmés, toutes les femmes et les biens appartenant aux Clercs et aux religieux, ensemble les moulins, *sans préjudice néantmoins aux Princes et aux Seigneurs des terres, d'user de leurs droicts et de leurs coutumes.* Les Eglises auront leur Immunité et Sauveté à trente pas aux environs, et les Monastères à soixante. Et pour faire observer toutes ces choses plus exactement, les Comtes, Vicomtes et Barons, et tout le Clergé jureront, en présence de leurs Evesques, et tout le peuple depuis l'aage de sept ans, en présence des Clercs, qu'ils garderont la paix et la tresve ci-dessus prescrite, poursuivront à leurs dépens les infracteurs et n'achèteront sciemment rien des choses pillées et se sousmettront en cas de négligence à l'interdict et à l'excommunication, sous telle rigueur que les *excommuniés ne seront point salués, ni les cheveux de leur teste coupés, ne se laveront point, ne mangeront sur nappe,* ni seront admis à la communion et société chrestienne, excepté le baptesme des petits enfants et la pénitence à la fin de la vie. Comme aussi en cas que les Princes et les sujets fassent leur devoir à combattre les violateurs de la paix, il leur relasche deux ans de pénitences enjoinctes ; et s'ils meurent faisant ce service, leur octroye indulgence de leurs péchés de la part de Dieu, du Pape et de l'Eglise universelle. »

Nous ne nous arrêterons pas à l'ordre observé par le légat du Pape dans l'énumération des êtres qui jouiront d'une paix perpétuelle, car après les membres du clergé viennent les bêtes de travail, puis les femmes, ce qui n'est pas très éloigné des usages encore en vigueur dans notre Gascogne ; mais nous signalons qu'il ressort des rigueurs prononcées par l'archevêque d'Auch, que nos ancêtres ne paraissaient pas avoir gardé les traditions de la Gallia Comata et des Francs et qu'ils avaient contracté des habitudes de propreté qu'on a reproché quelquefois à nos compatriotes de ne pas avoir.

Revenons à notre art. L et faisons une observation plus importante : c'est que, malgré les menaces et promesses contenues dans le mandement du Légat, cet acte ne fut ni accepté, ni enregistré *de plano* par les prosomes. Ceux-ci veulent observer cette trève, si les coutumes sont garanties, car les instructions de l'archevêque d'Auch étaient sensiblement comminatoires. Ce prélat avertissait, il est vrai, que les droits et coutumes seraient préservés de tout préjudice ; mais ne portait-il pas atteinte, dans son mandement, au droit d'asile dont jouissaient Saint-Gaudens et sa Sauveté ? Et, de plus, l'archevêque, même comme Légat du Pape, avait-il autorité pour imposer la Paix de Dieu et s'immiscer dans les droits et coutumes sans l'assentiment du seigneur et des prosomes ? Un des plus instruits et des plus renommés docteurs de l'Eglise, Yves, évêque de Chartres (1040-1116), ne le pensait pas, et il faisait savoir à Daimbert, archevêque de Sens (lettre 90), que la Trève de Dieu n'était pas ordonnée par une loi générale, mais par une *convention particulière des cités et des peuples,* confirmée par l'autorité des Evêques et des Eglises. « De sorte que lorsqu'il s'agit d'une infraction à la paix ou à la trève, il faut régler, dit-il, les sentences et les jugements *suivant les articles et conditions accordées par le consentement des Diocésains, en vertu d'actes des prosomes.* « (Trevia Dei non est communi lege sancita, pro communi tamen utilitate hominum *ex placito et pacto civitatis ac patriæ,* Episcoporum et Ecclesiarum ut nosti est auctoritate firmata. Undè judicia violatæ pacis modificari oportet secundum pacta et definitiones, quas unaquæque Ecclesia *consensu parochianorum* instituit, et per scripturam vel *testimonium bonorum hominum* memoriæ comendavit).

Nous ne savons pas si les prosomes de Saint-Gaudens connaissaient ou non la théorie de l'Evêque *de* Chartres ; mais il est certain qu'ils l'ont appliquée, quant ils ont édicté les prescriptions contenues dans l'art. L : *deuen y estar los prosomes, las costumas saubas.*

XVI

Procédure et Délais de Justice

(Art. LXVIII)

Les Coutumes de Montauban de 1194 nous ont fourni les renseignements donnés à la note VI sur les cautions, c'est-à-dire : sur la première partie de la procédure ; nous lui emprunterons la suite de cette procédure, depuis la constitution des *fizansas* jusqu'au jugement.

Donc, le viguier a accepté les cautions (ou le serment qu'on ne pouvait les fournir) ; il fixe aussitôt aux parties un délai de huit jours pour préparer leurs arguments d'accusation et de défense (*dia per plaideiar*); ce délai est compté du jour où les cautions devaient être fournies.

Au bout de ces huit jours, et le huitième jour même, le plaignant doit exposer sa plainte, à laquelle l'accusé doit répondre sur l'heure, à moins qu'il veuille un délai pour conseil ; la demande entendue, un délai de huit jours peut-être accordé ; mais s'il veut produire un garant *(traire guirent)*, le délai peut être porté à quinze jours, en observant que si, à la connaissance de la cour, il ne peut produire le garant, ce délai est réduit à celui accordé pour conseil, c'est-à-dire : huit jours. Toutefois, s'il obtient le délai de conseil et de garant, soit : quinze jours, il doit présenter ce garant avant l'expiration du délai, afin que la cour puisse apprécier s'il est valable ou non. S'il est accepté, le procès reprend au jour précédemmen fixé, à moins que l'accusé soit caution dans un autre procès qu'on jugerait ce jour-là.

Si la partie contre laquelle la plainte est faite ne reconnaît pas le bien-fondé de celle-ci, la Cour doit ordonner au plaignant de faire la preuve ; s'il veut la donner immédiatement, il le peut ; s'il veut un délai pour cela, on peut lui accorder quinze jours ou un délai moindre. Mais s'il n'accepte pas de faire la preuve et veut néanmoins poursuivre la cause, la cour doit exiger la prestation du serment (de calomnie) soit du défendeur, soit du plaignant, à son choix *(sagrament fer)*.

Si le plaignant fait la preuve par témoins, le défendeur peut contredire ces témoignages *(dire contre los testimonis)* par paroles et par personnes, là même, s'il le veut ; mais s'il demande un sursis pour pro. duire ses témoins, il peut obtenir un délai n'excédant pas quinze jours. (C'est, croyons-nous, ce qui est appelé *falsar* dans notre Charte).

Et si la partie contre laquelle les témoignages se sont produits demande une enquête, la cour y procèdera le jour même où les témoignages auront été produits devant elle, si cette partie y consent, ou le jour que cette partie proposera pour produire ses propres témoignages. Si ces contre-témoignages sont faits par personnes, l'autre partie (celle en faveur de qui ont été les premiers témoignages) peut faire entendre de nouveau ses témoins, mais le même jour. Ils doivent être présents, ce jour là, devant la cour; sinon, leur témoignage antérieur devient sans valeur, à moins d'une décision spéciale de la cour.

Quand la cour a prononcé le jugement, celui qui est condamné doit s'y soumettre immédiatement *(deu cumplir ades lo jutgeamen)*, si la cour le décide ; elle peut accorder un délai, si elle croit devoir le faire. (C'est ce qui est appelé, croyons-nous: *pena levar* [1], dans notre Charte.)

Si nous reprenons la procédure que nous venons de détailler et si

1. Le mot : *pena* n'a pas généralement dans nos dialectes le sens de *Emenda, mulcta* = Amende, donné au mot: *Pena* dans le *Glossaire* de Du Cange d'après des chartes latines. Il a celui de» peine, avec toutes les acceptions du mot français », dit Lespy, dans son *Dict. Béarnais.* C'est aussi la seule signification donnée à ce mot par Raynouard. *Pena* a, paraît-il, été employé avec le sens d'amende dans un traité de jurisprudence cité par Rochegude en son « Glossaire Occitanien ». Le mot: *levar* ayant la même acception que le verbe *levare* de la basse latinité, l'expression de notre Charte : *levar pena* signifie littéralement, à notre avis : *Lever la peine* (ou : *la subir*) ; *lever l'amende* (ou : *la payer*).

nous en élaguons les détails, nous reconstituons l'art. LXVIII de notre Charte dans l'ordre même des dispositions qu'il contient :

1º Pour plaider : Montauban, 8 jours ; Saint-Gaudens, même délai.

2º Pour garants : Montauban, 8 jours (avec conseil, 15 jours) ; Saint-Gaudens, même délai (le cas de conseil n'est pas prévu.)

3º Pour témoignages : Montauban, 15 jours ; Saint-Gaudens, 8 jours.

4º Pour s'inscrire en faux contre ces témoignages : Montauban, 15 jours ; Saint-Gaudens, 8 jours.

5º Pour serment de calomnie : Montauban, 15 jours ; Saint-Gaudens, 8 jours.

6º Pour se soumettre au jugement : Montauban, délai fixé par la cour ; Saint-Gaudens, 14 jours.

(Les Coutumes de Montoussin (1270) et de Fousseret (1247), — communes de la Haute-Garonne, — contiennent les mêmes dispositions que ci-dessus.)

On lit dans notre Charte, à la fin de l'art. qui nous occupe, une expression que nous n'avons trouvée dans aucun des nombreux documents de coutumes que nous avons consultés. Il s'agit de : « *La luna es duzent*, ou : *La luna esduzent* », que nous traduisons : « *La lune étant couchée.* »

Nous avons reçu à ce sujet une note très-intéressante : *César constate, que les Gaulois comptaient par nuits.* « Les Gaulois assurent, » — dit César, dans ses commentaires (Lib. VI) — qu'ils sont tous » issus de Pluton *(ab Dite patre prognatos.)* C'est pourquoi ils » mesurent le temps en comptant par nuits, au lieu de compter par » jours. Quand ils calculent les dates des naissances, le commence- » ment du mois et celui de l'année, le jour est placé après la nuit. » *Tacite dit que cela existait chez les Germains :* « Nec dierum numerum » ut nos sed noctium computant, sic constituunt, sic condicunt, ut nox » ducere [1] diem videatur. » *La loi salique compte judiciairement par nuits.* (V. Titres L. et LIX.) *Le rapprochement avec le latin :*

Luna lucente : la lune luisant.

Luna ducente : la lune sortie, fixant,

La luna ses duzent : si la lune est couchée (ou à la nouvelle lune) *me semble la plus sérieuse des hypothèses.* « Luisant » n'aurait aucun sens, dans le cas présent...

L'expression employée par Tacite (ut nox *ducere* diem videatur) nous a amené à chercher dans le Lexique de Raynouard, au mot : *Duire, Durre*, qu'il rattache à *Ducere* (tome 3. p. 81), le terme : *duzent* de notre Charte. Nous avons trouvé : *Esduire, Esdurre*, avec la signification de *écarter, éconduire, éloigner* (même tome, p. 84). Nous n'avons pas hésité à adopter cette signification et, par suite, à inscrire le mot dans notre Glossaire sous la forme : *Esduzent.* On jugera si nous avons eu raison.

En outre, il nous paraît que les termes : *la luna es duzent* ou *esduzent* ne s'appliquent pas seulement au délai pour : *pena levar*, mais aussi à tous les autres délais, en prescrivant qu'ils seront comptés du point du jour *(la lune étant couchée).*

---

1. Nous appelons en passant l'attention sur ce mot.

DÉNOMBREMENT DE 1542

MM. Morel et Abadie ont publié dans le n° de la « *Revue de Comminges* » portant la date de novembre 1881, (4ᵉ liv. du tome I.) le texte du Dénombrement fourni le 24 juillet 1542, par les consuls de Saint-Gaudens, aux commissaires chargés par le roi de Navarre de la réformation générale du domaine.

Nous croyons devoir reproduire ce document, qui a été pris à Pau sur le registre B. 1380, déjà utilisé par nous pour compléter la Grande Charte de 1203. Il occupe dans ce registre les folios 51 et suivants.

Nous lisons dans les renseignements donnés par les éditeurs que ce document « était autrefois conservé à Nérac parmi les titres de Foix, Bigorre, Nébouzan et Marsan, dans un grand livre intitulé : *Dénombrements des communautés du vicomté de Nébouzan et de plusieurs gentilhommes dudit vicomté.* Ce livre a été depuis transféré au Trésor de Pau, où il se trouve actuellement L'érudit archiviste des Basses-Pyrénées, M. Flourac, a bien voulu collationner sur l'original l'expédition que nous avions sous les yeux. »

C'est ce document ainsi collationné que nous publions. On pourra constater une fois de plus l'influence qu'ont exercée sur nos fonctionnaires méridionaux, les pédants latinisants dont Rabelais s'est si spirituellement moqué. Car M. de Boelhio, commissaire du roi de Navarre, et les consuls de Saint-Gaudens se crurent obligés, en 1542, d'émailler de mots français leur prose gasconne, comme les pédants de Paris farcissaient alors d'expressions latines leurs discours d'apparat. Mais d'autres influences, plus importantes, se font sentir dans ce document : celle du français sur nos idiomes, si considérable pendant les xvᵉ et xvıᵉ siècles, et celle de l'amoncellement des lettres dans les mots sous prétexte de racine. Enfin le langage employé dans la rédaction de cet acte, — nous finirons par cette remarque, — n'est plus la langue officielle, académique, qui a servi aux rédacteurs de la Grande Charte, mais bien l'idiome local en usage en 1542.

DENOMBREMENT

PRODUIT LE 24 JUILLET 1542

par le Syndic et les Consuls de Saint-Gaudens

L'an mil cinq cens quarante dus et le vingt quatriesme de juillet, en
la.ville de Sainct Gaudens, viscontat de Nebouzan, a nous Bernard deu
Boeilh, licentiat en decrets, juge de Nebouzan et commissaire sur la
reformation generalle, es estade presentade certaine commission per lo
percurayre de la viconté de Nebouzan en vertut de laqualle son estats
assignats maistre Jehan Vande, Guilhem de Bolhon, Gabriel de Puyos,
Domenges Cospeyra et Jacques de Saulx, scindic et consuls deus manants
et habitans de lad. ville, tout ainsy que nous a apparu de lad. commission de laqualle la tenor es talla.

Henryc, par la gràce de Dieu roy, de Navarre, etc. [a]

Losquoaus scindic et consuls, tant per etz que au nom de touta la communautat an produisit lor denombrement deuquau la tenour sen sec :

Per devant vous tres honnorables seignors Messeignors maistre Bernard de Boeilho, licentiat es droits, juge de Nebozan, et Bernard de
Marque, generau de la monede au pays de Bearn, commissaris deputats
per illustrissime prince Henryc, rey de Navarre et visconte de Nebozan a
fe la reformation de son domayne aud. pays et viscontat, los scindic et
consuls deus manans et habitans de la ville de S\. Gaudens, viscomtat
susdit, baillen per denombrament los dreyts, juridictions, preheminences,
libertats et costumes à lor apartenens universalement per autrey et privi-
liege obtengutz deud. seignor ou sos predecessors, possedits de temps

---

(a) Le roi désigne dans cette commission, établie suivant un formulaire, « maistres
Bernard de Boelhio, licencié ès droits, notre juge, et Bernard de Marque, (nom francisé
de : *Marca*, un parent de l'archevêque de Paris portant le même nom), nostre thré-orier
de Nébouzan et général de notre monnoie », pour procéder à la réformation du domaine
de Navarre dans le Nébouzan. Elle est datée de Pau, le 12 février 1541. Elle est donnée

DÉNOMBREMENT

PRODUIT LE 24 JUILLET 1542

par le Syndic et les Consuls de Saint-Gaudens

L'an mil cinq cent quarante-deux et le vingt-quatrième de juillet, en la ville de Saint-Gaudens, vicomté de Nébouzan, à nous, Bernard du Boeilh [1], licencié en droit, « juge de Nébouzan et commissaire sur la réformation généralle » [2], a été présentée « certaine commission » par le procureur de la vicomté de Nébouzan, en vertu de laquelle ont été convoqués maître Jehan Vande, Guilhem de Bolhon, Gabriel de Puyos, Domenges Cospeyra et Jacques de Saulx, syndic et consuls des manants et habitants de lad. ville « tout ainsy que nous a apparu de lad. commission », dont la teneur est la suivante :

« Henryc, par la grâce de Dieu, roi de Navarre », etc.

Lesquels syndic et consuls, tant pour eux qu'au nom de toute la communauté, ont produit leur dénombrement, duquel la teneur suit :

Par devant vous, très honorables seigneurs, Messeigneurs maître Bernard de Boeilho, licencié en droit, juge de Nébouzan, et Bernard de Marque, général de la monnaie au pays de Béarn, commissaires députés par l'illustrissime prince Henry, roi de Navarre et vicomte de Nébouzan, pour faire la reformation de son domaine aud. pays et vicomté, le syndic et consuls des manants et habitants de la ville de Saint-Gaudens, vicomté susdite, donnent par dénombrement, les droits, juridictions, prééminences, libertés et coutumes qui leur appartiennent universellement par octroi et privilèges obtenus dud. seigneur ou ses prédécesseurs, et possédés depuis assez longtemps pour qu'ils aient acquis valeur légale de titre, afin que de

---

en entier par la *Revue de Comminges*, tome I, 4ᵉ livr. pp. 228 et suiv. Elle a dû être prise sur le le livre intitulé : *Dénombrement des communautés du vicomté de Nébouzan* conservé autrefois à Nérac et actuellement à Pau *(Op. cit.* p. 238), car B. 1380 ne contient que les mots transcrits ci-dessus.

suffisent per aver acquisit dreyt valable de tiltre, affin que per vous avans dits seignors et commissaris vists losd. tiltres, autreys et possessions, lor sia bailade confirmation per escriut, talla que au temps advenir lor posca esser profitable. Ad aqueres fins disen loque dejos sen sec :

i. Et premèrement es ainsy que lad. ville de temps immemorial es fundada, et an reconnegut et reconneixen de present los seignors viscontes passats et qui de present es comme seignors immediats, deusquaus an tengut et tienen de present lors possessions et biens qui part dejos declaran ab charges jos expecificadoras.

ij. Item, disen losd. sindic et consuls que despuix lo susdit temps lad. villa et habitans daquere son cotizats per pagar las charges ordenaries ou extraordenaries aud. seignor visconte per nombre de cent foex.

iij. Tallament, que de tous temps et a jamais son en possession e libertat de no pagar aud. seignor, son thesaurer et depputats, sinon de mille escuts n'en paguen tan solament la cinquiesme partide et de lad. cinquiesme partide nen paguan de las tres parts las duas, que son de mille escuts, la somme de cent trente tres escuts petits et sieys sos bons, et lad. tierce partide los es quittade per certains agradables services feits lou temps passat per los habitans de laditte ville aud. seignor ou sos predecessors et per privilege expres sur so autreyatt laquallad. somma de cent trente tres escuts et sieys sos paguan quant vient lo cas que toute lad. viscontat fe donnation audit seignor de tal somme de mil escuts, et si talle donnation ou charge ordenaria, ou autre qual se volosse, ere impausade sur tout lod. pays, losd. de St Gaudens sont quittis et franx en paguan la susd. somme et per rata si tald. charge fasedora per lod. pays augmentaba ou diminuiba.

iiij. Item, disen que lod. terrador per pastencar lor bestial de quinha condition que sia et en aquet cavar et cultivar se exten et confronte de soleil levant ab los terradors de Lieux, Landorte et Estamcarbous.

ces titres, leur octroi et leur possession étant reconnus par vous susdits seigneurs commissaires, il leur en soit donné confirmation par écrit, de façon à pouvoir en profiter à l'avenir. A ces fins, ils disent ce qui suit ci-dessous :

Les Vicomtes du Nébouzan seigneurs immédiats

i. Et premièrement, il en est ainsi que lad. ville est fondée de temps immémorial, et [ses habitants] ont reconnu et reconnaissent présentement les seigneurs vicomtes passés et celui qui existe actuellement comme seigneurs immédiats, desquels ils ont tenu et tiennent présente· ment leurs possessions et biens, qu'ils déclarent d'autre part, ainsi que les charges ci-dessous spécifiées.

Impositions réparties sur cent feux

ii. Item, lesd. syndic et consuls disent que, depuis ce temps-là, lad. ville et ses habitants sont imposés par quote-part pour payer les charges ordinaires et extraordinaires aud. seigneur vicomte sur le nombre de cent feux.

Parts du budget revenant au seigneur et à la ville

iij. Egalement, que, de tout temps et 'à jamais, ils sont en droit et liberté de ne payer aud. seigneur, son trésorier et députés, sinon de mille écus, ils en versent seulement la cinquième partie ; et de lad. cinquième partie, divisée en trois parts, ils n'en versent que deux, c'est-à dire : de mille écus, la somme de cent trente trois écus petits et six sous bons. Et lad. troisième partie leur est abandonnée pour certains agréables services rendus, au temps passé, par les habitants de ladite ville aud. seigneur ou à ses prédécesseurs et par privilège spécial octroyé sur cela. Laquelle dite somme de cent trente trois écus et six sous est payée au cas où toute lad. vicomté fait donation aud. seigneur de cette somme de mille écus. Et si cette donation ou charge ordinaire, ou autre quelconque, était imposée sur tout led. pays, lesd. habitants de Saint-Gaudens sont quittes et francs en payant la susd. somme, et au prorata, si lad. charge à supporter par led. pays augmentait ou diminuait [3].

Délimitation des dépaissances et mises en culture

iiij. Item, ils disent que le terroir où peut paître le bétail de quelle condition qu'il soit et où l'on peut défoncer et cultiver s'étend et confronte, à l'est, avec les terroirs de Lieoux, Landorthe et Estancarbon.

v. Item, per part de miey jour se exten et confronte ab lo fluvi de la Garonne loqual fluvi de la Garonne passe entre lodit terrador de St Gaudens et de Miramont et Valentine.

vj. Item, per part de soleil couchant confronte ab los terradors de Linhac et Vileneufve de Riviere.

vij. Item, per part de septentrion se exten et confronte ab los terradors deus locqs de Sauxs et Pomarede se extermean per deus rius, l'un dit de Sauxs et l'autre de l'Anedon,

viij. Item, disen que eds tiennen et possedeyssen de temps immemorial, oultre et par dela lo fluvi de la Garonne, fore las susd. confrontations, ung terrador vulgariement apperat Montjayme, ab sas terras tant cultas que incultas en aquet appartenentez, confrontant ab los terradors et limits de Punctis Enar entro ung riu dit de Gelles despuix ung loc communement dit la Peyrousa entro la lana ainsy dicta la Peyrousa et entro a la lana de Miramont et autres confrontations, loqual terrador tienen franq et quitte de toute charge sauf la emparansa cy dejos a declarar.

ix. Item, disen que eds tienen et possedeyssen de temps immemorial, oultre et par dela lo fluvi de Garonne, fore las susd. confrontations, un terrador vulgariment apperad Montaut, confrontant ab lo terrador apperat Moleras Daspret de Silva entro au terrador de Arnaud de Martres et entro au fluvi de la Garonne, deu qual terrador no paguen aucun subside aud. seignor ne autres, ains lo tienen franq et quitty de toutes charges sauf la emparance cy dessous escrita.

x. Item, tienen aussy un autre terrador et bosc communement dit lo bosc de la Puncta assetiat desent lou terrador de laditte ville, confrontant ab lo terrador de Liux, lou riu de Saucs, camin public tirant de Sainct-Gaudens à Liux, et terres de noble Gaston de la Tour et autres confrontations, loqual bosc tienen per acquisition franq et quitty de toute charge.

xj. Item, disen que per lo util deusd. terradors ainsy dessus limitats et confrontats paguan aud. seignor visconte, sos commis et deputats, per emparance tant solement quascun an à la feste de tous Saincts doutze sos Jacques de prendre ausd. territoris tous profits, rendes, esmolumens et revenus sens ne paguar aultre charge sinon ainsy que dessus.

v. Item, vers le midi, ce terroir s'étend et confronte avec le fleuve de la Garonne, lequel fleuve de la Garonne passe entre ledit terroir de Saint-Gaudens et de Miramont et Valentine.

vj. Item, vers l'ouest, il confronte avec les terroirs de Lignac et Villeneuve-de-Rivière.

vij. Item, vers le septentrion, il s'étend et confronte avec les terroirs des lieux de Saux et Pommarède, se terminant par deux ruisseaux, l'un dit de Saux et l'autre de l'Anedon [1].

Terroirs hors des ténements ci-dessus

viij. Item, ils disent tenir et posséder, de temps immémorial, outre et au-delà du fleuve de Garonne, en dehors des susd. confronts, un terroir vulgairement appelé : Montjayme, avec ses terres tant cultes qu'incultes y appartenant, confrontant avec les terroirs et les limites de Pointis-Isnard, jusqu'à un ruisseau dit : de Gelles, depuis un endroit communément appelé : La Peyrouse et jusqu'à la plaine de Miramont et autres confrontations, lequel terroir ils tiennent franc et quitte de toute charge, sauf la garantie à déclarer ci-dessous.

ix. Item, ils disent tenir et posséder de temps immémorial outre et par-delà le fleuve de Garonne, en dehors des susd. confronts, un terroir vulgairement appelé : Montaut, confrontant avec le terroir appelé : les molères d'Aspret-en-forêts jusqu'au terroir de Arnaud de Martres et jusqu'au fleuve de Garonne, duquel terroir ils ne payent aucun subside aud. seigneur ni à d'autres ; mais ils le tiennent franc et quitte de toutes charges, sauf la garantie ci-dessous écrite [5].

x. Item, ils ont aussi un autre terroir et bois, communément appelé : le bois de la Pointe, sis dans le terroir de ladite ville, confrontant avec le terroir de Lieoux, le ruisseau de Saux, le chemin public allant de Saint-Gaudens à Lieoux et les terres de noble Gaston de la Tour, et autres confronts, lequel bois ils ont acquis franc et quitte de toute charge.

Tribut annuel de garantie pour usage des terroirs

xj. Item, ils disent que pour l'usage des terroirs ainsi délimités avec leurs confronts, ils payent aud. seigneur vicomte, ses commis et députés, pour garantie, à la fête de la Toussaint seulement, chaque année, douze sous jacqués. Ils peuvent prendre, sur lesd. territoires, profits, rentes, bénéfices et revenus, sans payer autre charge que celle fixée ci-dessus [6].

xij. Item, disen que, dens lodit terrador ainsy dessus limitat et con-frontat, losd. consuls an lo exercice de la jurisdiction ordenaria en toutes causes civiles et criminales, haute, moyenne et basse, laqualle jurisdic-tion se exerceys per quattre consuls au nom deud. seignor visconte ; los-quaus consuls son elegits lo jour de sainct Cricq, en nombre de oeyt, per vingt quattre prohoms de lad. ville appellats los vingt quattre conseillers ; non pas que sian nomentats consuls daqui pertant au maytin de St Joan : deusquaus susd. oeyt elegits ne sont preses et creats quatre los plus suffi-sens per exercir l'office de consulat per l'an seguent aprop lad. feste de sainct Joan per los quattre consuls passats, los quals prestent segrament en tal cas requis et necessari dessus lo *le igitur* et sancte Crots dessus pausade, entre las maas deu rector de lad. ville, presens et assistents losd. quattre consuls.

xiij. Item, advenent la feste de St Pé aprop sanct Joan, losd. vingt quattre conseillers sont eslegits per toute la commune, de cade costat de lad. ville sieys, losquaus conseillers ainsy creats presten jurement en tal cas requis et necessary entre mas deus consuls modernes et que en aquet an son creats per losquals sont acceptats provedit sien suffisens, autre-ment non.

xiiij. Item, disen que losd. consuls ainsy creats an puissance et liber-tat de prendre un homme de bien et scavent per en lou compagnie los conseillar aux actes de justice, loqual es dict assessor, et ung notary per escriure los actes de la court losquals son agadgats per losd. consuls à lor plaisir et connexence, qui presten segrement en tal cas requis et necessary en mas deusd. consuls qui ainsy los an acceptats, et prend lo notary per son salary de lettres expedides per ed au plaser et voler deusd. consuls losquaus an poder de lor augmentar ou diminuir lodit salary.

xv. Item, disen que eds an accoustumat de tenir un saget per sagerar las lettres et autres actes de lor court loqual es tengut et gardat per un deusd. consuls.

Consuls. Leur élection et leur juridiction

xij. Item, lesd. consuls disent qu'ils ont, dans ledit territoire ci-dessus limité et confronté, l'exercice de la juridiction ordinaire en toutes causes civiles et criminelles, « haute, moyenne et basse », laquelle juridiction s'exerce par quatre consuls, au nom dud. seigneur vicomte ; lesquels consuls sont élus le jour de Saint Cricq [7], au nombre de huit, par vingt-quatre conseillers [8] ; mais ils ne sont pas désignés nominativement pour le consulat avant le matin de la Saint Jean. De ces huit consuls proposés, quatre des plus suffisants pour exercer l'office du consulat pendant l'an qui suit lad. fête de Saint-Jean sont pris et créés par les consuls sortants. Ils prêtent le serment en tel cas requis et nécessaire, sur le *Te igitur* et sur la sainte croix placée dessus, entre les mains du curé de lad. ville, les quatre consuls étant présents et assistants.

Conseillers. Leur élection

xiij. Item, quant vient la fête de Saint-Pierre, après Saint-Jean [9], lesd. vingt-quatre conseillers sont élus par toute la commune, à raison de six par quartier. Les conseillers ainsi créés prêtent le serment en tel cas requis et nécessaire entre les mains des consuls modernes et en exercice pour cette année. Ils sont acceptés par ceux-ci, s'ils sont reconnus idoines ; sinon, non [10].

Assesseur et notaire des consuls

xiv. Item, ils disent que les consuls ainsi créés ont puissance et liberté de prendre un homme de bien et instruit pour les conseiller dans leur assemblée, en ce qni concerne les actes de justice, lequel est appelé : assesseur, et un notaire pour écrire les actes de la cour. Ils sont agréés par lesd. consuls, à leur plaisir et connaissance. Ils prêtent, entre les mains desd. consuls qui les ont acceptés ainsi, le serment en tel cas requis et nécessaire. Le notaire ne prend pour son salaire des lettres expédiées par lui que la taxe fixée au plaisir et vouloir desd. consuls, lesquels ont pouvoir d'augmenter ou de diminuer led. salaire [11].

Sceau du Consulat

xv. Item, ils disent qu'ils ont la coutume d'avoir un sceau pour sceller les lettres et autres actes de leur cour. Il est tenu et gardé par un desd. consuls [12].

xvj. Item disen que eds son en possession et libertat losd. consuls de
aver chascun an a la feste de Nostre Dame d'aoust une robe et un capay-
ron de drap de France rouge et negre per livrye lasqualles sont paguades
deus emolumens et proficts de lad. ville et per priviletge ad eds per lod.
seignor concedat.

xvij. Item, disen que los consuls ainsy creats an accoustumat de crear
un baylet sive hugnua per fe los enquans que se fen en lad. ville et esser
servidor deusd. consuls, loqual preste segrement en tal cas requis et
necessari entre lors mas et per eds es stipendiat loqual a puissance de
faire toutes et chasquunes las executions de lettres de lor court.

xviij. Item, disen que quiconque arrende la baylie de lad. ville deud.
seignor visconte es tengut de presentar un soubs bayle ausd. consuls,
loqual es per eds acceptat prouedit sie suffisent, autrement non ; ainsy
metix, si lo bayle rende de lad. ville, quant vient larrendement no es
suffisent per exercir lod. officy de bayle et que y aye cause de recusation,
sera recusat per losd. consuls ; et no pot exercir lod. officy de bayle en
lad. ville homme que no sie sens degune reprehension : loqual bayle et
sous bayle sont tenguts prestar segrement en tal cas requis et necessary
entre las mas deusd. consuls juges ordinaris.

xix. Item, sont en libertat et possession despuix lo susd. temps ença
losd. consuls et sindiq, quand vient à lad. feste de S^t Pé, de far eslegir et
crear quattre tastabins, losquaus son apperats *chinchayres,* per tastar lo
vin ques portat en lad. ville per vendre — et asso tant solament deu vin
de defore, car vin levat en las possessions et vignes deusd. habitans casquun los se pot afforar et boutar prets à son plaser ; — losquaus taste-
vins presten jurement en mas deusd. consuls de bien et degudement
juggar lodit vin et sans faire tort a degun ; et prenen per lor selari de
casquun car un picher de vin tous quattre, et ainsy rata per rata, et d^e
mey quar un cart, et d'une barrique un ters de piché.

Livrée des Consuls. Son payement

xvj. Item, lesd. consuls disent qu'ils sont en droit et liberté de recevoir, chaque année, à la fête de N.-Dame d'août, pour livrée, une robe et un chaperon rouge et noir, en drap de France. Ces insignes sont payés sur les émoluments et profits de lad. ville, en vertu d'un privilège à eux concédé par led. seigneur [13].

Valet de ville pour les encans

xvij. Item, ils disent que les consuls ainsi créés ont coutume de nommer un valet, sive : crieur [14] pour faire les encans qui ont lieu dans lad. ville et être serviteur desd. consuls. Il prête entre leurs mains le serment en tel cas requis et nécessaire, et il est stipendié par eux. Il est chargé de l'exécution de toutes et chacunes lettres émanant de leur cour.

Bayle et sous-bayle

xviij, Item, ils disent que quiconque afferme la baillie de lad. ville dud. seigneur vicomte est tenu de présenter un sous-bayle auxd. consuls, lequel est accepté par eux, pourvu qu'il soit idoine à cet office ; autrement, non. De même si le bayle rentant [15] de lad. ville n'est pas reconnu, quand se fait l'affermage, idoine à exercer led. office de bayle ou s'il y a un autre motif de récusation, il sera récusé par lesd. consuls. Nul homme qui n'est pas sans reproche ne peut exercer l'office de bayle dans lad. ville. Le bayle et le sous-bayle sont tenus de prêter entre les mains desd. consuls, juges ordinaires, le serment en tel cas requis et nécessaire.

Tate-vins ou chinchayres. Leurs fonctions

xix. Item, lesd. consuls et le syndic sont en liberté et droit, depuis le susd. temps éloigné, de faire élire et créer, quand vient lad. fête de saint Pierre, quatre tâte-vins, pour goûter le vin qu'on porte en ville afin d'y être vendu. Il ne s'agit que du vin venant du dehors, car [en ce qui concerne] le vin récolté dans les possessions et vignes desd. habitants, chacun peut le vendre [16] et mettre les prix qu'il voudra. Ces tâte-vins prêtent serment entre les mains desd. consuls de bien et dûment apprécier led. vin et sans faire tort à personne. Ils prennent sur chaque char pour leur salaire, un pichet de vin tous les quatre. Ils le partagent au prorata de leur nombre : de demi char, un quart de pichet, et d'une barrique, un tiers [17].

xx. Item, disen que a la feste susditte de sanct Pé son en possession et libertat de mettre estimadours en nombre de oeyt per estimar lous dampnages portats per los bestiars aux biens de la terre et aussy per estimar toutes causes dampnadyades, losquaux prenen per lor selary selon la taxe que per losd. consuls lor es feyta, et talsd. estimadors presten jurement entre maas deusd. consuls.

xxj. Item, disen que ets son en possession et libertad de fer eslegir et crear, chascun an a la feste de saint Johan, los messagues qui sont en nombre suffisant per gardar et conservar los fruts de la terre, losquaus prenen per lor selary so que per losdits consuls lor es taxat sus los de qui sera lo bestial loqual auran trobat en dampnage ; et talsd. messagues sont tenguts prestar jurement en mas deusd. consuls.

xxij. Item, disen que son en possession et libertat de peisxher et neurir tout lor bestiar en lod. territory ainsy limitat, exceptat que poden far buala per neurir et pastencar lor bestial de tribailh et per bots de besiaou fen lod. buala quant lor plats et on lor semble esser fasedor, et despuix ques bedat nou es permés a aucun de y annar pastencar lor bestiar que no sie de tribailh, ou si ac fé, per cascune begade es pegnerat segond la pegnere ordenary per losd. consuls, laquelle pegnere tiren et prenen los boés per lor salary doutse ardits cum es accoustumat ; més si es bestiar de tribail lor es permés y annar pastencar en tout temps.

xxiij. Item, disen que eds son liberals et francqs de toutes charges tant eds que lors bestiars, marchandises et toutes autres causas mobles et en passant per lo pont de Miramont la on poden anar, tornar et passar sens paguar aucun pontadge ne leude, cum sont chars cargats et (uny des chivaux ?) et tout aqtre bestial et marchandise ad eds appartenents, et

Experts ou estimateurs de dommages

xx. Item. ils disent qu'ils sont en droit et liberté de désigner, à la susé dite fête de Saint-Pierre, huit experts pour estimer les dommages faits par les bestiaux aux biens de la terre et aussi pour estimer toutes les choses endommagées. Ceux-ci prennent pour leur salaire ce qui est tax- par les consuls. Ils prêtent serment entre les mains desdits consuls [18].

Messaguès ou gardiens des moissons

xxj. Item, ils disent qu'ils sont en droit et liberté de faire élire et créér, chaque année, à la fête de Saint-Jean, les messaguès qui doivent être « en nombre suffisant » pour garder et conserver les fruits de la terre. Ceux-ci prennent pour leur salaire ce qui est taxé en leur faveur par les consuls sur les dommages causés par le bétail et constatés par eux ; et les susdits messaguès sont tenus de prêter serment entre les mains desd. consuls [19].

Pâturages communs
et réservés suivant la condition du bétail

xxij. Item, ils disent qu'ils sont en droit et liberté de faire paître et de nourrir tout leur bétail dans led. territoire ci-dessus délimité [20], excepté qu'ils peuvent faire des pâturages réservés [21] pour la nourriture et le paccage de leur bêtes de travail. Et sur le vœu de la communauté, ils font lesd. pâturages réservés où cela leur plaît; et quand le terrain est mis en défens, il n'est plus permis à personne d'y aller faire pâturer leur bétail s'il n'est pas de travail, ou si on le fait, les consuls infligent l'amende ordinaire chaque fois. Les bouviers prélèvent et reçoivent sur cette amende, pour leur salaire, douze liards, comme c'est de coutume. Mais s'il s'agit d'animaux de travail, il est permis de les y faire pâturer en tout temps [22].

Exemption des charges et péages sur les habitants, etc.

xxiij. Item, ils disent qu'ils sont libres et francs de toutes charges, aussi bien eux que leur bétail, leur marchandises et toutes choses meubles ; qu'ils peuvent faire aller, retourner et passer sur le pont de Miramont, sans payer ni péage ni leude, comme, par exemple, des chars chargés, « et indistinctement des chevaux et tout autre » bétail et aussy un estrangier portant marchandise per aucun de lad. ville es en possession et libertat de passar et revenir per ed sur lod. pont sens paguar aucun pontadge ne leude, et ainsy metix en passant per los pays de Commenge, Nebouzan, Foix et Bearn ab lors personnes et biens sont franx et quittis de toute leude et peage per losd. pays.

xxiiij. Item, disen que eds son en possession et libertat de afflusar tout lo terrador estant en lord. jurisdiction, et aquet baillar à nouveau fiu, et daquet prendre touts proufits, commoditats et revenus comme de lor cause propre, et ne usar en toutes causes tout et ainsy que es contengut en lor priviledge per lo seignor visconte Gaston de gloriosa memoria donat ; et aussy metix son en possession de prendre de cascun decret que per losd. consuls sera pausat, tant dedens ville que dehors et per toute la jurisdiction daquere, la somme de quattre sos et miey bons.

xxv. Item, disen que son en possession et libertat de prendre et levar, de cascune pippe de vin carretère que se vend per lo menut et a teberne en lad. ville, la somme de nau sos bons applicadors aux affaires de toute la communautat ; et ainsy metix prenen et leven de cascun boëu que se vent au Maset tres sos bons, de cascun mouton nau jacques, de cascune aoueille tres ardits, de cascun porc nau ardits, et per cascune crestade sieys ardits, applicadours comme dessus es dit à lad. communautat ; et en paguan tallad. charge tout habitant de lad. ville et aussy un estranger pot bene vin et carn tant que bon luy semblera : dë laquelle susd. rente sont tenguts losd. consuls ne bailhar et paguar aud. seignor, sous commis et deputats, scaver es la terce partide de tout lou susd. rendement, loqual es appellat *la jude*, obtengut per priviledge deud. seignor visconte.

xxvj. Item, disen que cascun habitant de lad. ville pot tenir en sa maison peses per pesar toutes marchandises en gros et menut et forn pour cuyre pan, et en lad. juridiction s'il a possessions pot tenir pesques, colomes et garennes franques et quittes sens n'en paguar aucune charge ; et aussy si un habitant de lad. ville non a la puissance de tenir

marchandise leur appartenant [23]. Aussi, un étranger portant des marchandises pour quelqu'un de lad. ville est en droit et liberté de passer et
revenir lui-même sur led. pont sans payer aucun péage ni leude. Et, de
même, en passant par les pays de Comenge, Nébouzan, Foix et Béarn avec
leurs personnes et leurs biens, ils sont francs et quittes de toute leude et
péage à travers lesd. pays [24].

Pouvoir d'inféodation et droit sur les cessions de fiefs

xxiiij. Item, ils disent qu'ils sont en droit et liberté de donner en fief
tout le terroir étant en leur juridiction et donner celui-ci à nouveau fief et
d'en tirer tous profits, bénéfices et revenus comme de leur chose propre,
et d'en user en toutes choses « tout et ainsy » qu'il est contenu en leur
privilège donné par le seigneur vicomte Gaston, de glorieuse mémoire [25].
Et aussi même, ils sont en droit de prendre de chaque ordonnance qui
par lesd. consuls sera délivrée, tant dedans que dehors la ville et dans
toute la juridiction de celle-ci, la somme de quatre sous et demi bons.

Droits communaux sur le vin, la boucherie, etc.

xxv. Item, ils disent qu'ils sont en droit et liberté de tenir et lever, sur
chaque pippe de vin charrié qui est vendu au détail ou dans les tavernes
de lad. ville, la somme de neuf sous bons applicables aux affaires de toute
la communauté. Aussi, ils prélèvent, sur chaque bœuf qui se vend à la
boucherie, trois sous bons ; sur chaque mouton, neuf [sous] jacquès ; sur
chaque brebis, trois liards ; sur chaque porc, neuf liards, et sur chaque
castration [de bêtes], six liards, applicables, comme il est dit ci-dessus,
à lad. communauté. Et en payant cette dite charge, tout habitant de la
ville, et aussi un étranger peut vendre vin et viande « tant que bon luy
semblera ». De laquelle susdite rente, les consuls sont tenus de donner et
payer aud. seigneur, ses commis ou députés, savoir : le tiers de tou
le susdit rendement, qui est appelé : l'aide, et qui a été obtenu par
privilège dud. seigneur vicomte [26].

Poids particuliers. Four. Viviers. Colombiers et garennes

xxvj. Item, ils disent que chaque habitant de lad. ville peut avoir, en
sa maison, des poids pour peser toutes marchandises en gros et au détail,
et four pour cuire le pain. S'il a des biens dans la juridiction, il peut tenir
viviers, colombiers et garennes, le tout franc et quitte de toute charge.
Egalement, si un habitant de lad. ville n'a pas la possibilité de posséder

un pez en sa mayson es en possession et libertat de anar pesar sa marchandise au premier pes que trouvera d'autre habitant de lad. ville sens n'en paguar aucun tribut ne charge au maistre de qui sera lou pez.

xxvij. Item, disen que son en possession et libertat de crompar, lo diyaus ques lo jour de marquat cascune sepmane, blad, vin, oeufs, fromage, pollailhe, et toutes autres marchandises de quinh condition que sie et à quinha hora voleren, sens nen paguar aucune coupe ni aucune charge, comme es de blad, sau et de tout autre granage ; ains si un estranger abio crompat aucune marchandise que voulosse, sera preferit un habitant de ville et l'aura per lo prets avans que lod. estranger.

xxviij. Item, disen que son en possession et libertat, quant ven lo cas que aulcun habitant de lad. ville vend aulcune marchandise plus que no lor sia estade taxade, de los punir et castigar segon que auran meritat et exigence de lad. marchandise ; et aussy pareillement si venden comme es vin, oli, carn et autre marchandise que sie accoustumade esser jugade per losd. consuls ou autres a daqueres fins deputats que no sia taxade et visitade si es bonne et marchande ne sont punits aussi metix a coneissence deusd. consuls.

xxix. Item, disen que tout habitant de ville et aussy tout estranger pot vendre et boutar prests a son plaser comme es en vinagre, moustarde, agras, peix fresc, oly de nodes et tout autre condition de oly, exceptat oly d'olive loquau es judgat per losd. consuls, sens nen pagar aucune charge aud. seignor ne aussy ausd. consuls.

xxx. Item, disen que son en possession et libertat despuix lou susd. temps de cassar per tout lou susd. territory de Sainct Gaudens comme es dab caas couchans, levres, ausets et autres engins per privilege a eds concedit.

un poids dans sa maison, il est en droit et liberté.d'aller peser sa marchandise avec le poids du premier habitant de lad. ville qu'il trouvera, sans payer ni tribut, ni charge à celui auquel le poids appartiendra [21].

Privilège d'achat sur le marché en faveur des habitants

xxvij. Item, ils disent qu'ils sont en droit et liberté d'acheter, le jeudi, qui est le jour de marché, chaque semaine, et à l'heure qu'ils vondront, blé, vin, œufs, fromage, volailles et toutes autres marchandises de quelle nature qu'elles soient, sans payer aucune coupe ni aucun tribut, comme cela se fait d'ordinaire pour le blé, le sel et autres choses en grains. Mais si un étranger avait acheté quelque marchandise que l'habitant de la ville voulait, celui-ci lui sera préféré et il l'aura, pour le prix, avant led. étranger [28].

Taxe et visite des marchandises

xxviij. Item, ils disent qu'ils sont en droit et liberté, quand le cas se présente où un habitant de lad. ville vend une marchandise au-dessus de la taxe, de punir et châtier celui-ci suivant qu'il l'aura mérité et suivant la valeur réelle de la marchandise. Et également, s'ils vendent une marchandise, comme le vin, l'huile, la viande et autre marchandise que l'on a coutume de faire tarifer par lesd. consuls ou autre à ces fins députés, ils sont punis par lesd. consuls, si elle n'a pas été taxée et visitée, quand bien même elle sera bonne et propre à la vente [29].

Marchandises non soumises à la taxe

xxix. Item, ils disent que tout habitant de la ville et aussi tout étranger peut vendre et fixer les prix à son plaisir sur le vinaigre, la moutarde, le verjus, les poissons, les fruits, l'huile de noix et toute autre nature d'huiles, (excepté celle d'olive, laquelle est taxée par lesd. consuls), sans avoir à payer aucune charge aud. seigneur ni auxd. consuls.

Chasse permise

xxx. Item, ils disent qu'ils sont en droit et liberté, depuis le susd. temps, de chasser sur tout le susdit territoire de Saint-Gaudens avec des chiens couchants, levriers, oiseaux et autres engins, par privilège à eux concédé [30].

xxxj. Item, disen que son en possession de non incarcerar ou metter en prison un habitant de ville ; quant vien lou cas que sie pres per losd. consuls ou bayles de lad. ville per cauque battement ou autre crime, mes que nou sie crime public, en bailhant cautions avant non sie en la preson sera eslargit ; et si advient lou cas que sie empresonnat per cause criminelle, no paguera aucune entrada ne geyssida loqual incarcerat se pot fa los despens estant en lad. preson sens ne paguar aucune cause aux bayles et gardes d'aquere.

xxxij. Item, disen que despuix lodit temps losd. consuls an accoustumat de tenir tres feyres : une le jour de madame sainte Quiteyre au mes de may, l'autre lo jour de sainct Johan au mes d'aoust, l'autre lou jour de St Nicolas lou mes de décembre, lasqualles sont privilegades tres dies davant et tres dies apres, ont cascun pot annar franc et quitty de toutes causes sens estre encarcerat exceptat que no sien gens meurtriers, sacrileges, ou autres que ayen gasagnat peyne corporalle. Mes per deute ou autre cause civile poden anar tres dies avant et tres dies apres comme dit es ; et se tenen lasd. feyres en lad. ville et places de Marquadau et Peyre, lasqualles places tenen franques et quittes de tout fiu et autre charge despuix lod. temps en ça.

xxxiij. Item, disen que aucun exequtor de lettres, sia per cause civile comme es per un dente (ou criminaute ?) no pot executar une homme de lad. ville ou estranger, ne saysir an corps estant dedens une mayson de lad. ville ou en la juridiction, lasqualles maysons sont privilegiades en tals actes.

xxxiiij. Item, disen que degun officier de ville comme sont conseillers et autres ayen meritat de esser incarcerat no sera mis en las carsers de

Conditions d'incarcération des habitants

xxxj. Item, ils disent qu'ils sont en droit de ne pas incarcérer, ou mettre dans la prison, un habitant de la ville. Quand vient le cas que celui-ci soit arrêté par les dits consuls ou bayles de lad. ville pour quelque dispute avec lutte ou autre crime, pourvu que ce ne soit pas un crime contre la chose publique, en donnant caution avant d'être en prison, il sera laissé en liberté. Et s'il advient le cas où il soit emprisonné pour cause criminelle, l'incarcéré ne payera rien à l'entrée ou à la sortie de prison, s'il peut suffire à ses dépenses dans lad. prison, et il ne payera rien aux bayles et aux gardiens de celle-ci [31].

Foires. Les privilèges qu'on leur a attribués

xxxij. Item, ils disent que, depuis led. temps, les consuls ont la coutume de tenir trois foires : une, le jour de Madame Sainte-Quiterie, au mois de mai, l'autre, le jour de Saint Jean, au mois d'août ; l'autre, le jour de Saint Nicolas, au mois de décembre. Elles jouissent du privilège ci-après : trois jours avant et trois jours après, chacun peut aller franc et quitte de toute affaire judiciaire, sans pouvoir être incarcéré, sauf pour meurtre, sacrilège ou autre cause entraînant peine corporelle ; mais pour dette ou autre affaire civile, ils peuvent vaquer à leurs besoins, pendant trois jours avant et trois jours après, comme il est dit. Lesd. foires se tiennent dans lad. ville et sur les places du Marché et de la Pierre, lesquelles places sont franches et quittes de tout fief ou charge, depuis led. temps ancien [32].

Privilège du
« droit d'asile » conféré aux maisons de la ville

xxxiij. Item, ils disent qu'aucun exécuteur de lettres [33], soit pour cause civile, comme, par exemple, pour dette, ou cause autre (?) [34], ne peut exécuter un homme de lad. ville ou un étranger, ni procéder à prise de corps contre quelqu'un étant dans une maison de lad. ville ou en la juridiction de celle-ci, ces maisons étant privilegiées contre de tels actes [35].

Privilège des
Officiers municipaux en cas d'emprisonnement. Prisons

xxxiiij. Item, ils disent que si un officier de la ville, tels que les conseillers et autres, aurait mérité d'être emprisonné, il ne sera pas mis dans lad. ville mais tant solement luy sera dit per un autre officier que se rende et sen anny en talla mayson de lad. ville sinon que sie per crime public car la begade sera mettut en unes de las quattre carcers que son en lad. ville nomentades las quattre tours, scaver es : la gran horn de la preson, l'autre horn que sus la porte deu miey barry bigordan, l'autre ques sur la porte de Gommets, et l'autre ques sus la porte de barry deu miey, de lasqualles quattres horns losd. consuls ne tenent las claus scaver chascun de la tour que en son quartié es, en lasqualles an puixanee de incarcerar un fils de la ville quant vient lou cas que sera prés per qualque simplem^t battement ou autrement en nom de castie, laquale mayson de la ville susd. et une place dab ere contiguë nommentade la Tourrasse, laquelle es per tenir los conseils de lad. ville, ensems lasd. quattre tours tenen losd. quattre cossols franques et quittes seinhs ne paguar aucun fiu ny aucune charge aud. seignor ny autres personnes, et d'asso son en possession et libertat despuix lo susdit temps en ça.

xxxv. Item, disen que son en possession et libertat despuix lod. temps en ça et en t.nt que contient las confrontations deud. terrador per la part de la Garonne, bastir, edificar moulins, batans, tinheries et tous autres bastimens et aussy en la gau dicta de las fons, et daquets prendre touts profits, revenus et commoditats et emolumens, et acquets applicar au profit et utilitat de toute la communautat, en pagan annalement aud. seignor visconte, sous commis et deputats, de fiu un escut petit.

xxxvj. Item, disen que lo jour de moussen sainct Jean que losd. consols sont creats son en possession et libertat de fer lous arrendemens deus emolumens de lad. ville comme es de lad. juda, deus moulins, battans et autres arrendemens que sont accoustumats fe, et aquets baillar et livrar a la man ou candelle au plus offrant et dernier encherisseur en bailhant bonnes et suffisantes cautions de pagar lous susd. arrendemens aux termis bailhats per losd. cossols a daquets qui auran arrendat.

xxxvij. Item, disen que son en possession et libertat quant vien los jours deu *Corpus Domini,* feste de monsieur sainct Gaudens patron de

les prisons de la ville ; mais, seulement, il lui sera enjoint par un autre
officier de se rendre et de s'en aller dans telle maison de lad. ville, à
moins que ce soit pour crime public, car, pour cela, il sera mis dans une
des quatre prisons qui sont dans lad. ville et que l'on appelle : les quatre
tours, savoir : la grande tour [36] de la prison, l'autre qui est sur la porte
du mi-barry bigordan, l'autre qui est sur la porte de Gommets et l'autre
qui est sur la porte du barry du milieu, desquelles quatre tours lesd.
consuls ont les clefs, savoir : chacun, de la tour qui est en son quartier
et dans laquelle il peut incarcérer un indigène de la ville, si, par cas, il
est pris pour quelque simple dispute [37] ou autrement pour subir une punition. La maison de la susdite ville qui sert pour les assemblées de lad.
ville et une place contiguë appelée : la Tourrasse et les quatre tours
ensemble, sont tenus par les quatre consuls francs et quittes, sans payer
aucun fief, ni autre charge aud. seigneur, ni à autres personnes. Ils ont
le droit et la liberté de jouir de cela, depuis le susd. temps passé [38].

Moulins, foulons, teintureries, etc. sur Garonne et le Gave des Fonts

xxxv. Item, ils disent qu'ils sont en droit et liberté, depuis le même
temps et dans les limites des confronts dud. territoire vers Garonne, de
bâtir, édifier moulins, foulons, teintureries et tous autres bâtiments, et
de même sur le Gave dit : des Fontaines [39]. Ils peuvent prendre de ceux-ci
tous profits, revenus et accommodements et bénéfices, et les appliquer au
profit et utilité de toute la communauté, en payant annuellement aud.
seigneur vicomte, ses commis ou députés, un écu petit de fief [40].

Affermage annuel des bénéfices de la ville

xxxvj. Item, que les consuls, le jour [de la fête] de Monsieur Saint
Jean, où ils sont créés, sont en droit et liberté de faire l'affermage des
bénéfices de lad. ville, tels que l'aide, les moulins, foulons et autres
affermages [41], ainsi qu'on a coutume de le faire ; ils sont adjugés à la
main ou à la chandelle [42] « au plus offrant et dernier enchérisseur en
baillant bonnes et suffisantes cautions » pour le payement des susdits
affermages dans les délais fixés par lesd. consuls à ceux qui auront
affermé.

Port du dais par les consuls à la fête de Saint-Gaudens

xxxvij. Item, ils disent qu'ils sont en droit et liberté, quand vient le
jour du « Corpus Domini », fête de Monsieur Saint-Gaudens, patron de

lad. ville, ou autre feste que fen procession generalle, de portar lou pavaillon, et si ven lou cas que auxd. jours no y sien losd. consuls ou l'un d'ets, en locq d'aquets que y failhiran seran ets porteran lod. pavaillon lun deus conseillers plus anciens de lad. ville, sens prejudicy de la superioretat deu seignor et sos officiers.

xxxviij. Item, disen aussy que eds tiennen et possedeixen despuix lo susd. temps en ça dus irles environnades deu fluvi de la Garonne, l'une dicta l'irla d'Auné, et l'autre ditte l'irle de sainct Jean, franques et quittys de toutes charges saufs la susd. emparence.

xxxix. Item, disen aussy que eds tienen un consistory dedens lad. ville et place ditta lou Marcadau oun an accoustumat de tenir leur court, franque aussy de toute charge, et es apperat lou consistory la court deus consuls de lad. ville.

xl. Item, disen que lad. ville estant, comme dit es, cap de toute lad. viscontat de Nebouzan, es coustumat d'y tenir lou siedge presidial de la cour de monsenhor lou seneschal de Nebouzan et y fer las assemblades de tout loud. pays per tenir lous estats en lad. viscontat et autres affaires concernants la judicature de lad. cour.

xlj. Item, disen que son en possession et libertat chascun an de visitar las mesures de lad. ville tant de vin, blad, las canes per pagerar lous draps, las peses per pesar et toutes autres causes concernants la politique de lad. ville, et de punir aquets que trovaran que tienen peses ou mesures fausses que nou seran de la mesure et pagere de lad. ville.

xlij. Item, disen aussy que son en possession et libertat de chascun an visitar los camis et sendez estans dedens la juridiction de lad. ville,

lad. ville, ou autre fête où l'on fait procession générale, de porter le
dais ; et au cas où lesd. consuls seraient absents led. jour, ou l'un d'eux,
les manquants seront remplacés pour porter le dais par l'un des conseillers les plus anciens de lad. ville, sans préjudice de la préséance du
seigneur et de ses officiers [43].

Iles d'Auné et de Saint Jean, possessions de la ville

xxxviij. Item, ils disent aussi qu'ils tiennent et possèdent, depuis le
susd. temps ancien, deux îles environnées par le fleuve de la Garonne,
l'une dite : d'Auné, et l'autre dite : de Saint Jean [44]. Elles sont franches
et quittes de toutes charges, sauf la susdite garantie [45].

Consistoire (ou Bourse) des consuls

xxxix. Item, ils disent aussi qu'ils tiennent un consistoire dedans lad.
ville et place dite : du Marché, où ils ont coutume de tenir leur Cour. Il
est franc aussi de toute charge et led. Consistoire est appelé : la cour des
consuls de lad. ville [46].

Saint-Gaudens, capitale du Nébouzan
siège présidial du sénéchal et lieu de tenue des États

xl. Item, ils disent que lad. ville étant, comme cela a été dit, la capitale de toute lad. vicomté de Nébouzan [47], on a coutume d'y tenir le siège
présidial de la Cour de monseigneur le sénéchal de Nébouzan et d'y faire
les assemblées de tout led. pays pour tenir les Etats en lad. vicomté « et
autres affaires concernant la judicature de lad. Cour. »

Vérification annuelle des poids et mesures

xlj. Item, ils disent qu'ils sont en droit et liberté de vérifier, chaque
année, les mesures de lad. ville pour le vin et le blé, les cannes pour mesurer les draps [48], les poids pour peser, et toutes autres choses concernant
le gouvernement de lad. ville, et de punir ceux qui seraient trouvés
détenteurs de faux poids ou de fausses mesures, qui n'auraient pas la
mesure [49] et la longueur [fixées dans] lad. ville [50].

Entretien des chemins et sentiers

xlij. Item, ils disent aussi qu'ils sont en droit et liberté de visiter,
chaque année, les chemins et sentiers qui se trouvent dans la juridiction

et aquets fe reparar a daquets que auran possessions au dreit don sera lo camin que no sera reparat, et a daquets que contrevieran lod. mandement los pugnir segond l'exigence deu cas.

xLiiij. Item, disen que, quand vient aux jours de feyres et marquats aucun marchant dc defore portant draps semblans aux que se fen en lad. ville, no pot tenir tauler ouvert ne boutique, mais si en vol bene que lo porten sur eds ; car tout habitant de ville (tenent office de payré ?) paga aud. seignor ou son baile, cascun an, per lo tauladge que apperen dret de pertusage, sieyx ardits, et per aquere rayson losds. forastans no poden desplegar losd. draps en taule ne boutigue.

xLiiij. Item, aussy medix si aucun sabathé forastan pourtant sabates a vene en ladite ville no pot tenir boutigue ou taulé ouvert, mais que lo se porte comme est dit deux draps, car chascun sabaté habitant de ville cascun an bailhe au bayle deud. seignor ung pareilh de sabatous simples per lo dret du taulé que tienen ouvert.

xLv. Item, disen que son en possession et libertat cascun habitant tenent bestial de anar pecher sur los circonvoisins comme es Villenave, Saucs, Liux, Landorta, Estancarboun et autres vesins, de jour, sen retournant la neit geseillar et dormir ab loudit bestial aud. terrador de St Gaudens, exceptat en temps de famine car en tal temps cascun pot bedar et prohibir so de son.

Conclud comme dessus.

de lad. ville et de les faire réparer par ceux qui auront des biens à l'endroit [51] où le chemin ne sera pas réparé et de punir, suivant la gravité du cas, ceux qui contreviendront à leur ordre [52].

Vente des draps. Privilège des drapiers de la ville

xLiij. Item, ils disent que quand un marchand forain vient aux jours de foire et de marché, portant des draps semblables à ceux qui se font dans lad. ville, il ne peut les étaler ni tenir en boutique ; mais s'il veut en vendre, il doit les porter avec lui ; car tout habitant de la ville (faisant métier d'apprêteur [53]) paye au seigneur ou à son bayle, chaque année, pour droit d'étalage, que l'on appelle : droit de pertusage [54], six liards, et, pour cette raison, lesd. forains ne peuvent déplier les draps sur des établis ou en boutique [55].

Cordonnier forain soumis aux mêmes obligations que le drapier forain

xliiij. Item, il en est de même pour le cordonnier forain portant des chaussures dans lad. ville pour y être vendues. Il ne peut tenir boutique ou établi ; mais qu'il les porte comme il est dit des draps [56], car chaque cordonnier habitant la ville donne, chaque année, au bayle dud. seigneur, une paire de souliers ordinaires pour le droit de l'étal qu'ils tiennent ouvert [57].

Droit de dépaissance sur les lieux circonvoisins

xlv. Item, ils disent que chaque habitant ayant du bétail est en droit et liberté d'aller faire paître les bêtes sur les [terrains] « circonvoisins », comme, par exemple, de Villeneuve, Saux, Lieoux, Landorthe, Estancarbon et autres voisins, de jour, s'en retournant la nuit pour gîter et dormir avec led. bétail dans le terroir de Saint-Gaudens, excepté en temps de famine, car, en tel temps, chacun peut défendre et prohiber ce qui lui appartient [58].

Conclu comme dessus.

NOTES DU DÉNOMBREMENT DE 1542

NOTES DU DÉNOMBREMENT DE 1542

1. Dans le préambule du texte le nom du juge réformateur est écrit : Bernard deu Boeilh : en tête de l'acte proprement dit de dénombrement, il est orthographié : Bernard de Boeilho ; enfin, la signature que nous reproduisons en fac similé photographique porte : de Boelhio, comme ci-dessous.

2. Nous mettrons entre guillemets les phrases françaises intercalées dans le texte gascon.

3. Il résulte de l'ensemble de cet article que la vicomté de Nébouzan — qui comprenait 5 membres : Saint-Gaudens, Saint-Plancart, Cassagnabère, Sauveterre et Mauvezin, — ne payait qu'une donation de 1000 écus, quand les Etats l'accordaient. (V. l'art 27 du Dénombrement de 1665, où cette donation est déjà transformée en droit annuel). Cette donation était, par suite, divisée en 5 parties, soit : 200 écus pour chaque membre. Par privilège spécial, (maintenu dans le Dénombrement de 1665, art. 27), Saint-Gaudens ne versait au seigneur que les 2/3 de ces 200 écus, soit : 133 écus et 6 sous ; 66 écus et 4 sous restaient à la communauté de Saint-Gaudens. De plus, ces 133 écus, 6 sous, n'étaient versés au vicomte, que lorsque la vicomté, par l'organe de ses Etats, avait accordé la donation de 1000 écus. En règle générale, Saint-Gaudens était quitte par le payement de 133 écus 6 sous, quand la donation de 1000 écus était consentie, et il participait pour 1/5 à l'augmentation ou à la diminution de cette donation, suivant le taux fixé pour celle-ci par les Etats. Telle est notre interprétation de cet article, vraiment obscur.

4. V. aussi l'art. xlv ci-après et l'art. 22 du Dénombrement de 1665, qui comprend les délimitations portées aux art. iiij, v, vj, vij du Dénombrement de 1542. V. aussi, aux appendices : *Degrez et limites du terroir de Saint-Gaudens.*

5. Voir aussi, pour les art. viij, ix et x, l'art. xj qui suit et l'art. 23 et 24 du Dénombrement de 1665. Le ruisseau de Gelles, désigné à l'art. viiij, semble se rapporter au ruisseau qui tombe dans le Ger (entre Maurère et Lespone. S. O. de Pointis -Inard). La côte que l'on gravit à Miramont pour aller à Aspet porte le nom de : *Côte de Montjayme* Quant à Montaut, il finit à la forêt d'Aspret et à la montagne du Bout-du-Puy. Le bois de la Puncta (art x) est indiqué sous le nom de : *La Pointe,* sur la rive gauche du ruisseau de Joc à l'embranchement de la route d'Aurignac, S. O. de Lieoux. (V. *Degrez et limites du terroir de Saint-Gaudens).*

6. Les art. 24 et 25 du Dénombrement de 1665 accusent 20 livres de fief annuel, d'une part (imposées en 1543) et 18 sous bons, (ou un écu petit), d'autre part (transaction de 1503). C'est probablement cette dernière rente qui figure à l'art. xj du Dénombrement de 1542, avec la valeur de 12 sous jacquez.

7. Saint-Cirice, à l'art. 3 du Dénombrement de 1665. (Saint-Cyr, le 16 juin).

8. Voir aussi, pour complément de détails, le Dénombrement de 1665 (art. 3 et 9).

9. Le 24 juin, Saint-Jean ; le 29 juin, Saint-Pierre.

10. V. l'art. 9 du Dénombrement de 1665.

11. Au Dénombrement de 1665 (art. 4), le notaire est remplacé par un greffier et les consuls peuvent avoir un ou deux assesseurs.

12. V. art. 10 du Dénombrement de 1665.

13. V. art. 6 du Dénombrement de 1665. L'octroi de cette livrée est du 8 juillet 1527.

14. Au Dénombrement de 1665, art. 7, ce valet de ville n'est plus seul ; le nombre est porté à 4. Dans la Charte de 1203 (art. LXXVI), les habitants qui veulent vendre leur vin sont obligés de faire publier à son de trompe (ucar, dit le texte) les conditions de la vente.

15. Nous employons l'expression qui figure aux art. 11 et 24 du Dénombrement de 1665. (V. principalement l'art. 11 de cet acte).

16. Le mot: *afforar* est traduit par Honnorat, dans son *Dictionnaire provençal*, par: *taxer, estimer ;* la même signification est donnée au mot: *afforamen*, dans les *Comptes consulaires d'Albi* (135-960). Lacurne de Sainte-Palaye donne au mot: *afforer* la signification ci-dessous et celle de : *percer* (à propos de l'extrait des *Coutumes de France* qui figure au mot : *Pertusagium*, dans le Glossaire de Du Gange.) Dans notre texte, en traduisant : *afforar* par : *estimer, taxer*, nous aurions un pléonasme, puisque ce mot est suivi de : *et boutar prets = et donner prix*, c'est-à-dire : *taxer*. Luchaire, (*Anciens textes Gascons*. Glossaire) donne au mot : *afforar* la signification de : *aliéner*, qui se rapporte bien au sens de notre texte. V. également les art. 14. 20 et 34 du Dénombrement de 1665, et ci-après l'art. xxv.)

17. Le *char* de vin, à Saint-Gaudens, vaut 6 hect. 12 cent. et le *pichet* (ou *pot)* 4 lit. 16 cent. ; la barrique contient 6 mesures de 33 lit. 26 cent. ⸺ 199 lit. 56 cent. Ainsi donc, les chinchayres recevaient sur 6 hect. 65 cent., 4 lit. 16. Les autres prélèvements sont, sans doute, mal indiqués et il faut lire que la taxe sur le demi-char est d'un tiers de pichet et sur la barrique, un quart. On remarquera certainement qu'il n'y a aucune proportion entre ces taxes, puisque sur 6 hect. 1/2 environ, on prélève 4 lit. 16 cent. ; sur la moitié de ces 6 hect. 1/2, le prélèvement est de 1 lit. 38 cent., en tenant compte de notre rectification, et de 1 lit. 04 cent. sur 200 lit. environ que contient la barrique. En prenant pour base cette dernière taxe, nous devrions avoir un prélèvement de 3 lit. 40 environ sur le char.

18. V. l'art. 12 du Dénombrement de 1665.

19. Ces agents, qu'il ne faut pas confondre avec les « estimadours » de l'article précédent, n'avaient que la garde des moissons. L'estimation des dommages était faite par les agents prévus à l'art. xx, ci-

dessus. Le principe de la séparation des pouvoirs, qui avait à peine commencé à se faire jour, est poussé, semble-t-il, dans le cas présent, à ses extrêmes limites, car ces *messagues* et ces *estimadours* nous paraîtraient de nos jours faire double emploi. Cependant, nous retrouvons la même distinction, la même séparation, au Dénombrement de 1665. (V. les art, 12 et 13 de ce Dénombrement, où les *estimadours* sont appelés : *estimateurs* et les *messagues*, *messaguiers*.)

20. V. les art. ci-dessous : iiij, v, vj, vij, viij, ix, x et xj.

21. L'expression : *far buala* = *préparer une étendue de terrain pour le pacage des bœufs*, ou : *mettre, dans ce but, un bois en défens*. Le verbe : *buala, bualar, boala*, existe en même temps que le nom : *buala, boalaa, boalar*. (V. Lespy. *Dict. Béarnais*, pour ces derniers mots.)

22. Voici d'autres agents, qui peuvent se confondre avec les messagues. Mais ces « boes » du texte sont simplement les gardiens des bœufs de travail de chaque particulier ou, peut-être, des gardiens chargés par la communauté de faire paître le bétail de cette catégorie. Nous avons vu cette institution, il y a peu d'années encore, fonctionner pour les porcs ; un seul gardien, appelé : *porcate*, était chargé de garder et de faire paître tous les animaux de cette espèce appartenant aux habitants de Saint-Gaudens. Rassemblés le matin, à la première heure, ils étaient menés au dehors par le *porcate*; ils rentraient au gîte, à la tombée de la nuit. Dans les Pyrénées, les villages ont encore les pasteurs communs pour les moutons et les chevriers communs pour les chèvres. (On ne retrouve plus ces *boes* dans le Dénomb. de 1665.) V. aussi, suprà, les art. iiij et suivants et infrà l'art. xlv.

23. Le texte porte entre parenthèses et avec un point d'interrogation, les mots : *uny des chivaux* (?) Nous avons déjà fait remarquer que de nombreuses expressions françaises figurent dans le texte gascon. Le mot *uny, unie*, signifie, en vieux français : *indistinctement*. (V. ce dernier mot dans Lacurne de Sainte-Palaye.) Du reste, les mots : *et tout autre bestial et marchandise*, qui suivent, peuvent également appartenir au même idiome.

24. V. aussi les art. 30, 31, et 33 du Dénombrement de 1665.

25. On trouvera, à l'art. 23 du Dénombrement de 1665, des détails plus circonstanciés sur ce privilège d'inféodation. Il résulte des renseignements contenus dans cet art. que, en 1334, un procès s'était élevé, au sujet du terroir de la barthe du Soumès, entre Gaston Phébus (Eléonor de Comenge étant tutrice) et Jeanne d'Artois et que, à la suite de ce procès, le droit d'inféodation fut accordé aux consuls, — ils existaient à cette époque, — de Saint-Gaudens. Dans l'Instruction pour les consuls et les jésuites », de 1740, op. cit., le procès et ses fins sont exposés ainsi (p. 2) : « Le comte Gaston (alias : Eléonor de Comenge) « prétendit véritablement que la concession de 1203 *(celle de la* « *Grande Charte)* n'embrassait pas le terrain appelé : la Barthe du » Soumès et d'autres tènements : d'où s'était élevé un grand procès, » sur lequel il passa une transaction, le 23 janvier 1335 *(le style n'est* » *pas marqué)*, avec les consuls et syndics *(le vidimus de 1345 ne* » *fait pas mention de syndic)* de Saint-Gaudens. Elle porte que le

» quartier de la Barthe et d'autres possessions y désignées, appartien-
» dront en plein droit (pleno jure) aux consuls et communauté de Saint-
» Gaudens, en sorte qu'ils pourraient à leur gré les affermer, les vendre,
» ou bailler en fiefs (quod dictum nemus, seu Bartham, et alias posses-
» siones prædictas locare, novum feudum dare et concedere possint). Ces
» derniers mots (novum, etc.) caractérisent sans contredit la Directité,
» car il n'y a que le seigneur féodal qui puisse bailler à nouveau fief.
» Le comte Gaston n'entendit conserver dans ces ténements que la
» Justice Haute, Moyenne et Basse (salvâ tantum modo et retentâ
» juridictione omnimodâ, altâ et bassâ), ayant par exprès transporté,
» aux consuls et communauté, tous les autres droits qu'il pouvait
» y avoir (et si quod jus prædictus comes habebat in dictis locis,
» totum illud jus, actionem et partem, tam in proprietate quam in
» possessione, absolvit, remisit et reliquit ». V. l'art LVII de la
Grande Charte de 1203, qui fut revu par Gaston et sa mère 10 ans
après cette transaction, soit en 1345. Il n'y est pas fait mention de ce
droit de juridiction, — ce qui confirme notre manière de voir sur la
reproduction intégrale, sans modification, qui fut faite, en 1203 et
et en 1345, des documents partiels composant la Grande Charte.

26. Voir les art. 20, 28 et 34 du Dénombrement de 1665. La *jude*, de
notre art. xxv, est appelée : la *jeude*, à l'art. 20 du Dénombrement cité
ci-dessous. La traduction du mot est: *l'aide* (remplacée aujourd'hui
par les contributions indirectes).

27. Voir l'art xlj infrà, les art. LXXIV, LXXV et LXXVI de la
Grande Charte et l'art. 21 du Dénombremement de 1665.

28. V. aussi l'art. LXXII de la Grande Charte pour la vente du fer,
et les art. 19 et 28 du Dénombrement de 1665.

29. V. l'art xxv du présent Dénombrement et l'art. 14 de celui de
1665.

30. V. l'art. 26 du Dénombrement de 1665.

31 En se référant à l'art. 16 du Dénombrement de 1665, il est clair
qu'il s'agit des *bayles* à la fin de cet article. La contexture de la
phrase : *et gardes daquere* aurait pu donner à penser qu'il fallait :
baylets (valets) et non : *bayles*. V. aussi l'art. 17 du Dénombrement
précité.

32. Dans la Grande Charte, art. XLIII, il est fait mention de la
« protection » pour les marchés. Elle allait du mercredi à la nuit du
jeudi, « si l'on n'était ou caution, ou débiteur ou malfaiteur ». Le
privilège des foires, tel qu'il est inscrit dans les deux Dénombrements
que nous publions (V. art. 18 et 21 de celui de 1665) n'est certainement
qu'une réminiscence de la protection prévue dans la Grande Charte.
Du reste, en Provence, en Bourgogne ou en Champagne, les foires et
lendits jouissaient de privilèges analogues à celui de 1542, art. xxvj et
xxvij.

33. Ces exécuteurs de lettres étaient, pour les consuls, le *hugnua*
(de l'art. xvij) et, peut-être, les *chinchayres* (art. xix), les *messagues*
(art. xxj) et les *boes* (art. xxij). Le bayle devait aussi avoir son ou ses
sergents ; mais aucun renseignement n'est donné, à ce sujet, dans les
Dénombrements que nous publions.

34. Ce texte porte, entre parenthèses et avec un point d'interroga-

tion, les mots : (ou criminaute ?), ce qui indique une lecture douteuse. Nous pensons qu'il faut lire : *on cause autre*, expressions qui figurent déjà dans l'art. xxxj.

35. Ce privilège, réservé aux *salvetads*, n'est pas mentionné dans le Dénombrement de 1665. (Nous devons rappeler à ce sujet que, en 1274, Saint-Gaudens avait une *salvetad*, le quartier de Gomets.)

36. Le texte porte : *horn*, au lieu de : *torn*, pour désigner ces tours. (*horn* = *four.*)

37. V. art. xxxj.

38. V. l'art. 16 du Dénombrement de 1665.

39. Ce Gave des fontaines (Gave de las Fons) a disparu dans l'aménagement, soit de la ville, soit des terres l'environnant. Il reste bien encore quelques ruisselets qui témoignent, vers Gavastous, (quartier de Saint-Gaudens dont le nom vient de ces *gau*), d'une abondance d'eau qui a disparu ; mais on ne saurait indiquer où se trouvaient ces *gau*, que, un peu plus loin, vers l'Est, on appelle : *gotos* = *gouttes*, (à Estancarbon, par exemple.)

40. V. également l'art. 26 du Dénombrement des 1665. Nous ne trouvons, comme signification du mot : *accomodements* que : *prêts gratuits* (Lacurne de Sainte-Palaye, au mot : *Accommodation, accommodement*, qu'il fait venir de : *comodare* = *prêter*. Le mot était usité avec cette acception — d'après cet auteur — en droit coutumier.) Nous ne pensons pas qu'il signifie, ici : *prêts*; nous opinons plutôt pour : *rentes*.

41. V. note 21 ci-dessous ; v. aussi les art. 21 et 28 du Dénombrement de 1665 et xxxv du présent.

42. L'adjudication de la main à la main est un marché sans publicité et concurrence ; l'adjudication à la chandelle est celle qui se fait, après publicité, à l'extinction des feux. (V. *Grand Dict. Universel*. Larousse, au mot : *adjudication.*)

43. Le Dénombrement de 1665 ne mentionne pas cette particularité.

44. L'Ile d'Auné est située entre Valentine et Saint-Gaudens ; c'est, aujourd'hui, le Champ de Courses. L'Ile Saint-Jean est en amont, entre Bordes et Villeneuve-de-Rivière. Elle n'appartient plus à Saint-Gaudens.

45. V. pour la garantie, l'art. xj du présent Dénombrement ; et, pour les appartenances de la ville, les art. iiij jusqu'à x du même Dénombrement, ainsi que les art. de 22 à 25 de celui de 1665.

46. Dans son *Grand Dictionnaire Universel*, Larousse donne au mot : *Consistoire*, les renseignements suivants : « Endroit où les prieurs et consuls des marchands se tenaient, à Toulouse, pour régler les affaires de leur commerce. » C'est la « loja » des villes maritimes de la Méditerranée, avec cette différence que les consuls des marchands étaient à Saint-Gaudens, en 1542, les consuls mêmes de la cité, lesquels, pour traiter des affaires communales, se réunissaient à la Maison commune de la Tourrasse, et, pour régler les affaires du commerce, s'assemblaient à la place du Marché (Marcadau.) Nous trouvons dans un Règlement du 2 septembre 1649 (*Cayer de certains titres de la ville de Saint-Gaudens*, provenant de la collection J.-B. Noulet) que « tous les draps portés du dehors seront vérifiés avant

d'être mis en vente à Saint-Gaudens, afin de savoir s'ils sont de la qualité portée par le règlement baillé en dernier lieu par *MM. de la bourse* conforme à l'arrêt de la *cour.* » Il semble résulter de ce texte que, en 1649, les « MM. de la Bourse » n'étaient plus les consuls de la communauté. — qui continuaient, néanmoins, à former la *cour* prévue au Dénombrement de 1542. — Dans le Dénombrement de 1665, art. 21, il est fait mention seulement d'un : « parquet des consuls. »

47. Cela n'a pas été expressément dit dans les art. qui précèdent celui-ci ; on peut, à la rigueur, le déduire des termes généraux de l'art. i.

48. La canne mesure 1 m. 796.

49. Nous aurions traduit : *mesure* par : *capacité*, si les poids avaient pu rentrer dans cette dernière formule.

50. V. aussi l'art. xxvj du présent Dénombrement; à l'art. 21 de celui de 1665, il est fait mention des *poids de la ville*. L'art. LXXIV de la Grande Charte fait mention de *mesures de la ville*.

51. Il est de toute évidence que les mots : *au droit*, du texte, signifient : *à l'endroit, au lieu*. Mais, dans le Glossaire du « *Parnasse Occitanien* » de Rochegude, ce mot : *droit* = *endroit*, beau côté d'une étoffe (c'est-à-dire : *endroit*, opposé à l'envers dans une étoffe, ce qui explique la définition obscure donnée par Raynouard, dans le Lexique, t. v. p. 71 : « Corrélativement à envers » Le mot : *droit* = *endroit, lieu*, dans notre Dénombrement, ce qui ne manque pas de bizarrerie.

52. V. les art. 15 et 30 du Dénombrement de 1665.

53. Le texte porte : (*tenent office de payre ?*) Les éditeurs du Dénombrement accusent ainsi une lecture douteuse. Il faut lire : *parayre* = apprêteur. Le *p* est barré au bas de son jambage dans B 1380.

54. Les droits de *tauladge* ou *pertusage* existaient dans la vallée d'Aran, pour les marchandises venant de France, ou de Catalogne et d'Aragon (actes du 26 juillet 1556 pour la France et des 24 mai 1551, 3 juillet 1517 et 15 juin 1557, pour la Catalogne et l'Aragon), et vice-versa. C'étaient vraiment des droits de douane. Du Cange, dans le Glossaire, ne donne au mot : *pertusagium* que la signification de : *droit de sortie sur les vins*. Il faut se rappeler que les douanes provinciales existaient encore, en France, sous Colbert, et que l'*imposition foraine* fonctionnait de douane à douane, — de ville à ville, pouvons-nous dire en nous reportant au Dénombrement de 1542.

55. V. aussi l'art. xxxix du présent Dénombrement et les art. 19, 21, 32 et 33 de celui de 1665. La Grande Charte de 1203 fait mention dans les art. XIX, XXII et LXXVIII du commerce des draps et des droits de passage des marchandises.

56. V. l'art. xliij du présent Dénombrement.

57. V. au sujet de cette imposition, les art. XXI, LXXIII et LXXVIII de la Grande Charte. Elle ne figure plus dans le Dénombrement de 1665.

58. V. aussi art. iiij et suivants du présent Dénombrement.

DÉNOMBREMENT DE 1665

DÉNOMBREMENT DE 1665

Dénombrement Remis devant M⁰ Daspe, comm^{ro} reformateur, contenant les privilèges, Exemptions, octrois, coutumes, Et Concessions faites à la ville de S. Gaudens par les souverains vicomtes, et octrois et sentence donnée ensuite ; du 16⁰ août 1665.

Dénombrement que met et baille devant vous M^r M⁰ Bernard Daspe, con^{er} du roy, président juge mage de la sénéchaussée et siège présidial Dauch, commissaire subdélégué par la Chambre des comtes de Navarre pour la réception des foy et hommages, adveus et dénombrements Deus au Roy à cause de son Encien domaine de Navarre, recherche Et reformation Diceluy En la vicomté de Nébouzan Et viguerie de Mauvezin, baronie Daspet, contenant les privilèges, Exemptions, octrois, concessions, coutumes et immunités.

Le Sindic Des Consuls, manants et hab^{ts} De la ville de St Gaudens suivant les proclamation et intimations faites de votre autorité procédant au fait de votre Charge Et Commission.

CONTRE M^r le procu^r Du Roy En la Sénéchaussée de Nébouzan aux fins qu'il VOUS plaise Le confirmer au plain possessoire Et jouissance diceux En la même forme Et manière que ses Devanciers En ont joui Et jouissent à présent sans aucun trouble ny Empêchement.

Venant auxquels.

St Gaudens, capitale du Nébouzan

1. Dit en premier lieu Et vous représente, que la ville de St Gaudens Est la Capitale dud. vicomté Depuis l'union faite Dicelle par Gaston, Comte de Fois, le 3 juin 1334, suivant la Commission de feu philippe de Valois, adressant au Sénéchal De toulouse, au juge de rivière, Etant auparavant Des Dépendances du Comté de Commenge ¹, Depuis lequel tous ont reconnu, les hab^{ts} de lad. ville, tous les Comtes Dud. Nebouzan comme seigneurs immédiats, tenants Et reelement Diceux tous leurs biens consistant En droits Seigneuriaux appartenant à lad. Comm^{te}, posses-

sions Et autres facultés, Et notament Les roys de Navarre, à la Couronne desquels la Maison de fois a Eté jointe avec ses appartenances, Desquelles est lad. Vicomté jusques au très-heureux avènement à la Couronne De france, de fe∴ henry le grand quatrième de ce nom Et de louis treizième, Lesquels le produisant a reconnu comme il reconnoit aussi à present Le très puissant Et très chrétien prince louis 14ᵉ comme Roy de france Et de navarre ses souverains Et seigneurs vicomtes dud. Nebouzan, le reigne Duquel Dieu fait autant prospérer que le saint roy Dont il porte le nom Et prend la très illustre race ².

St Gaudens est fortifié

2. Dit que la ville Est close de murailles Et ceinte De tours, remparts Et boulevards, autour desquelles il y a cinq portes appelées Du barry bigourdan, goumets, Simonet, Moulat Et la trinité, Ensemble plusieurs guerittes servant à La fortification de lad. ville ³ ; pour la Conservation et réparation de tout ce dessus sont Employés ordinairement La plus grande partie des Emoluments de lad. Commᵗᵉ...

Administrateurs de la Ville

3. Et au régime et gouvernement Dicelle pour la manutention Et Entretien de la justice Et service de son prince Et Seigʳ vicomte dud. Nebouzan sont commis quatre magistrats annuellement, appelés Consuls, Lesquels sont choisis Et Elus Du corps des habᵗˢ de lad. Commᵗᵉ comme les plus dignes, suffisants et Capables, par les voix de 24 conseillers Elus suivant les quatre quartiers Esquels lad. ville est partagée, Etant créés En cette forme à la fête de Sᵗ Cirice, le 16 juin, suivant L'Encienne Coutume de tout temps inviolablement observée. Après ont accoutumé de prêter le Serment de fidellité à leur maitre Et de bien Et fidelement faire Le devoir de leur Charge Ez mains dud. Seigʳ vicomte ou de son Sénéchal ou de son lieutᵗ, le jour Et fête de Sᵗ jean baptiste, suivant que résulte de La Grande Charte contenant les priviléges concédés par les comtes de Commenge Et confirmés par led. feu Comte Gaston, le tout inséré dans son propre idiome Et langage. Lesquels Consuls suivant Lordᶜᵉ du roy et règlement sur ce fait par lesd. Seigʳˢ vicomtes, Doivent Etre de bonne vie Et mœurs Et religion Et de la qualité requise, sans Etre de ville Et abjecte condition, Conformément aux arrets du parlement de toulouse, Dont lad. ville Est ressortissante ⁴.

Exercice de la justice par les Consuls.
Assesseurs et greffier

4. Item dit de tout temps lesd. consuls ont exercé, au nom desd. seigneurs vicomtes la justice civile et criminelle et de la police dans la juridiction et distroit de lad. ville en concurrance avec le juge, avec l'assistance dun ou deux assesseurs de la qualité requise et suivant les ordonnances, lesquels ils ont pouvoir d'élire et choisir ensemble un greffier pour Ecrire et tenir les actes et registres de leur cour. Et pour faire mieux Exercer lesd. actes de justice, lesd. assesseurs et greffier sont tenus prêter le serment entre les mains desd. consuls comme Dépendants Diceux.

Compétence des Consuls. Tenue des séances

5. Et affin de faire le devoir de leur Charge, Exerçant leur fonction, ils ont un parquet Dans la grande place de lad. ville, pour ouïr les plaintes Et réquisitions qui ,leur sont faites journelement, En ce qui les regarde, maintenant la jurisdiction criminelle Et de la police Et pour la civile jusques a cent sous pour y avoir été confirmés comm' au reste de leurs privilèges et franchises par les sentences de Mr de Boueil, Réformateur pour henry second, roy de Navarre, L'an 1543, que produit Et employe. Auxquels assesseurs et greffier peuvent donner tels gages que leur semblera des Emoluments avec lavis du Conseil.

Préséance et livrée des Consuls

6. Item dit Etre en possession immémoriale pour Lornement Et Embellissement de leur Charge consulaire Et en Considération que lad. ville est la Capitale du vicomté où les Etats du pays ont accoutumé de s'assembler annuellement, où lesd. Consuls ont rang Et Séance comme les premiers dud. vicomté, Davoir une robe longue et un Chaperon, le tout demi parti de rouge Et noir, servant de Livrée, pour représenter Leurs majestés, intimider Et donner frayeur aux méchants Et Contenir les Bons dans leur devoir, Le tout de drap de france, parées et garnies de Satin noir, pour lesquelles faire peuvent prendre Des rente et émoluments de lad. ville suivant la concurrance [5] du temps, ainsi qu'appert de Loctroy de Concession faite auxd. Consuls par TRES ILLUSTRE PRINCESSE Madame Anne de Navarre [6], et acte à suite de ce passé par Messire

· Bernard Dabadie Chancelier de Navarre Et Commissaire a ce député, le 8ᵐᵉ juillet 1527, inséré aussi dans led. Dénombrement, que produit.

Valets de Ville

7. Aussi, pour les servir et à lad. Commᵗᵉ, ont-ils accoutumé de prendre quatre valets de ville ou sergents, lesquels ont, par leur permission, faculté d'exploiter les Lettres de leur Cour Et faire tous inquants Et autres saïsies publiques avec la trompette de lad. ville. Et à cette fin sont appelés : *huques* ⁷ En langue vulgaire Et sont salariés au plaisir desd. Consuls Des facultés de lad. Commᵗᵉ ⁸.

Maison commune

8. It. dit que les Consuls ont une maison dans l'enclos de lad. ville, appelée : Maison Commune, avec la place y jointe du Cotté du Levant, lieu appelé : la tourrasse ⁹, servant aujourd'huy de collège pour l'instruction de la jeunesse, noble, franche de tout subside, dans laquelle ils ont accoutumé de faire Leurs assemblées Et convoquer les Conseillers Et autres habitants de la ville tels qu'ils verront être les mieux sensés et capables pʳ déterminer Et arrêter les délibérations du Conseil suivant les cas Emergeants.

Election des conseillers. Leurs attributions

9. Et pour, avec plus de circonspection, avis Et conseil, pourvoir aux affaires de la Commᵗᵉ, ils ont aussi accoutumé de faire Elire 24 Conseillers à la fête de Sᵗ Pierre et Sᵗ Paul, ¹⁰ Et autres 24 que les Consuls choisissent pour procéder à lad. Election, au préalable avoir prêté le serment, en tels cas requis, Délire personnes sans reproche Et dhonnette Condition, Et non de vil et abjet metier, tout ainsi que lesd. Consuls . Lesquels sont tenus de sassambler, à toutes Les occasions quils seront mandés par les susd. valets de ville et au son de la cloche, dans la Maison Commune . En deffaut, sans excuse légitime, peuvent lesd. Consuls les commander, Et en ce cas se montreront rebelles ou commettront acte indigne durant l'année de leur charge, les destituer Et casser, la cause de leur destitution connue par les Consuls ⁴¹.

Sceau des Consuls. Armoiries de la Ville

10. Item dit que lesd. consuls ont, de temps qui n'est mémoire du contraire, un scel pour sceller les lettres et autres actes emanants de leur

cour et jurisdiction, représentant les armoiries de la ville, qui sont une cloche, lequel sceau un desd. consuls tient en garde devers soy pour le service de lad. ville. [12]

Bayle et sous-bayle

11. Davantage dit que tout fermier de la bailie Dud. Seigneur vicomte Est tenu de présenter un Lieutenant ou sous baile suffisent et sans reproche. Et en cas ne sera de la qualité requise, lesd. Consuls En peuvent prendre, au lieu et place de celui qu'il aura présenté, un autre Comm'aussi peuvent lesd. Consuls refuser le baile rantant, lors du bail de la ferme Et réception Dicelui, Etant nécessaire qu'ils soient de bonne vie et sans répréhension Et comm' ils Doivent prêter le Serment nécessaire entre les mains desd. Consuls comme juges ordinaires. [13]

Estimateurs. Leurs attributions

12. Dit aussi être en possession que la fête de St-pierre et St-paul, après l'Election desd. Consuls, les Consuls peuvent Elire huit hommes appellès : Estimateurs, pour, au préalable avoir prêté le serment de faire bones et dues relations entre les mains desd. Consuls, Estimer les domages portés par le bétail de quelle sorte que ce soit sur les fruits des terres cultivées de quelle espèce aussi que ce soit. Et pour leur salaire est pourvu de taxe par lesd. Consuls suivant l'exigence des Cas. [14]

Messeguiers. Leurs attributions

13. Item ont pouvoir lesd. Consuls d'Elire à la fète de St-jean-baptiste [15] quatre hommes, appellés : Messeguiers, En langue vulgaire, pour garder Et conserver les fruits de la terre, tant de nuit que de jour, des domages portés par le Bétail En toute la jurisdiction et distroit, Et après raporter fidélement tout ce que par Eux aura été observé, ayant faculté lesd. Consuls de faire pignorer [16] les maitres auxquels le bétail qui aura porté le dégat appartiendra commils veront Etre à faire Et de pourvoir de taxe auxd. Messeguiers pour leurs peines. [17]

Taxe et inspection des choses comestibles

14. Item dit que les Consuls ont pouvoir de visiter le pain, vin, chair, huiles Et autres choses Comestibles, qu'on a accoutumé d'exposer en

vente En lad. ville Et mettre prix Et taxer icelles suivant les Saisons et exigences des Cas, Commaussi toutes sortes de marchandises tant Dheors que Dedans les Boutiques, poids et mesures, Et punir ceux qu'ils trouveront coupables par amandes. Et en cas de Sophistication, altération ou Corruption desd. marchandises ou autres Danrées, icelles confisquer. Et lorsqu'ils ne peuvent vaquer à lad. visite, peuvent Députer quatre hommes auxquels ils donnent faculté de procéder En ce qui regarde la police Et règlement de toutes les marchandises En leur absence, notammant de gouter le vin aux tavernes et Cabarets, leur donner prix suivant la bonté Dicelui. Et, en recompanse de lad. visite, Sont en faculté, de tout tems, de prendre un pot de vin, sive : piché, de chaque charrette Expressément pour empêcher que les hotes ou taverniers ne puissent mixtioner le vin. Et en, après, le tout relater aux Consuls pour pourvoir à ce qui sera besoin et nécessaire Et, par ce moyen, entretenir la justice politique. [18]

Entretien des ponts et chaussées

15. Dit et Soutient avoir joui de tout tems d'un privilège dépendant de la justice politique, par lequel les Consuls de lad. ville peuvent visiter les chemins, ponts et chaussées de leur jurisdiction. Et en cas de ruine, uzurpations, comblement des fossés ou autres choses concernant lesd. chemins, faire iceux reparer aux circonvoisins Et coupables Et pourvoir autant ainsi qu'il appartiendra Et par raison. [19]

Prisons de la Ville

16. Comme aussi dit être en possession de quatre tours situées dans l'Enclos de lad. ville, la première appellée : la grande tour de la prison, autrement : la porte Ste Catherine, du Cotté du Levant ; la seconde, au milieu du Barry Vigourdan, du couchant ; la troisième, sur la porte dite : de goumets, du midi ; Et l'autre, au milieu du Barry dit : de Simonet, vers le septentrion, lesquelles servent de prison et sont réparées par les Consuls et Commté. [20]

Entretien des prisonniers

·17. Et en cette considération, sont exempts, les habitts de lad. ville, du droit d'antrée Et de Sortie, lorsqu'ils sont Emprisonnés de quelque autorité que ce soit, sans que le baile ny autre puisse contraindre ny Exiger desd. prisonniers, lorsqu'il y en aura, aucune chose du Droit

Dentrée ny de Sortie. Est permis auxd. prisonniers de s'entretenir comme bon leur semblera, sans être sujets au geolier pour en recevoir leur dépense, ny de payement daucun droit de geole, Comme dit Est [21]. Tenant nèanmoins lesd. prisons franches Et quites dé toutes charges, sans En payer aucun flef à Sad. Majesté Comme Seig^r vicomte de Nebouzan, ny autres personnes que ce soit, de tout tems.

Foires annuelles. Leurs privilèges

18. Item dit être en possession, de temps immémorial, de tenir trois foueres l'an, en lad ville, pour la conservation du Commerce et trafic des marchandises, savoir : Le jour Et fête de Ste Quiterie, au mois de May ; L'autre, le jour de la décolation de St Jean baptiste, au mois d'aout ; La dernière, au jour de S^t nicolas, au mois de décembre [22]. Lesquelles sont privilégiées de trois jours Davant Et trois jours après ne pouvoir faire aucun prisonnier pour deptes ni autres choses qui méritent punition corporelle, pouvant librement aller Et revenir toutes sortes de personnes, conformément aux franchises des foires ordonnées par Sa Majesté [23].

Marchés hebdomadaires

19. Dit aussi Etre en même faculté De tenir un marché public Et général Dans les places dites de Lapierre, Et du Marcadau, chaque semaine, Le jour de jeudy, auquel toutes sortes de marchandises de la qualité requise sont vendues ; nèanmoins, les jours de mardy Et samedy ont accoutumé, les marchands et tisserands étrangers Et autres, Détailler sur les grands Bancs de la grande place du Marcadau, les ternets, courdaillats, cadis, razes Et autres draps qu'ils veulent vendre, servant de Marché entre lesd. marchands, Esquels jours de foire et marchés, les habit^{ts} de lad. ville peuvent vendre leurs Bleds et autres grains sans payer aucun droit de coupe [24], ny autre charge que ce soit.

Vente libre du vin provenant des vignes des habitants

20. Sont aussi en possession de vendre le vin qu'ils Lèvent en leurs possessions Et vignes étant dans la juridction de lad. ville, sans payer aucun droit de jeude, leudère, ny autrement, Et icelui apprécier comme bon leur semblera [25].

Places foraines. Construction de la place du Marcadal

21. Et pour pouvoir, avec plus grande décoration, tenir Lesd. foueres et marchés, a, le produisant, Deux places en lad. ville, L'une appellée :

Lapierre, où les Bleds et autres grains se vendent ; L'autre dite : du Marcadau, au devant de la grande Eglise, couverte et dans laquelle toutes Espèces de Marchandises sont exposées en vente Et joignant le parquet desd. consuls [26]. Sur le bas d'icelle est mis le poids de la ville Et de lautre cotté, montant en haut, sont les Bancs de Boucheries. Tous lesquels droits, savoir : des Etalages, poids et Boucheries, sont rentes au profit de lad. Communté, le jour et fête de St Jean baptiste, suivant la permission donnée au prodt de bàtir lad. halle, Etablir en icelle lesd. droits, en l'an 1551 par le feu roy henry second, commission expresse adressante à Me Dominique Baila, son conseiller et juge de Bigorre. Lequel, par trans- action du 24 9bre aud. an passée avec le Syndic Et Consuls de lad. ville Et en suivant sa commission, permit la construction de lad. place Et établissement desd. droits Et bancs de boucherie, sous l'entrée de soixante Ecus sol Et dix livres de fief annuel, comme Résulte par le texte de la transaction, ouï, sur ce appellé, le procureur du Roy institué pour led. seigneur aud. Nebouzan.

Limites du territoire [27]

22. Item dit que hors lenclos des murailles et fossés de lad. ville Est le terroir appartenant à lad. communauté, Dans lequel les consuls exer- cent la justice haute, moyenne et Basse, au nom dud. seigneur, consistant En terres cultes Et incultes, bois, preds, Lequel confte, de Levant, le terroir Destancarbon, Lendorthe et Lieoux ; de Midy, avec le fleuve de Garonne, qui passe entre led. terroir de St Gandens Et les terres de la ville de Valentine, Et Miramont ; de soleil couchant, avec les terres de linhac Et villeneuve de rivière ; de sep [n], avec ceux de Saux Et pomma- rède, Lesquels sont séparés Et distingués par deux ruisseaux, l'un dit : de Saux Et l'autre : de Lanedon ; Entre lequel terroir ainsi limité et confronté Du cotté du Midy tiennent et possèdent, dans le fleuve de Garonne, deux petites illes environnées dicelui, lune appelée : Daune Et lautre : de St Jean, franches et quites de toutes charges Et subsides, comme ayant été formées, par le cours de leau, du terroir de lad. ville limitrophe, Etant, par ce moyen, dans lenclos des terres Baillées par le comte Gaston au sindic des consuls de lad. ville.

La barthe du Soumés, Montaut et Montjayme

23. Dit que lui appartenant tout le terroir susdit par concession Expresse des comtes de Commenge, auxquels ils souloint appartenir, nommément de Bernard, comte dud. Commenge, En lan 1203, depuis

ayant été joint à la maison de foix. En lan 1334, procès auroit été meu
Entre led. seigʳ comte Gaston, qui en demeura saisi, avec Eléonor de
Commenge, sa mère, par Echange fait de quelque terre avec Dame jeanne
Dartois, d'une part, Et le sindic Et consuls pʳ la commᵗᵉ de lad. ville,
dautre, pour Raison du terroir de Labarthe du Soumès, montaut et
montjaimes, suivant les confrontations plus amplement Espécifiées En
lad. transaction, pour ce regard franches Et quites de tous subsides avec
toute directe Et puissance de les vendre et aliéner, Et Bailler a nouveau
fief En partie ou En tout, moyennant lantrée de 230 livres, qui furent
payées aud. seigʳ comte Gaston. Laquelle transaction demeura confirmée
par les Lettres patentes des autres ses successeurs vicomtes dud. Nebouzan, Et par ce moyen en ont ils joüi Et jouissent encore comme seigneurs
Directes desd. terroirs En paréage avec le sindic du Chapitre Collegial de
lad. ville.

Ténements de Castetnavet à Vignet

24. Quand aux autres terroirs, hors lad. barthe du Soumès, du Levant,
occident Et septentrion, depuis Castetnavet jusques a vignet inclusive-
ment, étant la plus part vaccants et terres hermes, bien que le produisant
en feut maître Et possesseur par Expresse concession Et octroy dud.
comte Bernard de Commenge aud. an 1203, ainsi qu'apert par le texte
formel de Grande Chartre, par laquelle tous les susdits vacants sont
donnés En propriété anx habitᵗˢ de lad. ville, sans rien réserver, néanmoins, encore pour faire paroître que le produisant a désiré toujours
témoigner Lobéissance due à son seigneur Et maître, les mêmes vacants
furent confirmés par transaction passée Entre le sʳ de Boueil, reformateur, Et le sindic de lad. ville, en lan 1543, sous la reconnaissance de
80 livres, qui furen[t] pour lors payées au trésorier de Sa Majesté Et
20 livres de fief annuel, payable annuellement au baile rantant, qui a
depuis joui dud. revenu Et émolument, nonobstant qu les habitᵗˢ de
lad. ville demeurassent chargés, commils sont maintenant, de plusieurs
Devoirs Et redevances, En considération dud. don fait par led. comte
Bernard, nommément des vacans Et padouentz de brouils, vignet, lauba
Et autres, avec faculté de paître, couper bois dans les forêts de Lendorthe
Et lignac, voisins des vacants Et terroirs de lad. ville²⁸.

Terroir de las Fonts

25. Item, de tenir et posséder un autre terroir appellé : Las fonts, de
ca la rivière de garonne, du Cotté du Midy, de la jurisdiction de lad. ville,

qui souloit appartenir à feu fortanier par le bail quen feut fait au produisant par Dame Catherine, reyne de Navarre, vicomtesse de Nebouzan, avec pouvoir Et faculté de battir sur la rivière des moulins bladiers Et laviers, sive : battants et tintureries, sous lentrée de cent ducats vieux Et Dix huit sous bons de fief annuel, faisant un Ecu petit, comme appert par patentes expresses de lad. Dame données à Pampelone, le 23 octobre 1503. Suivant lequel octroy Et permission, le produisant aurait fait battir un moulin bladier, trois laviers Ensemble une tinturerie.

Privilèges de bâtir et de chasser

26. Soutient Etre en possession Dun privilège immémorial de pouvoir bâtir tours Et fours en leurs maisons Et Métayries, pigeonniers, viviers, clapiers Et garenes ; même, faculté et franchise de pouvoir chasser à toute sorte de chasse par leur dit terroir avec oyseaux de rapine, levriers Et autres chiens couchants. [20]

Exemption de tailles, impositions, gabelles, etc.
Donation annuelle

27. Venant aux droits qui regardent particulièrement les Exemptions, franchises Et immunités de lad. ville, dit, en premier lieu, que pour marques singulières Et en récompense des bons Et fidelles services Rendeus à leurs maitres comme gardes des limites Et frontières du Royaume du cotté Despagne, les hab[ts] de lad. ville, comme tout le reste de la vicomté, ont été exempts de tout tems dont reste Mémoire du Contraire Et comme sont a présent, de toutes charges ordinaires et extraordinaires, tailles, impositions, gabelles, généralement de toutes sortes de subsides qui peuvent ou qui pourroient advenir, sauf et réserve le don gratuit et annuel que les gens des trois Etats du vicomté ont accoutumé faire Dans l'assemblée générale des Etats annuellement a Sa Majesté comme Seigneur vicomte dud. Nebouzan, attendu même que led. vicomté est situé en un pays fort Estérille et infertille, étant contraints la plus part des hab[ts], pour la grande froideur et Estérilité des terres Et proximité des montagnes, aller iverner le bétail En plat pais, où sont ils obligés, pour le séjour où ils hivernent, de donner la moitié du Nourrissage et lanage. Et en cette considération Et pour les hazards et inconvénients auxquels ils sont sujets, par les incursions et ravages faits par les ennemis de la Couronne, en tems de guerre, ont ils joui Et jouissent a présent de lad. Exemption, Comme il a pleu a ses Majestés, ainsi qu'apert par les patentes cy après

insérées, la première, de françois premier, roy de france, en datte du 26 juin 1543, avec le vidimat de la cour de Mr le sénéchal de toulouse du 24e février 1547 ; la seconde, de henry second, en datte dud. an 1547 ; la troisième, en date 1561, de Charles 9me. Et pour gratifier Et reconnoitre les bons et agréables services rendus à toutes les deux couronnes, plus particulièrement encore par les habts de lad. ville comme chargés des Entrès et Séjours des lieutenants de ses Majestés. Et autres officiers de la Couronne, gardes et Conservation de leur ville Et cause publique, sont ils quittes Et exempts de la troisième partie de la Cotte du Droit annuel, qui leur compete comme un Membre dud. vicomté, les cinq Membres faisant le tout. Et ce, par exprès privilège de feu, de bonne mémoire, Catherine, Reyne de Navarre Et vicomtesse de Nebouzan, concédé à lad. Commte par patentes de sa majesté du 26 avril 1515. [30]

Prélèvement de droits sur les comestibles

28. It. dit être en possession d'un autre Droit, qui le prodt a accoutumé d'exiger en lad. ville, appellé : la jeude, qui se prend sur les vins Etrangers, chairs, poissons salés, huiles et autres choses comestibles, pour réparer les Murailles, chaussées, ponts et fontaines de lad. ville, suivant la concession et octroy sur ce fait au produisant par lad. Dame Catherine, contenue en ses patentes expédiées a pau le susd. jour, 26 avril 1515, soy réservant Et a ses successeurs a lavenir la troisième partie, laquelle est rentée, chacun an, au profit de Sa Majesté, ensemble avec le prodt. Et le trésorier en perçoit les deniers provenants de lad. troisième partie [31].

Frais de conduite des condamnés

29. Item. Soutient être en possession que le trésorier des Domaines de Sa Majesté aud. vicomté, advenant le cas de condamnation pour la conduite des criminels, n'ayant le receveur des amendes fonds pour fournir aux dépens qu'il convient faire, Est tenu fournir et avancer des deniers du Domaine tout ce qui sera requis Et nécessaire pour les frais de lad. conduite des criminels condamnés par les consuls de lad. ville, après l'appel interjetté En la cour du parlement.

Péage au pont de Miramont

30. Comme aussi Est en possession que, avenant Ruine Et démolition du pont qui est sur la rivière de Garonne Entre le lieu de Miramont Et

le terroir de lad. ville, de ne payer que la troisième partie des frais Et dépens qu'il faudra faire pour la réparation Et restauration Dicelui. Et moyennant ce, tous les hab^ts de lad. ville sont exempts de .tous Droits de péage, pontage Et autres, qu'on a accoutumé de prendre aud. pont. Appert dud. octroy, fait au' prod^t par très illustre princesse Anne, infante de Navarre et sœur de henry, roy de Navarre, contenu auxd. patentes données a pau, le 24 juillet 1527, lesquelles demurent confirmées par arrêt du même Roy henry, donné au mont de Marsan le 9e juillet 1549 [32].

Exemption de redevance dans le domaine seigneurial

31. Item dit Etre en liberté Et franchise que les hab^ts de lad. ville Sont exempts de leude, péage, gabelle Et autres droits par tout le pais de béarn, foix et bigorre, marsan, tursan, gavardan Et Commenge [33].

Draps marqués avec un sceau de plomb

32. Pareillement, Soutient que Gaston, Comte de foix, En l'année 1448 Donna pouvoir Et faculté, au nom susd., de marquer ou faire marquer avec un Scel de plomb ou marque, tous les draps qui se fairont, débiteront ou seront transportés hors de lad. ville Et de prendre, pour led. sceau, trois derniers morlas au profit de lad. comm^té, sauf et réservé la troisième partie pour Sa Majesté. Tous lesquels privilèges, franchises, exemptions Et immunités demeurerent confirmés par tous les Seig^rs vicomtes de Nebouzan. Et plus reçament par les patentes de feus antoine et jeanne, Roy et reyne de Navarre, Données a pau, le 24 mars 1580, confirmées Et vérifiées par jugement de la Chambre des Comtes de pau, en datte du 12 mars 1581. [34]

Exemption de la traite et de l'imposition foraine [35]

33. Entre lesquels Droits et franchises, la Comm^té aurait joui Et jouit Encore de lexemption de la traite Et imposition foraine, rue et haut passage, à Elle et à tout le reste du Vicomté de Nebouzan Concédée par les rois de france, souverains Seigneurs, à Linstance Et requeste des rois de Navarre, vicomtes susdits, pour toutes sortes de marchandises Et vivres que les hab^ts dud. vicomté transporteront Ez vicomtés de bigorre, foix Et autres terres de lancien domaine, par patentes de françois premier données à St Germain le 18 may 1544, confirmées par arret du parlement de toulouse le 28 juin aud. an Et par autres patentes de Louis ⌐13, [36] données a paris, le 3 X^bre 1666. Depuis lesquelles sen seroit

ensuivi sentence confirmative dud. privilège du grand Maitre des ports, ponts Et passages, proncée [37] a toulouse dans le Bureau général de la foraine en faveur des hab[ts] dud. Vicomté, le 21 juillet 1667.

Droit sur les vins étrangers [38]

34. Soutient encore avoir joui, suivant les occurences des affaires, troubles Et guerres civiles, desquelles le pais a été agité, de certain droit, appellé : la Leudere, qu'on a accoutumè d'exiger sur les vins Etrangers, savoir huit pots de vin, sive : pichés, par charrette qui se vend en lad. ville par concession du Comte gaston, en lan 1467, depuis successivement confirmé par autres seigneurs vicomtes, lorsqu'il leur a pleu loctroyer, eu egard aux charges Et impositions desquelles lad. ville est foulée Et oppressée du tout, notamment durant les guerres angloises s'étant conservés lesd. habitants au service de leurs Majestés Et seigneuries, Et plus recement, par le Conte Mongomery, qui pilla Et saccagea lad. ville, Et dans les dernières guerres, par le marquis de Villars, en haine du parti du roy, que les habitants ont toujours Embrassé et soutenu. Pendant lequel tems, la ville a été toujours plaine de garnisons Etrangères, tellement que p[r] subrenir aux réparations des murailles, chaussées, ponts et passages, payement des gens darmes Et autres infinis Subsides, ils ont joui dud. droit, qui revient à peu de chose, eu égard aux grands qu'il a convenu faire, Demurant Encore la ville Engagée de 80.000 livres. Dequoy étant informé led. feu Roy henry, que Dieu absolve, pour avoir veu la plus grande part desd. désordres En ce pais, auroit voulu continuer led. don et octroy par diverses patentes vérifiées en la Chambre de pau, le 20e 9bre 1601 Et depuis encore par autres patentes du mème roy En datte du 11me juin 1606, confirmées par autre déclaration du mème an, L'année Suivante 1607, pour neuf années, vérifiées Et enregistrées En la Chambre Etablie par Sa Majesté à Nerac, le 23 aout 1608.

De eodem

35. Comme aussi le mesme don auroit Été accordé par le feu Roy louis 13, commil appert dans les patentes données a Montpellier, le 14 septembre 1622, Et depuis, par autres patentes données à S[t] germain en laye le 17 7bre 1627, Et depuis, par autres patentes données à paris le 14 mars 1636. Et parceque les troubles Et les guerres sétant augmentées depuis sa mort, les peuples auroint souffert des grandes foules par logement des troupes, le Roy louis 14, a présent heureusement Régnant,

Reconnaissant la fidélité des hab^ts, leur auroit continué le mesme octroy par ses patentes données à paris, le 23 9bre 1644, Et depuis, par autres patentes données a paris le 23 9bre 1650, Et a suite fait enregistrer En sa Chambre des Comtes a pau.

Confirmation des priviléges du XVIe au XVIIe siècle

36. En tous lesquels privilèges, libertés, franchises et immunités, led. produisant demure confirmé, notament en sa transaction du comte gaston, En ce qui concerne les vacants de lad. ville Et droit de Directe par la sentence dud. sieur de Boueil, reformateur au présent vicomté, donnée en faveur du produisant aud. an, 1543, Et, depuis, par patentes de feu Antoine et jeanne, roy et reyne de Navarre, Et, plus reçament, depuis lavenement à la courone de feu henry le grand, par patentes scellées du grand sceau a queue verte et Rouge, données à paris, le 13e octobre 1597, Et depuis encore, par le feu Roy louis 13 par pareilles patentes données a fontenebleau au mois doctobre lan de grace 1611.

Par quoy conclud que, par votre Sentence déffinitive, il vous plaise confirmer, maintenir, garder et conserver le produisant en tous lesd. privileges, exemptions Et Concessions Et immunités, plainement Et paisiblement, avec inhibitions Et deffenses, tant aud. Sieur procureur que autres, ne le troubler ny Empêcher en la jouissance diceux.

***

Le dénombrement de 1665 finit ici. Le nom du signataire n'est pas inscrit, mais nous le trouvons dans la sentence prononcée, à Auch, par M^o Daspe, le 16 Août 1665. Nous ne donnons pas cette sentence, parce qu'elle ne contient guère qu'une longue analyse du dénombrement inséré ci-dessus ; toutefois nous en extrairons les décisions qu'elle renferme.

Donc, Bernard Daspe, conseiller du Roy, président et juge-mage en la sénéchaussée et siège présidial d'Auch, commissaire subdélégué par la Chambre des Comptes de Navarre, reconnait avoir reçu le « présent Dénombrement des droits, biens, facultés et privilèges » signé : Croset, un des trois consuls. Il enregistre une opposition présentée par le s^r de Fabien, juge du Nébouzan, contre lesd. Consuls, qui « ont dénombré certains biens à lui appar-

» tenants, acquis du sʳ Marquis de Carbon » et situés en l'Ile Dauné[1]. Mᵉ Daspe renvoie les parties « en justice contentieuse ». Il supprime aux Consuls le droit de justice jusqu'à cent sous, parce qu'il est contraire à l'Ordonnance de Moulins (1566), qui est postérieure à la sentence des sieurs de Boelhio et Marca, juges réformateurs, donnée, en 1543, sur le Dénombrement fourni en 1542. Il maintient enfin les Consuls et les habitants de Sᵗ Gaudens dans tous les autres droits dénombrés en 1665, sous réserve d'obtenir, « du Roy heureusement régnant, les lettres de confir-» mation diceux ».

Le tout signé à Auch, le 16 aout 1665, par Daspe, juge mage et commissaire ; Molinarij, greffier.

---

1. L'orthographe d'*Aunay* qu'on a adoptée dans les programmes de nos courses de chevaux est une imitation fâcheuse du français ; elle ne répond à rien.

NOTES DU DÉNOMBREMENT DE 1665

NOTES DU DÉNOMBREMENT

DE 1665

1. Voir, dans la « Notice sur le Nébouzan », la dissertation de M. J. Bourdette sur cette allégation du syndic des consuls. Cet auteur place à l'année 1232 la « séparation en fait de Saint-Gaudens d'avec le Cominge » et, en 1267, « par sentence arbitrale ». Il fait partir de cette date l'union de Saint-Gaudens avec le Nébouzan. Il refuse à la lettre de Philippe de Valois, roi de France (insérée dans la Grande Charte et adressée, en 1344, au sénéchal de Toulouse), le caractère que lui attribue le syndic des consuls dans le Dénombrement de 1665, — en quoi M. Bourdette a raison. — Mais ce n'est pas dans ces Notes que doit se faire la discussion des divers points soulevés dans la « Notice sur le Nébouzan », p. p. 49 et seq. ; 79 et seq.)

2. Lisez : *trace.*

3. Le Dénombrement de 1542 (art. xxxiiij) n'énumère, à propos de prisons, que quatre portes dans la ville ; celle de la Trinité n'y est pas mentionnée. (V. sur l'état des fortifications en 1627 et en 1670, la « Notice sur le Nébouzan », — *op. cit.* — p. p. 52 et seq.)

4. V. art. xij et xiij du Dénombrement de 1542.

5. Lisez : *la convenance.*

6. Il s'agit, comme on le verra à l'art. 30 infrà, de Anne, infante de Navarre et sœur de Henry Iᵉʳ. Celui-ci régna de 1517 à 1555 ; il épousa Marguerite de Valois, sœur de François Iᵉʳ, en 1527.

7. V. art. xvij du Dénombrement de 1542 et la note 14 qui l'accompagne.

8. En 1542, les valets de ville étaient « stipendiés » par les consuls eux-mêmes (art. xvij) et non payés sur les fonds *(facultés,* du texte) de la communauté.

9. V. art. xxxiiij du Dénombrement de 1542.

10. Le 29 juin, fête de S. S. Pierre et Paul.

11. V. les art. xiij et xxxiiij du Dénombrement de 1542.

12. V. art. xv du Dénombrement de 1542.

13. Les bayles tenaient, pour la plupart, leur charge par affermage, et percevaient les revenus de justice et de leude (rentes), dès le xivᵉ siècle ; d'où, le mot : *bayle rantant,* employé dans notre texte. Voir aussi l'art. xviij du Dénombrement de 1542.

14. V. l'art. xx du Dénombrement de 1542.

15. Le 24 juin, fête de Saint Jean-Baptiste.

16. Pignorer = Dresser procès-verbal. (Le mot n'a plus ici la même acception que dans la Grande Charte.)

17. V. art. xxj du Dénombrement de 1542.

18. V. les art. xix, xxv et xlj du Dénombrement de 1542.

19. V. art. xlij du Dénombrement de 1542.

20. V. art. xxxiiij du Dénombremedt de 1542.

21. V. art. xxxj du Dénombrement de 1542.

22. Le 22 mai, fête de Sainte-Quiterie ; le 29 août, fête de la Décollation de Saint-Jean-Baptiste ; le 6 décembre, fête de Saint-Nicolas.

23. V. art. xxxij du Dénombrement de 1542.

24. Prélèvement sur les grains vendus. (V. Grande Charte, art. xxv et Dénombrement de 1542 art. xxvij.)

25. V. Grande Charte art. xx, LXXIII, LXXVI et LXXVIII ; Dénombrement de 1542, art. xix et xxv et au présent Dénombrement, les art. 28 et 34. Pour la *jeude*, v. l'art. xxv du Dénombrement de 1542 et la note 26 qui l'accompagne.

26. Ce *parquet* ne paraît être que le Consistoire de la Bourse (V. art. xxxix du Dénombrement de 1542 et la note 46 qui l'accompagne.)

27. V. Dénombrement de 1542 de l'art. iij à l'art. xj inclus et les art. xxij, xxxviij et xlv.

28. V. Grande Charte, art. LVII.

29. V. art. xxx du Dénombrement de 1542.

30. V. art. ij, iij, xxiij et xxv du Dénombrement de 1542.

31. V. art, xxxv, xxxviij et xxxix du Dénombrement de 1542.

32. V. art. xxiij du Dénombrement de 1542.

33. V. note 32 ci-dessus.

34. V. aussi les art. 19 et 31 du présent Dénombrement, l'art. xliij, de celui de 1542 et les art. xix et LXXVIII, de la Grande Charte.

35. V. l'art. xliij du Dénombrement de 1542 et la note 54 qui l'accompagne.

36. Le texte porte : *Charles* 13. C'est un *lapsus calami*, que nous rectifions.

37. Lisez : *prononcée.*

38. V. art. xxv du Dénombrement de 1542 *(vin charrié).*

ÉLECTION DES CONSULS

Election des Consuls

Extrait d'un registre en notre possession intitulé ; « Cahier de certains titres de la Ville de S. Gaudens. » (Manuscrit du XVIII⁰ siècle).

Par délibération du Conseil De la Commun^te De St-Gaudens du 23. juin 1602. le réglement suivant a été fait :

Qu'il sera procédé à l'Election Des Consuls nouveaux suivant L'ancienne Coutume de lad. ville, le jour Et fête de St Cirice, 16⁰ juin, jour a ce Destiné, après la célébration de la messe du S^c Esprit Et serment prêté par les Electeurs. En laquelle Election seront mises personnes capables Et suffisantes, *non prévenuës de crimes notables, ny relicataires à lad.* ville, ny gens de vile Et abjecte condition comme sont les yvrognes ordinaires, charcutiers, sive : untayres ¹, bouchers, maréchaux, ny crroyeurs ² Exerçant tel métiers actuelement de leur main, ne seront appellés à telle Charge Et exercice dicelle, ny aussi personne qui soit au degré De parentelle comme père Et fils, oncle Et neveu, beau-père Et gendre, Deux beaux-frères, cousins germains par consanguinité, non par alliance. QUAUCUN Etant sorti de charge consulaire ne pourra rentrer En icelle *que trois ans ne soient passés* à compter Du jour quil en sortira ; ny pareillement le fils de famille Demeurant à pot Et feu avec le père ne pourra Etre appellé à lad. Charge Consulaire qu'après les trois ans que son père En sera sorti ; Ny même le père après le fils, *sinon après* led. tems Et intervalle de trois années. Et pendant le temps que tel fils de famille sera en telle Charge, pour cela le père ne sera quite de la taille à laquelle ses biens seront cotizés. En outre ce, QUAUCUN Consul, pendant le temps de son Consulat, ne sera quitte De la taille de ses biens, sinon de l'ordinaire, Et non de ce qui sera Extraordinairement Cottizé. DAVANTAGE, que les Consuls Et Electeurs desd. Consuls qui contrevien-

---

1. *Untar = Oindre*, et, par extension : *Graisser*. Le mot : *Charcutiers* ne semble pas être antérieur, dans la langue d'Oïl, au XVI⁰ Siècle ; dans nos régions, chose et mot n'y sont pas connus depuis longtemps. . Nous serions tenté de croire qu'il faut lire : *Châtreurs sive : Crestayres.*

2. Lisez : Corroyeurs.

dront aux susd. articles Et metront En lélection consulaire autres personnes qui ne seront de la qualité requise Et cy dessus Especifiée Et découvriront lElection Et secret du Conseil seront privés à jamais Detre appellés aud. Conseil ny à dautres charges, ny Dignités publiques. Et de mêmes peines seront punis ceux qui suborneront Et solliciteront lesd. Electeurs Et tacheront par force et violance Et autres voyes illicites a faire faire lad. Election a leur dévotion. Et sen purgeront. lesd. Electeurs par serement Et nommeront les témoins, si point En y a, par lesquels telles brigues, subornations, forces Et violences pourront Etre vérifiées, pour En etre faite la poursuite requise. COMMAUSSI a Eté délibéré que le serement ne sera prêté par les nouveaux Consuls Elus, que le jour Et fete de St jean ; il est aussi Délibéré que lautorisation Du susd. règlement sera poursuivi au parlemt de toulouse par le procurr du roy.

Nous n'avons pas recherché, dans les Archives du Parlement, à Toulouse, si l'autorisation demandée avait été accordée. Tout semble indiquer cependant qu'il en fut ainsi (a). Nous n'avons voulu, en communiquant l'extrait ci-dessus, que donner un renseignement sur le mode d'élection des Consuls. La pièce que nous publions conserve, à ce sujet, toute sa valeur documentaire, que le Parlement de Toulouse ait approuvé ou non la délibération de notre Communauté.

(a) V. notamment l'art. 3 du présent Dénombrement.

DEGREZ ET LIMITES

DU TERROIR DE LA VILLE DE S. GAUDENS (1527)

On nous saura certainement gré de donner la « description cadastrale » suivante du territoire extra muros, — des *dex o terminis*, — de la ville de Saint-Gaudens, en 1527. Ce document, — qui n'a pas été rédigé par un Nébouzanais, l'emploi de l'article : *lou, la* et les désinances en *e* en font foi, — ce document, disons-nous, présente plusieurs intérêts, en dehors de celui du langage ; il permet de reconstituer, avec leurs anciens noms, les environs immédiats de notre ville, faubourgs et hameaux, et, aussi, de se rendre compte, par un simple rapport, de la valeur des terres dans les quartiers qui composaient le territoire de la ville, en 1527. On verra que ce rapport est resté presque le même, jusqu'à nos jours, où les conditions des terres sont cependant bien améliorées. On remarquera, en outre, qu'il n'est pas fait, une seule fois, mention de terres en nature de bois.

A l'art. LVII de la Grande Charte sont cités des *padoens* donnés par le comte Bernard aux habitants de Saint-Gaudens. Quelques-uns ont conservé leur nom et figurent dans les « *Degrez et Limites* » que nous publions ci-après ; d'autres ne sont pas mentionnés dans ce dernier document. Nous donnons ci-dessous les renseignements que nous avons pu avoir sur leur emplacement.

Le padoen dels Brulhs (bois, broussailles) est englobé dans celui de Beneg *(Vignet,* aujourd'hui) par le rédacteur des « Degrez et Limites ». Il n'est en effet, séparé de celui-ci que par un chemin descendant de la Serre des Nérous à la montjoye de Linhac près de Villeneuve-de-Rivière. Il est situé, comme celui de Beneg, sur le chemin de Saint-Gaudens à Saint-Plancard.

Pour le padoen de Beneg, voir note 31 des « Degrez et Limites ». Pour le padoen de l'Aubar (de l'Obier), voir note 7 du même texte.

Le padoen de Carrera-Vielha (de la Vieille-Rue) n'a pu être identifié (peut-être, Sainte-Anne), ni celui de Boissi.

Le padoen de Bentolan est cité dans un acte de 1168 (Archives départ. Toulouse. Fonds de Malte. Saint-Gaudens, liasse 4.) Izarn de Saint-Gaudens, fils de Brun Guiraud de Saint-Gaudens, donne « ad feuum hospitali iherósolimitano et tibi, Atoni de Ulmis, servo pauperum hospitalis et fratibus ejusdem hospitalis, totos illos molendinos de Ventolano quos ego ibi habeo ... et

totas illas terras quas ego habeo in supradicto loco quo voca-
tur Ventolanum, ... et sub tali conditione dono hoc quod,
pro toto isto feuo, habitatores ipsius hospitalis ... reddant . x .
den . morlas . obiis *hominibus de Liniaco...* » Nous déduisons de
ce texte que Bentolan touchait à la Garonne et se trouvait près
de Valentine.

Le padoen de las Crots, que nous n'avons pu exactement identifier, nous parait confronter à celui de l'Aubar, c'est-à-dire : qu'il
serait compris entre le pont de Valentine, l'ancienne voie sur
Toulouse par le Pouech et Sainte-Anne, la Croix du Pouech et
l'ancien chemin aboutissant à quelques mètres en aval du pont de
Miramont.

Les padoens de Fontanheras et de Sauzech (aujourd'hui, *Saudet*,
à l'O. du Pouech et y confrontant) se trouvent au N. du précédent,
dont ils ne sont séparés que par l'ancienne voie sur Toulouse
(v. note 6 du texte.)

Le padoen de Prat-Bayang nous parait être le quartier appelé
aujourd'hui *Pradet*, au N. de Saint-Gaudens.

Le padoen de Castanher n'a pu être identifié.

Pour le padoen de Canebaguet, v. la note 59 des « Degrez et
Limites ».

Le padoen de las Frons (des collines, des bois ?) n'a pu être
identifié. S'agit-il des Serres qui sont au N. de Saint-Gaudens,
plus loin que Canebaguet et Prat-Bayang et qui continuent vers
l'E. le Beneg et les Brulhs ?

Degrez et Limites
du terroir de la présent Ville de S. Gaudens

(Copie d'un document daté de 1527. Archives de la ville de S. Gaudens.)

1. Le premier limite est depuis le pont de Miramont [1] prenant le chemin droit au poueich [2] et depuis per son grand camin droit [3] au cap deu pont de Valentine [4], tirant au long de Garonne, droit au pont de Miramont ; es estat estimat lou Journau de Terre dessus lou dit Limit a tres Escuts petits, et la Liure Liurante faira vingt escuts petits.

2. Le second Limite est du Pont de miramont tirant au poueich per lou grand camin de la rivière [5] ; de qui au camin de Toulouse [6] tirant à l'auba [7] et dret a terres d'Estancarbon [8] et, tournant au long de Garonne, dret audit pont de miramont, es estimat lou journau de terre a tres Escuts.

3. L'autre Limite se prant depuis Lou grand camin que passe au poueich tirant de la ville de Miramont commençant devant la Borde de Jean Beau [9], dit : brau, per lou camin de las vignes deu poueich [10] dret au cap deu picon [11] et apres per lou camin de las Lidanies dret à la Lane de dejous [12] et estant en lad. Lane et camin tirant à la Barthe Ynard [13] passe lou camin et pren las Terres que sont entre loud. camin de la Barthe et la Lane apartenante aux heretiers de Jean de paban [14] et à Mre Jean de Caubère, docteur ez droit, Juge en la senechaussee de Nebouzan et tourne traversant autre fois lou dit camin dret à Linos [15], confrontant à terre d'Estancarbon ; de qui, au grand camin que tire deu Pont de Valentine a la Barthe [16] et estre aud. camin sen tourne au long d'acquet dret a l'auba et de lauba à la Croux deu Pouech et de lad. Croux à la Borde deu dit Béu *(Beau, plus haut)*. Ez estimada la Terre que 'y dedens loud. Limit à quatre Escuts Journau.

4. Autre Limit es despuich la Borde deud. Beau tirant per lou camin deu cap de las vignes deu poueich au picon et deu picon per lou camin de las Lidanies à la Lane de dejous, et tournant de lad. Lane a las Caus-

sades de la trinitat [17] ; dequi, au camin que debare per la Caussade ; dequi, au camin de la pause [18] s'en tourne dret a l'om aperat : deu ban-quarrét [19], et apres per la Caussade deu poueich aud. camin de devant la Borde deud. Beau. Ez estimade la Terre que ez dedins loud. Limit a cinq Escuts Journáu.

5. Autre Limit es de la porte de la Ville dite : de Goumetx [20] au long de la Caussade ; de dequi, a l'om deu banquarrét, et deud. om, per lou camin que tire a la pause ; dequi, au camin que debare per la caussade et sen monte per lo camin de la Cau (ici, un blanc dans le texte) de qui, a las Caussades de la Trinitat au long des barats de la Ville sen tourne à lad. porte de Goumex. Son estimades las terres que son dedens loud. Limit a sept escuts petits lou Journau.

6. Autre Limit es deu pont de Valentine ; dequi, a l'om de la Cave [21] ; et deud. om au long de la Caussade [22] ; dequi, à la porte deu Cap deu Barry [23] et de lad. porte dessenden per la coste deu bugatet [24] dret au gran camin qui tire de Valentine a la Barthe Inard [25] et per loud. camin tourne au pont de Valentine. Las terres que son dedens loud. Limit son estimades a cinq Escuts Journáu.

7. Autre Limit es despuich la porte deu Barry bigordan tirant au long des barats de la ville ; dequi, a la porte de Goumetx et de lad, porte, au long de la caussade, au poueich, a la Crox que es au pé de la Borde deu Capitou [26], et de lad. Crox sen tire au pont de valentine ; dequi, a la coste deu Bugatet, que tire au moulin destournemil [27], et, par loud. camin, dret aux noguez bediaux [28] ; et desd, noguez per lad. coste deu Bugatet dret a lad. porte deu barry bigordan. Son estimades las Terres que son dedens loud. Limit a sept escuts petits Jour[au].

8. Autre Limit es despuich lou pont de Valentine tirant au long de Garonne entau moulin d'aulné [29] et deud. molin a terres de Valentine et per la part de Garone ; dequi, a Terres de Villenave [30] traversant la rivière au long desd. terres ; dequi, a Vignét [31] Et deud Vignét sen tourne per lou camin qui vient deu Cuing [32] ; dequi, au camin que va au pleich [33] près la Borde de lhome d'armes [34], Et sen tourne au long deu camin de la Lana de pourgue-oueux [35] a lom de la Caue [36] et deud. om au pont de Valentine ; dedens louquau Limit es estimade a (le chiffre manque) escuts petits et miey Journau.

9. Autre Limit ez de l'om de la Caue tirant lou grand camin a la Lane de pourgue-oueux et estre a ladite Lane dret a Vignét, et estant à Vignet sen tourne per lou pe de Vignét au camin deu plech ; et dud. camin, a lad. Lane ; et apres au Long deu grand camin que ven deu Cuing ; dequi a la porte deu Barry Bigordan, Et de la dite porte au long de la Caussade de

la Caue tournant au susd. om ; dedens lou quau Limit ez estade estimade la terre a six Escuts lou Journau [37].

10. Autre Limit es despuich Vignet tirant au long deu Soumez ; dequi, au Camin de St Jean et monte per aquet camin que estermie dam Goute-cesquere et au bout deu dit camin [38] ; dequi, aud. Vignet et dessenden per vignet, tourne audit Soumez ; dedens louquau Limit estade estimade la Terre deux escuts lou Journau.

11. Autre Limit ez despuich vignet tirant au long deu Soumès ; dequi au camin de St Ignan et deud. camin sen tourne au long daquet a la Lane de pourgue-oueux prenent la borde et la terre deus heretès dantony pradel aperade la Lane et, au trauez de lad Lane, sen tourne au camin qui va au Cuing Et aud. Vignet ; dedens Louquau Limit es estade estimade la terre a deux escuts Journau [39].

12. Autre Limit ez deu camin de Saint Jean comença au cap de la serre de goutecesquere [40] et tout au long per lou rieu de Saux [41] ; dequi, au pe de la Coste deu pere [42] et montant sur lad. coste ; dequi, au gran camin de la serre que ven de Castetnauet [43] et tire a la Lane de bouc [44] et tournant per loud. camin, de qui aud. camin de Saint-Jean ; dedens louquau Limit es estade estimade a un Escut lou Journau.

13. Autre Limit es deu camin de Saint Jean dret per lou camin que tire a la Lane et loc de Castetnauet [45] ; dequi, au camin que ven per la coste deu peré [46] et tire a rieutort [47] et debare dequi au Soumes, sen tourne au camin de Saint Jean et, mountan per aquet, sen tourne aud. camin de Lane de bouc ; dedens loucau Limit es estade estimade la Terre a deux Escuts lou Journau [48].

14. Autre Limit es deu Rieu de Saux montant per la coste deu perè et tirant dret a Rieutorte et au grand camin que tire a Sainct-Marcèt et sen monte per aquet ; dequi, au camin que va de Castetnauet a la Lane de bouc et tournant per aquet ; dequi, au camin de la Coste deu perè ; au quau Limit es estade la terre a deux escuts lou Journau [49].

15. Autre Limit es deu pè de la Coste de Casaux [50] montant la dite coste per lou camin dret que tire à Saint Marcét [51] ; dequi, au camin que tire de castet nauet a la Lane de Bouc [52] ; et dequi, au camin que ven de Saux per la coste de mau-perè a rieutort et dessenden per la Coste de rieutort [53] ; dequi, au pè de lad. coste de casaux ; dedens lou cau Limit es estade estimade la Terre a tres escuts lou Journau.

16. Autre Limit ez de la porte deu Barry bigordan [54] au long de la Caussade que tire dret a la Lane de pourgue-oueux [55] dequi, au camin que tire a pomarède au plech [56] ; et estant en lad. Lane, au long daquere lane sen va dret au camin que tire a Saint-Ignan [57] et sen tourne au long

daquet camin ; dequi, a la croux darrè la vigne deus predicadous [58], et de lad. croux sen tourne au camin de poumarede et deu plech ; dedens louquau Limit es estade estimade la terre a six escuts Journau.

17. Autre Limit es despuch lou camin de St Ignan coumençan au Soumez et tirant au long deu Soumès ; dequi a un autre camin que tire au canebaguet [59] et estre audit canebaguet sen va per un barat (dessus Lom ?) aperat : lou barat condau [60], que vent las aigues aud. canebaguet et sen tourne aud. camin de Saint Ignan ; per aquet passan per lou coustat de la Lane de pourgue-oueux aud. soumès [61] ; dedens Louquau Limit es estade estimade la terre a quatre escuts.

18. Autre Limit es de la porte de Simonet [62] tirant per lou camin de St Ignan aperat : deu peruilhé [63] ; et puich sen va au Long deu barat candau au canebaguet et deudit Canebaguet a la caussade que tire a Casaux et au long de lad. caussade sen tournan a la porte de Simonet ; dedens lou cau Limit es estade estimade la Terre a Sept Escuts lou Journau [64].

19. Autre Limit es de la porte de Simonet ; dequi, à la capere de Milhet [65] et de lad. capere tournant per la Caussade de Moulat a la porte aperade : de Moulat [66] ; et de lad. porte au long deu padouent [67] a lad. porte de Simonet ; dedans lou cau Limit es estade estimade la Terre a sept escuts lou Journau.

20. Autre Limit es deu camin de Casaux [68] començan au camin deu cap de la Garie [66] ; dequi, au Rieu de Saux et au long deud. rieu [70], dequi, a terres de Lieux [71] et, sen montan per entre las terres de Lieux et de Saint-Gaudens, arrive au terme de Lieux et de Saint-Gaudens et tournan per lou grand camin de Lieux aud. camin de Casaux ; dedens lou cau Limit es estade estimade la Terre a deux Escuts lou Journau.

21. Autre Limit es deu Camin de Casaux tirant au long d'aquet ; dequi, a Terre de Lieux et dacqui sen dessenden dret au rieu deu Joc [72], apres montant per la Crox aperade de Castet nauet a Lane de Bouc [73] et au long d'acquet camin de Casaux ; dedens lou cau Limit es estade estimade la terre a deux Escuts nau sols lou Journau.

22. Autre Limit es deu camin de Casaux commençant au pas deu Soumès et tout au long deu Soumès [74], dequi, au pas deu camin de Montarredont [75] et monte per la coste ; dequi, au camin de Castet nauet tirant a la Lane de Bouc et deud. camin debare per la Goute de Casaux et sen tourne per lou camin public de lad. goute, et passe au deuant la Capere de Casaux [76] et sen tourne aud. gran camin de Casaux ; dedens lou cau limit es estade estimade la terre a deux escuts nau sos lou Journau.

23. Autre Limit es deu camin de Saint-Marcét commençan au camin

que va de Castet nauet a la Lune de Bouc[77] et, au long deu dit camin, dret a terres de Landorte[78], et de Castet nauet au long deud. Soumès[79] ; sen va dequi au camin de Montarredont[80] et, montant per loud. camin, tourne audit camin de Castet nauet ; dedens loucau Limit es estade estimade la terre a tres Escuts lou Journau.

24. Autre Limit es deu camin de Casaux commençan au Soumès et dret a la capere de Casaux[81] et delad. capere dret au camin de Montarredont et deud. camin au soumez ; et, au long deud. Soumès, tourne aud. camin de Casaux ; dedens lou cau limit es estade estimade a cinq escuts petits lou Journau.

25. Autre Limit es despuich lou terme de l'andorte[82] et sen va au long deudit terme au Soumés et au long deu Soumés ; dequi, au camin de Montarredont et deud. camin montant per lou camin *(il doit manquer, ici, le nom du chemin)* a la Lane de déjous,[83] et, estant en ladite lane, aud. terme de l'andorte, prenent dequi au grand Camin de bourtoby[84] ; dedens loucau limit es estade estimade la terre a deux escuts Journau.

26. Autre Limit es deu Camin de Casaux au long deu Soumés[85] ; de qui, au pas de montarredont et, per loud. Camin, a la Lane de dejous[86], et au long de lad. Lane, per lou Camin aperat : deu Carreron[87], tourne a la Caussade de Casaux et aud. Soumes ; dedens lou cau limit es estade estimade la Terre a six escuts Journau.

22. Autre Limit es de la Caussade de la porte de Moulat[88] ; dequi, au Camin deu Carreron et au long deud. Camin ; dequi, a la Lane de déjous[89] et de lad. Lane, au cap de la Caussade de la Trinitat[90] ; et au long de lad. Caussade, a la porte de la Trinitat[91] ; et, de lad. porte, au long des padouens, à la Caussade de Moulat ; dedens lou cau limit es estade estimade la terre a sept Escuts Journau.

NOTES

DES DEGREZ ET LIMITES

NOTES [1]

1. S-S-E de S. Gaudens à 0 m. 027.

2. Faubourg de S. G., au S de la ville.

3. Par Ste Anne, la Croix du Pouech et le Saudet, S de S. G.

4. S-S-O de S. G. à 0 m 025.

5. La route actuelle de S. G. à Miramont a été construite sur ce « grand chemin ».

6. Le chemin de Toulouse passait par Valentine, la Croix du Pouech, Ste Anne, Estancarbon, La Barthe-Isnard, etc., non loin de la Garonne.

7. Arbre disparu ; ce secteur se trouve près du moulin de Crouzet, (E. de S. G. à 0 m. 023). Il est appelé : *padoen del Aubar* (= de l'Obier, *viburnum opulus. L.)* à l'art. LVII de la Grande Charte.

8. **E-S-E de S. G.** 0 m. 06.

9. Position inconnue ; probablement à l'E. et près de la chapelle du Poueich.

10. Il n'y a plus de vignes dans cette région, qui en a eu probablement.

11. Section D de Ste Anne sur le cadastre. Entre Gavastous et Lapauze, tenant au Crouzet. V. 7.

12. Au S de la chapelle de Gavastous, E-N-E de S. G. à 0 m 23.

13. Chemin de Toulouse. V. 6.

14. Sur la route nationale de Bayonne à Perpignan, 0 m 04 à l'E. de S. G.

15. S. de Paban, à 0 m 01 environ de ce dernier point.

16. V. 6.

17. Quartier E-N-E de S. G. près de la caserne.

18. E-S-E de S. G. à 0 m 015.

19. Arbre disparu.

20. Au bas de la rue de *Goumetx*, près de l'ancienne chapelle des chevaliers de St Jean de Jérusalem devenue le prétoire du Tribunal civil. (*Arch. départ.* Plan du Trib. civil, du 20 octobre 1806). Le secteur 5 nous paraît être compris entre la côte de Goumetx, l'avenue de

---

1. Toutes les mesures indiquées dans ces notes sont prises sur la carte au 80.000e, en ligne droite, du point de départ au point d'arrivée, de clocher à clocher, quand il s'agit de communes, ou du clocher de commune au point indiquant la position des métairies ou chapelles sur la carte. Il suffit, pour avoir la distance qui sépare, à vol d'oiseau, les points cités, de multiplier par 800 m les mesures données, puisque un centimètre égale 800 m. Dans ces notes, nous renvoyons parfois à d'autres notes ; ces dernières, qui sont désignées simplement par leurs numéros, se rapportent toutes au texte des « Degrez et Limites du terroir de S.-G. »

la Gare et le chemin qui, s'embranchant au haut de cette avenue, donne accès à la gare du chemin de fer.

21. Route de S. G. au val d'Aran, à 0m 015 à l'O-S-O de la ville. L'ormeau a disparu.

22. Cette chaussée *(caussade)* a servi à l'établissement de la route de S. G. au val d'Aran. Elle porte aujourd'hui le nom de : *Avenue de Luchon.*

23. La porte du Barry bigourdan était située à l'O. de la ville, au commencement de la rue qui porte aujourd'hui le nom de : *Victor-Hugo.*

24. Près de l'ancien abattoir de la ville.

25. V. 6.

26. V. 3 et 6. Le Chapitre collégial *(Capitou)* de S. G. avait la *directe* (droits de lods et ventes) sur le quartier de Ste-Anne, S-E de S. G. à 0m 02.

27. S. de S. G. à 0m 027.

28. Ces « noyers communaux » ont disparu.

29. S-O. de S. G., à 0m 027, sur un canal commençant à la boucle de la Garonne, près de Bordes, au S. de Villeneuve de R., et finissant dans le même fleuve entre Valentine et Miramont, au S-E du moulin et de la foulerie d'Estournomil.

30. Villeneuve-de-Rivière, à 0m 065, O-N-O de S. G.

31. O-N-O de S. G. à 0m 042, près de Villeneuve-de-R, sur le chemin de S. G. à S. Plancard. Il est indiqué à l'art. LVII de la Grande Charte sous le nom de : *padoen del Beneg.*

32. Le Cuing, au N. O. de S. G., à 0m 13, sur le chemin de St Plancard.

33. Le Pleich est une métairie située près du ruisseau du Soumetz, au N. de S. G. Elle est comprise entre les chemins de S. Plancard et de S. Ignan, au quartier de la Serre-des-Nérous. Elle porte aujourd'hui le nom de : *Soumes,* 0m 03 au N-O de S. G., nom du ruisseau qui coule au N. de S. G.

34. Aujourd'hui, inconnue.

35. Sur le chemin de S. G. à St Plancard, N-O de S. G. à 0m 016 ; le terrain de manœuvres de la garnison et la ferme Brunet en font partie.

36. V. 21.

37. V. pour ce secteur, 21, 35, 31, 33, 32, 23, 22. (Les nos des notes sont placées dans l'ordre même des points indiqués dans le secteur 9).

38. Sur le chemin de S. G. à St Ignan, à la côte 391, au N-N-O. de S. G. le ruisseau de l'Anedon, qui passe au château de Pommarède (à 0m 08 de S. G.), après avoir reçu à droite la Goutecesquère *Goutecesq,* aujourd'hui) se jette dans la Noue ; cette dernière qui prend sa source près de Franquevielle (à 0m 105 au N-O. de S. G.), passe à la ferme St Jean située au N. et à 0m 017 du château de Pommarède ; un chemin relie ce château et cette ferme.

39. V. pour ce secteur, 31, 38, 35, 32. La métairie d'Antony Pradel est probablement la métairie d'Antony près de celle de Mallet, au quartier de la Serre-des-Nérous, sur le chemin qui suit la crête des Serres.

40. V. 33.

41. La Garie qui se jette dans la Noue. Saux est à 0ᵐ 062 au N de S.-G.

42. Sentier qui s'embranche sur la route de S.-G. à Boulogne par Lieoux, à 0ᵐ 042 N-N-E de S.-G., à la Serre de Cazaux, chez Janninot, et passe à Blauin, près de Saux.

43. Entre Landorthe et Lieoux, près des métairies de Bases et de Juan de Gay, quartier de la Serre de Cazaux.

44. La lande au milieu de laquelle est bâtie Lannemezan, qui appartenait autrefois au Nébouzan et fait aujourd'hui partie des Hᵗᵉˢ-Pyrénées, portait le nom de : *Lane de boc* (V. P. de Castéran dans *Rev. de Comminges*, tome XIII. 1898). Il ne s'agit probablement pas de celle-là ici, mais bien de celle qui se trouve entre Goutecesquère, le château de Pommarède et l'embouchure de la Goutte Huguet (Buguet sur la carte) dans la Noue. Elle s'étend peut-être dans la vallée de la Noue jusques près de Latoue, englobant le château de Montpezat, Biscanos et Sᵗ-Martin, sur un affluent de droite de la Noue. Nous lisons ce qui suit sur une description cadastrale de la Barthe du Soumès : « Une croix dite de Rieutort plantée sur le haut du chemin qui va et conduit en Saux vers Larcan ; et de là continuant le même chemin de la Serre dit de S. Jean (V.38) jusques à la lande nommée : *Lane de Boc* et *Cap de Goutte de Huguet* ».

45. V. 43.

46. V. 42.

47. A. 0ᵐ 006 au S-O de Janninot. V. 42. pour ce dernier nom.

48 V. aussi pour ce secteur 38, 33 et 44.

49. V. pour ce secteur les notes du secteur 13. Sᵗ-Marcel, à 0ᵐ 12 N. de S.-G.

50. La Serre de Cazaux, quartier de S.-G. Marqué *Lasserre* sur la carte, cote 472, à 0ᵐ 045 au N-N-E de S.-G.

51. Sur la route de Sᵗ-G. à Boulogne.

52. V. 43 et 44.

53. V. 41, 47.

54. V. 23.

55. V. 35.

56. V. 38 et 33.

57. A 0ᵐ 08 au N-N-O de S. G.

58. L'on croit que la vigne des FF. Prêcheurs était située sur la rive gauche du Soumès, vers le point appelé aujourd'hui : *La tourasse*, à 0ᵐ 024 au N de S. G. dans le quartier de la Serre de Cazaux.

59. Sur le chemin de S. Ignan, après le cimetière de S. G. Canebaguet est cité à l'art. LVII de la Grande Charte.

60. Ce fossé comtal (*barat condau*) existe encore en grande partie entre le chemin de Sᵗ Plancard et celui de S. Ignan, de Piqué à Canebaguet par Charrière près de la ville.

61. V. 35 et 33.

62. La porte de Simonet était au N de la ville, à la bifurcation de la rue Mathe et la rue de la République.

63. Le « prunelier » a disparu et nous ne pouvons identifier le chemin.

64. V. aussi 50 et 59.

65. A disparu et son emplacement est inconnu.

66. La porte du Moulat était au N-E de la ville, près de l'endroit où se trouve aujourd'hui la confiserie Vernet.

67. De Canebaguet ou de Prat-Bayang (le *Pradet,* probablement'. Il nous semble qu'il s'agit du padoen de Canebaguet. V. 59.

68. La Serre de Cazaux. V. 42.

69. Ce chemin commence près de chez Bouffarel et descend jusqu'au ruisseau de la Garie. Il ne faut pas le confondre avec le chemin qui va à Blaouin et est désigné à 42.

70. V. note 41 *supra.*

71. Lieoux, au N-N-E et à 0 m 083 de S. G.

72. Entre Lieoux et Landorthe. Il prend sa source vers Maisonneuve, sur la route de S. G. à Boulogne, près de la cote 395 au S-E de Saux.

73. V. 43 et 44.

74. V. 43 et 44.

75. A 0 m 047 au N-N-E de S. G. et à l'O-N-O de Landorthe.

76. Il ne reste plus qu'une montjoye placée au point où le sentier venant du Soumes près de Durmas atteint la route de S. G. à Boulogne près de chez Exhaouré (lisez : *Etx haure* = Le forgeron) avant d'arriver au sommet de la Serre.

(77) V. 49, 43, 44.

(78) Landorthe, à 0 m 065 au N-E de S. G.

(79) V. 33.

(80) V. 75.

(81) V. 76.

(82) V. 78.

(83) A l'E. de la Caserne de S. G., arrivant jusqu'à la Hount-Barrade, entre S. G. et Landorthe, à 0 m 033 au N-E de S. G.

(84) Il nous a été impossible d'identifier ce nom.

(85) V. 43 et 33.

(86) V. 83.

(87) D'après une description cadastrale de la Barthe du Soumès, le chemin du Carreron (appelé : *carrerot*) allait de l'Aubar (V. 7) à la Serre de Cazaux par la chaussée de la Trinité.

(88) V. 66.

(89) V. 83.

(90) Cette chaussée située à l'E. de S.G. a été utilisée pour l'établissement de la route nationale de Bayonne à Perpignan.

(91) Cette porte était où se trouvent aujourd'hui la maison Compans et l'Hôtel de France.

GLOSSAIRE DE LA GRANDE CHARTE

L'importance de la Grande Charte de 1203, tant au point de vue philologique, que juridique, exige, à notre avis, qu'un relevé soit fait de tous les mots employés dans ce document. Nous aurions pu, à la rigueur, ne pas nous imposer ce surcroit de travail, — aussi délicat que fastidieux, — puisque la traduction accompagne le texte. Mais, dans cette traduction, le sens littéral des mots a du être fréquemment abandonné, pour employer la périphrase ou la synonimie ; et, quant aux verbes, leurs modes et leurs temps n'ont pu être toujours observés. Il nous a paru utile, dès lors, de rendre à ces mots, dans le Glossaire, leur signification propre et, à ces verbes, leur véritable caractère. Nous les avons relevés un à un. Des erreurs, des oublis, — inévitables dans un tel travail de détail, — ont été certainement commis, malgré le soin que nous avons apporté à faire ce relevé ; mais il sera facile de les réparer, surtout s'il ne s'agit que de compléter l'indication de l'article du texte où les mots sont employés.

Les chiffres romains placés après les mots dans le Glossaire indiquent le numéro des articles de la Grande Charte où figurent ces mots. Nous n'avons pas signalé les articles, quand le mot était très fréquemment répété dans le texte.

GLOSSAIRE DE LA GRANDE CHARTE

A.

a. *prép.* à. **a entrad.** à l'entrée LXXVIII. de. LVII. pour. *préambule.* (v. **ad**).

ab. avec.

abans. avant. LVIII.

ab atant. ensuite I. *(v. note 66 du texte).* **ab aytant cant.** autant que. LXXII. (v. **atant con.**)

aben. abeng. il advient, survient. XIV. **auenia.** il advenait XVII. **sabeng** *pour :* se abeng. il (se) convient *préambule (v. note* VII *de la trad.* **sabengues.** qu'il (s) advienne XXIX.

abesque. évêque. L.

ac. le, cela. XI. XXIX. XXXIX. XLV. LXXII. (v. **ag** et **lac**) *Cette expression existe encore dans l'idiome moderne :* **qu'ac cau he.** il faut le faire *(cela) ;* **que l'ac cau he.** il faut *le lui* faire *(cela à lui).*

acarreca *pour :* a carrera. au chemin, à la rue IV. (v. **carrera**).

acordar (se). s'accorder, entrer en composition ou en arrangement V. VI. XIV. **accordat s en era.** *litt.* s'*en* était accordé avec XXXV.

acuy *pour* a cuy, a quy. à qui. VI. (v. **aquy** *et* **qui**).

ad, *prép.* à. VI. XVII. XXXIV. par. LXX. avec. LXXII. (v. **a**).

adjutory. aide, auxiliaire. XVII. **aiutori.** XXIX.

adorgua. il accorde *protocole après* LXXVII.

affar. affaires, LI. **afer.** biens XL. LXVI.

ag. *pron.* le, cela. XVII. XXXIX. LIV. LXIV. LXVI. (v. **ac** et **lac**).

aiudar. aider, secourir. III. XI. XII. LXXVII.

al *pour :* a (*verbe*) el (*art.*) : a le LXXIV.

al *pour :* a el, *art.* au. II. IX. LXXVII. **als** *pour :* a les. aux. X. XXXIV. LXIX. LXXI. LXXVII

alhet (seran), alhetz. seront choisis, élus XXXIV. LXIX. LXXI.

alhou. ailleurs. LXXI.

als (arren). (rien) autre, XXXI. LXI. **alz.** XLVI.

amene. que l'on amène,.que l'on conduise. XLII. (v. **mener**).

amicx. amis. XI. **amig.** *sing.* XXXVIII.

amparar. protéger, défendre, prendre parti pour quelqu'un. XI. XII. XVII. XXIX. **ampara.** il prend parti XXX. **amparas.** il séquestre, retient LXII.

an. an. année. XVII. XLIX. LXIX. (v. **lan**).

anar. aller. II. **anaua.** il allait. XLIX. **sen an.** qu'il s'en aille LXXVII.

anporta. que l'on emporte XXII.

ans. auparavant mais. XI. LXII. **antz.** XII. XVII. XXIX. **anz.** XI. (*vieux franç : ainz, ains.*) **ants auant** auparavant. XXXVI.

apela. il appelle XV. **apera.** il accuse. XIV. **aperauan.** ils appelaient LXIX. **aperat es.** il est appelé. XIV.

apoder. possession. XLVIII. (v. **poder**).

apoderar (se). se dessaisir, disposer. LXVI.

aportar. apporter. XX. **aport.** que l'on apporte. XLII. **aporte** LXXVIII. **aporten.** qu'ils apportent. LXXVIII.

aproason. acquittement. XIV.

aqued. cet. XII. XXXIV. XLVII. LXXVII. **aquet.** ce. I. celui-ci XXXV. **aqueste.** ce XXXIV. **aquesta.** cette XVIII. **aquestz,** *masc. pl.*. ces LVII. **aquesta.** cette. XVIII. **aquestas,** *fem. pl.*. ces. XXXVIII. **aquets.** ces. IV. **aqued** celui. XXII. XXXIV. LXV. **aquest.** celui. V. VI. XXXIII. LXII. **aquedz.** ceux-ci. LXIX. **aquetz.** LXV. LXX. **aquels.** ces. LXIX. (v. **daqued**).

aqui. *adv.* ici ou là IV XL (v. **auant**).

aquy *pour :* **a quy.** a qui. LXV. (v. **aquy**).

arcepian. ils reçurent. XL.

armad, *part. pas..* armè. III.

armang. il reste, demeure. III. (*v. note* XIV.) **s armangua,** qu'il (se) reste. XIV (*v. note* XXIX.)

armas. armes. VII. VIII. XVIII.

arramias. fagots de branchages. XXII.

arramide. gage de bataille. XVIII. (v. **derrezemer**).

arrauba. vêtements. IV.

arrazos. raisons. LXIX. (v. **razos**).

arrecarder. revendeur. LXXII.

arreder. rendre. LXIV.

arren. rien ; (*parfois a le sens de :* quelque chose). XIX. XXIX. XXX. XXXI. XXXIX. XLV. LV. LX. (v. **als**)

arresonador, avocat. XXXVIII.

arrocing. roussin. XXII.

arrota (de caming). route, voyage. XXIII.

arten. il retient XXIV. **a artenguda,** *pass. ind. avec accord* : a rete-
nue. IV.

asaber. assavoir, savoir, LXVI, (v. **saber**).

aseng. àne. XXII. **asen.** LXXVIII.

assa, *pour :* **a sa.** a sa. V.

asso. ceci, cela. XVII. XIX. (v. **ayso**)

astas. hastes, bois pour lances. XXII.

atal, *sing.* tel, telle LXXII. **atals,** *pl.,* tels, telles *préamb.* (v. **aytal.**)

atalh *pour :* **a talh.** (v. **talh**).

atant con. autant comme, autant que. XIX. (v. **ab atant.**)

atenc. il atteint. LVIII.

au. à lui. (v. *le mot.* **dizer, digau,** *note a.*)

auant (daqui). désormais (*litt.* d'ici avant) IV.

aucizia. il tuait. XII. **aucigua.** qu'on tue. XXII.

auer, aver, *subst.* argent. XXIX. LIII. **auer.** *sing.* avoir. biens. LXI.
auers, *pl.* marchandises. XLII.

auer, v. n. avoir, posséder, obtenir. I. XIV. XIX. XXII. XXXIV. LXX.
a. il a XVIII. XXXVIII. LXVIII. LXXVIII. **an.** ils ont LVIII. LXIX. LXXII.
LXXVIII. **auia.** il avait. LII. LIII. LXXVII. **auian,** pl. XXX. **auian
agudas.** avaient eues. **aura.** il aura XXVIII. LXX. **aia, aya.** qu'il ait.
VI. XII. XVIII. XIX. XXVIII. XXXVIII. LIX. **agues.** qu'il eut. XII.
sagues, *pour :* **se agues : sagues noirid.** *litt.* : il *se* ait nourri
LXXI. **ay** pour **a y.** il a là, il y a. LXXII. LXXV. (v. **ial. la. lagues.
layan. na. naya. nal. noya** et **haber**).

augues (aygues ?). eaux. LVI.

ausi. il entendit. *préambule.* **nauzira** *pour :* n auzira il en entendra :
XXX. **auziran.** ils entendront LXIX. **auran auzidas.** ils auront
entendues LXIX.

autre, autra, autres. autre *au sing.* (v. **als**).

autreia. il octroie, il accorde, **autreian** *pour:* **autreia ne.** il en
octroie, *protocole après* LXXVII.

autrui. autrui. LXXII.

auzats. établis après autorisation. XX. (*V. note* XXXII *de la trad.*)

ay (v. **auer**).

aytal. telle LXIX (v. **atal**).

aysi. ici, *protocole après* LXXVII. **aysi cum.** ainsi comme XLVI.

ayso. ceci, *protocole après* LXXVII. (v. **asso**).

B. V.

baca. vàche XXII. **baccas.** pl. LXXI. LXXVIII.

valent. LXII. **valents.** *pl.* I. **valentz.** XIII.

baler. secourir XVII.

banx. bancs dans les marchés pour l'étal. XXII. **bancs.** LXXI.

baralha. querelle. VII. VIII.

vasen, *pour* **va se en** qu'il s'en aille LX.

batalha. duel. bataille XVIII.

bate. battre IV. **bat.** il bat XVI. **batut(es).** est battu. XVI.

bayle. officier du seigneur dans la villle. I. XIV. XX. XXI. XXXIV. XXXIX.
   LIX. LXI. LXVI. (*v. éclaircissements note* II.)

bayssadas *part. pas..* abaissées, baissées, rabattues. IV.

bayxera. vaisselle vinaire, futaille LXXVIII.

baxet. fùt, tonneau. LXXVIII.

bedau. *subst.* l'opposant LXIV.

beian. qu'ils voyent, IV.

bencud. condamné, vaincu IX. XVIII. LIX. **vencud** XXVI.

bener. vendre. XXII. LXXI. LXXII. **bene.** vendre. LXXVIII. **ben.** il vend
   XIX. XX. XXIV. LXXVIII. **bena.** qu'il vende. XIX. XXII. XXXIII. XLI.
   benan. qu'ils vendent. XXII. LXXVI.

veniansa. vengeance XI. **venianza.** XII.

berenhas. vendanges XX.

berrat. verrat. XXII.

berta, *adj.* verte XXII.

best. il vêt. IV.

bestiars. bêtes, bestiaux LVIII. **bestia,** *sing.* LXXVIII. **bestias.**
   pl. LXXII.

betz (primera). la première fois, LXX. **duas betz** deux fois. LXXVIII.

bezialment. dans la communauté XXXIX.

bezin. [a] voisin, concitoyen, habitants du même lieu. XXXVI. **bezing**
   LXIV. LXV. LXVIII. **bezis,** *pl.* III. LXIV.

bia. chemin LVIII. **via.** IV.

biela. ville, *préambule.* IV. **viela.** XVII. **vielal,** *pour :* **viela le**
   XXXVIII. **bielas.** *pl.* XLII.

(a) Henry II de Navarre confirme en 1522 un acte de Bernard, comte de Foix, de
1290 ; dans ce dernier, on lit : *donam... aus sobredits borges ;* dans la reproduction tex-
tuelle de 1522, on lit : *besins,* au lieu de : *borges. (Cart. d'Oloron* publié par **M.** Marque.
Oloron, 1900.)

bier. venir II. LXXII. **vient.** il vient. XLVII. **uenia** il venait VIII.
bieran. ils viendront XLIII. **bengua.** qu'il vienne XXXVIII. LXIX. LXX.

bigordana. bigourdane *(qui donne vers Bigorre)* XXIII. **bigordan,**
fém. LXXVIII.

bilas. vilains. XVIII.

bing. vin. XX. LXXVIII. **ving** LXXVI.

blad. blé LXXIV. LXXVIII.

bolontat. volonté LIII. **voluntad** LXXVII.

bolp. renard XXII. LXXVIII.

bong, *adj* : bon. LXX. **bona,** *fém.* LXIX.

borrou. mulet LXXVIII.

borzes, *pl.*. bourgeois. XVIII.

boscz. bois, forêts. LVI.

bou ; bou ab colhos. bœuf ; taureau. XXII. **buou** LXXVIII. **bueu.**
LXXVIII. **bous.** *pl.* LXXI.

bragas. braies, IV.

vol. il veut XVI. XXX. XXXI. XXXIII. XXXIV. XXXIX. LII. LIV. LXXIV. LXXVII.
bolen. ils veulent LXXIV. **volia.** il voulait XXXIII. **bolha.** qu'il veuille
XXI. LIII. **bulha** XXXIX. **se bolha.** qu'il *se* veuille LXXVIII. **se volhan.**
pl. LXXVI. **volhan.** qu'ils veuillent LXXVI.

C.

cabal. cheptel, capital LIII. (*v. note* LIII *de la trad.*)

cada. chaque.

cal(lo). lequel, *préambule*. **cal que.** quel que LXXVIII.

cambiar (se). se changer LXIX.

caming. chemin XXIII. **camin.** XXVII. (v. **arrota**).

canonges. chanoines. LXXVIII.

cant. bord (d'un vase), mesure. XXV.

cant, *adv*. quand, lorsque. X. **can.** I. III. XXX. XXXIV. XXXVII. (v. **quan**)
cant (tant) *littér*. autant combien LXXVI.

cap. au bout. fin, LXIX.

capderar. se gouverner, se conduire LXI (B. de Born : **chapdelar**
Du Cange. Gloss. CAPDELARE *et Raynouard Lexique* : **capdelar.**)

cap tengua. qu'il se conduise XXXIV (B. de Born : **chaptener**).

caresme. carême LXXVIII.

cargua. charge XXII. **carga** LXXVIII.

carrera. chemin, rue. IV (v. **acarrera**).

cascunh, cascuna. chacun, chacune LXXVIII.

cauad. cheval XXII. LXXVIII.

caualgada. chevauchée, expédition. XVII (*v. éclaircissements note* IX).

caualgador. cavalier XXIII.

caualgava. il faisait chevauchée XXIX.

cauer. chevalier XVII. XLVII. **cauers,** *pl.* XVIII.

causas. choses XXXVIII.

cauxitz, *part. passé avec accord.* choisis. XXXIV.

ce pour **se, si.** si XL.

ceis, *adj. (formé d'un démonstratif* ce, *qui ne se trouve pas dans le lexique de Raynouard, et de* eis *même).* ce même LXIX. LXXVII. (v. **seissa**).

cerca. ronde, patrouille, recherche. XVII.

cerf, cerbia. cerf, biche LXXVIII. **cerp, cerbia.** XXII.

cercar. rechercher XXXIX.

clam. plainte en justice IX. XIV. XXX. XL. LIV. LXXIV.

clamans. plaignant, celui qui actionne en justice. *préambule.* **clamant** I. IX. LXXVII.

clamar (se). se plaindre, actionner en justice XVI. **clama.** il porte plainte LXX. **se clama.** il se plaint I. XIV. XV. LXII. LXIV. **clamauan.** ils se plaignaient LXXII. **clamadz laura.** lui aura fait appel. LXX. **los claman** *pour :* **lo se clama ne** celui qui s'en plaint. LXX.

claustra. cloître XXV.

colp. coup. VIII.

com. comme. LXXII. (v. **con**).

combent. convention, contrat LXIX. LXXVII.

comes. comte XXXIV. **coms.** L. LXXVIII. **comte.** *préamb.*

comession. attaque, engagement. X. (lat. *commissio.*)

comprar. acheter LXXII. **compra.** il achète LXXIV. **compre.** qu'il achète LXXIV.

con. comme. XIX (v. **atant con.**)

coneisser (fer). faire instruire une affaire LXX. **conoissem.** que nous poursuivions, mettions en cause XVII.

conoissensa. connaissance, décision, jugement III. VI. XIV. XV. **conoysensa.** I.

conquer. il exerce. LX.

copa. coupe (mesure) XXIV. XXV.

cosselh. ordre, avis, assentiment. III. IV. V. XXVIII. XXXIV. XXXIX. LII. LXIX. **conseilh** LXI.

coste. qu'il coûte LXXII.

costuma. coutume, usage LXIX. LXX. **costumas** *pl.*, *préambule*. L. LXIX.

cozet. boisseau (mesure) XXV.

creatz. *part. pas. avec accord*. créés, nommés LXIX.

crezessa. qu'il fasse crédit. LII. (*Coutu. de Moissac*. XIIe. s. *art. 30* : **crezia son aver** : prêtait son avoir. *trad. Lagrèze Fossat, t. I. p. 83*).

crubar. recouvrer LXII. LXXII. **crubara**. il recouvrera LIII. **crub, crube**. qu'il recouvre XXXI. LXXIV.

cuer. cuir XXII. LXXVIII.

cum. comme XLVI. LXXIV. (v. **com, con** *et* **atan con**).

cuy (de). de qui. I. XXII. (v. **quy**).

D.

d. *mis comme abréviation de* : **diners**. **d. j**. deniers jacquez.

daqued, *pour* : **de aqued**. de celui. XXVIII. LXIX. **daquet**. LXX. **daquetz** XXXIV. **daquera**. de cette XLVI. (v. **aqued**).

daqui, *pour* : **de aqui**. **daqui auant** désormais IV (v. **aqui**).

dar. donner XX. XXI. XXII. XXVI. XXVII. LXVII. **don** il donne I. XIX. LXVII. **da**. il donne LXVII. LXXVIII. **daua**. il donnait LXVII. **dad**, donné LIII. **son datz**. sont donnés LVII.

daun (ses) sans préjudice. XXXI.

de *prép*. de. **de sa preson**. après sa capture IV.

debedat. défendu, interdit. XXXVIII.

dedentz. dedans. XII. XVII. **dedens** XLVII. **dedens en**, dedans en (la ville) LXXVII.

deffener. se défendre XXXI.

deffora. dehors XII. **defora** XVII (v. **fora**).

degun. l'un XXXV. **degun**. un, quelqu'un LXIV. **degus**. XXIX. XLVII. **deguna**. aucune LXIX. **degunas**. pl. XXVII. (v. **neguna**).

degues. il laisse. XLIX. (v. **deu**).

del, dels, *pour* : **de el, els**. des *devant un nom*. **del qui**. de celui qui. X. **d els** d'eux. XIX.

demana. *subst*. demande en justice. XLVI.

demanador. demandeur en justice XL.

demanar. citer, poursuivre XI. XII. XXIX. XXX. **domanar**. exiger XVII. LV. **deman**. il exige X. **demana**. il réclame XLV. LXVII. LXXVII. **doman**. ils demandent XL. **demanaran**. ils exigeront. I.

derba. *pour :* de erba. de l'herbe LVIII. (v. **erba**).

denedors. créanciers XLIX. (*littéral :* ceux qui auront donné l'argent. v. *Leys. damors t.* II. *p.* 417).

dens. dans. XLVII. LXI. **dentz** VII. **dents** V. VI.

derba *pour :* de erba. de l'herbe LVIII (v. **erba**).

derrenson. rançon, rachat X. (*v. note 81 du texte*).

derrer. après XIX.

derrezemer. se racheter X. **derreman.** ils se rachètent. X. *(v. note 81 du texte).*

deseixir. dessaisir juridiquement XXXII. (v. **desseisida**).

desment. il dément XIV. XV.

despar (*comme :* desampar) qu'il abandonne, ne protège plus XXX.

despodestit. il est dépossédé LXII. (**despoestedir.** *Chanson de la Croisade contre les Albigeois. P. Meyer Gloss.*)

desseisida, *subst.* dessaisie LXXV. (v. **deseixir**).

destrau. cognée LVIII.

destrenher. se séparer (de quelque chose) (*lat :* destringere). XL. **destrenhera.** contraindra (*lat. distringere*) LII. **destrengan** *pour :* **destrenga ne,** qu'il *en* contraigne XXXI.

deu. il doit. **degues** (pour **degue se.** il se doit XXXVI. (*v. aussi* **degues**). **deben.** ils doivent (dette ou taxe) XIX. **deuian** *pour :* **deuia ne.** il devait XXXV. **deuen.** ils ont le droit LVI. **doen.** ils doivent LXIX.

deuant. avant, devant. XIX. LII.

deuedor. debiteur XXXVI. XLIII.

deute. dette. XLIX.

dex. territoire hors des murs. LIX. LXIV. (*v. éclaircissements note* VIII).

dia. jour. II. XVII. XXI. XXXVIII. LXI. LXVII. LXVIII. LXXVIII. **dias** *pl.* XIX. XXII. LXVIII.

dimercles. mercredi XLIII.

diyaus. jeudi XLIII.

dizer. dire LXI. LXVII. LXX. **dit aya.** ait dit XXVIII. XXIX. LXI. **dyt haya** LIV. **dit habia.** avait dit LII. **digau.** qu'il lui dise. I. [a]

(a) En relevant pour ce *Glossaire* les mots de l'art. I. de la Grande Charte, notre attention s'est arrêtée de nouveau sur le mot : **digau,** que nous n'avions considéré non dans la traduction, mais dans la transcription (p. 73), que comme la 3e pers. sing. subjonctif prés. du verbe commingeois : **diguer,** lequel, du reste, n'est employé dans notre texte que sous la forme gasconne : **dizer.** Or, ce verbe ne donne : **digau** au subj. prés. ni en provençal, ni en gascon, ni en catalan, (dialecte ancien ou moderne). Cette constatation nous a ramené à conclure que le mot : **digau** est formé par contraction comme tant d'autres mots du texte de la Grande Charte. En effet, il contient un pronom : **au** = *lui, à lui,* ajouté par contraction au subj. prés. : *digo* du verbe : *dizer.* C'est un pronom archaïque, que Mistral, au mot : **au,** donne comme une contraction (*béarnaise,*

dome, pour : de home. d'homme LXI. LXVI. **domes.** ¡l. XXIII.
(v. hom).

doen. v. deu.

don. v. dar.

donx. donc XXXVI. XXXVIII. LII. LIII. LXXI.

draps. draps pour vêtements XIX. LXXVIII.

dreits. droits, redevances. XX. (v. **dreyt**).

dressar. donner réparation VI. LXIV.

dreyt. droit juridique, *préambule*. XIII. dreit XVI. LXII. LXIII. LXIX.
(v. **perpara dreit**).

dreita (mesura). mesure exacte LXXIV. **dreyturera** LXXV.

dreyturas. droits et redevances. XXXIV.

duas. deux LXXVIII.

E.

e. *conj*. et.

ed. *pron*. lui, *préambule*. II. XI. LXI. LXIII. LXXI. LXXV. **eg.** LXXVIII.
etz. eux. X. LXIX. edz. LXIX.

eggua. jument. XXII.

el. *pour :* e el. *art*. et le. I. IV. IX. XIV. els. *pour :* e els. et les. XX.
elz, *pour :* e els. LV.

els. eux. XI. (*v*. el, *art. et* en. *pron.*)

emia. demie (mesure). LXXIV.

empresios. décisions. LI.

en. *pron*. celui. LVII. *(Il est souvent employé sous les formes :* ne, n.
v. ces mots.)

en. *devant un nom propre :* don *castillan, particule nobiliaire,
protocole après* LXXVII.

dit-il) de : **a lou**, et il cite cet exemple : *tu quit plasès* **au** *caressa* = Toi, qui te plaisais
à le caresser. Cependant Lespy, dans le *Diction.* béarnais, ne signale que **au** art. contracté. Du reste, la forme pronominale **au** a survécu dans nos idiomes gascons, principalement dans celui de Comminges, car on dit encore de nos jours : **qu—au cau
cerc—au** = il *le* faut chercher à *lui*, ou simplement : **qu—au cau cerca** = il
le faut chercher ; **be—u cerc—au** (ou : **cerca**) = vas *le* chercher à *lui*. Dans ce
dernier exemple, l'a de **au** est tombé devant l'e de **be**, tandis qu'il fait tomber celui
de **que** au premier exemple. Le pronom **au** devient **la** au féminin : **que la cau
cerca, be la cerca** ou **be—t la cerca** ou **be la—t cerca**, et, peut-être, **ac** =
cela, au neutre : **qu ac cau cerca, be ac cerca** ou **be t—ac cerca** ; mais dans ces
deux cas (emploi du féminin et emploi du neutre), la forme pléonastique : **cercau**, qui
figure dans le premier exemple de l'emploi de **au**, est constamment exclue. Ainsi donc :
dig au lo clamant = que le plaignant *lui* dise. (au seigneur ou au payle), et non :
qu'il dise. Par suite, l'observation faite dans la « Note sur le langage de la Charte »
(p. XXXIII. § 2) portant qu'on ne trouve dans le texte aucun mot qui rappelle la forme :
balho—u doit être supprimée, tandis que celle sur : **balho—m'oc, balho—l'oc,** qui
figure à la suite dans le même paragraphe, reste entière.

en. *prép.* dans. sur, *préambule.* XVIII. LXXVII. à. II. en. VII. VIII. sur. XXII. XXVII. (v. **entz**, *prép.*)

enant. en avant, ailleurs XIII.

enap. hanap, sorte de coupe en bois, (écuelle pour boire. *Comptes consul. d'Albi.*) XXII.

enbazit. *part. pass.* dépouillé. XLI.

endemang. lendemain. LXVII. *(Raynouard. Lexique Roman. met : Lendiman. Ce mot a certainement subi l'ajglutination signalée dans Littré au mot : Lendemain.)*

enfant, enfantz. enfants. XL.

engan. fraude, tromperie. XXXIII. LXXV.

ens. v. **entz.**

enssus. avant, au-dessus. XLIII.

enta. *prép.* à, pour, vers. XXIII.

entra (sen). il s'en entre. LXXVII.

entro. jusques. VI. VII. XVII. XX. XXXVIII. LXXII. (v. **tro.**)

entz, ens, étant, se trouvant. *préamb.* LXIX. LXXVII. (v. **esser**, *verbe neutre.*)

entz, *prép.* dans, dedans. XLIV. (v. **en.** *prép.*)

erha. herbe. LVIII. (v. **derba.**)

es(clama) *pour :* e se. et se (plaint). XIV.

escorciar. équarrir des bêtes, écorcher et détailler. LXXI.

esdic. justification par serment. XLVI.

esdiser. se justifier par serment. XLV.

esduzent (la luna). la lune s'éloignant, étant couchée. LXVIII (v. *aux éclaircissements note* XVI.)

esponaria. tutelle. XL. (v. *note du texte* XLII *et éclaircissements note* XIII.)

esponers. tuteurs. XL.

escriut (es). est écrit, *protocole après* LXXVII.

esser. *v. n.* être, se trouver. XLII. **estre.** LXIX. **es.** il est. XLIII. **son.** ils sont. LXVIII. LXXIII. **era.** il était. LII. LXXI. **aia estad.** qu'il ait demeuré. XVII. **entz.** étant. LXIX. LXXVII. **sia.** qu'il soit. XVII. LXXII. LXXIV. (v. **fos** *et* **ses.**)

estaca. il exige des gages. XIV. (v. *note* XXVII.) (*C'est par suite d'une erreur que le texte porte :* **estac**).

estancar. retenir en gage. LXVII. **estancan.** lient, gagent (bataille). XVIII.

estar. accéder. L. demeurer. LXXVII. ester en droit. XIV. XV. (v, **estar a** *ou* **en dreit.**)

estar (ou: **estar en**, ou: **a dreit**) ester en droit, soutenir une action en justice comme demandeur ou défendeur. IX. LXXVII. (v. **estar**).

estar (**segur**). être en sûreté, protégé, sauvegardé. XLII.

estranh. *adj.* étranger XIX. estranis. pl. XXIII (v. **straner.**)

etad. âge. XL.

euangelis. évangiles. I. XXXIV.

exament. également. I.

exir. sortir XXXIII. essir. LIV (v. **gess.**)

F.

falsar. s'inscrire en faux contre des témoins. LXVIII. (v. *éclaircissements, note* XVI.)

far. faire. VII. (v. **fer.** *v.*)

fasedor. (v. **mal fasedor.**)

faurs ferrados. maréchaux ferrants. LXXII.

faus. faux, faucille. LVIII.

fayna. fouine XXII. faina. LXXVIII.

fe (**a bona**). de bonne foi. XXXIV. LXIX. feu. LXIX.

feira. foire. XIX. feyras. *pl.* XLII.

femna. femme. LXXVIII. femnas *pl.* XLIII.

fer. faire VIII. IX. X. XIII. XV. XVI. XX. XXXIV, XXXIX. XLVII. LI. LIII. LIV. LVIII. LXI. LXII. LXIV. LXVIII. LXX. LXXI. LXXV. LXXVII. fe. il fait. VI. LV. LXIV. feg. il fait. XXIII. fen. ils font. LXXVII. fazan. XX. fazia. il faisait. IX. XXIX. fazian. *pl.* LXXII. fara. il fera. LII. faran. *pl.* III. LI. LXIX. fassa. qu'il fasse. I. XII. XXXVII. LVIII. LXXVIII. fazan *pour* faza ne. qu'il en fasse. LXI. fassan, *pl.* XXXIV. LXIX. feit aia. qu'il ait fait. LXVI. feyt aia. XVII. feita sen aia. qu'on en ait conclu. XXXV. feyta auia. avait fourni, donné. XXXVI. feit auria. aurait fait. XVII. feyt. se fait, se commet. V.

fer. feer. fer. LXXII.

ferrados. maréchaux-ferrants. LXXII. (v. **faurs ferrados.**)

ferrar. ferrer. LXXII.

festa. fête religieuse. LXIX.

filh. fils. *préambule.* LII. LIII. LIV. *protocole après l'art.* LXXVII filhs. XXX.

filha. fille, *préambule. protoc. ap. l'art.* LXXVII.

fin. accord, composition. VII. fin, terminaison. XXXV. XXXVII. fing. accord. XX.

flzansa. cautions. XXXVI. XLIII. **flzansas.** *pl.* I. XIII. XIV. XVI. XXX. LXVI. LXX.

flassada. couverture de lit. XXII. LXXVIII. (*Vieux français*: flossaye, flossoye.)

fora. dehors, hors. **en fora. au** dehors. **de fora, deffora.** dehors, du dehors. **forals** *pour* : fora als. en dehors des (*litt.* hors aux.) LXXVII.

foraster. garde forestier. LVIII.

forns. fours. LV.

forsadors. violateurs. IV. **forsador.** celui qui agit par force. LXII. LXIII. LXV. (v. *Leys damors t.* II *p. 417 et t.* III. *p. 37.*)

forsar. forcer, violenter, contraindre. LXIV. **forssa.** il force. LXV. **forsse.** LXIII. **forsaua.** il forçait. LXII.

fo. *v. n.* il fut. *préamb.* **fos.** XVII. LXXV. s'en alla. XLIX. (v. **esser.**)

francz. francs de droit. LV.

fuger. fuir. IV.

fust (de). en bois. XXII.

G.

gamet. contusion, meurtrissure. VIII.

garent. garant. LXVIII.

gart (s en). qu'il *s'en* réclame. LXXVII (B. de Born : **gardar.**)

gauza. qu'il ose. LXXV.

genh. fraude. LXIX (v. **enganh.**)

generes ? XXIII. (*peut-être un nom de lieu. v. note de la trad.* XXXIV.)

gess. il sort. XXIII. **gescan.** qu'ils sortent. LXIX. (v. **exir. jesca.**)

gran. *adj.* grand XXXV. **gran,** *fém.* LXXIV.

guareis. il garantit. LX.

guerra. guerre. XXXVII.

guesaing. profit, acquêt. LIII.

gueyta. guet. XVII.

guid. sauvegarde, protection. XXXVIII. XLI. (v. *éclaircis. note* XII.)

guiza. sauvegarde. XLII. (v. **guid. guidar. guizoagge.**)

guizar. sauvegarder, protéger. XXXVIII. **guizat (I aia).** qu'il l'ait sauvegardé, conduit en sûreté. XXXVIII.

guizoagge. sauvegarde, etc. XXXIII. (v. **guid.**)

H.

ha (bia). *prép.* sur (le chemin). LVIII. (v. **a** *prép.*)

haber *v. n.* avoir. **ha.** il a. LXXVIII. (v. **auer.** *v. n.*)

habia *pour*: **a bia** (v. **bia** *et* **ha.**)

hac. (v. **ac.**)

hom, home. homme, habitant. **homes.** *pl.* (*Nous traduisons aussi par*: on, quelqu'un.) (v. **domes.**)

homicizian. qui a commis un homicide. XII. (v. **omicidi.**)

honor. honneur, fief, terre seigneuriale. LVIII.

I. J.

i. *adv.* là. LXXII.

i. *adj. num.* un. XVII.

i. *pron.* sur cela. y. LV. LXI. LXIX. il, lui. LX.

j. *abréviation de* **jacquez.** monnaie aragonaise. LXI.

ja. désormais. LII. LXXVII. déjà, depuis. LV.

ial. *pour*: **i a el.** il a sur cela. LXVI. (v. **auer**).

jene. engendrer. XXII. (v. **sauma.**)

jesca (se). qu'il se sorte, qu'il se retire. LIV (v. **gess.**)

ig. là. XVII.

iradamens. avec colère. VII.

judges. juges. XIV. XXXIV. LI. LXIX. **juges.** LII. **jugges.** LXI. LXX.

judiar. juger. **juggen.** ils jugent. LXIX. **aguessan iugiats.** ils auraient jugé. LXX.

judiament. judicature, charge de juge. LXIX.

jugiament. jugement, sentence. XIV. LXX. **judiament.** LXI.

jurar. jurer. XXXIV. LXXV. **jur.** il jure. I.

jurats (judges). assermentés. (v. *éclaircissements note* II.)

justiziatz (sian). soient châtiés. X. **justizie.** qu'il châtie. X.

L.

la. *art.* la. **les** *masc. pl.* les. **las.** *fém. pl.* la, *pour*: **le a.** il l'a. v.

la. *pr.* celle. LXXIV.

lac, *pour :* lo ac. le, cela, à lui, pour lui. XIV. XXVIII. XXIX. XLV. LIII. LXV. LXXVII. **lag.** XII. XXXV. LXIII. LXV. LXVI. (v. **ac** et **ag.**)

lagues, pour : lo agues. qu'il lui ait. XLVIII. (v. **auer.**)

lan. *pour* ; el an. l'an. LXIX. LXXVIII. (v. **an.**)

lana. laine. XIX. LXXVIII.

landa. (*lire :* **leuda**) LXXIII. (v. **leuda.**)

lau. jugement, sentence arbitrale, etc. *préambule.* VII. XIV. XXX. XXXII. LXVII. (v. *éclaircissements note* III.)

lautra, *pour :* la autra. l'autre X. **lautre,** *masc.* XIV. XV. LXII. LXIV.

lauzan. ils décident, consentent, jugent, conseillent. X.

layan, *pour :* le ayan. qu'ils l'aient. XLII (v. **auer.**)

layron. voleur. XV. **layros.** *pl.* X. **lay.** X. **layronis.** vol, larcin. XIII.

ldeu, *pour :* el deu. lui doit. XLVII.

leials. loyaux, dignes d'ester à droit. IV. **plaga leial.** plaie dont la gravité est déterminée par la loi. VI.

leialment. loyalement. XXXIII.

len. *pour :* el en. lui en. XII. XIV. XV. XVI. XVII. XXIX. LIV. **lena,** *pour :* el en a. lui en a. XVI.

lendemang *pour :* el endemang. (v. **endemang.**)

lenha. bois à brûler. LVIII.

les, *pour :* le es. lui est. LXXVII.

leuda. droit perçu dans les foires et marchés. XXII. LXXVIII. péage, XXVI. XXVII. (v. **leyta. lezda.**)

leuderas. mesures de vin. XX. **leudera.** *sing.* LXXVIII.

levar. épuiser (son droit). XV. recouvrer (son bien). XLVIII. éxiger (la peine). LXVIII. (v. *pour cette dernière acception, éclaircissements, note* XVI, *renvoi* 1.)

ley. loi. *préambule.* XVI. amende. XVIII. XXXI. LXI. (v. **leyta.**)

leycha. il laisse. XL.

leyta. leude, redevance. XXII. **lezda.** LXXVIII. (v. **leuda.**)

lhom, *pour :* el hom. l'homme. LXVI. (v. **hom.**)

li *pour :* le y. à lui, le y. XIV. XLII. **ly.** LVIII. LXI.

limet, *pour :* le y met. lui remet, lui attribue, lui constitue. LIII.

linadges. ancêtres, lignage, *préambule.*

lo. *art.* le. **los** *pl.* II.

lo. pr. lui, le. **los.** eux. II. IV. XXXIV. LXIX. **le.** le. XXXIV. LXXVII. **les.** eux. II. **lo.** ce. XLV. **lor.** eux. LXI. **luy.** lui. IV. XVII. XXIX. XXXIV. XXXV. XXXVIII.

loguer. salaire. LXIX.

loms. lombes. XXII.

lor. *adj. pos.* leur. LXIX. LXXVII. **lors.** *pl.* LXXII.

loyra. loutre. XXII.

luna. lune. LXVIII.

lunh. lunhs (*pour* : l'unh, l'unhs). un, l'un, quelqu'un.

lunh (temps). longtemps. LV.

ly. (*voir* li).

M.

maior. plus grande. LXXIV.

maitad. moitié. LXXVIII. (v. **maytad.**)

malaueg. maladie. XXXVIII.

maleuas. *part. pas.* emprunté avec garantie. LII. (*Vieux Catal* :
  manlevar. emprunter ; **manleu.** emprunt. *Chans. de la Guerre des
  Albigeois. éd. P. Meyer. v. 2781.* engager quelque chose.)

mal fasedor. malfaiteur. XLIII.

mal menar. malmener, maltraiter. IV.

manat. *part. pas.* mandé, notifié, fait savoir. XLVII.

maneira, maneyra. manière, sorte. LXIX.

mang. (en). en les mains, en la juridiction. XVIII. LXVIII. LXIX.

maran. bélier. XXII.

marca. saisie par représailles. XXXVIII. **marcha.** LX. LXI. (v. *éclaircissements*, *note* XI.)

marcaders. marchands. XXIII. XLII.

marchad. *subst.* marché. XLIII. XLIV. **marchads.** *pl.* XLII. **marcad**
  LXXII. LXXIV.

maridada. (**molher**). (femme) mariée. IV. XIII. XLVI.

martrig. martre. LXXVIII.

martror. la Toussaint (fête des Martyrs). XX.

maynada. famille, domesticité. (*Vieux franç* : mesnie.) XXX. XXXI.

mays. mais. XIX. LVIII. LXI. (v. **meis.**)

mayson. maison, famille. XXX.

mayson. maison, demeure. LIX. LXI. LXXI. **mason.** XXXI.

maytad. moitié. X. XVIII. (v. **maitad.**)

mazed. boucherie, marché de boucherie. XXII. LXXI.

mazerer. boucher. XXII. **mazeres.** *pl.* LXXI.

meador. celui qui accompagne. LXI.

med dia. midi (heure). XXXVIII. **meg dia.** LXXII. **meydia.** XLIII.

meissens *pour* : meis sens. LII. (v. **mays** *et* sens.)

menar. mener, amener, conduire jusques à. II. **menar enant.** emmener d'où l'on était auparavant. XIII. **menat aia**. ait emmené. LXV. **mena**. il conduit. III.

merce. a la merci, à la discrétion de. V.

mes. plus rien. XXXV.

mesura. **mesuras**. mesure. LXXIV. LXXV. LXXVI.

mesurad sia. que ce soit mesuré. XXIV.

meseis (si). soi-même, lui-même, sa personne. II. XIII. **meseis**. même. LXXVIII. **meseissa**. LXXIV.

messios. dépenses d'entretien. III.

meter. **metre**. mettre, établir. XII. XXVIII. XXXIV. LIX. **met**. il met. LXI. **meit**. LXI. **metian**. ils mettaient. I. **metra**. il mettra. XXXIV. **metan** *pour* : **meta ne**. qu'il en mette. XXX. **metan**. qu'ils mettent. LXIX. **mesas (n aia)** qu'il en ait mises. LXVI.

mezalha. maille, obole (monnaie). LVIII. LXXII. **mezalhas**. LXXVIII.

mezis (si). soi-même, etc. I. (v. **meseis**.)

milhors. meilleurs. XXI.

molher. femme. IV. XIII. XLVI. LIII. (v. **maridada**.)

molherad. marié (homme). IV. XLVI. **molherat**. LII.

moling. moulin. LV. **molis** *pl.* LV.

mort. *subst.* mort. IX. XVII. obsèques. XXXVIII.

mort. *part. pas.* mort. X. **a mort**. a tué. XI. **moria**, mourait. XXXVI.

mostrar. présenter. XXXIV.

moutos. moutons. LXXI.

mul. mulet. **mula**. mule. XXII.

N.

n *pour :* **ne en**. en, *pron.* (v. *pour ce mot la transcription pp. 73 et suiv. art. 9 ligne 3, art. 14. l. 3, art. 54. l. 3, art. 62 l. 5 :* **n a**; *art. 30. l. 4 :* **meta n**; *art. 31. l. 2 :* **destrenga n** ; *art. 35. l. 3 :* **deuia n** ; *art. 55. l. 3 :* **n i fe** ; *art. 58. l. 4 :* **que n deu** ; *art. 61. l. 5 :* **lo fara n**; *art. 62. l. 3 :* **n es**; *art. 66. l. 3 :* **n aia mesas**; *art. 72. l. 4 :* **fazia n** ; *art. 76. l. 17 :* **que n passa**. LXIV. LXVI. LXX. (*Il faut lire dans l'art.* XXII. **qin qui l ne passe**. v. *aux errata*).

nadau. noël (fète). XX. **nadal**. LXXVIII.

naia. *pour :* **en aia**. en ait. LXVI. **naian**. *pl.* LXIX.

nal. *pour :* **en a el**. il en a le. LXII. LXIV.

nauzira. *pour :* **ne auzira** en entendra. XXX. (v. **ausi**.)

ne. *prép.* en, dans. VII. XXII.

neguna. aucune. LXIX. (v. **deguna**.)

nes. *pour :* **en es**. en est. XXVII. LXII.

neyt. nuit. XLIII.

ni. *conj.* et, ou. **ni. ni.** XXIX. (v. **ny.**)

nil, *pour :* **ni li.** ni lui. LII.

nij, *pour :* **ni y.** ni y. XIX.

no, non. non, ne pas.

noirid (s agues). (se l'ait) nourri. LXXI.

nol *pour :* **no el.** ne pas le. **nols,** *pour :* **no les.**

nome. nom. XXXVIII.

noy, *pour :* **no y.** ne pas y. II. III. XIX. LV. LIX. LXIX. LXXII. LXXV.

noya, *pour :* **no y a.** il n'y a pas. XXXI. XLVI.

nulh. nulhs. nul, quelqu'un. **nulh.** autre. XIII. **nulha (sa maynada).** nul (de sa mesnie). XXX.

ny. ni. XXXI.

O.

o *conj.* ou.

obrador. boutique, ouvroir. XIX. LXXVIII.

obs. besoin. XXXVIII. LXXVII.

occazion. querelle, motif, délit. XIII (*B. de Born.*)

ol. *pour :* **o el,** *art.* ou le. II.

omicidl. homicide. (v. **homicizian.**)

om. *pron.* on. LV. (v. **dome** *et* **hom.**)

on. *pron.* on. XX.

on. *adv.* où. XXXIX. LV. LXXVIII.

ora. heure, moment. LIII.

ost. expédition, armée. II. III. XVII.

ouelhas. brebis. LXXI.

P.

padoents. ténements, domaines seigneuriaux, vacants, lieux de dépaissance. LVII.

pagad. *part. pas.* payé. XXXVI. **pagat sia.** qu'il soit payé. LXV. **pagat sian.** XLII.

pages. paysan. XVIII. LXXVII.

pair. père. LII. LIII. LIV.

paisser. faire paître. LVIII.

palma. poignée (mesure). XXV.

panat (a). il a volé. XXXIX.

pang. pain. LXXVIII.

paraula. parole. **sabuda paraula.** tradition orale. *préambule.* **per**

sa paraula. par déclaration verbale faite en présence de témoins (*nuncupatio*). XLVII. (v. *coutumes de Montpellier (1204) art.* LXXVI.)

parelhs. paire (de souliers.) LXXVIII.

parens. parents. XI. XII.

part. part. XXXI. **partz**. *pl.* LXIX.

pascas. pâques. XX. **pasca**. LXXVIII.

passar. passer par la juridiction. XXX. XXXII. LXVII. **pas**. XXII. (v. *aux errata.*) **passa**. il passe. XXII. LXXVIII. **era passad**. était expiré. XXXVI.

patz. paix, accord. XXXVII. paix de Dieu. L. (v. *éclaircissements. note* XV.)

pauc. petit. XXXV. **pauca**. *fém.* LXXV.

pe. pied. LXXII.

ped. peau. LXXVIII.

pees. poids. LXXIV.

pel. *contract. de* : **per el**. pour le. XXI. LXXVIII.

pena. peine. (*ou* : amende.) LXVIII. (v. *éclaircissements. note* XVI. *renvoi* 1.)

penhorar. **penherar**. opérer une saisie contre quelqu'un par autorité personnelle ou de justice. XLVII. dresser procès-verbal. LVIII. **penhora**. **penhera**. il saisit. *ind. pr.* XLVII. LXIV. **penheraua**. il saisissait. XLVIII. **penherad a**. a saisi LXV. **penherat aula**. avait saisi. XVII. XXXVI. **penherad**. *ou* **penhorad aura**. il aura saisi. LXV.

penhs. gages de la saisie. LXIV. LXV.

pentecosta. pentecôte (fête). XX. LXXVIII.

per. par. *préambule*. I. III. pour. I. XXXIV. XXXVII. LXXII. LXXVII. LXXVIII. dans. II. **per lor**. pour lors. II. **per tot**. partout. XXXIX.

perissaria. mégisserie. LXXVIII.

perpara (dreit). offrir d'ester en droit. XVI. LXII. LXIII. **dreyt perparat**. LXII. LXIII.

perparament de las fizansas. offre de constituer des cautions. XVI. (v. **perpara**.)

perde. perdre. LV. **pert**. il perd. XXXI.

pero. mais, pourtant, cependant. LXVII. (v. **mays**.)

pieces. poitrines d'animaux. XXII.

plaga. plaie. VI. **plagua**. XVII. **plaja**. IX.

plagad. *part. pas.* blessé. X. **plaguat**. XI.

plaideiar. plaider. LXVIII.

pleit. **pleyt**. procès. XXVII. XXXII. XXXV. XXXVIII. LXVIII. LXIX. LXX. LXIX. LXX. **pleg**. LXIX.

plus. plus, davantage. XXXIV.

poble. peuple, habitants. II. LVII. LXXIV.

pod. pot. il peut. **poscan.** qu'ils puissent. LXXII.

podanal. *pour :* **podan al.** sont débités chez le... XXII. (**podar.** couper, tailler. *Lespy Diction. béarnais.*)

poder. *subst.* pouvoir, juridiction. I. II. LXVI. (v. **apoder**); possession domaniale. LIV. (v. *Dict. béarn. Lespy. au mot :* **potestarie**). droit de possession. LXII.

pont. pont. XXVI.

porc. porc, cochon. XXII. LXXI. LXXVIII.

porta. porte (de la ville). XXII. XXIII. **portas.** XXVII.

portador. porteur. LXI.

portat. aia. qu'il ait porté. LXV. **porta.** il porte. XXIII. **portaua.** il portait. VIII.

pos. puis, après. XII. XXVIII. XXIX. LVIII. LXV. LXVI. **pus.** XLVII.

prenedors. ravisseurs. IV. (ceux qui agissent par contrainte. *Leys damors t.* II. *p.* 417).

prener. prendre, arrêter. IV. XVI. XXV. XLVII. LXXVII. **pren.** il prend IV. XIII. XXXVIII. LIX. LX. **prenera.** prendra. il prendra. X. **prengua.** qu'il prenne. XI. LXXVII. **prengan.** *pl.* LXIX. **era pres.** était pris, fait prisonnier. XXXVII. **haya pres.** ait volé. XXXVIII. **pren poder.** revendique la possession. LXVI.

preson. capture, prise. IV. XVII. XLVI.

prestar. prêtre. LXXIV. **presta.** il prête. LIII. **preste.** qu'il prête. LXXIV. **prestatz.** prêté. LII.

primera. première. LXX.

prior. prieur (d'abbaye), *protocole après* LXXVII.

proba. il prouve. XLV. XLVI. **probara.** il prouvera. XLV. **esser proad.** être prouvé. XLVI. **era proat.** était prouvé. LXXV.

proshomes. prosomes. prud'hommes. *préambule.* I. II. IV. VI. VII. XIV. XV. XIX. XXX. XXXII. XXXIX. L. LXX. LXXVII. **prohomes.** V. X. LXIX. LXXII.

pus. (v. **pos.**)

Q.

qin quil. *pour :* **qin qui el.** lequel qui lui. XXII. **qins.** *pour :* **quin se.** lequel se. LXXVIII. (v. **quin.**)

qual que. quelque, quel que. quoi que.

quan. quand. LXII. LXIX. (v. **cant.**)

quar. car. LXIV. LXIX. LXXII.

quart. quart de mesure. LXXIV.

quatre. quatre. LXXVIII.

quatorze. quatorze. LXVIII.

que. *pr.* quoi. I. **que.** *préamb.* I, III.

que. *conj.* que. *préamb.* IV.

que que. quoi que. XXIX. **que ques.** *pour :* **que que se.** XLI.

quel. *pour :* **que le.** qui le. X. XXIX. LXXVII. que lui. XXX. LXXIV. quoi lui. LXVII. LXX.

quen *pour :* **que ne.** que en, qu'il en. XXXI. LVIII.

ques. *pour :* **que se.** qu'il se *ou* qu'ils se. X. LIV. LXXI.

quey. *pour :* **que y.** qu'il y. III.

qui. qui. I. **de cuy.** de qui. I.

qui quil. *pour :* **qui que el.** qui que lui. LII. (v. **qin.**)

quils. *pour :* **qui les.** qui les. XL.

quin. lequel. laquelle. XXIII. XXVII. LXXVIII. (v. **qin.**)

quy. *pour :* **qui y.** qu'il y. XXXIV. qui. XXVIII. LXII. **aquy.** *pour :* a quy. à qui. LXV.

R.

razos. raisons. LXIX. (v. **arrazos.**)

requer. il requiert. LXIII.

responan. qu'il répondent. XXXIV. **respona.** qu'il réponde. LXI. (v. **asponan.**)

S.

s. employé fréquemment sous cette forme pour : *se* devant un pronom ou un verbe commençant par une voyelle ; v. cependant. LXXVI : **ab qual mesura s volhan.** LXXVII. LXXVIII.

sabates. cordonniers. XXI. LXXIII. LXXVIII.

sabatos. chaussures, souliers. XXI. **sabatas.** LXXVIII.

sabeng. (v. **aben.**)

saber. savoir. *préambule.* **sabia.** il savait. LXXV. **es sabuda.** est connue, sue. *préambule.* **asaber.** assavoir. LXXVIII. (v. **aben.**)

sac, *pour :* **se ac.** si cela. LIII. (v. **ac.**)

sagrament. serment. XXXIV. XLV. LXVII. LXIX. LXXV.

sagues, *pour :* **se agues.** (v. **auer.**)

sal. sel. XXV. LXXVIII.

salat *part. pas.* salé, confit dans le sel. LXXI.

salers (de fust). écuelles en bois. XXII.

saub e seyno. sauf et sain. XLII. **salbas.** sauves. L.

sauma (a jene). ânesse à engendrer, *c-à-d* : pour la reproduction. XXII. LXXVIIII.

saumada. charge (mesure). XXII. XXV. LXXVIII. **salmada**. LXXVIII.

sauneras. marchandes de sel. XXV.

sarrazing. blé noir, sarrasin. XXII.

scriutes. il est écrit. XLVI. *prot. après*. LXXVII.

se, *pr.* soi, se. VI.

segar (erba). couper de l'herbe à la faux. LVIII.

segon. *adv.* suivant, selon. LXIX.

seguir. suivre. II.

segur. sûr, sauvegardé. XLII. XLIX.

seissa. (*formé de 2 adj. réunis par synalèphe* : **sa eissa**). sa même. XLII. (*v. Lexique de Raynouard. t. 3 p. 98 au mot* : eis. *et les Leys damors. t. 2. p. 225. v. aussi* ceis, *dans notre glossaire*.)

sen. *pour* : **se ne**, **se en**. s'en. III. V. VI. XI. XV. LXI. LXIV. LXXVII. LXXVIII.

sengles. *adj. num.* une (quelques ?) LXXVIII.

senhor. seigneur. **senhor de la claustra**. chanoines de la collégiale. XXV. **senhor de la mayson**. chef de la famille. XXX.

sens (meis). sans (plus.) LII. (*v.* **mays**.)

sents. les saints (évangiles). I. XXXIV. **sentz**. saints du paradis. LXXV. **sent johan**. la saint Jean. LXIX.

sera. il sera. XXXVIII. **seran**. *pl.* XXXIV. **son**. ils sont, appartiennent. XVIII. XLIII. LXVIII. **sia**. qu'il soit. XVII. XXVII. LVIII. **sian**. qu'ils soient. XL. **sian** *pour* : **sia ne**. qu'il en soit. XLII.

ses, sees. cens, redevance. XLVII. LV.

ses, *prép.* sans. XXXI. XXXIII. LXII. LXIX. (*v.* **sens**.)

sester. setier (mesure). XXIV. LXXIV. LXXVIII.

sexanta. soixante. LXIII.

seyno. *v.* **saub**.

si. *pr.* lui, *préambule*. I. II. IV. XIII. **sii** *pour* : **si i**. s'il y. XVII.

si. *conj.* si. (*v.* **sen**. **sin**.)

sil. *pour* : **si el**. si le (*devant un nom*) ; si celui (*devant* : qui). XIV.

sin, *pour* : **si ne**. s'il en. LXXIV. (*v.* **sen**.)

sino. sinon. XXVIII. (*v. note* 127 *du texte*.)

si si ben *pour* : **si se ben**. s'il se (vend). LXXVIII.

sis, *pour* : **si se**. s'il se XVI. **sis vol**. *litt.* s'il se veut. XXX. XXXI. LXXVII. **sis ben**. s'il se vend. LXXVIII.

so. ceci. LXXVIII. **so**. *adj. pos.* son. LXXVII.

sob. *prép.* sous. XXXIV.

sober. *prép.* sur I. XVI. (**soler,** *à la fin des art.* I *et* XIII *est erroné ; il faut :* **sober**). XXXIV. XLVI. **sobre.** LXIII. LXXV.

sol. sou. monnaie.

solament. seulement. XIX.

solber. absoudre, rendre libre IV. racheter. XXXVII. (v. **solt.**)

son. *pr. pos.* le sien, ce qui lui appartient. XXIV. XXIX. XXXI. XXXIX. **song.** XLVII.

son. *adj. pos.* son. **sa.** *fém.* **sos.** *pl.* (v. **lor. lors.**)

solt. libre. LX. LXVII. (v. **solber.**)

spleita. exploitation, jouissance. LVIII.

spleytar. exploiter, mettre en exploitation. LVI.

stablitz. *part. passé.* établis. LXXI.

sy *pour :* **se y.** s'il y. LXI.

T.

ta. autant, aussi. LXXIV. **tant (cant).** *litt :* autant combien. LXXVI.

tal. tel, ainsi. XXXVIII. (v. **atals.**) telle. LXXIV.

talh (a). au détail. XIX.

talhant. taillant (sorte de serpe.) LVIII.

tant. *adv.* autant. LXV.

tauernes. taverniers, aubergistes. XX. LXXIII. LXXVIII.

temps (totz). tout le temps, toujours. LXIX.

tengut (es). est frappé de, tenu à, relève de la juridiction. VIII. XVI. LXI. LXXIV. **tengua.** qu'il tienne. XIX. **esser tengut.** être obligé. XXXVI. XLVIII.

terme. terme, échéance. XXXVI.

terminis. territoire, limite, banlieu hors des murs sous la juridiction des prud'hommes. V. VI. VII. IX. XLVII. XLVIII. LXI. LXXVII. (v. *éclaircissements. note* VIII.)

terra. terre, biens. XXIX. XXXIII. LIII. fief. XLIX.

testimoni. témoin. XXXVIII. **testimonis.** *pl.* IV. XXXIX. XLV. LXVIII. *protocole après* LXXVII.

tiensas. biens, tenures, tenances. XL. LXII. LXIII. (v. *note.* LIX. *de la trad.*)

tier. tenir, garder. XIII. XLIV. XLVII. LI. LXV. **tien.** ils tiennent. LXX. **tienen.** ils gardent. XLII. **ten.** il détient. LXV. **tene.** qu'il détienne. LXII. **tiem.** que nous retenions. XVII. **tengan.** qu'ils tiennent. LXXVII.

tiersa. troisième. LXXVIII.

tolt. il prend, enlève, ôte. XXIX.

tonet. tonneau. LXXVI.

torbe. il trouble. LXIII.

tornar. retourner. revenir. II. XLIX. **torna.** il retourne. XXVII. **tornat.** retourné. XLII. **torn.** qu'il rapporte. LXXVII.

tornes. tourneurs. (tonneliers ?). LXXVI.

tort. tort, dommage. XXVIII. XLVIII. LXIV. **toort.** XXX.

tot. totz. tout, tous. **tota. totas.** toute. toutes.

tradessa. charge. (bagage porté au troussequin de la selle). XXIII.

trameter. envoyer, transmettre. II. **trameta.** qu'il transmette. III.

traysio. trahison. XIV. (v. *éclaircissements note* VII.)

trazir. trahir (*pris substantivement.*) XIV. (v. *note.* XXVIII *de la trad. L' s qui termine le mot :* **trazir** *appartient à :* **armangua** : **trazir se armangua.**)

tres. trois. LXXVIII.

trezer. faire sortir. XIII. traduire devant. LXI. **trazia.** faisait sortir. VII.

tro. jusques. **trolz.** *pour :* **tro els.** XL. (v. **entro.**)

troba. il trouve. XIII. **trobaua.** il trouvait. XLIX.

trossed. paquet, trousseau. XXIII. **trosseg.** LXXVIII.

troyas. truies. XXII. **troya.** *sing.* LXXI.

U.

u. *pour :* **au.** (v. *ce dernier mot.*)

ucar. publier à son de trompe. LXXVI.

uenia. *pour :* **benia. venia.** il venait. VIII.

ung. *pron. num.* un. XLIX. **una.** *fém.* LXXVIII.

V.

(*Voyez :* **b** et **u.**)

Y.

y. (noy. *pour* no y.) 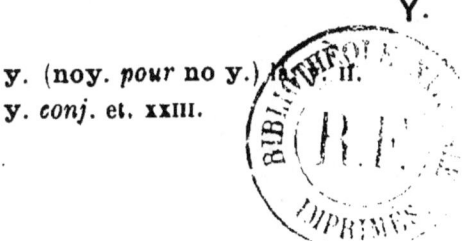 II.

y. *conj.* et. XXIII.

CORRECTIONS

CORRECTIONS

Le premier chiffre de chaque alinéa indique la **page** où doit être faite la correction ; les autres, les **lignes**.

xi. — 24. C'est par erreur que l'île St Jean est indiquée comme appartenant encore à S.-G. (V. p. 173. Note 44.)

xxv. — 17. Lire : *flassadas*, au lieu de : *lassadas*.

xxix. — 28. Mettre une virgule après : *mang* et séparer *lo* de *song*.

xxxii. — 13. Effacer la virgule mise après : *forme*.

xxxiii. — 20. Effacer : *balho-u*. (V. au glossaire le mot : *dixer*.)

4. — 17. Mettre après : *Gastone*, un renvoi *(20)*.

22. — 10. *estaca*, au lieu de : *estac*.

23. — 17. Effacer l'*y* mis entre *il* et *a reçu*.

28. — 12. Au lieu de : *qin quil ne pas*, lire : *qin qui l ne pas[sa]*.

29. — 14-15. Au lieu de : *qui que ce soit qui le mène*, lire : *que l'on mène*.

33. — 14. *le fils*, au lieu de : *les fils*.

34. — 20. *degun els bayles*, au lieu de : *dels*.

40. — 13. Mettre le renvoi *(148)* à la fin de l'art. xlvi.

41. — 24. Mettre : *chevalier*, au lieu de : *étranger*.

60. — 25. *cartan*, au lieu de : *cartam*.

61. — 4. *leur seigneur*, au lieu de : *le seigneur*.

61. — 6. Le renvoi est (lxvi) et non : (xlvi.)

61. — 13. *il en accorde*, au lieu de : *nous accordons*.

73. — 33. *dig au*, au lieu de : *digau*.

74. — 15. *las bragas*, au lieu de : *la*.

74. — 17. *artenguda*, au lieu de : *art enguda*.

75. — 16. *clam n a*, au lieu de : *na*.

75. — 17. *s armangua* et *s acordar*, en deux mots l'un et l'autre.

75. — 18. *no l* et *l aura*, en deux mots l'un et l'autre.

75. — 24. Enlever l'accent d'élision placé à : *l autre*, et mettre : *batut*, au lieu de : *balut*.

76. — 24. Lire : *qin qui l[e] ne pas[sa]*, au lieu de : *qi n qu il ne pas*.

76. — 26. *ni*, au lieu de : *n i*.

76. — 34. quin (2 fois dans la même ligne), au lieu de : *qui n*.

76. — 36. *quin*, en un seul mot.

77. — 9. *quin*, en un seul mot.

77. — 17. *s i abengues*, au lieu de : *si*.

77. — 27. *s en deu*, au lieu de : *sen*.

77. — 33. *prosomes*. au lieu de : *prosons*.

78. — 21. *haya*, au lieu de : *baya*.

78. — 28. *l unh*, au lieu de : *lunh*.

79. — 1. *homes*, au lieu de : *homos*.

79. — 5. *l ac*, au lieu de : *lac*.

79. — 9. *d aquera*, au lieu de : *daquera*.

79. — 11. *los terminis*, au lieu de : *las*.

79. — 13. *l ac*, au lieu de : *lac*.

76. — 16. *l agues*, au lieu de : *lagues*.

80. — 2. *ni ja*, au lieu de : *n i ia*.

80. — 14. *quin*, au lieu de : *qui n*.

82. — 28. *mesura s volhan*, au lieu de : *mesuras*.

89. — 38. Nous disions, dans la note 55, que Dodon, comte de Comminges, entra, vers 1175, dans l'*Ordre de St-Jean-de-Jérusalem* à Montsaunès. Il faut lire : *Ordre du Temple*. Sur la foi de vieilles traditions concernant le rattachement de S.-G. à Montsaunès comme membre de cette dernière commanderie, et ayant constaté que S.-G. appartenait à l'Ordre de S. Jean de Jérusalem pendant les XIIᵉ et XIIIᵉ siècles, nous avions déduit de ces traditions et constatations que Montsaunès appartenait, lui aussi, pendant ces deux mêmes siècles, à l'Ordre de S. Jean. Une étude plus attentive des documents qui se trouvent aux archives départem. de la Hᵗᵉ-Garonne *(Fonds de Malte. Montsaunès et S.-Gaudens.)* nous a amené à la constatation suivante : pendant les XIIᵉ et XIIIᵉ siècles, Montsaunès était une commanderie de l'Ordre du Temple, tandis que S.-Gaudens, pendant la même période, était une commanderie de l'Ordre de S.-Jean-de-Jérusalem.

90. — 40. Ajouter : ou : *e el*.

90. — 42. Ajouter : ou : *o el*.

92. — 40. 41 et 42. Mettre *prædictæ, dictæ* et *villæ* au lieu de : *prædictœ, dictœ,* et *villœ*.

93. — 12. Ajouter : *A : els*.

93. — 23. Lire : *Charte de Valcabrère*, au lieu de : *copie*.

95. — 11. *dreyta dera*, au lieu de : *dreytr*.

95. — 45. *de Boelhio*, au lieu de : *Boelh*.

98. — 43. *præterea*, au lieu de : *prætea*.

100. — 35. *super*, au lieu de : *surper*.

100. — 41. Effacer : *Il semble qu'il*, etc.

103. — 21. Effacer : *ci-après*.

112. — 6. *faire*, au lieu de : *fatre*.

114. — 33. *Angliæ*, au lieu de : *Angliœ*.

118. — 19. Lire : *(sauvegarde)*.

119. — 4. *estacamentum*, au lieu de : *eotacamentum*.

127. — 34. *consuetudo*, au lieu de : *consuctudo*.

128. — 39. *du Temple*, au lieu de : *Sᵗ Jean*.

130. — 39. Lire : *peu éloignée*, au lieu de : *un peu*.

137. — 29 et 30. Effacer les guillemets.

153. — 2. Effacer : *e* à : *suse* et le remplacer par un tiret. *(sus-)*.

153. — 5. Lire : *prennent*, et : *taxé*.

155. — 9. Lire : *et de donner*.

155. — 27. Lire : *tout*, au lieu de : *tou*.

157. — 3. Lire au renvoi : 27, au lieu de : 21.

161 et 173. — 5 et 7. A la note 36 (p. 173), nous proposons de lire :

torn au lieu de : *horn* dans l'art. XXXIV (p. 161). Cette rectification n'est peut-être pas à adopter, car on peut remarquer que le mot : *tour* est répété dans ce même art. sous cette même forme concurremment avec : *horn*, surtout dans ce passage : *de las qualles quatres horns, losd. consuls ne tenent las claus, scaver : chascun de la tour que en son quartié es, en las qualles an puixance* (et non : *puixanee*) *de incarcerar,* etc. Il semble évident qu'il n'y a dans ce texte aucune confusion entre *horn* et *tour.* Ce mot : *horn*, — dont nous ne pouvons, en ce moment, vérifier la lecture, — ne signifierait-il pas : *cachot ?* (V. Du Cange-*Gloss.* au mot : *Horror* = *Carcer,* locus caligne horridus.) Signifierait-il : *Hourd*, mot par lequel on désignait en fortification les galeries à màchicoulis placées quelquefois au sommet de tours ou au-dessous de portes ou entre des bastions? Dans les dictionn. ou lexiq., *horn* = *four.*

184. — 6. *rentés,* au lieu de *rentés.*

200. — renvoi *a.* Lire : *précédent,* au lieu de : *présent.*

CORRECTIONS SUPPLÉMENTAIRES

P. 39. l. 19. *Tout ce qu'un marchand apporte*, au lieu de : Tout ce que les marchands apportent.

P. 223. l. 21. Mettre : *singulier* au mot **mercaders** entre XXIII et XLII.

P. 42. l. 12. Il résulte de nos recherches, qui ont abouti seulement lorsque le présent ouvrage était complètement imprimé, que, contrairement à la copie de B. 1380, — dont nous avons à maintes reprises signalé les incorrections, — il faut lire à la fin de l'art. XLIX de la Grande Charte : **deuedors**, au lieu de : **denedors**, non seulement par application des règles de la linguistique, — *deuer* étant un verbe et *dener* ne l'étant pas, — mais encore en vertu de textes qui contiennent le mot : *deuedors* ou son similaire : *deutors* et leurs synonymes *deteurs* ou *deteres* en vieux français, avec le sens de : *créanciers*, sens résultant indubitablement de la contexture même de l'art. précité.

Nous devons à l'obligeance de M. P. Rogé, avocat à Toulouse, l'auteur si éclairé des études sur les *Anciens fors de Béarn*, les références ci-après sur la signification de : *créanciers* attribuée assez fréquemment pendant le moyen-âge aux mots : *deuedors* et *deteurs*. Elles sont tirées de textes déjà publiés, et à ce titre nous les préférons aux nôtres qui ne se trouvent que dans des documents encore inédits et insuffisamment contrôlés.

Textes additionnels aux Anciens fors de Béarn, *(éd. Brissaud et Rogé . Toulouse . Privat . 1905.)* Art. V. des Statuts de 1374 : Si los deutors *(débiteurs)* despuix lo clam sie feyt fasen autres embarcs *(deties)* dentz lo cap del an, que los crededors qui per dabant son, sien pagats dabants totes causes de tot so que auer deuran, en maniere que per aquegs deutes que sian feytz dents l an, los **deutors** *(créanciers)* dabantz feytz no fossen retardatz ni perguen deu lor.

Usages d'Orléans, (éd. Viollet. t. I. p. 509.) Ch. XX. Le débiteur a un délai pour vendre ses biens ; mais « se il ne le faisoit, li **deteres** *(créancier)* li vandroit et li feroit otroier la vante selonc l'usage de la Cort laie. » (V. *ibid.* t. I. ch. XXXVIJ, p. 519 et les *Etablissements de S. Louis*, éd. Saint-Martin, L. I. ch. 126 et L. II. ch. 21.)

Coutumes de Beauvaisis, (éd. Am. Salmon). Art. 792. Il avint qu'un gentius hons devoit et n'estoit pas aisiés de paier fors que par la vente de son eritage. Il s'acorda entre lui et ses **deteurs** *(créanciers)* que li **deteur** *(même sens)* avroient de l'eritage au dit escuier par le pris que li homme de Clermont i metroient par jugement.... (V. *ibid.* les art. 521 . 527 . 528 . 990 . 1074 . 1574 . 1579 et 1977.)

En conséquence, il y a lieu de compléter ainsi qu'il suit les corrections qui précèdent :

P. 42. l. 12 et p. 79. l. 20. Lire : *deuedors* au lieu de : *denedors*.

P. 93. note 151. A remplacer par : On lit : *denedors* (?) sur le ms.

P. 226. Glossaire. Effacer : *denedors* et tout ce qui suit ce mot. Ajouter à : *deuedor*, même page, après : XLIII, la mention ci-après :

deuedors. *pl.* créanciers. XLIX (V. *à la fin de l'ouvrage la correction supplémentaire.)*

TABLE

TABLE

Imprimerie ABADIE, Saint-Gaudens,

Paul GEUTHNER, 68, rue Mazarine, 68, PARIS

En cours de Publication :

LE
Chansonnier de l'Arsenal
(TROUVÈRES DU XIIe-XIIIe SIECLE)
Reproduction phototypique du manuscrit 5198 de la Bibliothèque de l'Arsenal
Transcription du texte musical en notation moderne par Pierre AUBRY
Introduction et Notices par A. JEANROY

Ce précieux chansonnier manuscrit du treizième siècle, aujourd'hui à la Bibliothèque de l'Arsenal, provient de la bibliothèque de M. de Paulmy. C'est un beau manuscrit sur vélin, mesurant 0,31 × 0,24 ; il est écrit sur deux colonnes et se compose de 211 folios, soit de 422 pages.

Nous avons là un des meilleurs manuscrits qui nous aient conservé l'œuvre lyrique des trouvères français.

La première partie du recueil contient les œuvres de THIBAUT DE CHAMPAGNE, de GACE BRULÉ, du CHATELAIN DE COUCY, de BLONDEL DE NESLE, de THIBAUT DE BLASON, de GAUTIER DE DARGIES, de MONIOT D'ARRAS, de RAOUL DE SOISSONS, de GILLEBERT DE BERNEVILLE, de PERRIN D'ANGECOURT, de RICHART DE SEMILLI, du VIDAME DE CHARTRES, de ROBERT DE BLOIS, de RAOUL DE FERRIÈRES, de ROBERT DE REINS, de MONIOT DE PARIS, de JEAN ERARS, de GAUTIER D'EPINAL, de RICHART DE FOURNIVAL, de BAUDE DE LA QUARRIÈRE, de SIMON D'AUTIE, de COLARS LE BOUTEILLER, d'EUSTACHE LE PEINTRE, de CARASAUS, sans parler de vingt autres trouvères de moindre importance. De la page 303 jusqu'à la fin, les pièces sont anonymes : ce sont peut-être celles où le treizième siècle a mis son empreinte poétique la plus gracieuse et la plus achevée.

Ce manuscrit est bien connu des philologues. Chaque année, l'érudition française ou étrangère met à jour l'œuvre de plusieurs trouvères non encore publiés. Nous avons pensé rendre service aux éditeurs, surtout aux éditeurs étrangers, de la vieille poésie lyrique française, en leur donnant la possibilité d'avoir sous la main pour les besoins quotidiens de leurs études un manuscrit qu'ils ne peuvent consulter qu'au prix d'un voyage et d'un séjour plus ou moins long, plus ou moins coûteux, à Paris.

En outre, on sait que ces poésies lyriques sont accompagnées de leurs mélodies originales et que celles-ci sont notées dans la difficile écriture musicale du treizième siècle. A ce point de vue, le texte du *Chansonnier de l'Arsenal* est certainement le meilleur entre tous les manuscrits chansonniers de cette époque ; cette anthologie contient un trésor mélodique incomparable, mais pour le mettre en valeur, il fallait à l'éditeur un collaborateur expérimenté et sûr. M. Pierre AUBRY, archiviste-paléographe, est en France le spécialiste le plus autorisé pour cette période de l'histoire musicale : c'est à lui que nous avons demandé d'assumer la tâche considérable de transcrire en notation moderne, c'est-à-dire dans une écriture musicale accessible à tous, ces mélodies que chantaient les contemporains de Philippe-Auguste et de saint Louis.

Une autre collaboration était indispensable pour parfaire la haute tenue scientifique de cette publication : M. Alfred JEANROY, professeur à la Faculté des Lettres de Toulouse, a accepté d'écrire une *Introduction générale* au présent *Chansonnier* et la monographie de toutes les pièces qui s'y trouvent contenues.

La reproduction en fac-similé de ce manuscrit et la transcription des mélodies paraîtront par fascicules trimestriels. Le prix de souscription sera de **10** fr. par fascicule. La publication doit être terminée en 15 ou 16 fascicules, dans un délai de trois ans et demi environ à dater du 1er mars 1909. Aussitôt la publication terminée, le prix de l'ouvrage sera porté à **250** fr. Aucun fascicule ne sera vendu séparément.

www.ingramcontent.com/pod-product-compliance
Lightning Source LLC
Chambersburg PA
CBHW071854020726
47502CB00003B/740